21 श्रेष्ठ कहानियां

प्रकाश मनु

डायमंड बुक्स

प्रकाशक : डायमंड पॉकेट बुक्स (प्रा.) लि.
X-30 ओखला इंडस्ट्रियल एरिया, फेज-II
नई दिल्ली-110020
फोन : 011-40712200
ई-मेल : sales@dpb.in
वेबसाइट : www.diamondbook.in

---

21 Shreshth Kahaniyan

By : Prakash Manu

भूमिका

मेरी कथा-यात्रा

शुरू से अपनी कथा-यात्रा पर निगाह डालूँ तो एक अजब-सा संकोच उभरता है। शायद इसलिए कि मेरी कहानियाँ कहानी के बने-बनाए रास्ते पर चलने से एकदम शुरू से ही इनकार करती रहीं। लिहाजा मेरी कहानियाँ 'कहानियों जैसी कहानियाँ' नहीं हैं। उन्हें लेकर संकोच का भाव इतना अधिक रहा कि वे बरसों मेरी फाइलों और रजिस्टरों में बंद रहीं और तब तक सामने नहीं आईं, जब तक किसी अभिन्न मित्र ने इन्हें पढ़कर सामने लाने की जिद नहीं पकड़ ली।

यह दीगर बात है कि जब ये कहानियाँ छपकर आईं-चाहे पत्र-पत्रिकाओं में या मित्रों विजयकिशोर मानव और देवेंद्रकुमार के साथ निकाले गए साझे संग्रह 'दिलावर खड़ा है' में, तो इन्हें सराहने वाले पाठक कहाँ-कहाँ मिले, उनकी अलग-अलग ढंग की उत्तेजक प्रतिक्रियाएँ कैसी थीं, इसकी चर्चा शायद खुद एक कहानी बन जाए। हाँ, इन प्रतिक्रियाओं में एक बात आश्चर्यजनक रूप से मिलती-जुलती और साझी थी कि इनमें से सभी को लगा था कि ये कहानियाँ एकदम सच्ची हैं। इन कहानियों के पात्र एकदम सच्चे हैं और ये कहानियाँ मेरी आत्मकथा के अनलिखे पन्नों में से चुपके-चुपके निकलकर आई हैं। बहुत-से मित्रों और पाठकों ने तो इन कहानियों को मेरे जीवन में सच-सच इसी रूप में घटित हुआ मानकर, उन पात्रों के बारे में और भी बहुत-सी बातें दरियाफ्त करनी चाहीं। मसलन, "मनु जी, अरुंधती क्या आपको फिर कभी मिली?... क्या वह अब भी उसी तरह दुख और अकेलेपन का बोझ ढो रही है?" "सुकरात क्या सचमुच उसी तरह कुरुक्षेत्र में रेल की पटरियों पर कटा हुआ पाया गया था, जैसा आपने लिखा है?... क्या आपको उसके बारे में कुछ और पता चला कि वह क्यों इतने गुस्से में हरदम गालियाँ बकता रहता था और कहाँ से आया था?" एक चंट पाठक ने तो बिल्कुल बेलिहाज होकर, आँखें मटकाते हुए, साफ-साफ शब्दों में पूछ लिया था कि "देखिए, बुरा न मानिए मनु जी! मैं जानना चाहता हूँ कि क्या आप भी मिनी बस में उसी तरह ड्राइवर और कंडक्टर से झगड़ते हैं और पागलों की तरह लगातार चिल्लाना और भाषण देना शुरू कर देते हैं, जैसे 'मिनी बस' कहानी का नायक?"...

ऐसे और भी सवाल। कुछ बेहद तीखे भी, और कुछ बेहद दिलचस्प! इनमें से बहुतों के जवाब में सिर्फ हँसकर रह जाना ही काफी था, क्योंकि उन्होंने इन कहानियों के नायक को हटाकर पूरी तरह मुझे वहाँ फिट कर दिया था और अब वे हर चीज की कैफियत मुझसे चाहते थे। जबकि सच तो यह है कि वे आत्मकथात्मक कहानियाँ भले

ही हों–और मेरी आत्मकथा के पन्ने किसी न किसी शक्ल में वहाँ जरूर फड़फड़ा रहे थे–पर ये कहानियाँ पूरी तरह आत्मकथा न थीं, हो भी नहीं सकती थीं। तो भी ये कहानियाँ पाठकों को एकदम सच्ची और जीवन में ठीक-ठीक ऐसे ही घटित होती हुई लगीं, इसे इन कहानियों की एक अलग खासियत तो मान ही सकते हैं। शायद यही चीज थी जो मेरी कहानियों को औरों से अलगाती थी। इनमें बहुत-सी कहानियों के पाठकों का कहना था, "आपकी कहानियाँ कहानी-कला के लिहाज से एकदम कटी-तराशी नहीं हैं। उनका यही अनौपचारिक अंदाजेबयाँ और खुरदरापन हमें रास आता है।"

मेरे कथा-गुरु दिग्गज कथाशिल्पी देवेंद्र सत्यार्थी ने शुरुआती दौर की लिखी मेरी 'यात्रा' कहानी सुनने के बाद जिस तरह मुग्ध और अभिभूत होकर आशीर्वाद दिया था और कहानियाँ लिखने की अपनी ही लीक पर चलते रहने का जो बल दिया था, उसे भूल पाना असंभव है। साथ ही उन्होंने कहानी को लेकर कबीर की उलटबाँसी की तरह जो मारक बात कही, वह मुझे आज भी कहानी के बड़े से बड़े शास्त्रीय सिद्धांतों से बड़ी लगती है कि–"याद रखो मनु, कहानी तुम नहीं लिखते, बल्कि कहानी तुम्हें लिखती है।" इसी तरह उन्होंने मुझे कहानी के एक और विराट सत्य का दर्शन कराते हुए कहा, "अगर तुममें कहानी को देखने की दृष्टि है, तो तुम देखोगे मनु, तुम्हारे सब ओर कहानियाँ ही कहानियाँ बिखरी पड़ी हैं। बस, उन्हें तुम्हारी कलम के स्पर्श की प्रतीक्षा है। तुम उन्हें प्यार से उठाओ और लिखना शुरू कर दो। वे देखते ही देखते तुम्हारे सामने हँसते-बोलते, चहचहाते या फिर उदास रंगों वाले जीवित संसार में बदल जाएँगी।"

इसी तरह याद पड़ता है, 'अंकल को विश नहीं करोगे' कहानी पढ़कर मेरे अत्यंत प्रिय और आदरणीय कथाकार बल्लभ सिद्धार्थ ने जो पत्र लिखा था, उसे पढ़कर मैं रोमांचित हो उठा था। उन्होंने लिखा था, 'अंकल को विश नहीं करोगे' उन्हें इस बुरी तरह बेचैन करने वाली पाँच-सात कहानियों में से एक है और–"मनु, तुमने कम से कम एक 'बड़ी' कहानी लिखी है!" इसी तरह बहुत-से कहानीकार मित्रों को यह कहानी इस कदर प्रिय है कि बरसों बाद मिलने पर आज भी कहीं न कहीं, कभी न कभी इसकी चर्चा छिड़ ही जाती है।

इधर की कहानियों में 'टैक्सी ड्राइवर रामलाल दुआ की सच्ची कहानी', याद पड़ता है, डॉ. माहेश्वर और श्रवणकुमार जैसे प्यारे लेखक-मित्रों के बीच हिंदुस्तान टाइम्स की कैंटीन में पढ़ी गई, तो कहानी सुनते हुए डॉ. माहेश्वर के आँसू छलछला आए थे। कहानी बीच में रोकनी पड़ी थी, और एक अंतराल के बाद वह फिर शुरू हुई। इस लंबी कहानी के पूरे होते-होते रात घिर आई थी। मैंने डॉ. माहेश्वर और श्रवणकुमार दोनों मित्रों से क्षमा माँगते हुए कहा, "माफ करें, कहानी बहुत लंबी थी। इस वजह से आपको देर हो गई।" इस पर डॉ. माहेश्वर ने एक सीझी हुई हँसी के साथ कहा था, "दोस्त, यही तो तुम्हारी अदा है कि जिस चीज का भी वर्णन करते हो, तुम उसके इतने बारीक से बारीक

डिटेल्स देते जाते हो कि सुनने वाला ताज्जुब में पड़ जाता है। कितने लेखक हैं, जिनमें अपने पात्रों के भीतर इतनी गहराई में उतरने का धीरज है, तो तुम अपनी कहानी के लंबे होने से क्यों परेशान हो? प्रकाश मनु ऐसी कहानियाँ नहीं लिखेगा तो कौन लिखेगा?''

इसी तरह 'अरुंधती उदास है', 'सुकरात मेरे शहर में', 'अपराजिता की सच्ची कहानी', 'कुनु', 'प्रतिनायक', 'जिंदगीनामा एक जीनियस का'–ये सभी अलग-अलग मूड्स की कहानियाँ हैं। कहीं न कहीं मेरी आत्मकथा के पन्ने इनमें फड़फड़ा रहे हैं और इन पर अब भी इतनी ऊष्माभरी और अलग-अलग किस्म की प्रतिक्रियाएँ मिलती हैं, तो पता लगता है, एक लंबे अरसे तक 'भूमिगत' रही, अंदर ही अंदर बहती मेरी कथा-यात्रा अकारथ तो नहीं गई। यों यह बात अपनी जगह सही है कि 'यह जो दिल्ली है' और 'कथा सर्कस' उपन्यासों की जबरदस्त चर्चा के कारण मेरे बहुत-से निकटस्थ मित्रों-लेखकों का ध्यान इस ओर न जाता, तो यह कथा-यात्रा अभी तक भूमिगत ही रहती।

अलबत्ता अलग-अलग दौर में लिखी गई और अलग-अलग शक्लों में सामने आई मेरी इन कहानियों पर समय-समय पर पाठकों की प्रतिक्रियाएँ मिलती रहीं, उससे इस बात का भरोसा तो हुआ कि आज के पाठक को भिन्न ढंग, भिन्न स्वाद और अपनी एक अलग ही लीक पर चलने वाली कहानियों में निस्संदेह रुचि है, बशर्ते इन कहानियों के पीछे अनुभव सच्चे, मार्मिक और भीतर तक झिंझोड़ने वाले हों।

अलबत्ता, थोड़ा अतीत में झाँकने की इजाजत दें तो कहना चाहूँगा, पिछले कोई तीस-इकतीस बरसों में मेरे टूटने-बनने, भटकने के दौरान चुपचाप लिखी जाती रहीं ये कहानियाँ मेरे दोस्तों की तरह हैं जो दुखी-सुखी क्षण में सीझे हुए चुपचाप साथ चले आते हैं। आँखों के चमकते विश्वास से अपना होना साबित करते हैं और महीनों-महीनों के गुमसुम एकांत में चले जाने पर भी, जो अपनी उपेक्षा के लिए कभी शिकायत नहीं करते। एक अजीब रिश्ता है, ऐसे रिश्ते जो अब ज्यादा नहीं रहे। कभी-कभी सोचता हूँ, क्या इसलिए अब जिंदगी में उतना मजा नहीं बचा, जो कभी बीच हादसों में टूटने, बिखरने धराशायी हो जाने के बावजूद आया करता था।

बहरहाल, एक तरह के 'भयानक अकेलेपन' और भीतर-भीतर विश्वासों के कुचले जाने के हादसों से भरपूर इन तमाम बरसों में ये कहानियाँ कंधे पर हाथ धरे मेरे साथ-साथ लंबे निर्जन पथों पर चलती रही हैं। कभीं संकटों का निर्भय होकर मुकाबला करने के लिए फटकारती, तो कभी जिंदगी के बारीक दशमलव बिंदुओं के अर्थ खोलती-सुलझाती रही हैं। कभी चुपचाप पास बैठ धीमे-धीमे बतियाती, दुख हल्काती रही हैं। इनमें हादसे हैं। हादसों की तकलीफें हैं। गुस्सा है, तो मेरे कुछ एकांतिक मूड्स भी, जो शायद कहानियों के अलावा कहीं और इस कदर खुले ही नहीं।

पिछले दिनों इन कहानियों से दोबारा गुजर रहा था, तो मैंने एक आकस्मिक आघात की तरह खुद को ऐसी विषण्ण स्थितियों के ठीक सामने पाया, जब आप खुद से बातें

करते, बड़बड़ाते बार-बार पकड़े जाते और खुद पर शर्मिंदा होते हैं। मगर हर बार खुद को फिर वहीं चले जाने से बचा भी नहीं पाते। और इस पर खीज आपको एक और आत्महीनता की ओर धकेलती है। यानी एक विशियस सर्कल! घर हो, दफ्तर या फिर साहित्यिक महाप्रभुओं का हिंसक मुस्कानों भरा दंगल, हर जगह आप 'मिसफिट' हैं, क्योंकि आपको चेहरे उतारने, पहनने का खेल नहीं आता। यही दुख-दाह भरे हादसे न जाने कब, चुपचाप मेरी कहानियों में उतरते चले गए।

और यह भी सच है कि बेतरतीब कागजों के पुलिंदों, फाइलों, रजिस्टरों के अँधेरों को टटोलते, ये कहानियाँ इकट्ठी करते कहीं चकित भी हुआ कि कैसे भीषण बेरोजगारी और फिर छोटी-बड़ी नौकरियाँ पकड़ते-छोड़ते, शहर-दर-शहर भागते-भटकते भी, ये चुपचाप लिखी जाती रहीं। और जरूरी सामान में कुछ और गया न गया, फाइलों, रजिस्टरों का यह गट्ठर हर जगह मेरे साथ गया। मेरे लिए यह आस्था खुद में कोई छोटी चीज नहीं है। सारे सपनों के टूटने और विच्छिन्न हो जाने के बावजूद आखिर कोई न कोई सपना तो है जो हमसे लिखवाता है। खुद से बाहर उझक-उझककर दूसरे से मिलने को मजबूर करता है, वरना हमारे लिखने और जीने के भी मानी क्या हैं!

और अब इन कहानियों के बारे में...

'21 श्रेष्ठ कहानियाँ' में पिछले तीस बरसों में लिखी गई मेरी कहानियों में से चुनी हुई कहानियाँ शामिल हैं। इनमें दो-एक ऐसी लंबी कहानियाँ भी हैं जिन्हें इन दिनों खींच-खाँचकर या मोटे हरफों में छापकर 'उपन्यासिका' कहने का रिवाज बढ़ा है जो मुझे अनुचित लगता है। मेरे लिए ये लंबी कहानियाँ ही हैं। इसी रूप में लिखी और जी गई कृतियाँ हैं। हालाँकि कभी-कभी यह सोचकर जरूर ताज्जुब होता है कि इधर लिखी गई मेरी ज्यादातर कहानियाँ इतनी फैलती क्यों गई हैं या वे इतना विस्तार क्यों चाहती हैं? एक कहानीकार के रूप में अपनी ही कहानियों के विस्तार के नीचे दबा, उनके आगे मैं कभी-कभी खुद को असहाय और लाचार-सा महसूस करता हूँ। पर शायद कहानी का मुझसें छूटकर एक स्वतंत्र डगर ले लेना, उसका कहानी और कला की तयशुदा शर्तों और हदबंदियों से छूटकर जिंदगी के साथ हो लेना है और जिंदगी के साथ-साथ, एक स्वतंत्र सृष्टि या सदानीरा की तरह बहना है। इस रूप में देखें, तो अपनी यह लाचारी भी मुझे कम प्रिय नहीं।

पाठकों की खुली और बेबाक प्रतिक्रियाओं की मुझे उत्सुकता से प्रतीक्षा रहेगी।

प्रकाश मनु

26 जनवरी, 2010
545, सेक्टर-29
फरीदाबाद (हरियाणा)

क्रम

1

असहमति

वे दोनों अभी नए आए थे, एक वो, एक उसकी वो। वो चश्मा लगाए गोरा और लंबा और उसकी वो साधारण नाक-नक्श की साँवली-सी। पूरी लाइन में एक ही कमरा खाली था-बिजली दफ्तर के महेंद्र बाबू का, जो उन्होंने अपनी अधेड़ावस्था की फुरसत में बनवा लिया था, बुढ़ापे के आश्रय या किराए वगैरह के लिए। ये लोग उसी में आए थे।

कमरा यों तो अच्छा था, पर आसपास के सब घरों की दीवारों, खिड़कियों, आवाजों और सब लड़के-लड़कियों, स्त्री-पुरुषों के चेहरों के बीच इस तरह फँसा हुआ कि सबको यह अचरज ही लगता थां कि कोई उसमें आए और बाकायदा रहने लगे।

फिर ये लोग तो कुछ अजीब ही थे। पहले पुरुष (हाँ, उसे पुरुष ही कह लो, वैसे था लड़का ही, शरीर, चेहरे-मोहरे और एक खास तरह के हल्के-फुल्केपन की वजह से, जिसे शायद ठीक से बताया नहीं जा सकता।) बगल में वर्मा जी से चाबी लेकर मकान देख गया। फिर शाम को वह साथ में एक साँवली-सी युवती को भी लाया। (जो जाहिर है उसकी बीवी ही होगी, पर लिपस्टिक, लज्जा आदि परंपरागत सुहाग-चिह्नों से ऐसी शून्य कि सवाल पर सवाल उठते थे!) फिर दोनों ने कुछ रुचि, कुछ अरुचि से कमरा, एक छोटे से लॉन की वजह से चाहे तो मकान कह लीजिए, पसंद किया था। वहीं खड़े-खड़े देर तक वे बातें करते रहे थे। लेट्रीन, बाथरूम की टोंटियों से लेकर आसपास के माहौल तक की चर्चा की थी उन्होंने। मकान को बराबर पिंजरा कहा था, पर साथ में यह भी कि चलो कोई बात नहीं, हवा और रोशनी तो आती ही है, और मजे से जिंदा रहा जा सकता है।

आखिर वे एडवांस दे गए और अगले दिन आने के लिए कह गए।

वर्मा जी की सेहतमंद आधुनिक बीवी ने आसपास की औरतों के कानों में फुस-फुस कर कुछ कहा। (उन्हें शायद दाल में कुछ काला दिखाई पड़ गया था।) आसपास की औरतों ने और आगे बात सरकाई। बात चार से चालीस कानों तक पहुँची। फिर उन औरतों ने रात अपने-अपने मर्दों के कान में कुछ कहा, कुछ नहीं कहा। मर्द कुछ हँसे, कुछ सीरियस हुए...और फिर जैसे रातें गुजरती हैं, वह रात भी गुजर गई।

अगले दिन लोगों ने देखा कि केवल एक ताँगा, आधा भरा हुआ आधा खाली, उस मकान के सामने आ खड़ा हुआ है। उसमें सामान के नाम पर कुछ छोटी-बड़ी बेतरतीब गठरियाँ हैं, दो चारपाइयाँ, एकाध कुर्सी सी, एकाध संदूक, बस। पीछे-पीछे साइकिल पर हाँफता हुआ वह लंबा आदमी आया, कैरियर पर टेबल फैन लिए, हैंडल में एकाध टोकरी लटकाए। पसीने से नहाया हुआ। उसके पीछे वह साँवली-सी युवती हाथ में दो छोटे-छोटे थैले लटकाए आराम से चलती आ रही थी।

इस अच्छे-खासे तमाशे को देखने का सुख छोड़ पाना आसान नहीं था, इसलिए लोग आए और उनके चेहरों पर हँसी फूट पड़ी। पर इन्होंने परवाह नहीं की। उस आदमी ने साइकिल खड़ी की, फटाक से ताला खोला, दरवाजा धकियाया...और...और सीरियली जुट गया। औरत अपनी सामर्थ्य के मुताबिक मदद करती रही। थोड़ी देर में सामान भीतर आ गया तो उस आदमी ने इक्के वाले को पैसे दिए, धन्यवाद दिया और शायद चाय पीने का भी आग्रह किया। फिर बाहर का दरवाजा बंद हो गया और भीतर खटर-पटर होती रही।

फर्श धोने और चारपाइयाँ तथा अन्य सामान एडजस्ट करने की आवाजें थीं वे। इन्हीं के बीच कभी-कभी पुरुष के हँसने और औरत के हलके ढंग से डाँटने का स्वर भी मिल जाता। या कभी दोनों भी साथ-साथ हँसते थे।

''यानी कि यह साँवली लगती तो खुशमिजाज-सी है।'' मिसेज वर्मा ने मन ही मन नोटिस लिया था।

शाम को सब औरतें दिल में कौतूहल, आँखों में सवाल लेकर मिसेज वर्मा के घर के बाहर इकट्ठी हुईं। सबके भीतर कुछ खुदबुदा रहा था और वे कोई बढ़िया नजारा लेना चाहती थीं।

पर वे बुरी तरह निराश हुईं, क्योंकि दरवाजा तब से अभी तक खुला ही नहीं था। एक खिड़की खुली थी, पर उसमें आते ही परदा लटक गया था। परदा कभी-कभी हिलता था तो अंदर के बरतन वगैरह दिख जाते थे या कभी परदे पर कोई एकाध परछाईं आकर टिकती और फिर गुजर जाती, मगर इससे दिल तो नहीं भरता था।

भीतर हलचल के नाम पर केवल दो बार स्टोव जला और बुझा था। हल्की-सी बातचीत भी सुनाई पड़ी थी। पर वे तो ऐसी नहीं थीं जैसी मर्द-औरत करते हैं। यानी कहीं 'ए जी', 'ओ जी' वगैरह नहीं। फिर औरत या आदमी की कभी-कभी गुनगुनाने की आवाज।

''औरत शायद अच्छा गाती है, और मर्द...?'' मिसेज वर्मा हँसी थीं, ''एक ही ट्यून में जाने क्या आल्हा-सा गाता रहता है।''

पर मिसेज वर्मा की दी हुई इस सूचना में किसी की दिलचस्पी नहीं थी। वे कोई ज्यादा हैरानी वाली बात जानने और उस पर टीका-टिप्पणी करने आई थीं।

"हे भगवान, इत्ती घुटन में कोई कैसे रह सकता है?" राजरानी से अब नहीं रहा गया तो उसने हवा में हाथ हिलाकर कह ही दिया। खूब ऊँची आवाज में, कि हो सके तो भीतर वाले भी सुन लें। फिर बंद दरवाजे को लक्ष्य करके बोली, "आदमी तो वही अच्छे लगते हैं जो आदमियों के बीच उठें-बैठें, आदमियों की तरह रहें..."

"और ये क्या जानवर...खी...खी...खी-खी-खी-खी!" राजरानी की ननद बोली कम, हँसी ज्यादा थी।

"भई, हमने कब कहा जानवर? पर मुहल्ले में रहें तो मुहल्ले वालों की कद्र तो करनी ही चाहिए। चार दिन सबको रहना है, भाईचारे से ही अच्छा लगता है।" अब लच्छो दादी ने आगे की बात सँभाली और अपने अनुभवों का पिटारा खोलने के मूड में आ गईं।

"दादी, हो जाता है सब ठीक...! अब ये बंतो शुरू-शुरू में आई तो कितनी दूर-दूर रही थी निगोड़ी?" मिसेज वर्मा ने चुटकी ली।

"हाँ जी, मैं क्यों रहती दूर? मुझमें क्या कोई खोट था?" बंतो ने कठोर-सा मुँह बनाया। फिर कहा, "हाँ, कोई शुरू-शुरू में आए तो थोड़ी लाज-सरम..."

"और तब पेट में भी तो गुब्बारे फूल रहे थे हमारी बंतो के!" राजरानी ने कहा और हँसते-हँसते दोहरी हो गई।

तभी दरवाजा खुला। वे दोनों बाहर आए। दरवाजा बंद करके एक नजर बाहर चारपाई पर बैठी औरतों पर डाली, फिर वे हौले-हौले बातचीत करते, मुस्कराते हुए आगे बढ़ गए।

आदमी घर के धुले और इस्तिरी किए हुए सफेद कुरते-पाजामे में था और दोपहर की तुलना में इस समय ज्यादा चुस्त और खुश लग रहा था। औरत बादामी रंग के ब्लाउज और इसी रंग की साड़ी में थी। शरीर आदमी से कुछ भारी, मगर इन कपड़ों में फब रही थी। साँवलापन एक सहज कांति से भर उठा था। कुछ थोड़ी बहुत बातचीत भी उनकी सुनाई पड़ी या अनुमान लगा गया।

"क्यों भई, किस तरफ से चलें अनु?"

"कहीं से भी। मौसम खुशनुमा है आज तो, अच्छा लगेगा। पीछे वाली सड़क से चलें?"

"काफी सन्नाटा-सा रहता है वहाँ, रास्ता भी नहीं देखा हुआ। डर तो नहीं लगेगा तुम्हें?"

''डर...? हाँ जी, मुझे तो कोई उठाकर न ले जाएगा!'' वह मुस्कराई, ''ऐसा करो, तुम अपना विजय छोड़कर पराजय रख लो, डरपोक कहीं के!''

''दुष्ट कहीं की!'' पुरुष धीरे से हँसा।

फिर वे बात करते हुए काफी आगे निकल गए। इधर रुकी हुई महफिल भी शुरू हो गई।

''इस उमर में कुरता-पाजामा तो कुछ ठीक नहीं लगता। ये तो बड़े बुजुर्गों को ही सोहता है। एक तो वैसे ही सींकिया हो आदमी, ऊपर से...हुँह!'' राजरानी ने मुँह बनाया।

''औरत ज्यादा मजेदार है। मौसम का मजा लेने गई है ठंडी सड़क पर, बलम जी के साथ, खी-खी-खी-खी!'' पुष्पा अपने दिल की गुदगुदी को रोक नहीं पाई थी।

''अरे, हमें लगता है, कोई मार-मूर न डाले इन्हें। हाँ, और क्या? पूरा जंगल है वो। रात में तो कोई परिंदा भी वहाँ पर नहीं फड़कता।'' लच्छो दादी ने गरदन हिलाकर गुस्सा जताया, ''फिर कोई कहेगा कि पहले दिन ही ये हादसा...! बदनामी सारे मुहल्ले की होगी।''

उनके आपस में एक-दूसरे को बुलाने से उन्हें पता लगा कि औरत का नाम अनु है, पुरुष का विजय। दोनों का एक-दूसरे को नाम लेकर बुलाना उन्हें अजीब लगता। औरत का पति को नाम लेकर बुलाना तो करीब-करीब अश्लील ही लगता।

''यह कोई ऐसी-वैसी औरत है!'' वे एक दूसरे को फुसफुसाकर समझातीं। हालाँकि इसके लिए कोई खास कारण उन्हें नहीं मिलता था। उस औरत की शालीनता में कोई कमी या औरत-मर्द दोनों के व्यवहार में कहीं कोई अभद्रता उन्होंने नहीं देखी थी। वह बाहर ही दरअसल बहुत कम निकलती थी। कभी-कभी ठेले पर सब्जी बेचने आए बाबा से थोड़ी बहुत सब्जी लेने निकलती थी। औरतें अजीब-सी निगाहों से उसे घेरने या तोलने की कोशिश करतीं, पर वह सब्जी लेकर निश्चिंत भाव से वापस आ जाती।

खुद को लेकर एकाध ऊटपटाँग-सी बात उसके कानों में पड़ती तो भी वह चुप ही रहती थी। हाँ, कभी कोई औरत उससे कुछ पूछती तो वह मुस्कराकर संक्षिप्त-सा जवाब दे दिया करती थी।

आसपास की औरतें चाहती थीं कि वह उनके बीच आ जाए, उनकी मंडली में- और उन्हीं की तरह बातें करे, कभी जोर से, कभी फुसफुसाकर और कभी खूब खुलकर हँसे, पर यह शायद उससे हो नहीं पाता था। वह या तो गंभीर रहती थी या केवल हौले से मुस्करा पाती थी। इसका यह अर्थ निकाला गया कि वे बेहद घमंडी औरत है। यह अपने मर्द पर हावी है, इसका मर्द इससे डरता है, यह भी कहा जाता रहा।

''तभी बेचारा कभी इधर-उधर देखता नहीं है। निगाहें बचाता हुआ निकल जाता है।'' राजरानी ने हँसकर सबको समझाया।

''पर पति को तो आँखों पर रखती है। सुबह कई बार मैंने देखा है जब पति को विदा करती है। ऐन तब तक दरवाजे पर खड़ी देखती रहती है, जब तक वह आँखों से ओझल नहीं हो जाता।'' मिसेज वर्मा ने आँखों में शरारत लाकर कहा।

''ठीक है, लेकिन मर्द मर्दों में अच्छे लगते हैं, औरत औरतों में। यह क्या कि दोनों सारा दिन गुफा में घुसे रहें, साथ-साथ घूमें? आखिर सभ्यता भी कुछ होती है कि नहीं? हमारे बुजुर्ग लोग भी पढ़े-लिखे थे, अँगरेजी नहीं पढ़े तो क्या? पर आचार-विचार कोई उनसे सीखे। सारे दिन शक्ल देखने को तरस जाते थे, पर मजाल है कि भीतर पैर भी रखें। बाहर बैठकर खाना खाया, हुक्का पिया और वहीं से उठकर चले गए। ये होती है मर्यादा!'' माया चाची को भी अपनी बात कहने का मौका मिल गया था।

फिर धीरे-धीरे उन्हें पता कि काम पर आदमी ही नहीं जाता, कभी-कभी औरत भी साथ जाती है, साइकिल पर बैठकर। फिर वे साथ-साथ वापस आते हैं, किताबों से लदे हुए। आकर साथ-साथ खाना बनाने में जुट जाते हैं।

''चाय अक्सर आदमी ही बनाता है।'' मिसेज वर्मा ने पड़ोस की औरतों को बताया, ''कभी-कभी तो जूठे बरतन भी साफ करता है। सच, मुझे तो बड़ा तरस आता है...''

''हमारा मर्द तो पानी का गिलास तक अपने हाथ से न उठाए। वहीं से आवाज लगाएगा-राजराणिए...पा..णी...!'' राजरानी ने पति की नकल उतारी।

कभी-कभी वे हालचाल पता करने के लिए बच्चों को भेज देतीं। वह साँवली-सी युवती प्यार से उन्हें बिठाती और बातें करती। कभी-कभी टाफियाँ या बिस्कुट भी खाने को देती। आदमी भी कभी-कभी उन बच्चों को कहानियाँ सुनाता, उनके साथ हँसता-बोलता रहता।

मुहल्ले वालों को यह कमोबेश बहुत अजीब लगता था। हालाँकि इससे उन्हें कोई प्रत्यक्ष कठिनाई नहीं थी। पर भीतर ही भीतर कहीं कुछ हिलता था, जड़ता काँपती थी और इससे वे डर जाते थे। वे सोचने लगे थे कि ये लोग चले जाएँ तो अच्छा हो।

असल बात यह थी कि यह लंबा-सा विजय और साँवली-सी अनु अपने ढंग से जीवन जीने के आदी थे। इसलिए किसी से बहुत ज्यादा संबंध बढ़ाने की जरूरत भी उन्होंने कभी नहीं समझी। न ही वे किसी की बुराई या चुगली ही करते थे, जिसमें दूसरे लोगों को खासा रस मिलता है।

बस, अपने ही काम में दोनों लीन रहते थे। एक बोलता रहता, दूसरी लिखती रहती। एक पढ़ता रहता, दूसरी घर का काम कर लेती। एक बीमार पड़ता तो दूसरी साइकिल पर दवाई लेकर आ जाती। और अगर औरत अस्वस्थ होती तो वह सिर दबाता, चाय बनाता, खाना बनाता और ट्रांजिस्टर लगाकर या गाना गाकर उसे खुश रखने की कोशिश करता।

सारा दिन वे पढ़ते या लिखते, शाम को घूमने जाते और बातचीत करते। रात देर तक पढ़ते, खबरें सुनते और आल इंडिया रेडियो से तामीले इरशाद भी। फिर सो रहते।

वे अपने आप में पूरे थे, इस बात से सबको तकलीफ होती थी। वे इनका घमंड तोड़ने का कोई बहाना ढूँढ़ना चाहते थे, पर वह मिलता ही नहीं था, क्योंकि एक तो ये बोलते कम थे, फिर जब भी बोलते, विनम्रता और आदर से।

पर एक दिन औरतों को बहाना आखिर मिल ही गया।

हुआ यह कि एक दिन सुबह-सुबह एक शैतान से लड़के ने परदा उठाकर अंदर का दृश्य देखा, फिर उसने दूसरे लड़कों को भी बुला लिया। दरअसल, वे दोनों अस्त-व्यस्त कपड़ों में एक-दूसरे से लगे सो रहे थे।

बच्चों का यह कुतूहल उन तक ही सीमित नहीं रहा, औरतों तक भी पहुँचा। पर जब एकाध औरत परदा उठाकर झाँकने आई, तब तक वे जग चुके थे।

साड़ी ठीक करती हुई उस साँवली-सी औरत यानी अनु को बहुत गुस्सा आ रहा था। न दबाई गई नफरत से वह बोली, ''कितने ओछे और बदतमीज है यहाँ के लोग!''

औरतें तो चली गईं, पर बच्चों ने घर जाकर सब हाल कहा कि आंटी रोती रहीं और देर तक अंकल समझाते रहे। कुछ 'दकियानूस-दकियानूस' दो-तीन दफा कहा। फिर कहा, ''बेचारे पुराने ढंग से सोचने के आदी हैं, गुस्सा नहीं करना चाहिए।''

उधर अनु का गुस्सा तो थम गया, पर उन औरतों का नहीं। उन्होंने जाकर मुहल्ले की लीडर औरतों से भड़ककर और भड़भड़ाकर सब कुछ कहा, बल्कि सबका सवाया कहा। लीडर औरतों ने आसपास की सब औरतों को उस घटना को ड्योढ़ा और दोगुना करके बताया। सब औरतों ने रात को अपने-अपने मर्दों से कानाफूसी से दूना-तिगुना कहा।

सुबह मर्दों ने तय किया कि मुहल्ले में मर्यादा बनाए रखने के लिए कुछ न कुछ तो करना ही पड़ेगा। आखिर मुहल्ले में यह अनैतिकता कब तक बर्दाश्त की जाएगी? इन्हें जरूर बोल देना चाहिए कि अगर रहना है तो हमारी तरह ठीक से रहो, नहीं तो कहीं और ठिकाना ढूँढ़ो!

पर मि. वर्मा और बंतो का पति हवासिंह-दोनों शामिल नहीं हुए। मि. वर्मा ने यार लोगों से माफी माँग ली थी। बोले थे, ''भई, हमारे तो पड़ोसी हैं। हमारा जाना ठीक नहीं लगता।''

वैसे असल बात तो यह थी कि मिसेज वर्मा ने ही पति को मना किया था। हुआ यह था कि उनकी थोड़ी बहुत बातचीत इस साँवली गंभीर औरत से शुरू हो गई थी और थोड़ा बहुत सब्जी-वब्जी या कम पड़ गई गृहस्ती की चीजों का लेन-देन भी। बाजार यहाँ से खासा दूर था, सो इसमें उन्हें सुविधा थी। फिर यह औरत उन्हें घमंडी भी नहीं लगी

थी। जीने का सबका अपना ढंग होता है, कोई किसी को क्या कह सकता है, उन्होंने सोचा था।

एक खास बात यह थी कि उनके बच्चे जब उधर जाते तो वह औरत उन्हें खूब प्यार करती और टाफियाँ देती थी। हालाँकि उन्होंने यह बात छिपाए रखी थी और किसी से कहा नहीं था।

बंतो ने भी अपने पति को रोक लिया था। उसे शुरू से ही यह ज्यादती लग रही थी कि किसी को अकेला देखकर सब उस पर वार करने लगें। उसे याद था, जब वह यहाँ आई थी तो किस तरह उसकी गरीबी और साधारण कपड़ों को लेकर उसकी हँसी उड़ाई गई थी। वह तो उसका पति हवासिंह अक्खड़ और भारी डील-डौल का मजबूत आदमी था, इसलिए कोई उसकी ओर देखती नहीं थी। वरना उसका पेट जो कुछ ज्यादा ही फूला हुआ और बेडौल लग रहा था, को देखकर आँखों-आँखों में किसने उसका मजाक नहीं बनाया था? सो उसने हवासिंह को जाने नहीं दिया।

फिर भी प्रत्यक्ष विरोध उन दोनों ने नहीं किया। दिनेशकुमार, सोहनलाल और ठाकुर ज्ञानसिंह से कहा कि वे ही पूरे मुहल्ले के प्रतिनिधि बनकर हो आएँ। पूरी भीड़ के जाने की क्या जरूरत है?

आखिर तीनों धड़धड़ाते हुए गए और जाकर जोरों से दरवाजा खटखटा दिया। दरवाजा औरत ने खोला। बिना सकपकाए हुए, मुस्कराकर कहा, ''आइए...!''

''वो...मास्टर जी हैं?'' उनकी समझ में कुछ और नहीं आया तो उसके दिन भर पढ़ने-लिखने की आदत को याद करके अचानक ही 'मास्टर जी' उन्होंने कहा।

''हाँ-हाँ, आप बैठिए। विजय, देखो, ये मिलने आए हैं।'' औरत ने निर्भ्रांत भाव से पुरुष को बुलाया। पुरुष आया, हाथ में पैन और किताब लिए हुए। उसी तरह प्रसन्नचित्त, जैसे वह हमेशा रहता था। हँसते हुए बोला, ''आप लोगों ने बड़ी मेहरबानी की। कहिए, कैसे आना हुआ?''

''कुछ नहीं, वैसे ही। सोचा, थोड़ा मिल आएँ।...आखिर हम एक ही मुहल्ले के हैं।'' दिनेशकुमार ने अवसर के अनुकूल यथासंभव आवाज को दबाया।

''क्यों नहीं, क्यों नहीं! बड़ी खुशी की बात है।...चाय पिएँगे?'' फिर बिना उनका जवाब सुने, भीतर आवाज लगाई, ''अनु, चाय बनाओ भई!''

''आप जूनावस्टी में हैं?'' ठाकुर ज्ञानसिंह ने जानना चाहा। हालाँकि वे यूनिवर्सिटी का ठीक उच्चारण नहीं कर पा रहे थे।

''जी।'' लगता था कि पुरुष इस अटपटे उच्चारण पर हँसी दबाने की चेष्टा कर रहा है।

''वो तो हम लोगों ने सोच ही लिया था।'' ठाकुर ज्ञानसिंह बोले, ''दिन भर पढ़ते ही रहते हैं...किताबें ही किताबें। इसी बात से।''

"हाँ, काम ही कुछ ऐसा है।" पुरुष ने हँसकर कहा।

"क्या काम करते हैं जी आप...?"

"यों समझिए...कि घास खोदता हूँ। वैसे जो काम मैं करता हूँ, उसे रिसर्च कहते हैं, यानी नई बात खोजना। लेकिन नया-वया कुछ नहीं, घास खोदनी पड़ती है रात-दिन।" वह हँसा।

इतने में चाय आ गई। साँवली सी युवती ने सबको चाय दी, फिर खुद भी एक कप लेकर कुर्सी पर बैठ गई। यह उनके लिए अप्रत्याशित था, वे ज्यादा कांशस हो गए और बात करने की भूमिका तलाशने लगे। इतने में आदमी ने परिचय कराया, "अनु, देखो भई, ये अपने मुहल्ले के लोग आए हैं-दिनेश जी, सोहनलाल जी और ये हैं ठाकुर ज्ञानसिंह जी।"

औरत ने बारी-बारी से नम्रतापूर्वक हल्का-सा सिर झुकाते हुए उन्हें नमस्कार किया। फिर बोली, "यह तो सौभाग्य है हमारा, जो आप खुद मिलने आए।"

"आप...आप कौन जात हैं?" चाय पीते हुए बड़ा साहस करते ठाकुर ज्ञानसिंह ने पूछा।

"हम जात-पाँत को नहीं मानते।" पुरुष के चेहरे पर अप्रत्याशित कठोरता आ गई थी।

"फिर भी अ...वैसे ही!"

"तो हरिजन समझ लीजिए! अगर आप जात-पाँत को मानते ही हैं तो मैं खुद को हरिजन कहूँगा। जिस जाति-प्रथा को आप मानते हैं, उसे मैं नहीं मानता। उस हिसाब से हमारी शादी भी एक जाति में नहीं हुई।"

उन्होंने अचानक चाय के कप रख दिए, "नहीं साहब, ऐसा मत कहिए। हरिजन तो बहुत गंदे होते हैं।"

"हरिजन कैसे गंदे हो सकते हैं? वे तो हरि के जन है, ईश्वर के खास लोग। उनसे पवित्र कौन होगा?"

"लेकिन असलियत में तो ऐसा होता नहीं, साहब।" अब तक चुप और सहमे बैठे सोहनलाल ने अपना मुँह खोला।

"नहीं होता, तो होना भी नहीं चाहिए। यह नतीजा आपने कैसे निकाला?" विजय का आक्रोश बढ़ता जा रहा था।

उन लोगों के पास इस बात का कोई जवाब नहीं था। इसलिए भीतर ही भीतर कसमसाते हुए भी वे चुप ही रहे।

थोड़ी देर बाद सोहनलाल ने मौन तोड़ा, "यूनिवर्सिटी में तो बहुत लोग काम करते होंगे, विजय साहब।" वह मन ही मन कुछ कहने की भूमिका बना रहा था।

"बहुत लोग काम करते हैं। अरे, आपके इत्ते नजदीक है यूनिवर्सिटी, कभी ठीक से देखी नहीं क्या?" विजय ने अपने आक्रोश को कम करते हुए यथासंभव सहज होने की चेष्टा की।

''बस साहब, कामकाजी आदमी हैं, दुकान से फुर्सत ही नहीं मिली।'' सोहनलाल ऊपरी ढंग से हँसा। फिर असल बात पर आ गया, ''साहब, हमारे साले को भी कहीं लगवा दीजिए। बी.ए. पास है, क्लर्क ही लग जाए।'' उसने दीन भाव से कहा।

''भई, सिफारिश की तो मेरी औकात ही क्या है, दूसरे मैं इसे मानता नहीं हूँ। वांट्स निकलती हैं, उसे एप्लाई करना चाहिए। हाँ, अगर पढ़ने में किसी मदद की जरूरत हो तो यहाँ भेज दीजिए। मैं या अनु पढ़ा दिया करेंगे।''

''बीबी जी भी पढ़ी हुई हैं क्या?'' ठाकुर ने हैरानी से पूछा।

''हाँ, मेरे बराबर ही। बल्कि मुझसे एक कदम आगे। इनका एम.ए. में फर्स्ट डिवीजन है, मेरा सेकंड...!'' पुरुष हँसा। ''इसलिए ये घर के कामकाज रोब डालकर मुझसे करवा लेती हैं। कहती हैं, हर चीज बराबरी की होनी चाहिए।''

''ये तो ज्यादती है साहब इनकी।'' ठाकुर साहिब मूँछों के बीच से हँसते हुए बिल्कुल बच्चों जैसे लग रहे थे।

''नहीं साहब, ज्यादाती तो हम लोगों की, हम आदमियों की हजारों सालों से रही है। इससे दिमाग ऐसा उलटा बन गया है कि ये उस ज्यादती का विरोध करती हैं तो हमें अजीब लगता है या कि ज्यादती लगती है, जबकि इसमें कोई गलती नहीं है। यह न्याय का सवाल है। आखिर हमें क्या हक है कि हम औरत को रंगीन कपड़ों, गहनों और विलासिता के थोड़े से सामान के साथ घर की चारदीवारी में बंद कर दें, उसे पैर की जूती या नरक का द्वार कहें? जरूरत इस बात की है कि वह हमारे पूरे जीवन में सहभागी बने। आखिर वह भी हमारे जैसे ही हाड़-माँस की है, उसमें भी दिल है, दिमाग है। वह किस बात में हमसे कम है? क्या वह जिंदगी भर रसोईघर में कैद रहने के लिए बनी है...?'' विजय ने बोलना शुरू किया तो बोलता ही चला गया।

पता नहीं, उन्हें कितना समझ में आया, पर विजय के चेहरे के आवेश को देखकर वे त्रस्त हो गए थे।

फिर वे उठे, नमस्कार किया और चल दिए। वे इस आदमी से ऊपरी तौर से असहमत थे, पर भीतर उसकी सच्चाई और सवालों का जवाब नहीं ढूँढ़ पा रहे थे।

घर आकर उन्होंने अपनी औरतों से कुछ कहा, कुछ नहीं कहा। उस दिन के बाद वहाँ औरतों का जमघट लगना बंद हो गया। अलबत्ता बच्चे इस घर में कभी खेलने, कभी कहानियाँ सुनने और टाफियाँ खाने आते रहे।

2

अंकल को विश नहीं करोगे

यह कहानी शुरू करने से पहले एक निवेदन कर दूँ। डॉक्टर की जो भी कल्पना आपके जेहन में है, पहले उसे अच्छी तरह झाड़ दें। और जो इस कहानी का खासमखास डॉक्टर है, यथासंभव उसी के आसपास रहें–यानी अपनी दिलचस्पी उसी तक महदूद रखें। क्योंकि इसके अलावा शायद ही दुनिया का कोई और डॉक्टर यहाँ चल सके, कम से कम मैंने तो देखा नहीं अपनी लंबी जिंदगी के ऊबड़खाबड़ ग्राफ में।

यों जैसा कि आप आगे चलकर देखेंगे, किसी ऊबड़खाबड़ ग्राफ से भी ज्यादा ऊबड़खाबड़ है उस डॉक्टर का कैरेक्टर!...मगर वो डॉक्टर है ही कहाँ? वह तो...खैर छोड़िए। कहानी पढ़ रहे हैं तो खुद ही जान जाएँगे। मैं क्यों इस झमेले में पड़ूँ?

देखने में तो वह साधारण सा ही है–पिद्दी सा। हालाँकि नाक-नक्श बुरे नहीं। बातचीत में और भी धीमा, कमजोर। उसकी बेसिर-पैर की बातचीत में मजा लेना मुश्किल है और बहुत देर में पता चल पाता है कि वह असल में कहना क्या चाहता है। हालाँकि एक बात अच्छी है उसमें जो शुरू-शुरू में थोड़ी अटपटी भी लग सकती है–नोट्स लेने की आदत! आप यों समझ सकते हैं कि अपनी इस आदत का वह करीब-करीब गुलाम है। उसकी जेब में कुछ और हो न हो, एक डायरी और पेन हर वक्त मिलेगा। बातचीत में जो भी सूचना या मिसरा उसे अच्छा लगता है, वह तुरंत उसकी डायरी में दर्ज हो जाता है। और उसकी पसंद कुछ बुरी नहीं, यह आप उसके निकट हों तो जान जाएँगे। आखिरी सूचना यह कि कभी-कभी आप उसे रजनीश मार्का आदर्शवादी प्रवचन घोकते देखें, तो उसकी आँखों में उभर आई अजीब-सी चमक से डरें नहीं। यह क्षण भर के लिए कौंधती है फिर किसी उदास दरिया में बिला जाती हैं।

शुरू में पत्नी ने बताया कि डॉक्टर मिलना चाहता है तो थोड़ी हैरानी, थोड़ी असुविधा महसूस हुई थी। क्यों मिलना चाहता है मुझसे? आखिर क्या कॉमन फैक्टर हो सकता है मुझमें और उसमें? उसकी तमाम चारित्रिक विशेषताएँ जो ऊपर लिख आया हूँ, तब तक मालूम नहीं थीं। मैं डॉक्टर को सिर्फ डॉक्टर समझता था–यानी पैसा ऐंठने वाली क्रूर और हिंस्र मशीन। फायदे-नफे की दुनिया की बातें वैसे भी मुझसे सध नहीं पातीं और मैं चिढ़ जाता हूँ। लिहाजा मैं किसी डॉक्टर-वाक्टर से मिलने को उत्सुक नहीं था।

लेकिन यहाँ बात कुछ और ही थी। शायद पत्नी ने बता दिया था कि मैं लेखक हूँ और बच्चों की पत्रिका में काम करता हूँ। तभी उसने मिलने की इच्छा प्रकट की थी, ''भाईसाहब से कहिएगा, कभी आएँ तो मिलें। या फिर मैं ही चला आऊँगा कभी आपके घर। एक कप चाय तो पिलाएँगे न!''

कुछ भी हो, बात चौंकाने वाली तो थी ही। आज के जमाने में किसी लेखक या बच्चों की पत्रिका में काम करने वाले पत्रकार से भला कौन मिलना चाहता है! और फिर डॉक्टर क्यों? डॉक्टरों के बारे में मेरा अपना अनुभव यह है कि उनमें से आधे से ज्यादा तो खुद बीमार होते हैं। चिड़चिड़े, घमंडी और एक किस्म के तानाशाह! इस हद तक हृदयहीन कि वे दूसरों का दर्द महसूस ही नहीं कर सकते। यानी उनमें से आधों को तो आप एकबारगी खारिज कर सकते हैं कि वे आदमी ही नहीं हैं। और दिलचस्प बात यह है कि फिर भी वे दूसरों का इलाज करने का दम भरते हैं। खैर...

पत्नी रोज सुबह बेटी को स्कूल बस के स्टैंड तक छोड़ने जाती थी। बस डॉक्टर की दुकान के पास ही रुकती थी। लिहाजा वहीं डॉक्टर से मुलाकात हो जाती होगी। ऐसी मैंने कल्पना कर ली थी।

अगले दिन सुबह मैंने ऋचा के साथ चलने का इरादा बनाया। झूठ क्यों कहूँ, डॉक्टर से मिलने की उत्सुकता भी थी। देखा, बच्चे डॉक्टर की दुकान के पास ही घेरा बनाए खड़े हैं। कुछ वहाँ पड़ी कुर्सियों और बेंचों पर जम चुके हैं। उनकी मम्मियाँ पास ही गंभीर स्टेचू की तरह मुँह लटकाए खड़ी थीं। इस कदर गंभीर कि उन्हें देखकर सिर्फ हँसी आ सकती थी।

मेरी बेटी ऋचा भी दौड़ती हुई गई और खाली पड़ी बेंच के एक कोने पर बस्ता पटककर खड़ी हो गई। शायद वह डॉक्टर से कुछ ज्यादा हिलमिल गई थी, इसलिए काफी कुछ अधिकार जैसा भाव उसमें आ गया था।

डॉक्टर कुर्सी के सहारे एक ओर खड़ा अखबार पढ़ रहा था। मैंने उचटती निगाहों से उसकी ओर देखा, फिर सड़क पर नजर दौड़ा दी। बस आज लेट थी, इसलिए बच्चों की मम्मियाँ 'तार सप्तक' में भुनभुना रही थीं।

कुछ देर बाद डॉक्टर का ध्यान टूटा। अखबार परे सरकाकर इधर-उधर देखने लगा। उसकी आँखों में विचित्र चौकन्नापन था। ऐसा चौकन्नापन जो बड़ी तेजी से संवाद के लिए किसी को खोजता है। उसके माथे पर उलझी हुई रेखाओं का पूरा एक जाल था।

मैं कुछ कहना ही चाहता था कि तब तक ऋचा के पास मुझे खड़ा देख, डॉक्टर मुस्करा दिया। पास आकर बोला, ''तो आप हैं न, ऋचा के पापा...?''

''हाँ।'' और क्या कहूँ, मेरी समझ में नहीं आया।

''इनकी मम्मी बता रही थीं, प्रभात टाइम्स में हैं न आप? भई, अखबार वाले ही हैं आज वक्त में जिन पर सारी उम्मीदें टिकी हैं मुल्क की। अच्छा, कैसे खबरें बनाते हैं आप? कभी समझाइएगा मुझे।''

वह शायद अब तक भूल गया था कि मैं बच्चों के लिए कहानियाँ लिखता हूँ। समाचार बनाना मेरा काम नहीं है। पर मैंने मुस्कराकर टाल देना उचित समझा। डॉक्टर उसी रौ में बोले जा रहा था, "मैं तो रोज नियम से अखबार देखता हूँ साहब, लेकिन सच कहता हूँ, देखने की इच्छा नहीं होती। रोज कत्ल, हत्याएँ, बलात्कार...और अब तो आत्मदाह। अजीब सिलसिला चल निकला है साहब, जैसे किसी जिंदा आदमी का जलना कोई बात ही नहीं, कोई घटना...! ये नेता जो हैं न, ये बदमाश हैं साले। मैं आपसे ठीक कहता हूँ, ये लोगों को मरवा देंगे, देखना आप! फिर आजकल के लड़के भी तौबा-तौबा। ये वैसे लड़के नहीं है, जैसे हमारे-आपके जमाने में हुआ करते थे या जैसे हम हुआ करते थे। हालात भी आप देखते हैं साहब, दिन-ब-दिन बिगड़ते जा रहे हैं। एक तो अनएंप्लायमेंट है इतना, फिर फ्रस्ट्रेशन...! इन्हीं सारी चीजों ने तो अ...वो...वो क्या कहते हैं, दुस्साहसी बना दिया है लड़कों को। वर्ना कोई हिम्मत कर सकता है खुद आग में जलने की। कोई खेल तो नहीं है आत्मदाह! कोई न कोई तो बड़ा कारण है इसके पीछे-क्यों साहब?"

डॉक्टर ने अचानक यह सवाल उछाल दिया था मेरी तरफ! मैं खुद इसी मसले को लेकर बहुत उत्तेजित था। लेकिन कोई दूसरा उत्तेजित हो, तो मेरी आदत है शांत हो जाना। खुद पर काबू पाते हुए धीरे से कहा, "मंडल कमीशन मेरे ख्याल से बुरा नहीं था। लेकिन वह जिस चिढ़ाने वाले अंदाज में पेश किया गया-राजनीतिक अस्त्र के रूप में, वह गलत था। कोई हथियार आप चलाते हैं और उलटकर वह आपकी ही गरदन काटने लगता है, तो हाय-तौबा क्यों?"

"तो आप मंडल समर्थक हैं या...?" डॉक्टर थोड़ा अचकचा गया।

"देखिए, इसका कोई बना-बनाया जवाब तो है नहीं मेरे पास। इतना जरूर लगता है कि इसे थोड़ा और बैलेंस्ड किया जा सकता था। और लागू करने से पहले इसके सभी पहलुओं पर डिबेट होती, तो शायद ऐसे हालत न बनते।"

कुछ देर बाद शायद उसे खुद-ब-खुद ख्याल आ गया कि मैं बच्चों की पत्रिका में काम करता हूँ। शरमाकर उसने बताया कि दस-बारह बरस पहले तक वह भी बच्चों की यह पत्रिका नियमित रूप से पढ़ता रहा है और अब भी मिल जाए तो देख लेता है। फिर बोला, "बच्चों के लिए जो आप कर रहे हैं, वह बड़ा पुण्य का काम है। बच्चों को बनाना, उन्हें नए-नए ख्यालात देना बहुत जरूरी है, वरना..."

"वरना...क्या...? जिस जगह वह रुक गया था, वहाँ मेरे मुँह से अपने आप मुड़े-तुड़े से ये शब्द निकले।"

"वरना...देश वैसे ही हो जाएगा जैसी मेरी हालत है। आप देख रहे हैं न मुझे! मैं कहीं से लगता हूँ कि डॉक्टर हूँ? मैं तो एक सहज आदमी तक नहीं हूँ, सच्ची!"

मैंने देखा, उसकी आँखें मेरे देखते ही देखते सूखे कुएँ में बदल गई थीं, जिसमें जंगली घास और झाड़ियों की झुरमुराती गंध थी और तड़कता हुआ बीहड़ अंधकार!

मैं चौंक गया।

कुछ और गौर से देखना, समझना चाहता था उसे। लेकिन तब तक सब फैला हुआ तिलिस्म समेट लिया था उसने। यानी कि पट-परिवर्तन! यह आदमी एक कुशल अभिनेता भी है-ऐसा मुझे लगा।

फिर वह एकाएक सब भूल-भालकर स्कूल बस का इंतजार कर रहे बच्चों से बोलने-बतियाने लगा। बल्कि बच्चों में जरूरत से ज्यादा रुचि लेने लगा। यह भी शायद कुछ छिपाने की प्रक्रिया का ही कोई हिस्सा हो-मैंने सोचा।

वह जोकर जैसा मुँह बनाकर हँस-हँसकर सब बच्चों से जबरदस्ती बात करने की कोशिश कर रहा था, ''किस क्लास में पढ़ते हो बेटा? नाम क्या है तुमाला? अले, अंकल को विश नहीं कलोगे? अंकल प्रजेंट देंगे तुम्हारे बर्थ डे पर! अच्छा...डेट आफ बर्थ क्या है तुमाला? लिखवा दो मुझे...जल्दी!'' और उसने सचमुच अपनी डायरी निकाल ली थी। पेन खोलकर लिखना शुरू कर दिया था।

हालाँकि बच्चों से ज्यादा तो बच्चों की मम्मियों में हलचल मची थी, जिसे वे चालाक कनखियों में छिपाने में लगी थीं। अभी तक स्टेचू बनी मम्मियाँ अब हरकत में आ गई थीं और चंचल आँखों से ध्वनि-तरंगें एक-दूसरे की ओर सरकाने लगी थीं। वे ध्वनि तरंगें थोड़ी-थोड़ी देर बाद एक सवाल में बदल रही थीं कि ऐसा आदमी क्या ठीक-ठाक लगता है? ठीक-ठाक माने मानसिक रूप से...खि खि खि!

अब वह मेरी बेटी से मुखातिब था, ''अच्छा बेटे, नाम बताओ? विश नहीं किया अंकल को!...शाब्बाश! मनु जी की बेटी हो न। मैं समझ गया था, समझ गया... अच्छा, डेट आफ बर्थ बताओ बेटे! मैं तुम्हारे बर्थ डे पर ग्रीटिंग कार्ड भेजूँगा। क्यों, ठीक है न?''

लेकिन जब तक डॉक्टर नोटबुक को आगे सरकाए, ऋचा शिकायत दर्ज करने वाली मुद्रा में आ गई, ''पर अंकल, आप पहले भी पूछ चुके हैं।''

और डॉक्टर का पेन ठिठका-सा रह गया।

''ऐं! अच्छा, लेकिन लिखा नहीं होगा मैंने, खाली सुन लिया होगा। तो वह भूल गया। मैमोरी जरा वीक है न मेरी, इसलिए तो डायरी पास रखता हूँ।'' डॉक्टर के चेहरे पर हल्की झेंप है।

''नहीं अंकल, लिखा भी था। दो बार लिखा था, मम्मी के सामने।'' ऋचा भी हार नहीं मानना चाहती थी।

''तब तो जरूर रजिस्टर में दर्ज हो गया होगा। मैं रोज रात को डायरी का मैटर रजिस्टर में उतारकर ही सोता हूँ।''

डॉक्टर ने फिर चौंका दिया है मुझे। भला, इसे क्या जरूरत है यह सब गोरखधंधा करने की? पहले डायरी में नोट करेगा, फिर रजिस्टर... अजीब आदमी है!

इतने में बस आ गई, तो बच्चे उधर लपके। बच्चों की मम्मियाँ ड्राइवर पर भुनभुनाईं। खूब हंगामा-सा मचा।

बस के जाने के बाद डॉक्टर ने कहा, "आइए, आपको दुकान दिखा दूँ।"

अब के मैंने गौर किया-बाहर से वह डिपार्टमेंटल स्टोर था जहाँ रोजमर्रा के इस्तेमाल की सारी चीजें मिल जाती थीं, बिंदी-कंघी से लेकर गारमेंट्स तक। बच्चों के स्कूल बैग, बॉटल, पैन-पेंसिल, कापियाँ भी मिल जाती थीं। छोटी-मोटी डायरियाँ और ग्रीटिंग काड्र्स भी। और अभी हाल में दाल-चावल-चीनी, पनीर और सूखे मेवे भी मिलने शुरू हो गए थे। डॉक्टर बता रहा था, "दो काउंटर हैं। उन पर दोनों बेटे बैठते हैं...और मिसेज आ जाती हैं दोपहर में। मेरा तो कभी-कभार का चक्कर लगता रहता है, जब इनमें से कोई न हो या फिर किसी फालतू आदमी की जरूरत हो।"

मैं 'फालतू' शब्द की अर्थ-व्यंजना पर विचार कर ही रहा था कि डॉक्टर मुझे उस दुकान के भीतर एक छोटे से केबिन में ले गया, जिसमें मुश्किल से दो-तीन लोगों के बैठने की जगह थी। धूल में सनी मेज पर स्टेथोस्कोप, दवा की शीशियाँ और कुछ सिरिंज बिखरी पड़ी थीं। कुछ दवा की शीशियाँ साथ वाली अलमारी में-बेतरतीब।

डॉक्टर अब भी उसी तरह अपनी आदत के मुताबिक बोलता जा रहा था। लेकिन मुझे जाने क्या हुआ कि कुछ सुनाई पड़ता था, कुछ नहीं। मैं जाने क्या-कुछ सोचने लग गया था।

तभी पता चला कि डॉक्टर पंजाब सरकार की अच्छी-खासी लगी-लगाई नौकरी छोड़कर चला आया, जरा सी बात पर। अफसर से मामूली झगड़ा हो गया था। डॉक्टर ने कहा, "तू क्या समझता है? तू मेरा मुकद्दर तो नहीं बदल सकता।" यह भी पता चला, यहाँ फ. नगर में उसके भाई हैं। सबकी अपनी अपनी फैक्टरियाँ हैं। खूब अच्छे खाते-पीते हैं, पर डॉक्टर पंजाब से उजड़कर आया तो किसी से कुछ नहीं लिया और अपने बलबूते पर यह दुकान खोल ली। अब तक किसी से हार नहीं मानी थी, लेकिन अब...

तब तक डॉक्टर का शायद बड़ा वाला बेटा भी दुकान में चला आया था। एक लंबा, स्वस्थ युवक, जिसके चेहरे से भरा-भरा आत्मविश्वास फूट रहा था। डॉक्टर ने परिचय कराया, "ये लेखक-पत्रकार हैं बेटा। इनके साथ खास रियायत करनी है, जितनी भी हो सके।"

"जी अच्छा!" लड़के ने ओढ़ी हुई विनम्रता से कहा, जो दूसरों की उपस्थिति में मजबूरी की तरह ढोई जाती है।

"अच्छा, मैं चल रहा हूँ। कोई मरीज आ जाए तो घर भेज देना...या मुझे बुला लेना।" डॉक्टर ने चलते-चलते कहा, तो लड़के के चेहरे पर अजीब-सी मुस्कान उभर आई। बड़ी ही काँइयाँ मुस्कान सामने वाले को उसकी तुच्छता का अहसास करा देने वाली।

घर आकर मैंने पत्नी से कहा, ''डॉक्टर तो एकदम सीधा है...''

''और विचित्र भी?''

''नहीं, उस रूप में नहीं, पर मेरा मतलब है...एक अलग कैरेक्टर तो है। दूसरों से इस कदर अलग कि...''

''सिर्फ अलग, एब्नार्मल नहीं?'' लगता है, पत्नी ने भी उस पर विचार किया था। अपने नतीजों से मेरे नतीजे का मिलान करना चाहती थी।

''नहीं, एब्नार्मल नहीं।'' कुछ सोचते हुए मैंने कहा, ''लेकिन प्रैक्टिस चलती होगी क्या? मुझे तो संदेह है। धूल, इस कदर धूल जमी पड़ी थी सब चीजों पर। चलते-चलते लड़के को कहकर गया कि कोई मरीज आए तो घर भेज देना।''

''बेचारा!'' पत्नी के मुँह से यह शब्द इस कदर अनायास निकला कि मैं तड़पकर रह गया, ''क्यों...बेचारा क्यों?''

''मरीज तो कभी कोई नजर नहीं आया, लेकिन इसका इंतजार जैसे चलता है। उस दिन सुषमा के साथ मैं कुछ सामान लेने गई थी, तो हमारे सामने भी यही बोलकर गया। सुषमा कह रही थी, दीदी, कोई पेशेंट तो दिखाई पड़ता नहीं, जबकि कहकर हमेशा यही जाता है कि...''

''अजीब बात है। तो फिर यह कहता क्यों है?''

''बस, इंतजार...! या फिर अतीत में जीने की आदत। अपने डॉक्टर होने का अहसास छूटता नहीं, इसीलिए पेशेंट जरूरी है। यह चीज लगता है, उसके वजूद से जुड़ी है...''

पता नहीं, क्या हुआ कि लगा, आँखें खुश्क होती जा रही हैं। अजीब सी चिनचिनाहट। ''ऋचा के बर्थ डे पर कोर्ड भेजने के लिए कह रहा था। अब पता नहीं, यों ही कह रहा था या भेजता भी है?'' मैंने बात बदलने के लिए कहा।

''दो बार मुझसे भी पूछ चुका है। मेरे ख्याल से भेजता ही होगा। दुकान तो अच्छी-खासी चल रही है। कोई कमी तो है नहीं।'' फिर जैसे बात खत्म करने का बहाना तलाश रही हो, पत्नी रसोई के काम में जुट गई।

थोड़ी देर बाद-कुछ याद आया, तो बरतन साफ करते-करते बीच में यह बताने के लिए चली आई, ''लेकिन लड़के बड़ा अपमान करते हैं बाप का। और माँ की पूरी शह रहती है। खुद रोज लिपस्टिक-पाउडर थोपकर बैठी रहती है दुकान पर। पति की कोई परवाह ही नहीं। मुझे लगता है, सब मिलकर उपेक्षा करते हैं जान-बूझकर...!''

''पर क्यों, मिसेज सोनी क्यों?''

''इसलिए कि आज उसे पति की तुलना में बेटे ज्यादा सबल नजर आने लगे हैं, ज्यादा बड़ा सहारा। पति अव्यावहारिक है, किसी काम का नहीं।'' कुछ देर बाद, जैसे खुद-ब-खुद फैसला ले रही हो, वह बोली, ''लेकिन पछताएगी यह औरत एक दिन,

देख लेना। लड़के इसकी भी कोई कम दुर्गति नहीं करेंगे। आएगा वो वक्त भी जल्दी ही, बस, इसे नजर नहीं आ रहा।''

इसके दो-चार दिन बाद सुबह-सुबह छोटी बेटी के लिए बैग लेने गया तो डॉक्टर को तन्मयता से झाड़ू लगाते पाया। मुझे देखकर उसने झेंप मिटाने के लिए बोलना शुरू कर दिया, ''आइए मनु जी, आइए। सुबह-सुबह कैसे? भई सुबह-सुबह झाड़ू-बुहारी की ड्यूटी हमारी रहती है। आजकल के लड़के आठ-नौ बजे से पहले कहाँ उठते हैं? मिसेज को भी घर के कामकाज निपटाने होते हैं। एक मैं खाली होता हूँ तो चला आता हूँ।'' फिर जाने क्या तरंग आई कि बात को किसी और दिशा में उछाल दिया, ''मैं तो जी फ्री स्टाइल आदमी हूँ। जीवन अपनी मर्जी से जिया और लड़के जो भी करें, अपनी मर्जी से, मैं नहीं टोकता।''

फिर कुछ देर बाद सोचते हुए कहा, ''आप लड़कों के लिए लिखते हैं। उन्हें सिखाते हैं, यह तो बहुत अच्छा है। लड़के सँभल जाएँ, तो सब ठीक...कहीं कोई मुश्किल ही नहीं।''

मैंने गौर किया, पिछली दफा भी यही कहा था डॉक्टर ने, पर इस दफा कुछ अलग अर्थ खुलने लगे थे इन्हीं शब्दों के।

कुछ देर बाद ड़ॉक्टर ने जैसे खुद को ही सुनाना चालू कर दिया, ''जमाना बदल गया है, साहब। अब वो दिन कहाँ रहे साहब, न वो बात। हमारे वक्त में बाप का डर होता था पूरे घर में। कोई आँख तो मिला ले। बाप आता था तो हम छिप जाते थे, सामने नहीं आते थे। माँएँ डराया करती थीं बच्चों को कि तेरे बापू आएँगे तो ये कहूँगी, वो कहूँगी।...और आजकल? बाप की अपनी इज्जत बची रहे तो बड़ी बात है।''

कहते-कहते डॉक्टर चुप हो गया। पर साफ लग रहा था, वह रुका है, उसका आवेश चुका नहीं। चेहरा आरक्त।

मुझे याद आया, छुटकी के लिए स्कूल बैग लेना है। लग रहा था, खरीदूँ और जाऊँ, पर उसकी अधूरी बात यों छोड़कर...

डॉक्टर ने अब तक झाड़ू लगाकर बुंहारी एक ओर रख दी थी। मुझे उत्सुक नजरों से देखता पाकर बोला, ''अब लड़के आजकल के अपनी लिमिटेशंस तो देखते नहीं, एंबीशंस बहुत हैं। बड़ा वाला कहता है-कार ले दो। अब पी.एफ. का पैसा तो मैं कार में लगाने से रहा। मैंने कह दिया कि 'काम फैलाओ। बचत करो। कार लायक पैसे हो जाएँ, तो जरूर खरीदो। मगर यह भी देख लेना, पेट्रोल का खर्चा भी निकलता है कि नहीं?'...क्यों साहब, लड़कों को स्वतंत्रता चाहिए तो अपने बाप की स्वतंत्रता पर हमला करके ही वे इसे हासिल करेंगे?''

''शायद दिल्ली से सामान लाने में दिक्कत होती हो।'' उसे शांत करने की गरज से मैंने कहा।

''हाँ, सो तो है। लेकिन और कनवेंस भी हैं ही, और लोग करते ही हैं। लड़कों का तो यह काम करने का वक्त है, स्ट्रगल से कैसा घबराना? हमने भी किया है साहब। सुविधा से जीने की बात अभी नहीं सोचनी चाहिए। हालाँकि मेरे सोचने से क्या होता है?'' फिर एक पराजित मुस्कान।

''लड़के ही लाते हैं सामान? आप नहीं।'' मैंने यों ही पूछ लिया।

''हाँ जी, मैं तो अनफिट हूँ।'' डॉक्टर का चेहरा विद्रूप हो गया, ''सामान लेने जाऊँ तो कहा जाता है, मैं गलत चीज ले आया, गलत दामों में ले आया। बेचने बैठूँ तो कहा जाता है, मैंने सस्ते में सब लुटा दिया। अब झिकझिकबाजी तो मुझे अच्छी लगती नहीं मनु साहब। मेरा तो ये उसूल है कि हर चीज में टेन परसेंट मुनाफा आप ले लो- ज्यादा नहीं। लेकिन हर पीढ़ी का अपना कायदा होता है। हमारा कुछ और था, इनका कुछ और...''

मुझे लगा, इस तरह तो काफी देर हो जाएगी। मैंने उसे याद दिलाया कि मैं छोटी बेटी के लिए स्कूल बैग लेने आया हूँ। तब तक लड़का भी आ गया था। डॉक्टर ने लड़के से कहा, ''बेटे, अंकल को दिखा कोई अच्छा-सा बैग।''

लेकिन लड़के के व्यवहार में उपेक्षा बड़ी साफ थी। वह बड़ी देर तक सामान इधर से उधर रखता रहा। फिर मुझ पर नजर पड़ती तो बोला, ''अंकल, आप खुद ही निकाल लीजिए न, जो ठीक लग रहा है।''

साफ लग रहा था कि पिता की उपेक्षा का एक हिस्सा उसने पिता के मित्र के खाते में भी दर्ज कर दिया है। बगैर बैग लिए मैं घर लौट आया।

इस बार डॉक्टर कुछ हिला हुआ सा लगा। मैं रास्ते भर उसी के बारे में सोचता रहा। पता नहीं, कुछ ही दिनों में उसके साथ मेरा यह कैसा रिश्ता बन गया था कि उसका दर्द मुझे विकल कर रहा था। मैं साफ तौर से अशांत था, बेचैन। और इसका कारण उसकी बेचैनी थी। उसके साँवले चेहरे पर रेखाओं का जाल कुछ और कस गया था। हँसी उदास कि जैसे कोई हँसते-हँसते हक्का-बक्का छूट गया हो और आगे की यति-गति भूल गया हो।

डॉक्टर का चित्र मेरे जेहन में बार-बार एक ही तरह से बन रहा था, जैसे धीरे-धीरे कालिख में गुम होता हुआ कोई तारा।

इसके बहुत दिनों तक डॉक्टर से भेंट नहीं हुई।

पत्नी से दो-एक दफा पूछा, तो पता चला कि अब वह दुकान पर कम ही आता है। मिसेज सोनी और बच्चे ही ज्यादा बैठते हैं। फिर जैसे कुछ याद आया हो, बोली, ''चार-छै रोज पहले शाम को एक दिन देखा था, बड़ा ही बदहवास सा। लड़कों से कुछ कहा-सुनी हो रही थी और मिसेज सोनी दूर बैठे-बैठे देख रही थी।''

"मिसेज सोनी का मन नहीं पसीजता पति की हालत देखकर? क्यों मार रहे हैं एक अच्छे-भले आदमी को ये लोग?"

"पैसा-पैसा...पैसा, एक अंधी दौड़! और क्या? मुझे तो लगता है, मिसेज सोनी की पूरी-पूरी शह है। वरना लड़के, मजाल है जो..." पत्नी ने गुस्से से तिलमिलाते हुए कहा।

इसके कुछ रोज बाद डॉक्टर से मेरी भेंट हुई, तो मैं चौंक गया। उसके चेहरे की आड़ी-तिरछी रेखाएँ जैसे युद्ध-मुद्रा में आ चुकी थी। वह बहुत उत्तेजित था। अपने आसपास से बहस करने, कुछ कर डालने के लिए उद्धत। कुछ-कुछ उस कैदी की तरह, जिसके पैरों में बेड़ियाँ हों और हाथ हवा में फड़फड़ा रहे हों।

"यह देश, यह कंट्री कैसे चलेगा...बताइए, आप जरा? जब लोगों की नैतिकता का यह हाल है। ये जो नेता हैं, चोर हैं ससुरे! ये मरवा देंगे सबको, मैं आपसे ठीक कहता हूँ। यह देखिए, एक ओर सरकार ने योजना बनाई है कि जो डॉक्टर अपना नर्सिंग होम खोलना चाहे, उसे दस लाख तक का अनुदान मिल सकता है। दूसरी ओर ये नेता! मैं आपको बताऊँ मनु जी, मंत्री तक सीधे-सीधे रिश्वत माँग रहे हैं-कैन यू इमेजिन?"

उसके हाथ में अखबार फड़फड़ा रहा था। जैसे अखबार नहीं, कोई परमाणु अस्त्र हो। वह अखबार सिर्फ पढ़ता ही नहीं था, जड़ और ठस होते समाज में एक नैतिक अस्त्र के रूप में मानो उसे फहरा रहा था।

मैं खामोशी से देखता रहा, देखता रहा-जैसे धुंध साफ हो रही हो। अब मुझे समझ में आ गया उसके उद्वेग का रहस्य। उसके भीतर का 'डॉक्टर' जोर मार रहा था। पत्नी और लड़कों का महज सेवक होने की बजाय वह कुछ होना चाहता था। कुछ जो कि उसके वजूद से जुड़ा हो। और उसे एक फालतू आदमी न समझा जाए। लेकिन...

लेकिन उसका आत्मविश्वास छीज चुका था-एक बहुत ही कमजोर आदमी, जिसकी ताकत निचोड़ ली गई हो।

थोड़ी देर बाद वह शांत हुआ तो उसके चेहरे पर मुझे हल्का भय उतरता दिखाई दिया।

"मैं अभी आता हूँ।" कहकर हड़बड़ाता हुआ वह चल दिया। सड़क के दूसरी ओर के एक मकान की तरफ। लस्टम-पस्टम चाल।

मैं समझ गया, अखबार किसी और का था। वही लौटाने गया है। नहीं तो उस आदमी के बिगड़ने का डर होगा।

अखबार से न मिसेज सोनी का कोई लेना-देना था, न लड़कों का। जब पढ़ते ही नहीं, तो भला क्यों पैसे खरचें-उस आदमी के लिए जो कुछ कमाता नहीं, जिसकी 'सेल वेल्यू' कुछ भी नहीं। वह इस्तेमाल होते-होते इतना घिस चुका है कि अब वह सिर्फ है। वह किताबी भाषा में, कानूनी भाषा में पति है, पिता है। लेकिन जिनका पति है, पिता है, उनके दुनियावी शब्दकोश में तो उसके लिए एक ही टीप लिखी है-'एक फालतू बोझ'।

मुझे मिसेज सोनी पर गुस्सा आने लगा। वह चाहती तो इस आदमी की यह हालत न होती। पत्नी सम्मान न करे तो लड़कों के दिमाग तो बिगड़ ही जाएँगे।

मैं डॉक्टर की मानसिक स्थिति के बारे में सोचने लगा था। उसमें विक्षेप तो कहीं था नहीं, लेकिन उत्तेजना के कारण थोड़ी-सी असामान्यता जरूर आ गई थी। थोड़ा-सा प्यार, थोड़ा-सा आदर इस आदमी को चाहिए जो शायद दवाओं से भी ज्यादा असर करेगा-मैंने सोचा।

इतने में ही स्कूल बस आ गई और ऋचा भी धक्कामुक्की करती हुई बस में घुसी। अब वह हाथ हिला रही थी। कुछ देर के लिए मैं अपने बचपन में लौट गया, जब चीजों को बदलने की जिद अजीब-सा आवेश भर देती थी और मैं बैठा-बैठा सोचता रहता कि...

मैं लौटने ही वाला था। इतने में सामने नजर गई। सड़क के दूसरी ओर डॉक्टर झुका हुआ कुछ कर रहा था। मैंने गौर से देखा, वह बड़ी तन्मयता से कुछ बटोरता हुआ, रूमाल में रखता जा रहा था।

और उसका चेहरा स्याह था। किसी चिथड़ा बादल के टुकड़े की तरह। यह क्या? यह कंकड़ क्यों बीनने लगा? तो क्या यह पागल हो गया? सचमुच!

मेरे भीतर तो चक्की चल पड़ी, दगड़...दगड़...दगड़...दगड़...और फिर कहीं से आकर एक हथौड़ा-सा बजा-द न् न् न् न् न्...न!

इतने में डॉक्टर पास आया, तो मैं तेजी से सोचने लगा, इससे किस तरह बात की जाए? यानी कितना डिस्टेंस रखकर।

मगर डॉक्टर तो डॉक्टर था। एकदम पास सरक आया। आँखों में सतर्क चौकन्नापन।

''साहब, ये देखिए, ये...देख रहे हैं न आप? ये क्या चीजें हैं भला...?'' कहकर उसने झट से रूमाल खोला।

जैसे कोई जादू का खेल हो रहा हो।

मैंने देखा, पंद्रह-बीस कीलें थीं, छोटी-बड़ी।

कीलें!...यकीन मानें आप।

मैं चकित होकर उसका मुँह देखने लगा। तो क्या यह शख्स सड़क पर झुका हुआ कीलें ही इकट्ठी कर रहा था। मगर क्यों?

''रोज यहाँ इतनी गाड़ियाँ बर्स्ट होती हैं...साइकिल-स्कूटर पंक्चर हो जाते हैं। क्यों? कभी सोचा है आपने?'' मेरे सवाल की ठीक बगल में उसका यह सवाल आकर बैठ गया था। अब उसकी उत्तेजना को फिर बात करने के लिए रास्ता मिल गया है, ''ये बताइए साहब, कि सफाई का महत्व हम लोग कब समझ पाएँगे। क्या हम लोग अपना काम करते हैं पूरी ईमानदारी से? चलिए, सफाई कर्मचारी तो नाम मात्र के हैं, मेहतर नहीं

आता समय से–तो क्या हम कुछ नहीं कर सकते? अगर हर कोई अपने घर के आगे का हिस्सा साफ रखे तो गंदगी कहाँ रह जाएगी? मगर हम तो ऐसे मनहूस हैं कि हमारा घर चमकता रहे, बाहर चाहे कूड़े के ढेर विराजमान रहें।...अच्छा बताइए, यह साइकिल, स्कूटर जो यहाँ अभी–अभी खामख्वाह पंक्चर हो गया होता, यह तो किसी का भी हो सकता है न साहब? यह मेरा सोचना है। वैसे आप देखें। आप अखबार वाले तो हमेशा मौलिक आइडियाज ही लाते हैं।''

मैं मुस्करा भर दिया–कहा कुछ नहीं, तो उसे लगा जैसे किसी ने थाप लगा दी हो। वह एक दूसरे बिंदु पर फिसल गया, ''अच्छा, एक बात बताइए, यह जो सेल्फ डिसिप्लिन है जिसे क्या कहते हैं हिंदी वाले? आत्मानुशासन–ठीक है न! तो वह आत्मानुशासन कहाँ है हमारे देश में? हर कोई दूसरे का फायदा उठा रहा है। हर कोई दूसरे का इस्तेमाल कर रहा है, और यह सिर्फ बाहर नहीं, अब तो घर में भी होने लगा है। तो क्या ये मौरेल वेल्यूज हैं हमारे मुल्क की जिनका दुनिया भर में डंका पिटता है? मुझे तो लगता है, सिरे से ही गड़बड़ है। चीजें क्यों नहीं सुलझतीं, समस्याएँ क्यों बढ़ती जा रही हैं? क्योंकि कोई दूर नहीं करना चाहता, इच्छा ही नहीं है। कई बार लगता है, गुलाम देश में हम आजाद थे। आजादी ने हमें गुलाम बना दिया...!''

''पापा जी, अब बस भी करिए।'' बड़े लड़के ने जो ऊबा हुआ देर से सुन रहा था, अचानक बीच में टोका, ''एक बॉटल दे दीजिए इन साहब को। कितनी देर से तो खड़े हैं।'' और उसने खुद को तत्क्षण किसी महिला को कार्डीगन दिखाने में व्यस्त कर लिया।

इस हिंस्र हमले में डॉक्टर अकबका गया। अब आजादी और गुलामी के बड़े-बड़े संदर्भों को छूने वाले डॉक्टर के चेहरे पर रिरियाहट थी। वह आजादी और गुलामी के कौन–कौन से भेद खोल गई, क्या उसे कभी शब्दों में कह पाऊँगा?

इसके बाद महीनों गुजर गए। हम लोग डॉक्टर की शक्ल देखने को तरस गए। उसकी बातें गहरी गूँज–अनगूँज बनाती हुई सिर पर चक्कर काटती सी लगती थीं और सवाल पूछती थीं, पर जवाब नदारद।

लेकिन चिंता तो थी ही।

''हमें पता तो करना चाहिए, चाहे जैसी भी स्थिति हो।'' मैंने पत्नी से कहा।

उधर मन में तरह–तरह के ख्याल आ रहे थे। पता नहीं, कैसी व्यूह–रचना हुई हो और उसमें उलझा–फँसा रह गया हो वह। मुझे महाभारत के अकेले अभिमन्यु और सात–सात महारथियों की कथा याद आ रही थी। और किसने कहा कि औरत महारथी नहीं हो सकती, कम से कम आज के जमाने में? और वह पत्नी भी हो, तो क्या?

पत्नी मेरे स्वर के गीले–गीलेपन को जैसे समझ गई। बोली, ''कल मैं मिसेज सोनी से पता करके बताऊँगी।''

अगले दिन पत्नी ऋचा को छोड़कर आ रही थी कि तभी मिसेज सोनी से उसकी मुलाकात हुई। अब वही रोज सुबह-सुबह डॉक्टर की जगह दुकान पर आने लगी थी। लौटकर पत्नी ने बताया, ''मैंने पूछा तो था मिसेज सोनी से, वह बोली कि तबीयत ठीक नहीं है उनकी। घर पर आराम कर रहे हैं, पर...मुझे तो यकीन नहीं होता।''

फिर एक बार शाम के समय हम लोग सपरिवार दुकान पर पहुँच गए, कुछ पेंसिलें खरीदने के बहाने। हालाँकि भीतर उथल-पुथल तो वही मची थी।

''डॉक्टर साब नहीं नजर आ रहे, क्या बात है?'' मैंने यों ही हवा में सवाल उछाला।

लड़के चुप थे। और उनकी चुप्पी सायास ज्यादा लग रही थी। जवाब मिसेज सोनी ने ही दिया, अपने स्वर को यथासंभव सहज रखते हुए, ''अब उनसे नहीं होता भाईसाहब, तो मैंने कहा कि आप आराम करिए, हम लोग हैं ही करने को। तबीयत भी कुछ ठीक नहीं रहती उनकी।''

''तबीयत?...क्यों क्या हुआ?'' मैंने बात पकड़ी।

''ऐसे ही, कुछ ढीले से रहते हैं।'' कहकर मिसेज सोनी ने चतुराई से बात समेट ली।

हम लौट आए, लेकिन एक उधेड़बुन थी जो खत्म होने का नाम ही नहीं लेती थी। मेरे सारे विषय जैसे खत्म हो गए। आफिस से घर आते ही पहला सवाल होता, कुछ पता चला डॉक्टर का? रात में उसी की बातें। सुबह दफ्तर जाने से पहले कमजोर सा अनुरोध, ''जरा पता करना, अगर मालूम पड़ता हो किसी से तो...!''

अब पत्नी के नाराज होने की बारी थी, ''इसीलिए तो कुछ बताती नहीं हूँ तुम्हें। इस कदर इनवाल्व हो जाते हो कि...''

लेकिन अंदर ही अंदर वह मेरी हालत समझ रही थी। बोली, ''अच्छा, करूँगी कोशिश!'' और उसने की भी। सोनी के पड़ोस में मिसेज मेहता रहती थीं। टीचर थीं, मॉडल स्कूल में। थोड़ा-बहुत परिचय था। उन्हीं से संपर्क साधा। मिसेज मेहता ने बताया, ''मैं खुद सोच रही थी, कई दिन से। कुछ गड़बड़ है। डॉक्टर तो सारे-सारे दिन सोता रहता है। कोई आवाज तक नहीं...''

''पहले भी कभी ऐसा हुआ क्या?'' मैंने पूछा।

''नहीं, पहले तो ऐसा कभी नहीं हुआ। हाँ, एक दिन मिसेज सोनी की आवाज आई थी। डाँट रही थी डाक्टर को कि ज्यादा बड़-बड़ की तो बेहोशी का इंजेक्शन लगवा देंगे। फिर पड़े रहना सारे दिन! तब से यही हाल है। डॉक्टर थोड़ी देर चीखता-चिल्लाता है, प्रतिरोध करता है-फिर इंजेक्शन के असर में सो जाता है।''

''लेकिन यह तो ठीक नहीं है। इससे उसकी जान के लिए खतरा हो सकता है। अजीब बात है, परिवार वाले हैं कि दुश्मन...?''

''वो तो इंतजार में हैं कि मरे तो खलासी हो।'' मिसेज मेहता बोलीं।

"लेकिन...लेकिन उसका कसूर क्या है?" मैं बदहवास सा खुद से ही यह सवाल पूछ रहा था। और जवाब नदारद था, ठीक वैसे ही जैसे डॉक्टर के सवालों के जवाब अक्सर नदारद होते थे।

और यह 'लेकिन' बड़ा होता गया। इस कदर कि लगा, मैं खुद इसके घेरे में आ गया हूँ। क्या मैं एक भले आदमी के लिए कुछ नहीं कर सकता, कुछ भी नहीं? एक आदमी– जिसे जान–बूझकर पागल बनाने पर जुट गए हैं उसके घर वाले, क्योंकि वह सोचता है, अपने ढंग से सोचता है। और उसके सोचने और जीने की अपनी शैली है। कैसा वक्त आ गया है? क्या केवल नपी–तुली मुस्कानों वाले मशीनी आदमी ही जाएँगे इक्कीसवीं सदी में और सारे जिंदा आदमी पागलखाने जाएँगे? वहाँ होगा इलाज उनका?

इन दिनों पत्नी भी बहुत भन्नाई हुई रहती थी। मिसेज सोनी की शक्ल तक से नफरत हो गई थी उसे, "कुतिया...! और किसे कहते हैं कुतिया! जो अपने पति तक के साथ धोखा कर सकती है। और मैं कहती थी न, मैंने खुद देखा है, अब लड़के अपनी माँ को डाँट देते हैं। बड़ा वाला परसों ही डाँट रहा था कि मम्मी, आपको समझ नहीं है कि चीजें कैसे रखनी चाहिए तो हाथ मत लगाया करो अलमारी को! यही होना था इसके साथ। और अभी तो शुरुआत है, देखना आगे–आगे...!"

पर चिंता तो डॉक्टर की थी। पत्नी ने मिसेज मेहता से बात की। मिसेज मेहता ने मिस्टर मेहता से। आखिर तय हुआ कि कुछ करते हैं।

एक दिन हम लोग सुबह–सुबह पहुँच गए तो मिसेज सोनी हक्की–बक्की। लड़के दुकान पर गए हुए थे।

"क्या हालचाल है डाक्साब का?" पूछते हुए हम लोग भीतर आ गए।

"यों ही जरा ढीले से रहते हैं।" कहकर मिसेज सोनी बात पलटतीं, तब तक हम भीतर वाले कमरे में पहुँच गए थे जहाँ डॉक्टर लेटा हुआ था। और ठीक–ठाक था। कम से कम न दवाइयों की गंध थी और न ऐसा वातावरण जो बीमार आदमी के आसपास होता था।

मिसेज सोनी को इस हमले की उम्मीद न थी। बदहवासी में उन्हें बात बदलनी पड़ी थी, "सच बात तो यह है कि भाईसाहब, इनका दिमाग चल गया है। घर वालों को तो तंग करते ही हैं। दूसरों को तंग न करें, इसलिए..."

"तो क्या बेहोशी के इंजेक्शन लगवा रहे हैं?" मिस्टर मेहता ने पूछ लिया।

मिसेज सोनी चुप। चेहरा तमतमाया हुआ।

"पर यह तो कोई इलाज न हुआ। आप डॉक्टर को दिखा सकती हैं, मानसिक चिकित्सा भी हो सकती है आजकल तो..." मैंने बात बढ़ाई।

"हो तो सब जाता है भाईसाहब, पर कौन कराए? लड़कों को तो आप जानते हैं, दुकान पर फुर्सत नहीं है!" मिसेज सोनी अब अपनी मजबूरियों का बखान करने लगी थी।

और मैं सोच रहा था, निर्लज्जता जब फटती है तो उसकी सड़ाँध झेल पाना कितना मुश्किल...

"ठीक है, कल मैं लिए जाऊँगा। जी.बी. पंत हॉस्पीटल में मेरे एक डॉक्टर परिचित हैं। वहाँ दिखा दूँगा।" मैंने गंभीरता का कवच पहन लिया।

अब मिसेज सोनी कुछ-कुछ लाचार नजर आ रही थीं।

डॉक्टर सो रहा था। उसे उठाना बेकार था। हम लोग चले आए।

अगले दिन डॉक्टर को मैं साथ ले गया। मेरे मित्र नीलमणि ठाकुर ने जो मानसिक चिकित्सक हैं, ठीक से देखा और कहा, "कुछ नहीं, थोड़ा नर्वस डिसआर्डर है। ज्यादा तनाव से हो जाता है। कोई चिंता की बात नहीं। दवाएँ लिख दी हैं, देते रहिए। जो मन में खाए, चलें-फिरें। ज्यादा स्ट्रेस न लें, बस।"

नीलमणि ठाकुर ने मुझे अलग बुलाकर एक बात और बताई जो उसने खोद-खोदकर डॉक्टर से पूछ ली थी। वह यह कि पी.एफ. का पैसा निकलवाने के लिए बड़े लड़के ने डॉक्टर को छड़ों से पीटा था। छोटे लड़के और मिसेज सोनी ने हाथ-पैर कसकर पकड़ रखे थे। डॉक्टर उस वक्त इस कदर भौचक्का रह गया था कि चीख तक नहीं पाया। कई दिनों तक यों ही लानत-मलानत चलती रही और मिसेज सोनी का पत्थर चेहरा हर बार घुड़कता, "चुपचाप, वरना...!" लड़के अलग घूरते रहते। डॉक्टर को भयानक सदमा पहुँचा, जैसे अच्छे-बुरे, स्याह-सफेद सभी चित्रों के एक-दूसरे में गड्डमड्ड होने के बाद शायद होता हो। पर भीतर कहीं कोई चेतावनी दे रहा था, "खबरदार, डॉक्टर! पी.एफ. का पैसा नहीं देना। जो इस समय तेरे साथ जानवर की तरह पेश आ रहे हैं, वे बाद में तो...! तब तो तू भिखारी हो चुका होगा डॉक्टर। और भिखारी को कौन पूछता है, चाहे वह पिता हो, पति हो, कोई भी!"

अब मेरी समझ में कुछ-कुछ आ गया था, डॉक्टर की यह स्थिति कैसे बनी और आगे मेरी भूमिका क्या होगी।

मैंने डॉक्टर को घर छोड़ा। मिसेज सोनी से कहा, "यह बिल्कुल ठीक-ठाक हैं। बस, मन बदलाव की जरूरत है। कल से मैं रोजाना सुबह-शाम आ जाया करूँगा।"

मेरे आखिरी शब्दों का धमकी जैसा असर हुआ मिसेज सोनी पर। आसपास के लोग सब जान गए हैं, कहीं यह आशंका भी थी। अब वह पति-भक्ति का नाटक कर रही थी। दवा मैंने डॉक्टर को पकड़ाई और चला आया।

दस-पंद्रह दिनों से ऐसा हुआ कि जब भी मौका मिलता, मैं डॉक्टर के घर पहुँच जाता हूँ। डॉक्टर भी जैसे मेरा इंतजार ही कर रहा होता है। खूब बोलता-बतियाता रहता है, विषय चाहे कद्दू की भाजी हो या नए रूस के निर्माण में गोर्बाचौफ की भूमिका। मिसेज सोनी को जाहिरा तौर पर कोई परेशानी नहीं है, लेकिन उसके माथे पर बराबर सलवटें पड़ी रहती हैं। डॉक्टर के बेटे कतराते हुए निकल जाते हैं। अक्सर सामने नहीं पड़ते।

डॉक्टर ने अपनी अलग दुकान जमाने का फैसला कर लिया हैं। एक परिवर्तन उसमें और हुआ है, वह खूब बोलता है और फटकारती हुई भाषा में अपनी बात कहता है, खासकर मिसेज सोनी को। और खीजकर ही सही, मिसेज सोनी और लड़के इस परिवर्तन को स्वीकार करने के लिए खुद को तैयार कर रहे हैं।

मैं सोचता हूँ, अब रोज न भी जाऊँ तो भी चलेगा। रोशनी जब खंजर की तरह तीखी हो जाए, तो डरना तो अँधेरे को चाहिए।

मुझे कल्पना में डॉक्टर फिर छोटे-छोटे स्कूली बच्चों से खेलता नजर आने लगा है, ''अले बेटा, तुमाला नाम क्या है...अंकल को विश नहीं करोगे? तुमाला डेट ऑफ बर्थ...?''

3

टूटे कपों का कोरस

आज सुबह से ही सुमि के पाँव जमीन पर नहीं पड़ रहे हैं। खुशी की एक हिलोर-सी उसे उड़ाए लिए जा रही है। कमरा करीने से व्यवस्थित करते हुए अचानक उसके होंठों पर एक अस्फुट मुस्कान आ गई है।

आज पहली बार अमित भैया उसके घर आ आ रहे हैं। दो दिन पहले ही उनकी चिट्ठी आई थी, जिसमें उन्होंने अपने दिल्ली के टूर की सूचना दी थी। फैक्टरी के किसी काम से वे कुछ दिनों से दिल्ली में ही रुके हुए हैं। वहीं से गुड़गाँव आ जाएँगे।...बस थोड़ी देर ही रुकेंगे। सुमि और देवेश से मिलकर लौट जाएँगे।

चिट्ठी के औपचारिक अक्षरों ने उसे कुछ धक्का-सा पहुँचाया।...और एकाएक पुराने दिनों में लौट गई वह।

उसे याद आया, शादी से पहले अमित भैया कितना प्यार करते थे उसे। हर वक्त, उनके होठों पर सुमि का नाम रहता था, 'सुमि, यह लाओ! सुमि, वह बनाकर लाओ! सुमि, जरा अपनी पेंटिंग्स तो दिखाना। भई, पूरी कलाकार हो गई तुम तो, देखना एक दिन...!'

पर शादी के बाद इन सात-साठ महीनों में ही क्या कुछ नहीं बदल गया। भैया ही नहीं, माँ और पिता जी के लिए भी अब वह पहले वाली सुमि नहीं रही। सबकी निगाहें एकाएक बदल गईं। और जहाँ प्यार था, वहाँ संदेह की काली, सर्पिल घटाएँ जैसे फुफकारने लगी थीं। संदेह की एक जाली के नीचे सब धुँधला गया। जैसे अब वह इस घर की बेटी न होकर कोई और हो गई है, जिससे बस एक तटस्थ, औपचारिकता का निर्वाह कर दिया जाता है। जैसे दूर-दराज के रिश्तेदारों से...या अचानक मिल गए परिचितों, अपरिचितों से।...और बस!

2

तो भी...भैया आ रहे हैं, और पहली बार आ रहे हैं। क्या भैया का आना इस बात का गवाह नहीं कि उन्होंने उसे माफ कर दिया है और उसके फैसले को पहली बार मन से स्वीकृति दी है।

भैया के आने पर वह क्या-क्या बनाए, किस तरह उत्साह और उमंगों से उनका स्वागत करे? भले ही उसकी आर्थिक हालत अच्छी नहीं है, भले ही, लेकिन...! हर बार प्रश्न के साथ मन में एक नई उत्फुल्ल लहर। लहर पर लहर। यही सब सोचकर सुबह से वह घर के भीतर और बाहर बीसियों चक्कर लगा चुकी है। उसे लगा कि वह पहले वाली सुमि होती जा रही है।

सुबह देवेश से कहकर उसने कुछ जरूरी सामान मँगवा लिया था, "देव, भैया आ रहे हैं, सो कुछ तो खास बनना ही चाहिए। दो-तीन तरह की सब्जियाँ ले आना। कुछ सेब और केले भी, फ्रूट चाट बना लूँगी। और सुनो, कोई अच्छी सी मिठाई भी ले आना! भैया कलाकंद के शौकीन...!"

देवेश ने एक चुप नजर उसे देखा था, कुछ सोचते हुए। फिर मुस्कराते हुए चला गया था।

फल, सब्जियाँ और मीठा...! गुलाबजामुन और कलाकंद ही नहीं, बजाज स्वीट्स से ताजा बनी इमरतियाँ भी। जितना कुछ उसने कहा था, देवेश उससे ज्यादा ही ले आया था। तो भी उस टोकरी को देखकर कहीं न कहीं एक खालीपन सा उसकी आँखों में आ गया था। क्या भैया ये पसंद करेंगे? भैया को मटर-पनीर की सब्जी बहुत पसंद है, पर कैसे वह देवेश को मटर और पनीर खरीदकर लाने को कहती? मटर आजकल सत्तर-अस्सी रुपए किलो से कम नहीं हैं और पनीर खरीदना तो और भी मुश्किल है महीने के इस आखिरी हफ्ते में। आखिर देवेश की तनख्वाह ही कितनी है, कुल आठ हजार रुपए महीना।

कुल आठ हजार...!

खूब फाइव स्टार सुविधाओं और शान-शौकत से रहने के आदी उसके भैया यहाँ ढेर से अभावों और महज आठ हजार रुपए की बँधी-बँधाई तनख्वाह के बीच चल रही किसी आँखमिचौनी जैसे उसकी गृहस्थी को देखकर कैसा महसूस करेंगे? सोचकर अज्ञात संकोच से वह जड़-सी हो गई थी।

हठात इन ख्यालों से पिंड छुड़ाकर उसने कमरे की सफाई कर लेनी चाही। अलमारियों को झाड़-पोंछकर अखबार बिछा दिए। सामने की अलमारी में उसने कपड़े ठीक से तह करके रख दिए, ताकि बेढंगे न लगें। बीच में अपना और देवेश का फोटो रखकर उसने घर की दूसरी चीजें भी अलमारी में ढंग से जमा दीं। अलमारी में ऊपर वाले खाने में देवेश की किताबें और पत्रिकाएँ करीने से लगा दीं।

कमरे के एक कोने में ही बनी रसोई को भी खूब चमकाकर साफ और व्यवस्थित कर लिया। फिर उसकी निगाह कमरे के उस कोने की ओर गई, जहाँ कुछ दवा की शीशियाँ, डब्बे, अखबार और कपड़े की छोटी-छोटी गठरियाँ पड़ी थीं। उनमें घर के रोजमर्रा के इस्तेमाल की कुछ चीजें थीं। इन्हें रखने के लिए कमरे में कोई और अलमारी

नहीं थी, इसलिए ये चीजें एक कोने में पड़ी रहती थीं। उसने झटपट वे डब्बे वगैरह उठाकर चारपाई के नीचे सरका दिए। फिर उस जगह को कपड़े से झाड़-पोंछ दिया।

अब उसने कमरे पर एक आलोचनात्मक नजर डाली। कमरा पहले की तुलना में वाकई कुछ अच्छा लगने लगा था। फिर भी कुल मिलाकर कितना साधारण था यह। दरिद्रता की छाया जैसे छिप नहीं रही थी। जगह-जगह से अभाव और गरीबी की मैली, बदरंग रेखाएँ झाँक रही थीं।

सामने मैले, जर्जर स्टूल को देखकर उसका जी खराब हो आया। उसने जल्दी से वह स्टूल कोने में सरकाया और पड़ोस की रमा जी से उनकी सनमाइका वाली महँगी मेज माँग लाई। अभी तक वह स्टूल से ही जैसे-तैसे काम चला रही थी। देवेश ने कहा था कि अगली तनख्वाह मिलते ही वह एक अच्छी सी मेज लेकर आएगा। पर भैया के सामने वह यह हिलता हुआ, खड़खड़िया स्टूल भला कैसे रख सकती थी? कहीं उनकी तीखी, व्यंग्यात्मक नजरें...!

3

अचानक उसके सामने दरिद्रता की इन परतों को फाड़ता हुआ किसी चकाचौंध की तरह उस घर का नक्शा आ गया जिसे शादी से पहले वह गर्वपूर्वक 'अपना घर' कहा करती थी, और जहाँ की शानशौकत और सुविधाओं की वह अभ्यस्त हो चुकी थी। उसके पापा ने आगरा के नई राजामंडी इलाके में चार कमरों वाली खूबसूरत कोठी खरीदी थी, तब आसपास कोई मकान उतना आलीशान नहीं था। और फिर महँगा और बड़ा वाला फ्रिज, शानदार टेलीविजन सेट, कंटेसा कार...सभी चीजें एक के बाद एक आती गई थीं। पापा का व्यापार तेजी से बढ़ता जा रहा था, इसलिए घर में किसी चीज की कमी नहीं थी।

उस आलीशान फ्लैट की तुलना में उसका यह घर, बल्कि एक छोटा कमरा जिसे वह घर कहती है, माचिस की अधजली, बेकार तीलियों की तरह लगता था। हालाँकि उसने देव से कभी किसी दुख, किसी अभाव की शिकायत नहीं की थी। पर क्या वह इस घर और इन हालात को कभी पूरे मन से स्वीकार कर सकी थी?

उसे लगा कि वह ऐसे ही सोचती रही तो उसकी आँखों में आँसू छलछला आएँगे। नहीं, आँसू नहीं आने चाहिए। 'अच्छा बुरा जैसा भी है, आखिर यह घर मेरा है।' उसने खुद को समझाने की एक और कोशिश की, 'और फिर यहाँ प्यार है, देवेश का प्यार, जो मेरे लिए सबसे ज्यादा कीमती है। मेरे और देवेश के दिल में जो प्यार की इमारत है, जो सपना है, उसके आगे ये अभाव कुछ नहीं हैं, कुछ भी नहीं! फिर खुद मैंने ही तो देवेश को चुना है। उसकी फक्कड़ मस्ती और अभावों के बीच खिलखिलाते प्यार को...!'

उसे याद आया, जब उसने पहली बार कॉलेज के एनुअल फंक्शन में देवेश को कविता-पाठ करते देखा था, तो वह किस कदर सम्मोहित-सी हो उठी थी। उसके उलझे हुए घुँघराले बालों और गहरी उदास आँखों के समंदर में वह खो गई थी। हालाँकि देवेश

की कविता कतई रोमांटिक नहीं थी। उसमें आज के वक्त की कड़वी सच्चाइयाँ थीं जिन्हें कहना खतरनाक था, तकलीफदेह भी।

जितनी देर देवेश कविता पढ़ता रहा था, वह उसके होठों से झरने वाले शब्दों और उन शब्दों के अर्थ से बेपरवाह भावनाओं की नील झील में डूबती-इतराती रही थी। पता नहीं क्यों उसे लगा था, 'काश, मैं इन आँखों की उदासी दूर कर पाती और इनमें ढेर सारी खुशियाँ भर देती!'

कार्यक्रम के बाद वह अपनी प्यारी सहेली सुहासिनी के साथ देवेश के पास गई थी। पर उसके पास आकर कुछ अचकचा-सी गई थी। तब सुहासिनी ने ही हँसते हुए 'अब बोल न, क्या कहना चाहती है!' कहकर उसे उबारा था। हालाँकि थोड़ी देर के लिए शर्म से उसके कानों की लवें तक लाल हो गई थीं। हल्के-से संकोच के साथ उसने अटपटे ढंग से देवेश की कविता और कविता पढ़ने के ढंग की तारीफ की थी। फिर कहा, ''क्लास में आपको अक्सर शांत, गुमसुम, कुछ सोचते हुए से देखा था। लगता था कि आप जरूर कुछ लिखते होंगे। पर आप इतना अच्छा लिखते हैं और इतना अच्छा पढ़ते हैं कि...''

आगे कुछ कहना उसके लिए संभव नहीं था। और शायद उसके गालों पर तेजी से फैलती लालिमा ने आगे की बात पूरी की थी।

पर देवेश पर इस तारीफ का शायद कोई खास असर नहीं हुआ था। हाँ, जवाब में उसने एक भरी-भरी-सी, चुप्पा निगाह उस पर डाली थी। कितनी सादा, कितनी अर्थपूर्ण और स्नेहिल थी वह निगाह। कहीं कोई बनावट नहीं, काई दुराव नहीं। और जो शायद कह रही थी, 'तो क्या तुम मेरा साथ दोगी जिंदगी भर के लिए? मन और संपूर्ण व्यक्तित्व की माँग पूरी करने के लिए, सहयात्री बनकर! तैयार हो? या फिर केवल ऊपर-ऊपर के ही शब्द?...लिप सर्विस!'

और देवेश का यही बेबनाव रूप उसे उसके करीब ले आया था। इतने करीब जहाँ आकर शायद प्यार के साथ-साथ जीवन के नए-नए सूक्ष्मतर अर्थ खुलने, जगमगाने लगते हैं। नई से नई छवियाँ।

एम.ए. करने के बाद दोनों ने एक साथ रिसर्च का काम शुरू कर दिया था। दोनों के शोध-प्रबंध का विषय भी आधुनिक साहित्य और उसके सामने दरपेश चुनौतियों को ही लेकर था। इसलिए दोनों अपने-अपने विषयों पर आपस में खूब विचार-विमर्श करते थे। और हर बार उनकी बात यहाँ आकर खत्म होती कि आज की कविता-कहानियाँ हों या उपन्यास, वे आम आदमी की जिंदगी के कितने पास आ गए हैं। यह इस सदी का शायद सबसे बड़ा आश्चर्य है!

कुछ दिनों बाद देवेश को आर्थिक तंगी के कारण एक स्कूल में नौकरी कर लेनी पड़ी थी। इसके बावजूद वे पहले की तरह मिलते रहे थे। देवेश स्कूल से यूनिवर्सिटी आता और यूनिवर्सिटी के खुले लान में वे साथ-साथ चाय पीते हुए बातें किया करते थे।

कितना कुछ उनके पास कहने के लिए था जिसे कहकर वे एक अजानी तृप्ति से भर उठते थे। पर जितना वे कहते, उससे ज्यादा चाय के प्याले और निगाहों की खामोशी के बीच छूट जाता था। इस बीच हर तरह का फासला खत्म करके उनके मन मिल जाने के लिए कसमसा उठते थे। पर वे विवश थे और इंतजार कर रहे थे कि रिसर्च खत्म होने के बाद कहीं कोई अच्छी नौकरी मिले। फिर वे अपना एक छोटा-सा घर बना लें, अपने सपनों को खूबसूरत आकार दें।

पर एक दिन सुमि आते ही फूट-फूटकर रो पड़ी थी, ''देवेश, ऐसे कब तक चलेगा? अब और बर्दाश्त नहीं होता!''

''क्यों, क्या हुआ?'' देवेश हक्का-बक्का रह गया था।

''देव, घर वाले मेरी शादी की बात चला रहे हैं। अभी तक मैं इनकार करती रही हूँ, पर अब...! अब करीब-करीब तय हो गया है। परसों वे लोग मुझे देखने आ रहे हैं। लड़का इंजीनियर है। घर वाले कहते हैं कि इससे अच्छा लड़का नहीं मिल पाएगा, शादी इसी से करनी है!'

देवेश यह सुनकर किसी पत्थर की मूर्ति की तरह निर्वाक, जड़-सा रह गया था। वह क्या कहे, क्या नहीं, समझ नहीं पा रहा था।

''तो क्या तुम्हें भी वह...?'' उसने पता नहीं क्या कहना चाहा था।

पर सुमि सब समझ गई थी, ''क्या बात करते हो, देवेश? मेरा तो विवाह बहुत पहले हो चुका है-तुमसे। जब सिद्धि सरोवर के जल को साक्षी मानकर हमने साथ-साथ शपथ खाई थी, कभी अलग न होने की। उस जगह अब कोई और नहीं आ सकता। मैं मर जाऊँगी, पर यह नहीं होगा-कभी नहीं!'' वह देवेश के कंधों पर सिर रखकर सिसकने लगी थी।

आखिर दोनों ने कोर्ट मैरिज का फैसला किया था। यह एक छोटी-मोटी प्रलय थी। भारी विरोध और उथल-पुथल। याद करो तो सिर अब भी चकराने लगता है। दोनों के घर वालों ने भी हारकर स्वीकृति दे दी थी, पर आधे-अधूरे मन से।

यों मुश्किल सुमि के घर वालों की तरफ से ज्यादा थी। खासकर पापा तो बुरी तरह नाराज थे। तब उसने पहली बार पापा और अमित भैया की आँखों में नागफनी के काँटे देखे थे, जिन्होंने जैसे अब तक के सारे स्नेह-सूत्रों को छलनी कर दिया था।

और फिर वह एक छोटे, बहुत छोटे-से किराए के कमरे में देवेश के साथ रहने लगी थी। देवेश स्कूल से आकर कागजों, किताबों में डूब जाता। रिसर्च के साथ-साथ उसका अपना लेखन भी चल रहा था। वह ग्लोबलाइजेशन के इस जमाने में बेरोजगारी के धक्के खा रहे आज के एक पढ़े-लिखे युवक को केंद्र में रखकर उपन्यास लिख रहा था। बहुत कुछ आत्मकथात्मक उपन्यास, पर उसमें पूरी युवा पीढ़ी का दर्द था। सुमि के शोध-कार्य में वह अपनी ओर से भरसक मदद करने की कोशिश करता था। दोनों रात

देर-देर तक रिसर्च के अपने-अपने टॉपिक्स को लेकर डिस्कस करते। और इस बातचीत में काफी अच्छी चीजें सूझतीं।

लिहाजा शादी के बाद के ये दिन उनके लिए बेफिक्री या मौज-मस्ती के नहीं, हाड़-तोड़ मेहनत और कठिन संघर्ष के दिन थे। पर्वत की खड़ी चढ़ाई जैसे। देवेश अपनी मेहनत से अपना घर-संसार बनाना, सँवारना चाहता था।...एक छोटे-से साफ-सुथरे घर से बड़ा उसका कोई पारिवारिक सपना नहीं था और बड़ा आदमी हो जाने की कोई महत्वाकांक्षा तो कतई नहीं। इसलिए किसी की सिफारिश से कोई बड़ी नौकरी लेने की बात उसने कभी सोची तक नहीं।

अपने उस छोटे से घर-संसार में वे दोनों खुश थे। पर कहीं न कहीं, किसी न किसी क्षण वह जैसे उससे अलग या तटस्थ होकर सोचने लगती तो एक अनजाना तनाव उसमें भर जाता। और वह झल्लाकर जैसे अपने आपसे पूछती—क्यों इस घर को वह पूरी तरह अपना घर नहीं मान पा रही है?

उसने कई बार सोचा कि देवेश जिस तरह अभावों को हँसकर झेल जाता है, वह नहीं कर पाती। शायद उसके मन में अब भी उस पुराने आलीशान और नौकरों-चाकरों वाले घर के संस्कार बाकी हैं, जो आड़े आ जाते हैं। देवेश हर पल एक दूसरी ही दुनिया में खोया रहता था। यह नए सपनों और विचारों की दुनिया थी। यह नहीं कि वह इस दुनिया से अपरिचित हो, पर वह उसमें इस कदर खो नहीं पाती थी। सच तो यह है कि बचपन से लेकर बड़े होने तक उसने अभावों को कभी जाना ही नहीं। और इसलिए जब उसने देवेश से 'साथ निभाने' का वा़दा किया था, तो शादी के ब़ाद अचानक आने वाले इन अभावों की उसने ठीक से कल्पना ही नहीं की थी।

यहाँ तक कि घर में एक छोटा-सा कलर टीवी भी नहीं था और उसका मन कई बार मसोसता। पर देवेश अपने छोटे-से ट्रांजिस्टर के साथ खुश था। कभी सुमि को उदास देखता तो कह उठता, "जरा देखो तो, हमारा छोटा-सा ट्रांजिस्टर कहीं ज्यादा खुशी दे सकता है। कम से कम उलटे-सीधे और भौंडे धारावाहिक देखने से तो बचे।"

उसके घर में हर काम के लिए अलग-अलग नौकर थे। कार, टेलीविजन, फ्रिज, कूलर, आधुनिकता की किसी भी सुविधा से वह कभी वंचित नहीं रही। यहाँ तक कि खुद सब्जी लाने की बात भी कभी उसके घर में सोची ही नहीं जा सकती थी। पर यहाँ तो सब्जी-दाल ही नहीं, आटा तक खुद पिसवाकर लाना पड़ता था।

यहाँ तक कि एक बार खाना बनाते-बनाते कुकिंग गैस खत्म हो जाने पर वह खुद उसे लेने गई। और कोई तीन-चार मील दूर गैस एजेंसी 'आनंद फ्लेप्स' से रिक्शे पर सिलेंडर को लाने-ले जाने के झंझट और शर्म से वह पानी-पानी-सी हो गई। फिर महँगाई इतनी अधिक थी कि देवेश की थोड़ी-सी तनख्वाह घर की जरूरतों के सामने मजाक जैसी लगती थी। अभाव मुँह खोले खड़े थे और उनका मुँह चौड़ा होता जा रहा था। और उसकी समझ में नहीं आ रहा था कि ऐसे में वह करे क्या?

यों उसे देवेश से कोई शिकायत नहीं थी। देवेश ने कभी उसे सुख-सुविधाओं का सब्जबाग नहीं दिखाया, बल्कि वह हर बार उसे समझाता रहा था कि अपने आपको अच्छी तरह तोलकर, परखकर देख लो। मेरे साथ रहने से अभाव और संघर्ष ही साथी होंगे, दुनियावी सुख-सुविधाएँ नहीं।...शायद कभी नहीं।

और देवेश के प्यार में उसने एक क्षण के लिए भी कहीं कोई विचलन या कमी महसूस नहीं की थी। वह आज भी वैसा है, वैसा ही स्नेहिल और स्फूर्तिमय। उसी तरह उसकी ठहाका लगाने और हर मुश्किल को बातों-बातों में हवा में उड़ा देने की आदत है।

तो भी यह क्या है जो उसे असंतोष और तनाव से भर देता है? क्यों उसे अपने घर की दीवारें हिलती हुई नजर आती हैं?...भला क्यों?

4

'पिऊँ...पिऊँ...पिऊँ...!'

जरूर भैया की कार का म्यूजिकल हॉर्न है। बिल्कुल कोयल का सा सुर। वह जल्दी से पैरों में चप्पलें डालकर भागी-भागी बाहर आती है-भैया ही हैं। वह 'भैया...भैया...' कहकर उनसे लिपट जाती है। अमित भैया प्यार से उसके सिर पर हाथ फेरते हैं, "भई, बड़ा चक्कर काटना पड़ा गलियों में। तुमने भी कहाँ कमरा ले रखा है?"

"बस, भैया, जहाँ मिल गया आसानी से। यह तो इन बातों के बारे में ज्यादा कभी सोचते नहीं हैं।" उसने अटकते हुए कहा था।

"और कोई कमी तो नहीं है? तुम लोग ठीक से हो न!" भैया दुलार से पूछते हैं।

"जी।" कहते हुए न चाहे भी उसकी आँखें डबडबा आईं। भैया से उन्हें छिपाने के लिए वह दूसरी ओर देखने लगी थी। उसे लगा था कि वह भैया से आँख नहीं मिला पा रही है।

एक अँधियारे गलियारे को पार करने के बाद कोने के इस छोटे-से कमरे को देखकर भैया चौंककर खड़े हो गए थे। जैसे हँफनी चढ़ गई!

"बस, यही एक छोटा-सा कमरा है तुम्हारे पास?...बड़ा अँधेरा-सा है। कमरे में कोई ढंग का वेंटिलेटर तक नहीं!" भैया को जैसे वहाँ बैठने में असुविधा हो रही थी। उसने चुपचाप 'हाँ' में सिर हिला दिया था।

"कोई ज्यादा सामान भी नहीं दिखाई पड़ रहा।" भैया कमरे में हर ओर अपनी आलोचनात्मक निगाहें दौड़ाते हुए बोल रहे थे।

वह क्या कहती? चुप रही। थोड़ी देर बाद जैसे बोलने की कुछ तैयारी करके उसने कहा, "भैया, इनके जीवन के कुछ अपने उसूल हैं। ये कहते हैं कि ज़ितनी कम से कम चीजों में गुजारा हो सकता है, करना चाहिए। हम एक गरीब मुल्क के रहने वाले हैं, जहाँ लोग..."

"जहाँ लोग भूखे और नंगे रहते हैं, यही न? तो फिर सभी भूखे-नंगे रहने लगें क्या? कैसी वाहियात बातें हैं! मैं कहता हूँ कि मुझे ऐसे आदमी कभी अच्छे नहीं लगते, कोरे हवाई! क्या मिला तुम्हें इससे शादी करके? क्या मिला, बोलो, क्या मिला...?" अचानक भैया गरज पड़े थे।

जैसे बहुत समय का उनका जबरन रोका हुआ गुस्सा अब एक साथ सौ बमों की लड़ियों की तरह फट पड़ा हो और...

उसे लगा था कि भैया के क्रोध का विस्फोट इतना ज्यादा है कि उसके छोटे-से घर की दीवारें, खिड़की, दरवाजे थरथरा उठे हैं। जैसे यह घर अभी टूटकर बिखरने ही वाला है।

प्रलय...! फिर एक और प्रलय! उफ, पहली प्रलय तो शादी के तुरंत बाद ही झेलनी पड़ी थी।

तभी अचानक-जादू! किसी जादू-मंतर की तरह उसकी निगाह सामने अपने और देवेश के उस फोटो की ओर गई जिसमें देवेश आँखों में बेहिसाब प्यार लिए उसकी ओर देख रहा है। वह अनथक, उद्दाम प्यार जैसे उसकी दुर्बलता को दूर करके उसे बड़ा बनाता जा रहा है।

उसके चेहरे पर एक क्षण के लिए आहत स्वाभिमान और क्रोध की हल्की-सी लाली आई। फिर वह एक अलग किस्म की दृढ़ता में बदल गई। उसने भैया की ओर सीधे देखते हुए एकदम शांत, निष्कंप आवाज में कहा, "पर भैया, मैं यहाँ खुश हूँ, बहुत खुश। मुझे तो कोई शिकायत नहीं है। फिर मैंने तो आपके बड़े, आलीशान घर से अपने लिए कभी किसी चीज की अपेक्षा नहीं की न! आपसे कभी कुछ माँगा तो नहीं? तो फिर...आपको मेरी इंसल्ट करने का हक क्या है?"

भैया को जैसे अचानक अपनी गलती महसूस हुई थी। वे उससे आँख नहीं मिला पा रहे थे। इसलिए अखबार उठाकर वे उस पर नजर दौड़ाने लगे थे। इस बीच वह चाय बनाकर ले आई। साथ ही अलग-अलग प्लेटों में बिसकुट, नमकीन, कलाकंद...भैया की पसंदीदा मिठाई!

भैया ने अनमने ढंग से चाय का कप उठा लिया है।

5

इसी बीच मानो आपातकाल में बड़ी राहत की तरह देवेश आ गया। भैया को देखते ही वह बड़े जोश और उत्साह से मिला।

"अरे वाह भैया, आपका आना बड़ा अच्छा लगा। सुमि तो सुबह से इस घर में नाच रही है, जैसे छोटी बच्ची बन गई हो!" उसने हँसते हुए कहा।

उसके खुले और बेबनाव व्यक्तित्व को देखकर भैया का संकोच कुछ कम हो गया। अब वे भी खूब खुलकर हँसते हुए बातें कर रहे थे।

देवेश के लिए वह एक कप चाय बनाकर दे गई है। मेज पर रखे तीनों कप अलग-अलग तरह के हैं। देवेश यह देखकर मजाक कर उठता है, "देखो भैया, हमारा घर बिल्कुल हमारे देश की तरह है। यानी अनेकता में एकता...! कोई दो कप एक जैसे नहीं मिलेंगे।"

सुनते ही भैया के साथ-साथ अचानक उसकी भी हँसी छूट जाती है। देवेश के इस प्रफुल्ल और अभावों में भी खिलखिला सकने वाले स्वाभिमानी चेहरे की एक छवि वह चुपके से आँखों में बंद कर लेती है।

कुछ देर बाद भैया उठे हैं। उसे और देवेश को आशीर्वाद देकर जाने लगे, तो सुमि ने धीरे से हाथ जोड़ दिए।

तभी भैया को अचानक कुछ याद आया। वे बैग खोलकर माँ-पिता जी का भेजा हुआ सोने का हार और चूड़ियाँ निकलते हैं। गुलाबी काँच की पारदर्शी डिबिया में दूर से ही उनकी चमक ध्यान खींचती है। भैया वह डिबिया उसकी ओर धीरे से सरकाते हैं, "लो सुमि, मम्मी ने भेजा है तुम्हारे लिए।"

पर सुमि का साफ इनकार, "नहीं भैया, इन्हें पसंद नहीं।...और इस बार तो मैं ले ही नहीं सकती। जब आप बगैर दया दिखाए मेरे घर आएँगे, तब देखूँगी।"

उसने देखा, भैया के चेहरे का रंग उतर गया है। वे कुछ कहना चाहते हैं, पर कह नहीं पा रहे।

फिर वह और देवेश उन्हें कार तक छोड़ने जाते हैं। कार स्टार्ट कर अब भैया पीछे देख रहे हैं। सुमि ने देखा, उनकी आँखें कुछ गीली हैं या...या शायद...!

पर सुमि कुछ समझ पाती, उससे पहले ही भैया का चेहरा तेजी से घूम गया है।

चलने से पहले उन्होंने सुमि के सिर पर हाथ फेरा था। और शायद कहना चाहा, "सुमि, किसी चीज की जरूरत हो तो बताना...!" पर जाने क्या था सुमि के चेहरे पर कि ये शब्द उनके मुँह से निकल ही नहीं पाए।

पर हाँ, उनके जाते ही सुमि को लगा, अलग-अलग रंग-आकार वाले उसके कप एक साथ मिलकर खिल-खिल हँसे हैं। उस मीठी खिल-खिल में उसे सुनाई दी अपनी ही आवाज, "मैं बहुत सुखी हूँ भैया, मेरी चिंता न करना। और आगे कभी आओ तो मुझ पर दया दिखाने के लिए नहीं, इस घर को घर समझकर आना!"

रात का अँधेरा फिर आया था। काफी काली, स्याह रात। पर उसमें बीच-बीच में कौंध उठते थे अलग-अलग रंग-आकार के कप, एकदम तुकबंदी विहीन। एक अभावों भरी गृहस्थी का सुख।

अचानक उसे लगा, धोने के बाद फर्श पर कोने में रखे गए उन कपों के कान एकाएक किसी जादू से गायब हो गए हैं। और टूटे कानों वाले वे कप जलतरंग के प्यालों में बदल गए हैं। अभी-अभी उनमें से एक जल-तरंग सी फूटी है। मीठी, बहुत ही मीठी-निनादमय!

और अनजाने ही वह मुस्करा दी है।

4

सुकरात मेरे शहर में

पहली बार उसे गुलमोहर के लाल फूले पेड़ के नीचे बैठे देखा था। एक स्वस्थ, अधेड़ आदमी जिसकी गोदी में गुलमोहर के चार-छै फूल थे। लाल, दहकते हुए। उसने खुद ही उठाकर रखे थे या ऊपर से गिर पड़े थे, कह पाना मुश्किल था। फिर भी बात हैरानी की तो थी ही। आज के वक्त में कोई अधेड़ इतना सौम्य, इतना सुगठित और इतना फूल-प्रेमी तो रह नहीं जाता।

मेरे भीतर एक चक्कर-सा ही चल पड़ा था। मुझको काटता हुआ एक चक्कर, 'तो क्या यह आदमी काल की वर्तमान परिधि में नहीं? क्या यह यहाँ होकर भी यहाँ नहीं है? कहीं और, कहीं दूर इतिहास या काल-चक्र के भीतर ठहर गया है, किसी सांस्कृतिक युग की ऐश्वर्य-छाया में, जहाँ धूप भी धूप नहीं और शब्दों के ठीक-ठीक अर्थ और नाम भी वह नहीं जो आज हैं-हमारे आसपास? या कि यह सचमुच कहीं शून्य में है और यहाँ जो भी है, वह महज एक आभास, इसका छाया-रूप?' ठीक से कुछ भी सोच नहीं पाया था।

फिर मैंने जैसे खुद से कहा, 'चलूँ, एक बार मिल ही लूँ। दो बातें ही सही! शहर में बहुत दिनों बाद तो कोई अपना-अपना-सा नजर आया!' और मेरी हँसी छूट गई।

मगर तभी उसकी निगाहें उठीं, तेज जलती हुई लपट की-सी निगाहें। और आगे बढ़ने के ख्याल के साथ ही मेरे पैर जमीन में चिपके तो चिपके ही रह गए। यह शायद उसकी भव्यता का आतंक था।

असाधारण रूप से पुष्ट, ऊर्जित और महाकाय, महाबलिष्ठ लगता था वह। खूब लंबा, तगड़ा। अपनी सुगठित देह-यष्टि और चेहरे की अभिजात सौम्यता के बावजूद असाधारण रूप से उत्तेजित। उसका चौड़ा, विशाल माथा धूप में चमक रहा था। नाक सीधी और नुकीली, होंठ सख्त, लेकिन फड़कते हुए। धूप के बावजूद कंबल ओढ़े था वह। उस फटे हुए कंबल से भी उसका आभिजात्य, उसकी सांस्कृतिक गरिमा छलक आती थी।

वह लगातार अस्फुट स्वर में गालियाँ बक रहा था और यह अजीब बात थी कि गालियों के वे अस्पष्ट स्वर संस्कृत मंत्रों जैसे गंभीर नादमय लग रहे थे। मुझे कुल मिलाकर उसका व्यक्तित्व पहाड़ जैसा लगा। गहन, ऊबड़-खाबड़, विशाल और उदात्त। लगा कि उसकी धमनियों में शायद रक्त नहीं, पिघली हुई विद्युत दौड़ती है और अपनी इस असाधारण उत्तेजना में ही पूर्ण है यह।

उससे बात करने की तेज इच्छा, नहीं-नहीं, तड़प महसूस की थी। लेकिन हिम्मत नहीं हुई थी। मैं पूरी ताकत लगाकर सिर्फ इतना ही कर सका, सहमे हुए कदमों से धीरे-धीरे जाकर पार्श्व में खड़ा हो गया था।

खड़ा रहा था, खड़ा रहा था, खड़ा रहा था और फिर सिर झुकाए चला आया था।

उसके बाद वह 'वह' नहीं रहा और तमाम किस्सों जैसा ही एक किस्सा हो गया। बल्कि असाधारण किस्सों का पुंज। हर किस्सा अद्‌भुत-अद्‌भुत-सा।

निराला...? महाप्राण!

मुझे जाने क्यों उसे देखकर महाप्राण निराला की कविताएँ याद आतीं। राम की शक्ति पूजा, तुलसीदास, सरोज-स्मृति और...और...

उसके बाद वह कई जगह दिखाई दिया, अलग-अलग रूप-भंगिमाओं में। बहुत बार वह ब्रह्म सरोवर पर पालथी मारे ध्यानमग्न दिखा। हालाँकि वह कोई मंत्र नहीं पढ़ता था, फिर भी उसके भीतर के निरंतर गतिमान और उग्र विचार-चक्र और क्षुब्ध संवेदनाएँ उसके निरंतर किसी चरम की ओर बढ़ने का आभास देतीं। उसके चेहरे पर भावों की छायाएँ एक के बाद एक दौड़ती हुई आतीं और भिड़ जातीं। एक खौफनाक संघट्ट! फिर कसक, व्यथा और टूटन। सब साफ दिख जाता था। और जाने क्यों, अपनी अचल पर्वत समाधि के बावजूद वह लगातार टूटता हुआ लगता।

बाद में वह सड़क पर अक्सर दौड़ता हुआ दिखाई पड़ने लगा।

भीड़ उसे रास्ता देती। कुछ क्षण परेशान-सी पीछे-पीछे उसी की ओर देखती रहती, कुछ क्षण आपस में स्तब्ध-सी बतियाती। फिर सब अपने-अपने काम से चले जाते। किसी को नौकरी करनी होती, किसी को व्यापार। किसी को चमचागीरी, किसी को साहित्यगीरी। किसी को सब्जी लानी होती, किसी को दवाई, किसी को बीवी के लिए लिपस्टिक-पाउडर। किसी को बिजली-पानी का बिल भरना होता। इसलिए सब सिर झटककर अपनी-अपनी राह पकड़ते। और वह आगे-आगे सबकी राह रौंदता हुआ दौड़ता जाता।

पिछले कुछ महीनों से वह शहर के मुख्य रेलवे प्लेटफार्म पर दिखाई देने लगा था। अब वह दुबला पड़ गया था। आँखें धँस गई थीं, हालाँकि उनकी तेज चमक और गहराई नहीं गई थी। चेहरे, कंधों और छाती की हड्डियाँ जैसे बाहर आना चाहती थीं, भाग्य की क्रूर हँसी को मूर्त करने के लिए। जनवरी की रक्त जमा देने वाली ठंड के बावजूद उसके शरीर पर वही एक फटा, काला कंबल था। उसका एकमात्र वस्त्र, उसकी निधि।

अब लोग शहर पर मँडराती इस मनहूस विडंबना के बारे में ज्यादा सतर्क हो गए थे। और इसी हिसाब से उसके बारे में तमाम तरह की बातें चल पड़ी थीं। तरह-तरह से उसके 'भूत' को व्याख्यायित करने की कोशिशें हो रही थीं। कुछ लोग बताते कि यह कभी बड़ा जज था। इसके भी बीवी थी, बच्चे थे, अच्छा सुखी परिवार था शायद। फिर इसने किसी मुकदमे में अपने ही अपराधी बेटे को मौत की सजा दी। फाँसी!...खुद अपने हाथों से! मोह और कर्तव्य के संघर्ष में जीत कर्तव्य की हुई। लेकिन 'कर्तव्य' का गुरुतर भार, दुख का महा भीषण आघात यह बर्दाश्त नहीं कर सका। पहले अर्धविक्षिप्त हुआ और अब पागल!

मेरे एक प्राध्यापक मित्र की भी यही राय थी। वे चकित थे, "देखो-देखो, खुद में...मेरा मतलब है, खुद के साथ कितना तल्लीन लगता है यह। देखो इसका चेहरा! शायद अब यह अपने अंतर्मन में आज की युग स्थितियों के संदर्भ में नैतिकता की तलाश और उसे फिर से परिभाषित करने की जोड़-तोड़ में लगा है।"

लेकिन बहुतों को यह कहानी बोदी लगती, सत्य से कोसों दूर। खास तौर से साहित्य पढ़ने-पढ़ाने वालों की तो पक्की राय थी कि यह एक ध्वस्त प्रतिभा है, रूइंड जीनियस। उनकी थीसिस थी कि कभी यह बहुत बड़ा लेखक था। प्रखर, उग्र और आत्मचेतस्, लेकिन आत्मप्रचार से दूर। वर्तमान में नहीं, भविष्य में जीता था। इसलिए जो चीजें यह लिखता था, किसी की समझ में में नहीं आती थीं। इसीलिए यह दूसरों से बचता और अपने एकांत में खिसकता चला गया, और-और भीतर। शायद असल में यह 'आने वाले सुदूर कल का लेखक' है जो अपने वक्त से सौ साल पहले पैदा हो गया है, और इसी की सजा भुगत रहा है। इसलिए ठोकरें खा रहा है, क्योंकि यह सामान्य होकर नहीं जी सकता, हर शर्त पर विशिष्ट ही बने रहना चाहता है।

एक दिलजले साहित्यिक ने तो एक शिगूफा और छोड़ा, "देखते हो, शरीर पर धूल-राख मले घूमता है सारे-सारे दिन। तो भैया, यह शिव ही है, साहित्य का शिव! ग़रल-पान कर लिया भैया, इसने तो...जहर पी लिया!"

उसे ज्यादा भावुक होते देखा, तो दूसरे ने कोंचा, "अब यार, असल बात पर भी आओगे कि...कहना क्या चाहते हो तुम?"

"यही कि जहर पी लिया भैया इसने तो!" उसकी वही लटपटाती लय फिर चालू हो गई। मगर आगे का बिंब खौफनाक था, "मेरी तो पक्की राय है, जीवन भर लिख-

लिखकर करीने से पांडुलिपियाँ तैयार कीं इस आदमी ने...और फिर एक दिन जाने कैसा दौरा चढ़ा कि गुस्से में उन्हें आग के हवाले किया। गरम-गरम राख अपने शरीर पर मली और निकल पड़ा बाहर-कहीं भी, जहाँ पैर ले जाएँ!''

''मगर यार, गजब है। इसे कुरुक्षेत्र ही इतना पसंद आया कि...''

मैं दरअसल बात मोड़ना चाहता था। कुछ और नहीं सूझा, तो यही निकल गया मुँह से। मगर दोस्तों ने बुरी तरह धर पकड़ा और लगभग शीर्षासन करा दिया, ''तो तुम ही क्यों चले आए यूपी से दौड़े-दौड़े? भैया, ये शहर ही ऐसा है जहाँ सारे पागल इकट्ठे होंगे-ऐसा राम जी, आह सॉरी, मेरा मतलब है कृष्ण जी कह गए हैं महाभारत में। तभी तो जूनावस्टी (यूनिवर्सिटी को रिक्शा-ताँगे वाले जूनावस्टी बोलते थे। हम चार-छै यथार्थवादी दोस्तों ने वहीं से उधार ले लिया था!) खुलवा दी सरकार ने। लो, अब शुरुआत तो हो गई...आ गया शिकोहाबाद (शिकोहाबाद) से पागले-आजम!

दोस्त मेरी ओर देखकर हो-हो-हो करके हँसे। झेंप मिटाने के लिए मैं भी फीकी हँसी हँसते उनमें शामिल हो गया।

लेकिन मेरी मुसीबत यह थी कि मैं किसी भी एक बात से संतुष्ट न था। मुझे वह आदमी हर कहानी से बड़ा लगता। मेरी खोज चलती रही। हर जगह मैं किसी न किसी रूप में उसका जिक्र छेड़ देता। और फिर कोई न कोई नई बात, नया किस्सा हाथ आ ही जाता।

उसके 'भूतपूर्व क्रांतिकारी' होने की बात भी कभी-कभी दबी जबान से सुनाई पड़ती। यानी एक सच्चा साधक जो अपने आदर्शों की तस्वीर से देश की इस बिगड़ी हुई हालत का कोई मेल न देखकर दिल के विक्षोभी धक्के से मानसिक संतुलन खो बैठा हो। या एकदम हतप्रभ होकर विराट शून्य के भीतर समाधिस्थ हो गया हो।

और कुछ लोग तो दावे से कहते, यह सुभाषचंद्र बोस का साथी है और आजाद हिंद फौज की टूटन के साथ ही टूट गया। देश आजाद है, मगर इसे गुलाम नजर आता है। इसकी आजादी के मायने ही कुछ और हैं! एक-दो पत्रकार साथी इसके चेहरे में सुभाषचंद्र बोस का चेहरा ढूँढ़ने की कोशिश बड़ी शिद्दत से कर रहे थे। हालाँकि अभी तक कोई खास सफलता उन्हें मिली नहीं थी। दूसरी ओर 'चंबल का बागी' और डाकू मानसिंह का करीबी रिश्तेदार टाइप धाराएँ-उपधाराएँ भी अपनी जगह अपनी-अपनी गंभीर निष्पत्तियाँ तलाशने में जुटी थीं।

सबके अपने-अपने सत्य, अपने-अपने 'भूत' थे।

कई बार तो मुझे लगता, लोग उसके बहाने अपने-अपने भूतों को व्याख्यायित करने की कोशिश कर रहे हैं।

इसके अलावा एक रहस्यवादी अंतर्धारा और थी, पौराणिक परिवेश के भीतर जीने वालों की। उन्हें तो यह साफ तौर से कोई भटका हुआ यूनानी देवता लगता, जो केवल

शून्य से वार्तालाप करता है और आँखों के दिव्य रेडिएशंस से सब कुछ बदलना चाहता है। (इसी सिलसिले में मेरे एक पुराने दोस्त गुड्डन भाई को मुक्तिबोध की 'अँधेरे में' भी याद आई!)

लेकिन ज्यादातर इंटेलेक्चुअल लोगों को इस बात पर विश्वास नहीं था। वे इसे एक अव्यावहारिक और असफल जीनियस ही मानते थे, जो अपनी समझौता न करने की जिद की वजह से टूटा, बल्कि बर्बाद हो गया।

''लेकिन फिर भी-फिर भी इसे क्या जरूरत थी यहाँ आकर जमने की? क्या कोई और जगह नहीं हो सकती थी? आफ्टर ऑल जो लोग जी रहे हैं, उन्हें जीने देना चाहिए!'' कुछ लोग उदासीनता से और कुछ नाक-भौं सिकोड़कर कहते। सबको यह आदमी शहर पर एक अनिच्छित भार-सा लगता और उस बोझ का एक हिस्सा अपने सिर पर भी महसूस होता।

इस तरह शहर उससे परेशान था। समूचे शहर की नाक पर वह बड़ा-सा प्रश्नवाचक चिह्न बनकर लटक गया था।

उन्हीं दिनों-ठीक उन्हीं दिनों मैं उससे मिलने के लिए बेकाबू हुआ था। लगा, इससे दो-चार बातें नहीं कीं तो माथे की नसें तड़क जाएँगी, मानसिक संतुलन गड़बड़ा जाएगा। उसके बारे में सुनी हुई बातों, किस्से-कहानियों का बोझ अब बर्दाश्त नहीं हो रहा था। और फिर उसे इतने रूपों, इतनी मुद्राओं में देखा था-कभी शांत, कभी उद्विग्न, कभी यूनिवर्सिटी के प्राध्यापकों के बीच धाराप्रवाह अंग्रेजी झाड़ते हुए, कभी सड़क पर कहीं भी खड़े होकर भाषण देते हुए-कि मैं कुछ समझ नहीं पा रहा था, सिवाय इसके कि यह एक पढ़ा-लिखा आदमी है। मैं सच नहीं, तो सच का एक अंश ही पा लेना चाहता था। लेकिन...रास्ता?

क्या यह मुझसे बात करेगा? मुझे यकीन नहीं था। क्योंकि उसे कभी किसी से बात करते नहीं देखा था, सिवाय खुद के। यह शायद उसकी भीष्म प्रतिज्ञा का कोई जरूरी हिस्सा था।

''तो भी मैं पास जाऊँगा इसके। देखूँगा-देखकर रहूँगा महाभारत, जो इसके भीतर चल रहा है।'' मैंने तय किया था।

एक पूरे दिन उसे देखता रहा। कब यह शांत होता है, एक बहुत बेचैन। कब सड़कों, गलियों के चक्कर लगाता है और कब ब्रह्म सरोवर के पिछले वाले हिस्से में गुलमोहर के पेड़ के नीचे समाधिलीन! अगले दिन फिर देखा-और यह बात हैरानी की थी कि लगभग सारे दिन किसी शापित प्रेतात्मा की तरह बेचैनी से तेज-तेज चलने, भागने, कोड़े फटकारने के बाद शाम को वह टूटकर गुलमोहर के इसी पेड़ के नीचे आता था। तब

इसका तनाव कुछ शिथिल पड़ता था। सिर्फ इन्हीं क्षणों में यह बौखलाया हुआ नहीं होता था, सिर्फ बुदबुदा रहा होता था–एक शांत बुदबुदाहट!

बहुत-बहुत शांत।

और फिर एक दिन शाम को, जब वह ब्रह्म सरोवर के पिछवाड़े अपने शांति कवच में था, मैं जा पहुँचा। सामने जाकर खड़ा हो गया।

ब्रह्म सरोवर पर इक्के-दुक्के घूमने वाले थे, लेकिन यहाँ आसपास कोई नहीं था। यह एक हल्के सुकून की बात थी, नहीं तो न जाने क्या-क्या नाटक होता और लोग-बाग...!

कुछ देर मैं ऐसे ही खड़ा रहा। चुप, गुमसुम। और जब उसका ध्यान नहीं गया, तो कुछ और नहीं सूझा। दोनों हाथ जोड़कर बोला, ''नमस्कार...! नमस्कार करता हूँ मैं–प्रकाश मनु!''

उसने उचाट नजरों से मुझे देखा–जैसे नहीं देखा और फिर खुद के साथ संलिप्त हो गया। होंठों पर वही बुदबुदाहट। मैंने गौर किया, कुछ शब्द वह बार-बार दोहरा रहा था, किसी शोकगीत की-सी लय में, 'मर गया, मर गया, मर गया, मर गया...मार गया, मर गया, मर...!' चेहरे की मटमैली रेखाएँ एक-दूसरे से बुरी तरह उलझ गई थीं।

लगा, मेरे आने से यह खीज उठा है। और फिर मेरा शहराती मन मुझे लगा कोसने, 'तुमने बेकार ही खलल डाला उसके एकांत में। तुम्हें यहाँ नहीं आना चाहिए था। आखिर हर आदमी की अपनी प्राइवेसी होती है। फिर चाहे वह घोषित रूप से पागल ही क्यों न हो। आखिर हर बंदा हर वक्त बात करने के मूड में नहीं होता। आखिर...'

जाने क्या-क्या ऊटपटाँग मैं सोच रहा था। डर भी रहा था, कहीं अभी गालियों का स्रोत न फूट पड़े। या पत्थर ही उठाकर मेरे पीछे...!

थोड़ी देर बाद उसने फिर देखा मुझे, शेर जैसी हिंस्र निगाहों से, ''क्यों आए हो?''

''जी, वैसे ही।'' मैंने महसूस किया, उस गरजती आवाज के सामने मेरी आवाज मिमियाती-सी लग रही थी।

''पत्रकार हो?''

(शायद मेरा 'लटकंतू' थैला देखकर सोचा हो। तो इसके सेंसेज चुस्त-चौकस हैं–मैंने नोट किया।)

''जी नहीं।''

''लेखक हो, कवि...?''

''जी कविताएँ, कहानियाँ लिखता हूँ। खासकर कविताओं में जीवन होम कर दिया!''

''क्यों कर दिया, मूर्ख? क्यों कर दिया! कोई और गड्ढा नहीं मिला डूब मरने को? यहाँ क्या लेने आया है...?''

"जी, इंटरव्यू! आपका अतीत...यानी...कि...!" मैं बुरी तरह हकला गया।

"अरे, तू अपने अतीत की सोच, मेरी छोड़। तेरा अतीत तेरे वर्तमान से कट गया...कट गया, अब नहीं जुड़ेगा कभी। और देखिओ, भविष्य भी कट जाएगा वर्तमान से। बस, तभी बर्बाद होगा तू। न इधर न उधर, न ऊपर न नीचे...कहीं नहीं! न जिंदा न मुर्दा...!"

"आह, नहीं-नहीं! क्या कह रहे हो तुम?" मेरी निगाहों में गुस्सा और हिकारत उभर आई उसके लिए।

पर उसे क्या परवाह थी? वह वैसा ही तना हुआ था। बेपरवाह, कड़ियल जैसे हिमालय की कोई चट्टान इधर खिसक आई हो। कुछ देर आँखों में तोलता रहा, तोलता रहा मुझे, फिर गरजा, "सुना, अपनी कोई कविता सुना!"

जाने कैसा आवेश था कि जेब से निकाला कागज और सुनाने बैठ गया। अभी कल-परसों ही पूरी की थी यह कविता, 'भीतर का आदमी'-

"खुद को
खोद-खोदकर खांने में
कितना मजा है-
मुझसे पूछो,
मैंने इन पच्चीस सालों में
अपनी जिंदगी के पहाड़ को
कुरेद-कुरेदकर
आधा कर लिया है..."

खासी लंबी कविता थी। करीब पाँच-सात मिनट तक मैं बोलता रहा, चीखता रहा कविता में। वह सुनता रहा। चेहरे पर एक के बाद एक बदलते भाव। और वे सब जैसे आपस में उलझ पड़े हों, झगड़ रहे हों! जैसे चेहरा नहीं, कुरुक्षेत्र का मैदान हो, एक पूरा महाभारत!

कविता पूरी हुई, तो उसने देखा जलती आँखों से, जिससे कहीं दो-चार बूँदें स्निग्धता की भी टपक रही थीं। या शायद मुझे ही ऐसा लगा।

फिर हँसा। हँसा ताबड़तोड़-हो हो हो हो हो हो हा हा हा! फिर बोला, "तू पागल है, मुझसे भी बड़ा पागल! जा भाग जा, जा जा जा..."

मेरे लिए अब खड़ा रहना कठिन था। मैं चला तो देखा, एक रूखा, वीरान अट्टहास मेरा पीछा कर रहा है जैसे कई सूखे बादल आपस में भिड़ गए हों।

इसके कुछ ही दिनों बाद एक पार्ट टाइम नौकरी के सिलसिले में मुझे दिल्ली आ जाना पड़ा। दिल्ली शहर की अपनी मुश्किलें तो हैं ही और पैसा पास न हो तो फिर देखो, कितनी क्रूर, हिंस्र हो जाती है दिल्ली। मैं इसी खेल में उलझा था। हर दिन और थोड़ा-थोड़ा मांस काटकर देता रहा। सिर्फ अस्तित्व-रक्षा में ही खत्म हो जाता था दिन। दो रोटी खा सकूँ, इतना पैसा हाथ आ जाता। बाकी वक्त कागज काले करता रहता, कुछ दफ्तर में, कुछ घर...! दोस्तों की चिट्ठियाँ आनी कम हुईं और फिर यह सिलसिला खत्म ही हो गया। (होना ही था!)

साल, डेढ़ साल मैं खुद को और नौकरी को किसी तरह घसीटता रहा। फिर लगा, हालत यह है, अब मुँह से खून उगल दूँगा। नहीं, नहीं निभेगा मुझसे अब। होगा सो देखा जाएगा! अपने ही शहर में जिऊँगा, मरूँगा। कुछ और नहीं तो दो-चार ट्यूशन पकड़कर गुजर-बसर कर लूँगा। सो एक दिन इस्तीफा देकर, बगैर हिसाब-किताब किए ही कुरुक्षेत्र आ गया।

मैंने आते ही दोस्तों से सबसे पहले 'उसके' बारे में पूछा। और जो पता लगा, उससे मैं हिल गया।

पिछले चार-छै महीनों में उसमें एक नए किस्म का विकार आया था। चलती गाड़ियों के साथ-साथ और कभी-कभी तो पीछे भी वह दूर तक घूँसा तानकर दौड़ता। हाँफता हुआ, गालियाँ बकता हुआ और पसीने से तरबतर। जहाँ तक सामर्थ्य होती, दौड़ता चला जाता। और जब इस तरह लगातार घिसटना मुश्किल हो जाता तो लड़खड़ाकर गिर जाता। अक्सर बुरी तरह चोटिल और खून से लथपथ हो जाता। उन्माद और उत्तेजना के दीर्घ कवच में किसी तरह खुद को समेटता और पिछले जख्मों के भरने से पहले ही अगले दिन सूर्य की पहली किरण के साथ फिर यही क्रम।

दिनोंदिन उसकी हालत बिगड़ती जा रही थी। लगता था, एक-एक बेचैन कदम उठाकर यह तेजी से एक-एक युद्ध से गुजरता हुआ इतिहास के अँधेरे में जा रहा है। एक निश्चित रास्ते से–खुद से और सबसे बेपरवाह।

गुफा के भीतर एक आदमी! और आप कल्पना कीजिए कि गुफा किसी क्रूर बाघिन की तरह उसे खा रही है दो हाथों से, चार हाथों से, आठ हाथों से...सोलह...!

गुफा के भीतर कैसे बचेगा आदमी?

दिनोंदिन मैं उसकी ओर...और दूसरी नजर में अपनी ओर देखता और कराहकर रह जाता। मैं कुछ भी कर पाने की स्थिति में नहीं था। यहाँ तक कि नौकरी और साहित्यिक क्षेत्र में एक के बाद एक धक्के खाकर उतनी मानसिक सजगता तक नहीं रह गई थी। हर दिन निराशा के गट्ठर में थोड़ा बोझ और बढ़ जाता और उसको उठाए गरदन और पीठ

और अकड़ जाती। मुट्ठियाँ तन जातीं और मुझे अचानक लगने लगता कि मेरा चेहरा भी 'इसी' जैसा हो रहा है। मेरे अस्तित्व में यह तेजी से प्रविष्ट होता जा रहा है!

फिर एक दिन पता चला कि अब वह नहीं रहा, रेल के नीचे आकर खत्म हो गया। खत्म हो गया खेल उसका, खत्म उसकी बोरियत भरी कहानी।

मेरे हाथ-पैर सुन्न। सारे शरीर पर जैसे किसी ने कीलें ठोंक दी हों। मन हुआ, चिल्ला पड़ूँ, "खुश हो जाओ लोगो, खुश...कि वो चला गया। जो तुम्हारी नाक पर उगी भौंडी कील-सा था-पागल, एक अद्‌भुत पागल। अब वह गाड़ियों के पीछे घूँसा तानकर दौड़ता हुआ, या गरमियों में कंबल ओढ़े गुलमोहर के नीचे बैठा, या तालाब पर एकांत उत्तेजना के भीतर साधनारत, या सड़क पर फटेहाल बेचैनी से इधर-उधर चलता हुआ कभी नहीं दिखाई देगा। खत्म हो गया एक दुर्गंधभरा इतिहास, जिससे शहर के संभ्रात लोगों की नाकें बेचैन हो जाती थीं और रूमाल अपर्याप्त साबित होते थे।"

बेकार था लेकिन, कुछ भी कहना बेकार। जब लोग देखकर भी न देखने का नाटक कर रहे हों, तो किसका कंधा पकड़ेंगे आप?

मौत नंगी नाचकर चली गई और किसी ने उसे नहीं देखा, किसी ने नहीं सुना। सब अपने बीवी-बच्चों के साथ रोज के झगड़ों और नपे-तुले प्यार में व्यस्त रहे। बल्कि (यकीन करेंगे आप?) लगा कि उसके जाने से शहर कुछ खिल-सा गया है। आखिरकार वह दुर्भाग्य-छाया हट गई जो सबसे जीने का मतलब पूछती थी, हर किसी को टोकती थी-तू कौन है? कहाँ से आया? सबकी नाक पर जो एक अनपेक्षित लेकिन जलता हुआ प्रश्नवाचक चिह्न थी। दुर्भाग्य की यह छाया हटी, तो शहर अपनी असली खुमारी और मध्यवर्गीय तड़क-भड़क के साथ मुक्त हुआ और सुख के इस आवेश में एकाएक भक्क से हँस पड़ा।

किसी ने क्षणांश के लिए भी नहीं सोचा, कि यदि उसने चाहा होता, तो एक भला आदमी बच सकता था। जी सकता था। मगर...मगर वह जीता भी तो उससे फायदा? क्या बचा था उसमें? काहे के लिए जीता, बल्कि घिसटता ही रहता।

अपने मरे हुए पैरों पर मैं लटक गया, और पैर...? फिर बड़ी देर बाद यह पता चला कि पैर मुझे घसीटते हुए ब्रह्म सरोवर के पिछवाड़े ले जा रहे थे। बहुत-बहुत याद आ रहा था लाल लपटों में घिरा वह गुलमोहर का पेड़। जैसे पेड़ नहीं, आदमी हो।

एकाएक सिर में घुमेरी-सी उठी। आसपास के पेड़, पौधे, मंदिर, दीवारें सब गोल-गोल घूम रहे थे। लगा, गिरा-अब गिरा!

और सचमुच गिरा। गिरकर एक पत्थर से टकराया, माथा लहूलुहान! मुझे अपना शरीर काला और निर्जीव पड़ता दिखाई दे रहा था।

कुछ देर बाद होश आया। हाथ से माथे का रक्त पोंछ रहा था कि देखा, धूल में कुछ फूल थे, लाल-लाल दहकते हुए। ऊपर देखा तो जैसे मैं चिल्ला पड़ा होऊँ, "अरे गुलमोहर!"

तभी, बस तभी गुलमोहर के फूल लगे हँसने। लाल-लाल नुकीली हँसी। ''पागल पागल पागल...तू भी पागल! वो नहीं तू पागल-पागल पागल पागल!''

लगा, यही तो दे गया है मुझे। गुस्से, गालियाँ, बुदबुदाहट की चिथड़ों भरी गठरी-उत्तराधिकार में!

होंठों में फुसफसाहट के साथ अजीब-से शब्द, अजीब-सी स्वर-धमनियों में निकलने लगते हैं। चीख की शक्ल में पैदा होती है कविता, ''आह सुकरात! क्या तुम्हें मरना था, मेरे ही शहर, मेरी गली में...!''

●

5

यात्रा कहीं खत्म नहीं होती

गाड़ी चल पड़ी है, और गाड़ी के साथ वह भी। शायद वह नहीं, उसकी देह-मात्र। थकी, खंडित, बोझिल और भीतर की ओर मार करती हुई। लड़ाई से पहले ही पराजित और टूटी हुई देह। पर मन नहीं और मन के भीतर गहरे धँसीं, जोरदार ढंग से अपने होने का एहसास कराती दो आँखें नहीं। वे अभी वहीं हैं, स्टेशन पर।

वे जिन दो और आँखों को देख रही हैं, वे झुकी और उदास हैं। भीतर ही कुछ खोजती, पलटती हुई। कुछ कहना चाहती हैं, पर विवश हैं। शायद वे अपनी बात अपने, बिल्कुल अपने ढंग से कहना चाहती हैं। पर इतने लोगों की भीड़ देखकर असमंजस में हैं, हताश और चुप हैं।

गाड़ी चली जा रही है और स्टेशन अब लगभग छूटने को है। वह दरवाजे पर खड़ा होकर बाहर देखने लगता है।...

शुभा अभी भी बेंच पर उसी तरह बैठी है। थकी और उदास। उसका मन बुझने, नहीं-अजीब तरह से सनसनाने लगता है। रक्त के भीतर कुछ जलता हुआ-सा, फट पड़ता-सा!

उसे लगता है, पाँवों के पास अभी कोई काँच का गुलदस्ता टूटा है जिसकी अशुभ, निर्मम आवाज और किरचें शरीर के भीतर रेंगने लगी हैं। काले, डरावने और लहरीले साँपों की तरह।...उसे अपने हाथ, पाँव, सारा शरीर चोटिल महसूस होता है, थरथराता हुआ। उसे लगा कि वह गाड़ी से कूद जाए और शुभा से कह दे कि नहीं, उसे कहीं नहीं जाना। नहीं जाएगा वह घर और न घर वालों की मरजी से इंटरव्यू देने। अब उससे नहीं होता। नहीं देखी जाती रोज-रोज की हार। वह कुछ भी कर लेगा। कोई भी छोटी से छोटी नौकरी करके गुजारा कर लेगा, पर...

पर...स्टेशन छूटता चला जा रहा है और अब शुभा दिखाई नहीं दे रही है। भीतर विवशता, दीनता और प्रतिहिंसा बुरी तरह कोंचती है और वह तिलमिलाने लगता है।

2

गाड़ी चली जा रही है और गाड़ी के साथ वह। वह रास्ते के तजी से भागते हुए पेड़ों, खेतों, झाड़-झंखाड़, ऊबड़-खाबड़ टीलों और अपनी मस्ती में सही मायनों में आजाद चिड़ियों और गिद्धों पर कसके निगाहें जमाए खड़ा है। पूरी ताकत के साथ, कि जैसे इनमें कुछ मिलेगा जो खो गया है, हँसकर अचानक बिखर गया है। उसका सुख-चैन, उसकी शक्ति, उसकी शांति...सब कुछ। कितनी कड़वाहट भर गई है उसके भीतर, कितनी बेचैन छटपटाहट? और उसका आक्रोश जो कहीं और टकरा नहीं पाता, लौटकर उसी के टुकड़े-टुकड़े करके बिखेर देना चाहता है, धूल में, हवा में...!

पेड़ों की पत्तियाँ अचानक हिलती हैं और वह बुरी तरह चौंक जाता है। "शुभ...शुभ...!" उसके मुँह से निकलते-निकलते रह जाता है। पेड़ों की हिलती पत्तियों में उसे अभी शुभा दिखाई दी थी। हँसती हुई। हाथ हिलाती हुई। पास आती हुई। और यहाँ-माथे पर, जहाँ उसने छुआ था, उसे अपने बाल उड़ते-सरसराते हुए लगे।

...तो क्या शुभा आई थी यहाँ? यहाँ कैसे!

नहीं, वह तो स्टेशन पर थी। वहाँ भीड़ की नजरों से अपनी उदासी और बेचैनी को बचाती हुई वह उठी होगी और उस लाल शर्ट पहने चालू-से दिखने वाले लड़के से-जो देर से उसे अकेला पाकर घूर रहा था, बचती-बचाती हुई घर गई होगी। घर वालों की नजरों से बचकर बिस्तर तक चली गई होगी। अँधेरे के खिलाफ जलती हुई आँखों से एक अजीब विडंबना को समझने-परखने की कोशिश कर रही होगी।

काश! वह शुभा को अपने साथ घर ले जा सकता। अपना, बिल्कुल अपना बनाकर। कहता माँ से कि माँ देखो, देखो इसे, इसमें कोई खोट नहीं है, कोई बनावट नहीं। कोई चालाकी, कोई स्वार्थ नहीं। बिल्कुल वैसी है जैसी तुम्हारी दूसरी बहुएँ हैं, दीदी हैं, बल्कि जैसी तुम हो...तुम खुद! और जैसा तुम्हारा यह बेटा है जिसे तुम लाड़ला कहती हो। काश, यह सब स्वप्न न रहता, यह सब हो सकता होता। पर...

पर क्या गलत है इसमें? क्यों नहीं हो सकता यह? कौन इसके लिए जिम्मेदार है? वह सोच नहीं पाता। बस, मनहूसियत के खोल के भीतर लटक जाता है और खुद को उधेड़ने लगता है...

3

जीवन में कितना लुटा-पिटा, अपमानित हुआ और हारा है वह। कितना कुछ खोया है उसने। कहाँ-कहाँ भटका है, अँधेरी और अँधेरी घाटियों में। विकृतियों के रक्त-मुख प्रेतों के बीच। चारों ओर स्वार्थों की भयानक सड़ाँध महसूस करता हुआ लगातार खत्म होता गया है वह। एक अजीब पथरायापन व्याप्त हो गया है उसके संपूर्ण अस्तित्व में। अक्सर

वह अपने भीतर एक जहरीला धुआँ महसूस करता है, लगातार फैलता हुआ, जिसने उससे उसके बोध को, 'स्व' को छीन लिया है।

हालाँकि यह ठीक है कि आज वह पहले की तरह अकेला नहीं है। शुभा, उसकी शुभा है उसके साथ। एक-एक क्षण उसके साथ है वह, उसकी असफलताओं और मनोव्यथाओं में सांत्वना देती, धीरज बँधाती हुई। उसकी अंतर्वेदना को जीकर उसे जिंदगी का अर्थ देती हुई। उसने वह सब महसूस किया है, जाना है पहली बार–पूरी कृतज्ञता के साथ। पर अब उसके साथ ऐसी जिम्मेदारी भी तो है जिसे उसने जीवन में पहली बार महसूस किया है–कॅरियर! नहीं तो कॅरियर के बारे में, जीविका के बारे में, अपने निजी घर के बारे में कब सोचा था उसने। सोचता था, मुझे क्या करना है कुछ कमाकर, या...पैसा क्या चीज है मेरे लिए? बस, पढ़ने-लिखने, लोगों को पढ़ाने-समझाने में ही सारी उम्र निकाल दूँगा और दो रोटी का इंतजाम तो कहीं न कहीं हो ही जाएगा। इसलिए दुनियादारी का कुछ पता ही नहीं था उसे।

पर अब? अब वह अपने और शुभा के लिए एक छोटा-सा घर चाहता है। अब वह अपने भविष्य को नजदीक से देख रहा है। उलझनों के बीच से निकलने और जीने का उसे एक रास्ता दिखाई पड़ने लगा है। ठीक-ठीक महसूस होने लगा कि इस बार टूटा तो टूट जाएगा। फिर कभी सँभल नहीं सकेगा और हमेशा के लिए खत्म हो जाएगा।

...और आज स्टेशन पर शुभा का उदास चेहरा याद करके उसका मन बुरी तरह टूटने लगा है। वह अपनी विवशता और दीनता के बारे में और अधिक कांशस हो गया है। उसने कहाँ लाकर पटक दिया है शुभा को? क्या इसी रोज-रोज की मानसिक तकलीफ के लिए वह उसे अपनी जिंदगी में लाना चाहता है।

4

यों आज सुबह तो काफी उत्साहित लग रही थी शुभा। बल्कि वही कुछ ढीला पड़ रहा था, "मुझसे परफार्मेंस कुछ ठीक नहीं बनेगा, शुभ। मैं पहले रिसर्च का काम पूरा कर लूँ। फिर इंटरव्यू को ठीक से फेस कर सकूँगा। वैसे भी कुछ भरोसा तो है नहीं। जाने किस-किस की सिफारिशें आई होंगी। कुछ नहीं होगा–बस वही चालाक मुद्राएँ, बोले सवाल। जाना और आना ही है, कोई फायदा नहीं।" उसने तर्क दिया था।

पर शुभा ने उसकी किसी बात को नहीं सुना था। एक ही बात वह बार-बार बदल-बदलकर कहती रही थी, "लेकिन...सोचो तो! हर्ज आखिर क्या है? तुम्हें सिर्फ वहाँ हो आना है। तुम यह सोचो ही नहीं कि तुम्हारा वहाँ सेलेक्शन हो सकता है। उम्मीद लेकर जाओ ही नहीं। तब निराशा नहीं होगी। फिर घर वालों ने कितने आग्रह से लिखा है पत्र। अविनाश, उनका ख्याल तो तुम्हें करना चाहिए, अगर मेरा नहीं..."

"तुम्हारा क्यों नहीं? क्या कहती हो शुभ?" वह बेहद संजीदा हो आया था। स्वर काँपने लगा था उसका।

"अरे, मैं तो वैसे ही कह रही थी और तुम...? वाह जी, प्रतिभा-पुरुष!" शुभा अचानक हँस दी थी।

प्रतिभा-पुरुष!...

शुभा के पास उसका मजाक उड़ाने का और प्रशंसा का भी, बस यही एक सटीक संबोधन था।

फिर उसने भी सोचा था कि शायद उसी की बात ठीक हो। शायद वह अपने इंटरव्यू से लोगों को प्रभावित कर सके। शायद बिना सिफारिश के ही सेलेक्शन हो। शायद भाग्य जैसी कोई चीज उसके जीवन में भी हो, शायद कुछ हो ही जाए। और अगर हो जाता है तो...? तो कितना कुछ बदल जाएगा एक क्षण में। मात्र एक क्षण में वह उखड़े हुए पत्थर की जगह आदमी हो जाएगा। जीता-जागतां, महसूसता हुआ...और कभी-कभी हँसता हुआ भी। आज की तरह नहीं कि उसका हँसना रोने से भी अधिक दीन और बदतर है।...फिर वह शुभा को साथ लेकर जाएगा। वे विवाह कर लेंगे। उनका एक छोटा-सा घर होगा, उनके अपने सुख और तृप्ति से छलछलाता हुआ।...

और उसने तय किया कि वह जाएगा। इसलिए नहीं कि अब उसे उम्मीद हो आई थी, बल्कि इसलिए कि बाद में अवसर खो देने की ग्लानि और पश्चात्ताप न हो। वह आगरा जाएगा, इंटरव्यू देगा और इसी बहाने घर वालों से और माँ से मिलकर लौट आएगा।

उसने हाँ कर दी थी। और इस 'हाँ' में स्वप्न सँजोने का एक और अवसर हाथ में आता देख, शुभा खुश हो गई थी।

फिर वे पैदल घूमते हुए ब्रह्म सरोवर पर आए थे। वही ब्रह्म सरोवर जिसे खुशनुमा पलों में वहाँ टहलते हुए वे 'शहर का दिल' कहा करते थे।

उसने हौले से शुभा का हाथ पकड़ लिया था। दूर तक वे हाथ पकड़े हुए साथ-साथ चलते जा रहे थे। विचित्र-सी तृप्ति और आत्मगौरव से भरे हुए। सामने सरोवर के पानी पर एक लय में तैरते हुए जलविहगों की क्रीड़ा और गर्व जैसे उनमें सिमट आया हो। फिंर उसने अचानक शुभा को पास सटा लिया था। उसका माथा चूम लिया था और...और खड़ा रहा था। फिर जैसे कुछ नहीं रहा था, एक अपार्थिव अस्तित्व-तरंग के सिवा। जैसे जीवन की सारी पहचानें और छवियाँ उसके भीतर व्याप गई हों।

"हम विवाह करेंगे। जरूर करेंगे।...कर लेंगे न?" शुभा ने आवेश में उसके कंधे पकड़कर हिला दिए और जलती हुई आशा से आँखों में झाँका था।

"हाँ!" अंदर की घनीभूत उत्तेजना की वजह से उससे कुछ भी नहीं बोला गया था।

"कोई नहीं रोक सकता हमें, कोई नहीं। कोई बीच में नहीं आ सकता, कोई हमें दूर नहीं कर सकता।"

''तुम्हें भी लगता है न अविनाश...मेरा मतलब है, पूरी तरह से!'' शुभा लगभग चिल्ला पड़ी थी।

''हाँ शुभा, हम एक-दूसरे के लिए बने हैं। मैं बहुत भावुक होकर नहीं कह रहा। मैं सोच नहीं पा रहा, लेकिन मैं देख रहा हूँ। मैं देख रहा हूँ कि...हम दो नहीं, एक हैं। हम एक-दूसरे की संपूर्णता हैं, किसी बड़े निमित्त के लिए। सृष्टि का कोई गहरा अर्थ थाहने के लिए हमारा साथ है।'' अपनी उत्तेजना पर काबू पाने के लिए उसे बेहद शक्ति लगानी पड़ रही थी।

''यह तुम कह रहे हो, अविनाश तुम-यह ठीक है न? यह सच है न! साक्षी है सूरज, साक्षी है आकाश, साक्षी है जल!'' उसने कहा तो लगा जैसे ऋग्वेद की कोई ऋचा दोहराई हो।

फिर शुभा उसे सरोवर के मध्य बने मंदिर में ले गई थी। वहाँ उसने अविनाश से हाथ जोड़ने के लिए कहा था और खुद आँखें बंद करके थरथराते होंठों से पूजा के कुछ श्लोक पढ़े थे। वह अधमुँदी पलकों से अचानक रहस्यमय हो आए उस वातावरण को देखता रहा।

''कर्पूरगौरं करुणावतारं संसारसारं भुजगेंद्रहारं, सदावसंतं हृदयारविंदे भवम् भवानीसहितं नमामि...!'' लहरों की तरह हिलोरें लेता हुआ एक-एक शब्द उसे कहीं और...कहीं और ले जा रहा था। उसकी आँखें मुँदती चली गई थीं। अचानक वह चौंका था। शुभा उसके पैरों पर झुक आई थी, हाथों से उसके पैरों को छूकर वह अब उन्हें माथे से लगा रही थी। कि...त...ना...छोटा महसूस किया था उसने। इतना बड़ा सम्मान! क्या वह इसके योग्य है?

अचानक दिल में बहुत तेजी से कुछ उमड़ने लगा था, बाहर फूट निकलने के लिए। उसने बहुत रोका, पर आँखें छलछला आईं।

5

छक्-छक् छक्छक्...छक्छक्छक्...! गाड़ी चल रही है, चलती जा रही है। ऊपर से देखने पर सीधी-सपाट, लेकिन भीतर बेतरतीब अनियंत्रित आवेश दबाए। फौलादी पहियों से वक्त की रीढ़ पर गहरी अग्नि-रेखाएँ खींचती हुई। और इसके साथ तरह-तरह की शक्ल और आकारों के पेड़। खेत। झाड़-झंखाड़। अपनी संवेदना की धुकधुकी छिपाए सपाट टीले और उनके दुख-दर्द की कथाएँ बाँचती चिड़ियाँ। सब जैसे मिलकर जीवन की अक्षुण्ण कहानी, अनजानी संवेदना को आकार देना चाहते हैं। जैसे किसी एक की वेदना किसी सीमा पर आकर किसी एक की नहीं रह जाती। मनुष्य मात्र की पिघलती हुई संवेदना, कोंचता हुआ सवाल बन जाती है।

–उफ, कितनी मुश्किल से काटे हैं ये दिन उन्होंने? यूनिवर्सिटी के चुस्त, भड़कीले 'लिबासों' की शोख फ्रेंडशिप और फैशनेबल मुस्कराहटों के बीच एक जोड़ा उनका भी था। बेहद सादा, सीधा और निरीह। शुभा अक्सर किसी साधारण, बदरंग सलवार-कमीज में होती और वह ढीली-ढाली पैंट पर मैला, लंबा-सा कुरता लटकाए साथ-साथ चल रहा होता। अक्सर ही सबकी निगाहों में, सबके मजाक भरे स्वर में वे उभरते। कितने अजीब हैं ये? लोगों की निगाहों में एक अजीब-सा व्यंग्य मुस्कराता–नागफनी के नुकीले काँटों की तरह। और वे चप्पलें फटकारते हुए परेशान से गुजर जाते।

शुभा के घर कुछ रुक-रुककर शादी की बातचीत चल पड़ती। विरोध करते-करते वह उद्विग्न और उन्मत्त तक हो जाती। ''मुझे नहीं करनी शादी। अभी नहीं करनी!'' वह जोरों से प्रतिवाद करती। लेकिन कुछ भी घर पर बता नहीं सकती थी और न उन्हें उसके लिए पति तलाश करने की निरंतर कोशिशों से विरत कर सकती थी। अगले दिन डिपार्टमेंट में आते ही वह फूट-फूटकर रोने लगती। उसे सहारा देते-देते वह खुद बेचैन हो जाता।

वह समझ नहीं पा रहा था, क्या करे, किससे कहे! किस सहारे पर शुरू करे जीवन? एक छोटी और मामूली शुरुआत तक नहीं कर सकता वह। कहीं पैर रखने को भी जगह नहीं। अभावों के प्रचंड आकाश के नीचे सख्त दोपहर में, इतने अंगारे हैं पैरों के नीचे...कि इस झुलसते हुए दाह को अब और बर्दाश्त कर पाना नामुकिन है।

लेकिन...रास्ता?

6

कैंट...! आगरा...आगरा कैंट!!

आगरा कैंट स्टेशन आ गया है। वह खुद को और कंधों पर लटके थैले के बोझ को अनचाहे खींचता हुआ, रिक्शा पर बैठ जाता है। सर्दी की ठिठुरन हड्डियों तक को कँपा रही है। फिर भी थैले से स्वेटर निकालकर पहनने का मन नहीं होता।

घर पहुँचने पर वह अपराधी जैसे भाव से उतरता है रिक्शे से। ऐसा पहले कभी नहीं हुआ। पर आज वह चाहकर भी एक अबूझे द्वंद्व से निकल नहीं पा रहा है। अपने घर आकर भी उसे लग रहा है कि किसी बेगाने घर आया है, दो-तीन दिन रुकने के लिए और यहाँ उसका कोई हक नहीं है। कोई उसे समझने वाला नहीं है। वह अपनी भाषा बाहर भूल आया है और गूँगा होकर घर में दाखिल हो रहा है। उसकी संवेदनशीलता, स्नेह, समझदारी सभी उसे छोड़कर जड़ बना गए हैं।

उसने दरवाजा खटखटाया। एक बार, फिर दूसरी बार। भीतर वाले कमरे की बत्ती जली है। फिर कदमों की आवाज। जरूर पिता जी ही हैं। दरवाजे के पास आकर वे पूछते हैं, ''कौन...?''

''मैं, अविनाश...!'' उसे लगा, शब्द उसके गले में फँस गए हैं।

पिता जी दरवाजा खोलते हैं तो वह हड़बड़ाकर पैर छू लेता है। पिता जी हमेशा की तरह प्रसन्न होकर आशीर्वाद देते हैं। किस गाड़ी से आए हो? कोई तकलीफ तो नहीं हुई? हर बार की तरह पूछते हैं। हर बार की तरह ये सवाल ताजे और जीवंत लगते हैं जिनमें ऊपरी सपाटता के भीतर दिल की गहन ऊष्मा छलछलाती है।...पर इस बार न जाने क्यों उसे कोई जवाब नहीं मिल पा रहा।

माँ पहले की तरह उसे छाती से चिपका लेती हैं, उसका सिर चूमती हैं और देर तक 'हे शुकरे, हे शुकरे' (ईश्वर का शुक्र है!) कहकर उसकी पीठ पर हाथ फेरती हैं। उसे अपने साथ ही भीतर रजाई में लेकर माथा थपथपाने लगती हैं। वह भीतर से पिघलने लगता है–आह! वह माँ तक से कितना कुछ छिपा रहा है, नहीं बता सकता कि...!

वह जोर लगाकर अपने भीतर उमड़ते हुए इस तूफान को तोड़ देना चाहता है। इसलिए आँखें बंद करके सोने की कोशिश करने लगता है। माँ खाना बनाने के लिए उठती हैं, तो वह औपचारिक ढंग से रोकता है, "भूख नहीं है माँ, मथुरा स्टेशन पर पूड़ियाँ खा ली थीं।"

"क्यों?...ए वी कोई गल्ल ए!" माँ डाँटती सी हैं।

फिर रसोईघर में स्टोव जलता है, बरतन खड़कते हैं। पहले की तरह। माँ खाना बनाकर ले आती हैं। खाना खाते-खाते साथ में चाय भी–पहले की ही तरह।

माँ उसकी यह आदत भूली नहीं हैं।

खाने के बीच माँ के ढेरों सवाल। वहाँ किस तरह रहता है, खुश और स्वस्थ रहता है कि नहीं। कपड़े कभी-कभी धो लेता है या नहीं। बाल तब से क्या एक बार भी नहीं बनवाए? नहाता तो रोज है न और आरती भी करता है क्या? चेहरा कैसा पीला पड़ गया है। नाश्ते में क्या लेता है, रोज रात को दूध लेने की उनकी आज्ञा में कोई गड़बड़ी तो नहीं हुई...और इसी तरह की दूसरी चीजें। वह हाँ-हूँ में किसी तरह जवाब देता है।

"के गल्ले ऐ...बिमार रियाँ एँ?" माँ उसकी उदासीनता ताड़ लेती हैं और अंदर तक पहुँचना चाहती हैं–पहले की तरह।

"न...न, बिल्कुल ठीक।" वह हँसने की कोशिश करता है। हँस नहीं पाता।

"वाह, बीमार ताँ हैं ईं, मुँह वेख नाँ किवें हो गया है, पीला परत। हुण मैं पूरे महीने जाण नईं देणा। खवा-खवा के तगड़ा बणा के भेजाँगी।" माँ उमड़ते हुए स्नेह से कहती हैं और पास बैठकर माथा दबाने लगती हैं।

वह न जाने कब सो जाता है।

7

अगले दिन वह इंटरव्यू के लिए गया तो वहाँ पहले से एक लंबी कतार थी। लगभग बीस लोग थे। वह चुपचाप एक कोने में बैठ जाता है और सबके चेहरे पढ़ने की कोशिश करने

लगता है। सबके चेहरे जिस ढंग से उड़े हुए और बदरंग हैं, उससे उसे अजीब-सी दहशत, करुणा, दया, पता नहीं क्या-क्या महसूस होता है। कभी वह एकदम नर्वस हो जाता, कभी प्रतियोगिता के भाव से उद्धत और उत्साहित और कभी-कभी हिंसक भी।

कभी लगता, इतने लोग निराश और खाली हाथ लौटेंगे। उनमें वह हो या न हो, क्या फर्क पड़ता है? इनमें हर किसी का एक अपना संपूर्ण संसार है, एक व्यथा, एक निजी दुख है, जैसा उसका है। पर एक का दुख दूसरे के लिए निरर्थक, उपेक्षणीय! और दुनिया ऐसे ही चलती है।

''अविनाश अरोड़ा...!'' उसका नाम बुलाया जाता है और वह खुद को चार-छह चिढ़े हुए, चालाक चेहरों के सामने कुर्सी पर बैठा हुआ पाता है।

''अपने जगूड़ी को तो पढ़ा होगा?'' उसके रिसर्च का टॉपिक जानकर एक चेहरा इंटरव्यू की टोन में पूछता है।

''बहुत अच्छी तरह।''

''आपने जगूड़ी की ये लाइनें पढ़ी हैं, आमाशय, यौनाशय, गर्भाशय...!''

''महाशय, ये जगूड़ी की नहीं, कुँवरनारायण की पंक्तियाँ हैं।'' वह सुधार देता है, एक चुनौतीभरे आक्रामक लहजे में। फिर किसी की पूछने की हिम्मत नहीं होती। हेड झिझकते हुए 'छायावाद का अर्थ' एक्सप्लेन करने के लिए कहता है। बता चुकने के बाद एक मिनट का मौन। अब प्रिंसिपल का नंबर है। .

''यह आप दाढ़ी क्यों रखे हैं जी? अनौपचारिक-सा सवाल है। बुरा नहीं मानिएगा।'' वह मुस्कराते हुए कहता है।

''बस, यों ही। अच्छा लगता है, यही समझिए।''

''आप क्या कम्युनिस्ट है?''

''जी, नहीं।''

''तो...?''

''तो क्या?''

''कुछ नहीं। मैं तो यों ही जरा बस पूछ रहा था।''

वह गुस्से और उत्तेजना में उठकर बाहर आता है। फिर बिना रुके घर चला आता है।

8

अब सारा दिन उसके पास खाली है। पर वह किसी दोस्त के पास नहीं जाता। दो-चार किताबें लेकर ऊपर वाले कमरे में बंद हो जाता है। कुछ देर बाद उठकर बिना बात कमरे में घूमने लगता है वह। उसे अपने साथ-साथ कमरा घूमता हुआ लग रहा है। लगता है, माथे की नसें फट पड़ेंगी और वह लड़खड़ाकर गिर पड़ेगा।

थककर वह कुर्सी खींच लेता है। बार-बार शुभा सामने आ जाती है, कभी उदास, बुझी हुई, झुकी हुई आँखें। कभी हँसती, उत्सुकता से देखती और जल्दी-जल्दी आगे बढ़ती हुई। क्या कहेगा वह उससे? कैसे आगे जाने के लिए उत्साह जुटा पाएगा? दोनों कैसे एक-दूसरे को फेस करेंगे? थरथराते हुए पास आएँगे, एक मजबूरी से बँधे, न रोने को मजबूर। कौन किसको सांत्वना देगा? कैसे कहेंगे, किस भरोसे पर कि नहीं, नहीं, हम एक-दूसरे के लिए बने हैं। कोई हमें दूर नहीं कर सकता! वह नहीं छीन सकता कि जो मणि है, अर्थ है, जिजीविषा!

शुभा का उदास चेहरा। चेहरा पर बिखरे हुए बाल। वह खुद में डूबती जा रही है, जैसे दूर जा रही है-घुल रही है हवा में! नहीं-नहीं, यह नहीं हो सकता।

इच्छा हुई, बहुत तेज इच्छा-कि माँ से कह दे सारी बातें साफ-साफ। रो-रोकर, पैरों पर पड़कर मनवा ले, कह दे कि माँ मुझमें और इसमें अब कोई फर्क नहीं है। मुझे मानती हो तो इसे भी स्वीकार कर लो माँ!

पर फिर माँ का चेहरा...?

पिछली बार उसके मुँह से निकल ही गया था, ''माँ, शुभा वहाँ मेरा ख्याल रखती है, साथ ही रिसर्च कर रही है।'' माँ ने उत्सुकता से सुना था, पर वह ब्राह्मण है, सुनते ही उनके चेहरे का रंग बदल गया था। कोई बेहद सख्त भाव आँखों में आ गया था और...और...

9

खिड़की के पीछे से फिर झाँकती है शुभा, आँखें उठाकर देखती है। वे आँखें गीली हैं। फिर भी वे उसे सांत्वना देती हैं, ''जिंदगी बहुत बड़ी है अविनाश, कुछ न कुछ जरूर होगा।''

और फ़िर-''साक्षी है सूरज, साक्षी है आकाश, साक्षी है जल...! तुम बस आ जाओ, प्रसन्न और स्वस्थ। मैं तुम्हें अंक में ले लूँगी, पूरी सामर्थ्य दूँगी, शक्ति दूँगी! तुम अगली बार और अच्छी तरह खुद को एक्सप्रेस कर सकोगे। अभी तुम आकर आराम से रिसर्च का काम करो।''

वह किताबें समेटता है और अटैची में मुड़े-तुड़े कपड़े और किताबें भर लेता है। पाँवों में चप्पल पहनकर अटैची लिए नीचे आ जाता है।

''माँ, आज ही जाना है, वहाँ जाकर काम करना है।'' वह काँपती हुई आवाज में कहता है। इससे पहले कि माँ कुछ कहें, वह जल्दी से बात आगे बढ़ाता है, ''अगली बार जल्दी आऊँगा और काफी दिनों के लिए। तुम चिंता न करो माँ। मैं वहाँ अच्छी तरह हूँ। थोड़ा सा पढ़ना-लिखना और खूब खाना-पीना, सोना। कोई किसी किस्म का दुख तो है नहीं।'' वह फीकी हँसी के साथ बात खत्म करता है और आँखों को दूसरी तरफ फेर लेता है।

"वहाँ भी मेरी एक संरक्षिका है माँ, तुम्हारी प्रतिनिधि। तुम्हारी करुणा है उसमें। मुझे वह टूटने नहीं देगी!" यह बात वह कह नहीं सकता था, नहीं कह पाया।

10

छुटकू रिक्शा ले आया है। वह एक बार मुड़कर आर्द्र नजरों से घर को देखता है। फिर माँ की गहरी स्नेहिल, पनीली आँखों से बचता हुआ चोरी से उनका चेहरा देखता है और प्रणाम करके चलने लगता है।...

अचानक उसे याद आता है कि शुभा ने कहा था, मेरी तरफ से माँ के पाँव जरूर छू लेना। वह लौटता है और दुबारा माँ के पाँव छू लेता है। माँ कुछ नहीं समझतीं, कुछ नहीं कहतीं सिवाय इसके कि सेहत का ख्याल रखूँ, इस बार दुबला होकर आया हूँ इसलिए दूध जरूर पीता रहूँ। माँ डबडबाई आँखों से विदा करती हैं, रिक्शे पर बैठाकर पीठ पर हाथ फेरती हैं।

उसने अपने होंठों को भींच लिया है, दोनों हाथों को कस लिया है–पूरी ताकत से। जैसे भीतर का अवसाद जो तेज दबाव के साथ फट पड़ना चाहता है, इससे रुक जाएगा। दोनों हाथ आपस में उलझ गए हैं और उँगलियाँ चरमरा पड़ना चाहती हैं। रिक्शा रेलवे स्टेशन की ओर चल पड़ा है।

●

6

अरुंधती उदास है

स्टेशन पर रोज-रोज उसी गुम अँधेरे कोने में, उसी झाड़ के पास खड़ी दिखाई देगी कोई लड़की, गरदन एक खास भंगिमा में मोड़े हुए, तो उत्सुकता तो वह जगाएगी ही। और जाहिर है, कुछ न कुछ खास होगा ही उसमें।

जरूर होगा तभी तो बहुतों का ध्यान उधर रहता था। शाम की इस ई.एम.यू. में खासकर डेली पेसेंजर्स की ही भरमार रहती थी। सो लोग रोज-रोज देखते थे उसे गाड़ी का इंतजार करते। साथ-साथ या आगे-पीछे खड़े होकर खुद भी इंतजार-सा करने लगते थे। गाड़ी का। या शायद उसका-उस गरदन का जो एक खास कोण से मुड़ी होती थी और जहाँ देखती थी (देखकर भी नहीं देखती थी), वहाँ से इधर या उधर नहीं होती थी। मगर उस पर कोई खास नहीं पड़ता था। चेहरे पर खिंचाव तक नहीं। जैसे चेहरा न हो, चुप की एक झिल्ली-सी हो। भीतर और बाहर के बीच एक सख्त दीवार।

और तनाव तो उसके चेहरे पर तब भी नहीं आता था, तब बेवजह धक्का-मुक्की, धींगामुश्ती करते लोग उसी के साथ उसी कंपार्टमेंट में घुसने की कोशिश करते। और ऐन सामने बैठकर उसे घूर-घूरकर देखते।

''यह तनावहीनता किसी बड़े तनाव से आई है या फिर बड़े अभ्यास से।'' मुझे लगा था। पहले-पहल इसी पर मेरा ध्यान अटका।

हालाँकि यह नहीं कि वह मुझे सुंदर नहीं लगी। उसकी सुंदरता से अप्रभावित रहना लगभग असंभव था। एक तरह की लयबद्ध लंबी, इकहरी काया-और उस अनुपात से थोड़ा और लंबी गरदन जो एक खास ढंग से मुड़ी रहती थी। (हंस-ग्रीवा शब्द से जबरन बच रहा हूँ!) लेकिन इससे भी अधिक सुंदर तो उसका खड़ा रहने का ढंग था। या फिर हल्की-हल्की उदासी जिसमें वह सिर से पैर तक लिपटी थी।

एकाध बार तो लगा, यह उदासी इसने सायास चिपका ली है-खुद को और बारीक और सुंदर दिखाने के लिए। ये सब भी चोंचले हैं अमीरों के। यों इसे क्या दुख हो सकता है भला? संपन्न घर की है। फिर खुद नौकरी करती है-आत्मनिर्भर! जीवन में कोई और भी दुख होता है क्या?

जो भी हो, मेरा ध्यान उसकी ओर गया, तो फिर कभी ढंग से लौटा नहीं। मैं एक दिलचस्प पहेली में कैद हो गया। कभी खोलता, कभी मन की किसी भीतरी परत में तह करके रख लेता। यानी जब भी थोड़ी फुर्सत में होता, मैं उसके बारे में सोच लेता। और यह सोचना मुझे अच्छा लगता।

स्टेशन पर उसके साथ खड़े होने वालों में मैं नहीं था। पर हाँ, झूठ क्यों बोलूँ! प्लेटफार्म पर आते ही मेरी आँखें पहलेपहल उसी कोने की ओर घूमती थीं। एक बार वह दिखाई दे जाए, बस। फिर मैं निश्चिंत होकर प्लेटफार्म पर चहलकदमी करने लगता। और जिस दिन भी वह न आए, दिन का समापन मुझे बड़ा फीका-फीका, रूखा-रूखा लगता। इसे चाहे तो कहें रिश्ता, जो उसमें और मुझमें अनजाने पनप गया था। या (ज्यादा सही तो यह था) मैंने ही जबरन पनपा डाला था।

2

कुछ दिनों बाद मेरे भीतर इच्छा होने लगी, इससे दो बात तो करूँ। और कुछ नहीं, तो नाम ही पूछ लूँ। और एक दिन तो वाकई मन हुआ, सीधे जाकर कुछ पूछ लूँ, ''ऐसी क्या पहेली सुलझा रही हैं आप, जिसे सुलझाते-सुलझाते खुद पहेली बन गईं?''

तुरंत भीतर जो सही आदमी था, उसने चाँटा जड़ा, ''यह तो सरासर बत्तमीजी है यार! कोई कैसे जिए न जिए, तुम्हें क्या? अजीब अहमक हो।'' और उठते कदम रुक गए।

यों हैरानी इस बात की है कि उससे बोलने-बतियाने की बात दिमाग में आती, तो हिचक बिल्कुल नहीं होती थी। जैसे जाऊँगा और सीधे बात कर लूँगा। ठीक से देखे, जाने बगैर भी, न जाने कैसा यह अंतरंग विश्वास था।

और अगर भय, संकोच था तो उस भीड़ का जो उसे आँखों में कैद किए रहती। मान लो मैंने कोई बात कही और उसने जवाब नहीं दिया, या फिर कुछ ज्यादा ही हँस पड़ी या एकदम खामोश हो गई-बर्फ की मानिंद! मान लो...मान लो-मैं एक भँवर की-सी गिरफ्त में आ गया।

लेकिन बाद में पता चला, जैसे मैं उसे जानता था, वह भी मुझे जानती जरूर थी, यह अलग बात है कि वह मेरे बारे में वैसे सोचती न हो। और दो-एक समानताएँ भी थीं। जैसा थैला वह लटकाए रहती थी, मेरे कंधों पर भी करीब-करीब वैसा ही थैला टँगा होता। यह दीगर बात है कि उसका थैला कुछ-कुछ रेशमी डिजाइनदार, हल्का-फुल्का और खासा साफ-सुथरा होता। और मेरे खद्दर के बदरंग, मैले-कुचैले थैले में ठसाठस भरी किताबें किसी भीड़भरी डी.टी.सी. बस की याद दिलातीं! वह प्लेटफार्म पर एक तरफ, एक कोने में खड़ी रहती और मैं गाड़ी आने तक प्लेटफार्म के तीन-चार चक्कर लगा चुकता।

और मुझे लगता था, उसकी न घूमने वाली निगाह, कभी-कभी बहुत बेमालूम ढंग से, आहिस्ते से मेरे थैले को टटोल लेती है।

एक दिन इसका सबूत भी मिला। और उसी दिन परिचय की एक धीमी शुरुआत भी हुई।

उस दिन गाड़ी कुछ ज्यादा ही लेट थी। और मुझे घर पहुँचने की जल्दी। एक मित्र को समय दिया हुआ था। हड़बड़ी में जल्दी-जल्दी प्लेटफार्म के चक्कर काट रहा था। करीब पौन घंटा देर से गाड़ी आई, तो भीड़ उसमें दाखिल होने के लिए बेकाबू हो चुकी थी। मैं भी भीड़ के बीच से रास्ता बना रहा था कि अचानक मेरा थैला उससे टकराया। भीड़ में वह भी थी। मैंने देखा ही नहीं।

''माफ कीजिए, आपको...!'' मेरे मुँह से डरे-डरे, बदहवास-से दो-एक शब्द निकले। किताबें जिस तरह ठुँसी थीं, उससे लगा, चोट जरूर आई होगी। मुझे शर्म आ रही थी।

उसने मुझे देखा, तो हँस दी, ''नहीं...नहीं, भई, किताबों का भी क्या लगना।''

एक क्षण के लिए मैं चौंका। मुस्कराया। फिर भीतर जाने वाली भीड़ में शामिल हो गया। आज कोने वाली सीट नहीं मिलेगी, यह तय था। फिर भी मैं कोशिश कर देखना चाहता था। आखिर कोने वाली सीट नहीं मिली तो मैंने ऐसी सीट खोज निकाली, जहाँ से सीधा नहीं, तो थोड़ा-बहुत ही बाहर का कुछ दिखता रहता।

यह दिखना मेरी जरूरत थी। नहीं तो दम घुटता था-इसीलिए हर बार कोने वाली सीट की मुझे तलाश रहती थी।

मैं खीजा हुआ सा बैठा था। एक दोस्त की कविताओं की किताब निकालकर पढ़ने लगा। थोड़ी देर में देखा, तो वह चली आ रही है। होंठों पर हल्की चंचलता, जो अक्सर होती नहीं थी।

''आज तो आपकी सीट चली गई। मेरी वजह से...!'' बगल की सीट पर टिकते हुए बोली।

''नहीं, किताबों की वजह से।'' जाने क्यों मुझे उतनी हैरानी हुई नहीं, जितनी होनी चाहिए थी। एकदम सहज लगा उसका आना, कि जैसे उसे आना ही था।

''आप इतनी सारी किताबें...?'' उसने निगाहों से मेरे थैले को टटोलते हुए पूछा।

''अ...हाँ, जाने किसकी जरूर पड़ जाए? बचपन में भी जितनी कापी-किताबें, रबर, पेन, पैंसिल होती थीं, सब बस्ते में ठूँसकर ले जाता था कि पता नहीं, कब किसकी जरूरत पड़ जाए।''

वह हँसी, ''यानी टाइम टेबिल पर आपका यकीन नहीं?''

''नहीं, कतई नहीं। मुझे लगता है, कभी भी कुछ भी हो सकता है और हमें हर वक्त लैस रहना चाहिए।'' मैं हँसा, तो साथ-साथ वह भी हँस दी, ''और आपको नहीं लगता, इसके बावजूद जो होना है, वह तो होकर ही रहता है...?''

3

अब के मैं चौंका। कहाँ से बोल रही है यह? कहाँ से आती है इतनी छीलती हुई निर्ममता? मुझे तब लगा, उतनी तटस्थ कहाँ थी वह? उसका न देखना भी क्या एक तरह का देखना ही था।

थोड़ी देर बाद उसके चेहरे पर खिलंदड़ा-सा भाव आ गया, ''आपको जब भी देखा, खिड़की से बाहर देखते देखा। क्या देखते हैं बाहर?''

''जो भीतर नहीं है।''

''मिला?''

''अभी तो नहीं।''

''कोशिश करते रहिए। कभी न कभी...!''

वह हँसी है। खूब खुलकर। मैं भी।

थोड़ी देर बाद सीरियस हुई, ''आप लेखक हैं?''

''हूँ तो नहीं, बनना चाहता था। फिलहाल आप कह सकती हैं, लेखक की पैरोडी...!''

''और आप?''

''वैसे तो पत्रकार हूँ। लेकिन असल में पत्रकार की पैरोडी!''

''क्यों-क्यों...?'' मैंने उत्सुकता जताई।

''औरतों की एक पत्रिका है। उसमें अचार, मुरब्बे, स्वेटर के डिजायन बनाने की विधियाँ समझाती हूँ। अगर यह पत्रकारिता है तो मैं पत्रकार हूँ।'' हँसते-हँसते वह अचानक उदास हो गई।

फिर वह अपने काम और साथी लड़कियों, औरतों के बारे में बताती रही। हँसती रही। इस हँसी के भीतर का खालीपन कभी पकड़ में आता रहा। कभी हँसी के साथ बह जाता रहा।

स्टेशन आया, तो गाड़ी से उतरकर कुछ देर खड़ी रही। फिर चलते-चलते बोली, ''अरुंधती है मेरा नाम। आप मेरे नाम से बुलाएँ, तो अच्छा लगेगा। जरा मुश्किल तो है!''

''उतना मुश्किल तो नहीं, जितनी आप हैं।'' मैं हँसा। सही मौके पर एक बढ़िया डायलॉग मार पाने की खुशी।

वह भी हँसी। फिर उस हँसी पर ठंडी बर्फ-सी जम गई। फिर वह चली गई। उस दिन घर जाते हुए सोचता रहा-यह उतनी खुश तो नहीं, जितनी बातों से लग रही थी। उतनी उदास भी नहीं, लेकिन...

उदासी भी क्या कोई छूत रोग है? वह दिन है और आज का दिन, एक उदासी-सी मुझ पर लिपटती चली गई।

4

उस दिन के बाद अक्सर मिल जाती। जब कभी उसके पास से गुजरता, मुस्कराकर नमस्ते कर लेती। दो-एक मिनट के लिए मैं रुक जाता। भीड़भरी निगाहों के बीच दो-एक मिनट कुछ गैर-जरूरी बातचीत होती। फिर मैं उसी तरह चहलकदमी करने लगता।

कभी-कभी वह मेरे पास या सामने वाली सीट पर आकर बैठ जाती। कुछ देर बात चलती, लेकिन फिर उखड़ने लगती। फिर वह कोई पत्रिका निकालकर पढ़ने बैठ जाती। मैं भी हाथ में कोई किताब लिए खिड़की के बाहर देखने लगता। वह कुछ याद करने की कोशिश करती, मैं भी। बाजी उसी के हाथ लगती। उसे किसी सहकर्मी की कोई मजेदार मूर्खता याद हो आती। बीच-बीच में सुना डालती। मैं खुश होने का नाटक कर लेता। और करता भी क्या? उसके पास तो फिर भी बातचीत का एक स्थायी विषय था, मेरे पास वह भी नहीं। सो पहले दिन वाली उमंग, उत्साह फिर कभी आया नहीं।

जाते-जाते, उठने से पहले वह एक खाली-खाली नजर डालती किसी आदत की तरह। उसके मुँह से निकलता, ''अच्छा, नागेश जी...!''

''अच्छा!'' मैं कहता, इससे पहले वह जा चुकी होती।

कभी-कभी उसका शायद अकेले रहने, कुछ भी बात न करने का मन होता। यों भी बात हो नहीं पाती, यह कठिनाई उसने भी भाँप ली थी। तब वह दूर किसी सीट पर बैठती। तो भी कभी-कभी दूर से ही दिखाई पड़ जाती। उसकी पीठ पर छितराए बाल, झुकी हुई गरदन, हथेली पर सधा चेहरा। कभी-कभी वह दोनों हाथों से आँखें पोंछने लगती। तब भ्रम होता, वह रो रही है या रुलाई रोकना चाह रही है! मैं हड़बड़ा जाता। फिर लगता-नहीं, यह उसका ढंग है, उदासी पोंछकर खुद को चैतन्य रखने का!

लेकिन यह जो बिना बात का ठहराव-बिना बात जमती जा रही बर्फ थी, उसका कारण? क्या किसी आगत क्षण की संभावना से भयभीत थे हम दोनों? मैं ठीक-ठीक समझ नहीं पा रहा था। और वह? किसी उलझाव में तो थी ही वह।

एक दिन वह ऐसे ही दूर किसी सीट पर बैठी थी और उसकी पीठ दिख रही थी। पीठ पर छितराए बाल और... और एक खास खम देकर मोड़ी हुई गरदन। मुझे उसकी पीठ बोलती हुई-सी लगी। (सच कहूँ कोई बोलती हुई पीठ जिंदगी में पहली बार दिखी!) और लंबी गरदन का खम, बेपरवाही से बिखरे बाल-सब कुछ! जैसे, जितना वह नहीं बोल पाती, उससे ज्यादा उसका मौन कह रहा हो, तब भी...!

'लेकिन वह...वह असल में बोलती ही कब है? वह तो सिर्फ शब्दों की दीवार खड़ी करती है, जिससे मैं उस तक जा न पाऊँ। क्यों, क्यों करती है वह ऐसा?' मैं बेचैन होकर सोचता रहा।

'अच्छा, किसी दिन इससे बात करूँगा।' घर जाते-जाते मैं सोच रहा था।

और उसके बाद कई रातें बड़ी मुश्किल से कटीं। सपनों में उसकी पीठ, (नहीं, उसकी बोलती हुई पीठ!) उसके बाल, उसकी गरदन बल्कि कहना चाहिए, उसकी मुड़ी हुई खूबसूरत गरदन और हथेली पर रखा चेहरा...एक-एक कर मेरे सामने आते, फिर गड्डमड्ड हो जाते। फिर सिर्फ गरदन रह जाती, मुड़ी हुई तिरछी, लंबी गरदन जो कुछ आगे झुकी होती और मेरे होंठ...! मैं खुद को बहुत लाचार पाता।

5

फिर एक दिन की बात है। सर्दियों की शाम। गाड़ी का इंतजार करने वालों की भीड़ कम थी। शायद कोई छुट्टी थी उस दिन। मैंने बेसब्री से उसी परिचित कोने पर निगाह घुमाई। वह नहीं थी। मैं निराश सा प्लेटफार्म पर चलकदमी कर रहा था कि अचानक वह दिखाई दी। एक बेंच पर बैठी थी। चेहरा फिल्मफेयर में छिपा था। मैं हौले से पास जाकर खड़ा हो गया।

सामने मुझे देखकर चौंकी, ''आप...?''

मैं हँसा, ''आज तुम्हें ढूँढ़ने के लिए बड़ी मेहनत करनी पड़ी अरुंधती।''

वह भौंहों में हँसी, ''क्यों भई?''

''इसलिए कि आज तुम अपनी परिचित जगह पर, परिचित अंदाज में नहीं!''

वह हँस पड़ी, ''तो क्या मैं कोई अभिशप्त यक्षिणी हूँ, कवि जी!''

''वह तो यकीनन तुम हो अरुंधती। चाहे तुमने उस बारे में कुछ बताया नहीं, पर है यह सौ प्रतिशत सच...?''

''आप एक बात बताएँगे नागेश जी? पुरुष हर मामले में अपने आपको अफलातून क्यों समझता है?'' उसने चिढ़कर कहा।

''तुम्हारा मतलब है...मैं ठीक नहीं कह रहा?''

शायद इतने सीधे सवाल की उसे उम्मीद नहीं थी। ''ठीक है, नहीं भी,'' वह नीचे देखने लगी।

कुछ देर चुप्पी। अचानक कह बैठता हूँ, ''अच्छा...बुरा न मानो अरुंधती, तो एक बात कहूँ। तुम्हें देखकर कुछ अजीब-अजीब लगता है।''

''क्या?''

''ठीक-ठीक बता तो नहीं सकता। लेकिन लगता है, अकेलेपन का एक वीरान जंगल है, जो हर वक्त तुम्हारे साथ-साथ चलता है। जहाँ-जहाँ तुम जाती हो, पीछा करता है। और उस जंगल में हर वक्त कुछ न कुछ चलता रहता है। हर वक्त...''

''तो इसमें अजीब क्या है?'' उसने उसी ठंडेपन से कहा, ''वह तो हम सबके साथ है। क्या आपके भीतर नहीं? यह खिड़की के बाहर हर वक्त किसी की तलाश! और जो आपके पास बैठा है, वह कोई नहीं, कुछ नहीं...!''

"लेकिन अरुंधती, लेकिन...!" और तमाम लेकिन-वेकिन के बावजूद जवाब कुछ बना नहीं था मुझसे। शायद जरूरत थी भी नहीं।

लेकिन यह तय हो गया था, वह उतनी सरल, इकहरी है नहीं, जैसी ऊपर से दिखाई देती है।

फिर उस दिन कोई और बात नहीं हुई। चलते समय मैंने कहा, "माफ करना, तुम्हें बुरा लगा।"

"नहीं बुरा नहीं-बुरा क्यों लगेगा? आपको जो लगा, वही तो कहेंगे। इसमें गलत क्या?"

खाली, एकदम खाली नजरों से उसने मुझ देखा। फिर चली गई।

उस दिन मैं बुरी तरह खुद को धिक्कारता फिरा, "अजीब कूढ़मगज हो यार! तुम्हें क्या जरूरत थी किसी के भीतर खलल पैदा करने की? उसका अतीत, वर्तमान तकलीफें! जाने कोई कैसे-कैसे दुख ढोता फिर रहा है और तुम...?"

6

लग रहा था, अब उससे मिलना नहीं होगा। लेकिन हुआ उलटा ही।

इसके तीन-चार दिन बार मिली, तो खूब खुश दिखाई दे रही थी। खूब चहक भी रही थी, "नागेश जी, किसी दिन आपकी ढेर सारी कविताएँ सुनने का मन है, कभी सुनाइएगा? कभी क्यों, आज ही। मैं कवि न सही, पाठक बहुत अच्छी हूँ। अज्ञेय, धर्मवीर भारती, सर्वेश्वर और नए से नए कवियों को पढ़ा है। आपको अचरज हुआ?"

"...मैंने बताया जो नहीं! अच्छा, एक बात बताइए, कैसे लिख लेते हैं आप लोग? मेरा मतलब है, कवि..."

मैं सुन रहा था। नहीं भी सुन रहा था। मैं असल में कुछ और सोच रहा था। वह इतनी खुश तो नहीं ही है। तो क्या यह कोई और परदा है? लेकिन किसलिए-किससे बचाव...कैसा छिपाव?

गाड़ी रुकी, तो उसने हाथ पकड़कर मुझे भी उठा लिया, "आज आप मेरे साथ चल रहे हैं, मेरे घर...!"

गाड़ी से उतरकर मैंने पूछा, "भई, किस खुशी में?"

"जन्मदिन है किसी का आज।"

"किसका?"

"जो कह रहा है।"

फिर अचानक सीरियस हो गई, "आपको दिक्कत तो नहीं होगी नागेश जी। शायद देर हो जाए!"

"नहीं...नहीं, कितने लोगों को बुलाया है? फिर मैं कोई प्रेजेंट...!"

"आप भी ऐसी लफड़ेबाजी करते हैं क्या?" उसने भरपूर खुली आँखों से मुझे देखा और हँस पड़ी। फिर बोली, "किसी को नहीं बुलाया। कोई और है भी नहीं इस शहर में..."

मैं तय कर लेता हूँ–चलूँगा। कोई पाँच मिनट पैदल चलने के बाद उसका कमरा।

जाते ही उसने दरवाजा खोला। मुझे बैठाया। पानी का गिलास दिया। कुछ ही देर बार कपड़े चेंज करके आई। शायद हल्का आसमानी-सा गाउन...और चाय बनाने में व्यस्त हो गई। मैं अलमारी में रखी किताबें टटोलने लगा। वह चाय लेकर आई। एक प्लेट में मिल्क केक।

मैंने एक टुकड़ा उठाया, उसके मुँह में ठूँस दिया। उसने मुस्कराने की कोशिश की तो चेहरा जरा व्रिदूप हो गया। साफ जाहिर है, वह सहज नहीं हो पा रही। निकटता और दूरी के बीच एक समीकरण जो कभी सही हो जाता है और अगले पल फिर गलत।

चुपचाप चाय खत्म की। 'जन्मदिन मुबारक' कहना मुझे दुनिया के सबसे कठिन कामों में से एक लगता है। तो यह नाटक भी नहीं ही हुआ।

फिर बात किताबों की ओर मुड़ी। वह उत्साह से उपन्यास, कविता, कहानी-संकलन दिखाती रही। बीच-बीच में इधर-उधर की बातें।

"अच्छा शौक है तुम्हारा। कुछ किताबें मेरे काम भी आएँगी, चुरा ले जाऊँगा।"

वह हँस पड़ी है। यह हँसी भी मुझे असली नहीं लगी है।

चलने से पहले फिर एक नजर कमरे पर डाली है। फिर अचानक मेरे मुँह से निकला, "भई, अपना एलबम तो तुमने दिखाया ही नहीं।"

"कैसा एलबम?" वह चौंकी।

"जैसा अमूमन हर लड़की के जीवन में एक होता है।"

"आपको कैसे पता?" उसने भयभीत नजरों से कमरे में इधर-उधर देखते हुए कहा।

"पता नहीं। तुम्हें पहली बार देखा था, तभी से...कुछ घटा है तुम्हारे साथ!"

गरदन झुक गई उसकी, "वह तो कहानी खत्म हो गई अब। कैसा एलबम?"

"अगर मुझे बताना ठीक नहीं लग रहा तो...छोड़ो, रहने ही दो।" मुझे कोफ्त हो रही थी अपने आप पर। गधा आखिर गधा रहेगा। क्यों यह मूर्खता का विषय छेड़ दिया?

"नहीं...नहीं, ऐसी कोई बात नहीं।" उसकी आवाज एकदम सर्द, बर्फ से लिपटी हुई, "वह कोई एक था...मैंने तो सिर्फ उसे एक ही बार देखा, विवाह-मंडप में। शादी से पहले इतना ही पता था कि स्टेट्स में नौकरी करता है। अजय...अजय साहनी! मैं अभी पढ़ना चाहती थी। माँ के जोर देने पर मना नहीं कर पाई। वह तीन दिन रुका था शादी के बाद, कुल तीन दिन। फिर कहकर चला गया, 'जल्दी ही तुम्हें भी स्टेट्स बुलवा लूँगा।' और फिर कुछ पता ही नहीं। कुछ महीने ससुराल रही, फिर उस घुटन से छूटकर आ गई।"

''लेकिन...लड़के के माँ-बाप?'' मैंने अटकते हुए पूछा, ''उन्होंने कुछ नहीं किया?''

''उन्हें क्या फर्क पड़ता है?'' उसका चेहरा ठंडा था, बर्फ से ज्यादा ठंडा। ''सामाजिक रीति निभानी थी, उन्होंने निभा दी। वह किसी और लड़की के साथ रहता है। बहुत जोर देने पर शादी के लिए मान गया। अब किसी की जिंदगी बर्बाद हो गई, तो उसे क्या?''

''लेकिन अरुंधती, तुम्हारे पेरेंट्स, भाई वगैरह...''

''परेशान तो सब थे। लेकिन अंदर-अंदर सब मुक्त हो चुके थे। अब उन्हें यह फालतू भार लग रहा था। माँ-बाप दोबारा भार ओढ़ना नहीं चाहते थे, ससुराल में रहने पर जोर दे रहे थे। भाइयों के लिए अपनी-अपनी गृहस्थी उनकी पूजा थी। मैंने एक होटल में रिसेप्शनिस्ट की नौकरी कर ली। शुरू-शुरू में घर वालों को बुरा लगा, फिर सब मान गए।''

कुछ रुककर बोली, ''मान ही जाते हैं घर वाले-न भी मानते, तो भी बर्बाद हो चुकी लड़की का आखिर कुछ तो अधिकार होता ही है। मुझे जिंदा रहना था हर हाल, हर सूरत, हर बदसूरती में। मैं तय कर चुकी थी। और उस अधिकार का प्रयोग करने में मैं किसी भी हद तक जा सकती थी।'' कहते-कहते उसका चेहरा किसी गहरी चोट खाए पत्थर की तरह फट गया।

एकाएक हिंसक लगने लगी वह, जैसे कोई और ही अरुंधती उसमें आकर बैठ गई हो। फिर कुछ देर बाद लौटी। कुछ सामान्य हुई, लेकिन इस विप्लव के निशान अब भी चेहरे से गए नहीं थे। पूरी तिलमिलाहट के साथ मौजूद थे, ''और मेरा वर्तमान यह है कि तीन सालों से पत्रकारिता में हूँ। औरतों को अचार-मुरब्बे बनाने की विधियाँ और सुखी दांपत्य जीवन का रहस्य समझाती हूँ।''

उसने हँसते-हँसते कह तो दिया, लेकिन हँसी थमी तो मैंने नोट किया, एक कसैली मुस्कान अब भी उसके होंठों से चिपकी रह गई थी। उसे देखकर कोई भी डर जाता।

मैं एकबारगी जैसे हिल गया। लगा, उसकी सीधी नजरों का सामना नहीं कर पाऊँगा। कुछ और पूछना भी बेमानी थी। मगर ऐसे ही बेसाख्ता निकल गया, ''फिर कुछ और नहीं सोचा?''

''सोचा, लेकिन मेरे सोचने से क्या होता है? दो-एक लोग आए जीवन में। एक बार शादी की बात भी हो गई थी, लेकिन वह कायर निकला, भाग खड़ा हुआ। दूसरा भी...!'' उसका चेहरा फिर किसी गुफा की तरह वीरान, हिंसक हो गया।

''और धीरे-धीरे अब आदत पड़ गई है। अकेलापन अब काटता नहीं, बल्कि इस आदत मे विघ्न पड़े तो तकलीफ होती है। यों दफ्तर में कुछ दोस्त-सहेलियाँ हैं, आसपास लोगों का होना, लोगों का घूरना है। आप जैसे लोगों की संवेदना है! कुल मिलाकर यह

सब एक मशीन का हिस्सा है, जो हर वक्त मुझे काटती रहती है। एक-एक अंग कटकर गिरता है और मैं खुश होती हूँ। मैंने...मैंने नागेश जी, ऐसा ही जीवन स्वीकार कर लिया है।

''और अब तो कुछ और सोच ही नहीं पाती। सबके अपने-अपने दुख, अपनी तकलीफें हैं। उन्हें लिए-लिए चलो, चलते रहो, किसी को भेदने न दो, अब तो यही जीवन की शैली बन चुकी है। किसी और तरह से जीने के बारे में सोच तक नहीं पाती। और यह भी मंजूर नहीं है कि कोई मेरा जीवन मुझसे छीनने की कोशिश करे!''

''अरुंधती...?'' मेरे मुँह से एक हल्की चीखृ-सी निकली है।

मैं उससे कहना चाहता हूँ–मैं भी बहुत अकेला हूँ अरुंधती। उतना ही अकेला और उदास जितनी तुम हो। वैसा ही अकेलापन मुझे भी काटता है...और अगर तुम चाहती हो तो...

लेकिन अरुंधती के चेहरे पर एक साथ इतने रंग आ-जा रहे हैं कि कुछ कहना तो क्या, सहन करना तक...! हर रंग गहरी नफरत में उबल रहा है वहाँ।

अब और रुका नहीं जाता। घड़ी में देखा, साढ़े नौ। उसका हाथ मेरे हाथ में है–पसीने-पसीने।

बहुत धीमे से कहता हूँ, ''चलूँगा अरुंधती।''

एकाएक वह कहीं ऊँचे, बहुत ऊँचे से उतरती है। बड़े ही तटस्थ, सहज स्वर में कहती है, ''हाँ नागेश, अब तुम जाओ। बहुत समय हो गया...!''

7

अगले दो-तीन वह दिखाई नहीं दी। मेरे भीतर हर वक्त एक हाहाकार...! मैंने उसे क्यों दुखाया? क्यों? क्यों हलचल पैदा कर दी उसके अतीत में जिसे वह एक जड़ पत्थर की मानिंद ठुकरा चुकी थी!

कई तरह की बातें...कई तरह के विचार आते। मैं एक अजीब से ऊहापोह की गिरफ्त में। और एक नुकीले पत्थर-सा गिल्ट, ''ससुरे, तुम भी उसके हालात का मजा लेने चले थे।'' कोई अगर देख पाता तो देखता, मैं रात-दिन अपने गाल पर तमाचे मार रहा था। खून जम गया था।

फिर एक दिन वह दिखाई दी। मैं गाड़ी से उतरकर घर जाने के लिए मुड़ा था, तभी।

''नागेश जी!'' वह पास आई थी। चेहरा थका-थका सा, जैसे कई रातों से सोई न हो। कोई आध-एक मिनट खड़ी रही। चुपचाप। फिर एक लिफाफा पकड़ाया। फीकी-सी मुस्कराहट के साथ ''नमस्ते'' कहकर चली गई।

''नमस्ते...!'' मेरे हाथ हवा में झूलते रह गए।

रिक्शा में बैठा हूँ। रास्ते भर एक भूचाल-सा मेरे भीतर फटता, शोर मचाता रहा। एक समंदर है और लहरें तड़प रही हैं-हा हा हा हा हा! एक जहाज है जो हाहाकार करती आँधियों के बीच थरथरा रहा है।

8

घर जाते ही हड़बड़ाकर लिफाफा खोला है। अंदर किसी कॉपी से, नहीं शायद डायरी से फाड़ा गया एक पीला-सा कागज है। नहीं, कागज नहीं, पत्र...

''नागेश जी,

आपमें एक दोस्त मिला था, लेकिन...मेरा दुर्भाग्य आड़े आ गया। रात देर तक सोचती रही। आपके आगे झूठ बोलना नामुमकिन है, मन का सब खुल पड़ता है। मैं मुश्किल में पड़ जाती हूँ। रात मैंने बरसों बाद अपने भीतर झाँका, तो लगा, वहाँ सब कुछ गड्डमड्ड है। सिर्फ लपटें हैं, लाल-पीली लपटें...शवदाह! उस सड़ाँध में एक साफ कोना तक नहीं बचा किसी के लिए। आपको कहाँ बिठाऊँ? आइंदा से मुझसे न मिलें। कर सकेंगे? मेरी खातिर। मैं जैसी भी हूँ सुखी-दुखी, अपने लिए हूँ। किसी को इजाज़त नहीं देना चाहती कि मेरी उदासी में झाँके...कि लोग कहें, अरुंधती उदास है...!''

कागज मेरे हाथों में काँप रहा है और काँपते शब्दों में अरुंधती का पीला, उदास चेहरा, जो धीरे-धीरे एक तंग अँधेरी गुफा में बदलता जा रहा है।

7

कुनु

आज सुबह से फिर कुनु की याद। अपने उस लाड़ले बेटे का लड़ियाना याद आया आज फिर। आज फिर कुनु की मरती हुई आँखें याद आईं।

जाने क्या बात है, जब-जब बाहर की मार और घमासान से भीतर का कोई हिस्सा मरता है, भीतर का कोई बेशकीमती, मूल्यवान और अंतरंग हिस्सा...या फिर ऐसे ही किसी मरे हुए की, ऐसी ही अपनी किसी मौत की याद आती है, तो उस बेतरह छटपटाहट में कुनु पूँछ हिलाता हुआ सामने आ खड़ा होता है। फिर कुछ ऐसी अजब-सी प्यारभरी आँखों से देखता है कि मैं एक साथ हँसता हूँ, रोता हूँ। रोता हूँ, हँसता हूँ और उस पर निसार जाता हूँ।

कुनु! आखिर क्या था कुनु मेरे लिए? उसकी कहानी भी क्या किसी कहानी जैसी कहानी में आएगी? और मैं किसे सुना रहा हूँ उसकी कहानी...किसलिए? क्यों? लेकिन सुनाए बिना रह भी तो नहीं सकता।

कुनु-यही नाम दिया था शुभांगी की ममतालु पुचकार ने उसे। पता नहीं कहाँ से फूटा था यह उसके भीतर से। मिट्टी और चट्टानों को फोड़कर आए किसी शांत, भीतरी सोते की एक लहर की तरह, कुनु! जंगल में गूँजती किसी आकुल पुकार की तरह-कुनु! कुनु! कुनु! और हमें लगने लगा था, हम दोनों को-कि इससे शानदार नाम इस शानदार जीव का कोई और हो ही नहीं सकता।

आज फिर मेरी कलम उसके 'होने' और 'न होने' के बीच थरथरा रही है।

आखिर क्या था कुनु मेरे लिए, मेरे और शुभांगी के लिए? हमारे दांपत्य जीवन के पहले ही अध्याय में, जो धूल-धक्कड़ और आँधियों से सना हुआ था!...मगर आखिर यही समय क्यों तय किया था उसने हमारे घर, हमारी जिंदगी के उदास रंगमंच पर प्रवेश के लिए। और आया भी तो ऐसा क्यों, कैसे होता चला गया कि उसके बिना जीना हमें अपराध लगने लगा।

उफ! आज फिर कुनु के मरती हुई आँखें याद आ रही हैं। और उन आँखों में छलछलाता प्यार, मनुहार, जिदें–सभी कुछ।

एक छोटा-सा जीवन जिसने छह-आठ महीनों में मार तमाम ऊधम मचा के रख दिया था। कू-कू-कू से लेकर भौं-भौं-भौं तक। जब उसे नुकीली चोंचों से हलाल करने को तैयार, शैतान 'काक मंडली' से बचाया था, तब क्या पता था कि वह नन्हा-सा काला चमकीला पिल्ला इस कदर घर बना लेगा हमारे भीतर...कि हर वक्त होंठों पर 'कुनु...कुनु!' और कुनु यहाँ, कुनु वहाँ...कुनु कहाँ-कहाँ नहीं। हर जगह वह मौजूद था। हमारे पूरे घर में नटखट स्नेह और शरारतों की शक्ल में व्याप्त थी उसकी उपस्थिति। और वह इस कदर लाड़ला हो गया था कि जोर-जबरदस्ती से अपनी जिदें मनवाने लगा था। हमारे बाहर जाने पर वह रोता था। अकुलाकर पंजे मारता था दीवारों पर, खिड़कियों पर और सात तालों के बावजूद किसी जादूगर की तरह निकल आता था बाहर!

ओह, जिस क्षण बिजली की तरह दौड़ता और खुद को विशालकाय शेरनुमा जबर कुत्तों से बचाता हुआ, वह सड़क पर आकर हमारे पैरों पर लोट जाता था, उस क्षण का गुस्सा, प्यार, गर्व, रोमांच...! वह सब, अब क्यों कहें, कैसे! अलबत्ता सब कुछ भूलकर उस क्षण हम उसे सारे रास्ते भीमकाय कुत्तों से बचाने और सुरक्षित घर ले आने की पारिवारिक किस्म की चिंताओं से घिर जाते थे। हालाँकि कुनु के गर्वोद्धत चेहरे पर जरा भी डर तो क्या, एक शिकन तक नजर नहीं आती थी। जैसे इन बड़े-बड़े झबरीले कुत्तों को चरका देना उसके बाएँ हाथ का खेल हो। और घर में तो वह शेर होता ही था। चाहे बगल वाली सड़क पर हाथी आए या ऊँट या विशाखनंदन या शूकर, कुनु की भौं-भौं वाली गुर्राहट से बचकर जाना मुश्किल था। पट्‌ठा पूरा दम लगाकर भौंकता था। और उसकी उम्र के लिहाज से वह इतना ज्यादा होता था कि कभी-कभी कोई पक्की उम्र का बंदा या पग्गड़धारी राहगीर मुस्कराकर टोक भी देता था, ''बस कर...हुण बस कर, थक गया होएँगा।''

कुनु की सबसे खास बात यह थी कि वह कुनु था। महज एक पिल्ला नहीं, वह कुनु था। उसकी अपनी एक शख्सियत थी और इसे वह हर तरह से साबित करता था। मसलन रसोईघर के एकदम द्वार पर बैठकर गरम फुल्का खाना उसे प्रिय था और साथ में गुड़ भी हो, तो क्या कहने! ऐसे क्षणों में उसकी आँखों से आनंद, अनहद आनंद बरस रहा होता और जरा छेड़ते ही उसकी 'गुर्र-गुर्र' चालू हो जाती। जैसे वह जता देना चाहता हो कि इन क्षणों में छेड़ना या डिस्टर्ब किया जाना उसे सख्त नागवार है।

कभी सुबह की रोटी दोपहर या दोपहर की रात को मिल जाए, तो न सिर्फ उसकी भूख-हड़ताल चालू हो जाती, बल्कि उसके चेहरे पर एकदम सत्याग्रहियों वाला भाव नजर आने लगता। शांत और मौन प्रतिरोध...! वह उठता, रोटी के पास जाकर अनमने ढंग से उसे सूँघता और फिर इस तरह अपनी बोरी पर आकर बैठ जाता, जैसे कि वह रोटी उसके

लिए नहीं थी। या वह रोटी जैसी चीज के अस्तित्व से पूरी तरह बेखबर हो। कभी घर में उसकी पसंद की कोई चीज बने, खासकर गाजर का हलवा, जो कि सर्दियों में दस-पंद्रह दिन में एकाध बार बनता था, तब देखो उसकी बसब्री। ऐसे वक्त में उसे दूसरे कमरे में बंद करके रखना पड़ता था, वरना न जाने क्या कर डाले। और हलवा बनते ही गरम-गरम गपक जाने की कोशिश में अक्सर वह जीभ जला बैठता।

उफ, बावला। एकदम बावला...!

सच तो यह है हमने उसे बिल्कुल अपना बेटा ही मान लिया था।

हमारे वे दुखभरे दिन थे। कुछ अजीब-सी आत्महीनता और अर्ध-बेरोजगारी के दिन। और हम कुछ तो समय और कुछ अपने आदर्शों के मारे थे। हालाँकि इसी आदर्शवाद ने हमें जिलाया भी था। इसी आदर्शवाद ने हमें, यानी मुझे और शुभांगी को मिलाया भी था और एक-दूसरे के लिए जरूरी बना दिया था। तपती हुई सड़कों पर साथ चलते-चलते हम एक छोटे-से घर तक आ पहुँचे थे।...

हाउसिंग बोर्ड का किराए का वह छोटा-सा मकान हमारे सुख-स्वप्नों का आशियाना था, जहाँ हमें अपनी बिखरी हुई दुनिया के तिनके समेटने थे और एक अदृश्य भविष्य को आकार देना था। वहीं हमें कुनु मिला था। और कुछ इस कदर आत्मीयता से गदबदाया हुआ-सा वह मासूम जीव शुभांगी की गोद में आ टपका था, मानो शादी के फौरन बाद ही उसकी गोद भर गई हो।

लेकिन जैसा कि ऊपर बताया गया है, वे सख्त, बहुत सख्त दिन थे और हम तिल-तिल जल रहे थे। हमारे आदर्शवाद ने हमें उन्हीं 'महान जी' के खिलाफ खड़ा कर दिया था जिनके निर्देशन में हम रिसर्च कर रहे थे।...हेड ऑफ द डिपार्टमेंट!

हेड साहब के दिमाग में न जाने कैसे यह बात बैठ गई थी या बैठा दी गई थी कि शुभांगी और मैंने यह जो खुद अपनी मर्जी से विवाह किया है, इसमें जरूर कोई भारी गड़बड़ है। और इससे यूनिवर्सिटी की मर्यादा की नींव हिल गई है, जिसे जमाए रखना उनका महान कर्तव्य है।

तो मर्यादा की उस हिलती हुई नींव को फिर से सधाने के लिए उन्होंने हमें कानूनी फर्रा पकड़ा दिया कि आप लोगों के खिलाफ क्यों न अनुशासनहीनता की कार्रवाई की जाए और क्यों न आपका स्कॉलरशिप रोक दिया जाए?...यह साँसों की उस डोर को काट देने की कोशिश थी, जिसके सहारे हम जिंदा थे। लिहाजा हमें भड़कना ही था। और हमारे भड़कने का सीधा नतीजा यह हुआ कि शादी के तुरंत बाद हमें हेड साहब की ओर से यह तोहफा मिला कि शुभांगी का स्कॉलरशिप बंद कर दिया गया।

अब हमारे घर का जो बुनियादी गणित था, वह यह कि चार सौ जमा तीन सौ बराबर सात सौ...यानी घर! घर की शांति। घर की सुरक्षा। शुभांगी का स्कॉलरशिप बंद होने से

हमारे घर की जो दो मुख्य कड़ियाँ थीं, उनमें से एक टूट गई। सात सौ में से तीन सौ रुपए निकल गए, तो नतीजा एकाएक देखने को मिला। घर की दीवारें डगमगाने लगीं, छत हिलने लगी और हवा में अपकशुन होने लगे।

यह हमारा दुख से सहमा हुआ दांपत्य जीवन था, जिसकी शुरुआत ही एक 'निजी प्रलय' से हुई थी और एक तीखा भय हमारे भीतर उतर गया था। अक्सर मुझे लगता, कोई अनजान छाया हमारा पीछा कर रही है और हमें मार डालेगी। हमें इस बात की सजा मिलेगी कि हमने अपनी मर्जी से विवाह क्यों किया? मैं खाना खाने बैठता तो लगता, अभी हेड साहब का लंबा और शक्तिशाली हाथ आगे आएगा और मेरे सामने रखी खाने की थाली उठाकर भाग जाएगा। मेरे हाथ का कौर हाथ में रह जाता और आँखों से आँसू टपकने लगते। खाना खाना मुश्किल हो जाता।

यही वे दिन थे, जब कुनु हमें मिला था। और उसका मिलना भी कुछ ऐसा था, मानो वह किसी महानाटक का ऐसा अध्याय हो जो खासकर हमारे लिए ही लिखा गया है।

हम एक दिन सुबह-सुबह घूमकर आए और सदा की तरह किताबों की चर्चा और दिन के कार्यक्रम की रूपरेखा तैयार करने में व्यस्त थे, कि दूर से ही देखा-वह है। एक छोटा-सा, बेचारा-सा काला जीव। मुश्किल से दस-पंद्रह दिन का रहा होगा। वह काक-मंडली का भोज़न बना हुआ था और मूक आँखों से गुहार कर रहा था। शायद कौओं की कुछ चोंचें भी उसके शरीर में गड़ी थीं और वह मारे पीड़ा के तिलमिला रहा था। लेकिन हल्की, बहुत हल्की और अस्पष्ट 'गुर्र-गुर्र' के सिवा उसके मुँह से कोई शब्द नहीं निकल रहा था।

शुभांगी ने उसे देखते ही, बगैर वक्त खोए झपटकर उठा लिया और माँ जैसी ममता से भरकर छाती से लगा लिया।

उफ! उस क्षण किस कदर सिंदूरी आभापूरित था शुभांगी का चेहरा। किसी स्त्री का जिसे आप प्यार करते हैं, माँ बन जाना क्या होता है, शायद पहलेपहल उसी क्षण मैंने जाना था।

और हमारा जीवन तनाव के जिन दो मोटे लौह-शिकंजों में कसा हुआ था, पहली बार उनकी जकड़न से छूटकर एक कदम आगे बढ़ा। बहुत दिनों से रुकी हुई मुस्कान फिर से हमारे होंठों पर थी और मैंने शुभांगी को और शुभांगी ने मुझे एक नई ही पुलकभरी दीठ से देखा।

और वह घर जिसमें किताबें थीं और ज्यादातर किताबों पर ही बातचीत होती थी, धीरे-धीरे एक बच्चे की उपस्थिति से गुलजार होने लगा।

हमारा वह बच्चा कुनु था, जो कभी बाहर लॉन में मेरी कुर्सी के चारों ओर दौड़ता, कलामुंडियाँ खाता और नाचता फिरता, कभी दूर बैठा पूँछ हिलाता अपनी उपस्थिति

जतलाता रहता। जरा सा पुचकारो तो उछलकर गोद में बैठता। मैं और शुभांगी गंभीर शोध-विषयक चर्चा में लगे होते, तो वह जरूर कुछ न कुछ ऐसा करता कि हमारी गंभीरता की ऐसी-तैसी हो जाती ओर अक्सर कुनु और उसकी खरमस्तियाँ ही हमारी बातचीत का केंद्रीय विषय हो जातीं। ऐसे में अक्सर शुभांगी ही उसे बढ़ावा देती और तब उसकी सर्कसबाजी, जोकरबाजी, नाचना और कभी-कभी पीठ के बल लेटकर पंजे हिलाना और लड़ियाना ऐसे तमाम खेल-तमाशे शुरू हो जाते। और उफ! आँखें किस कदर चमक उठती थीं उसकी।...शैतान! महाशैतान!!

कभी-कभी वह ज्यादा छूट ले लेता और जिस चारपाई पर मैं पढ़ रहा होता, उसी पर आकर एकदम मासूम बच्चे की तरह लेट जाता और अत्यंत तरल और आग्रहयुक्त आँखों से मुझे देखता रहता। असल में उसे यह बेहद प्रिय था कि मैं एक हाथ में किताब पकड़े पढ़ता रहूँ और दूसरे हाथ से उसे चुपचाप सहलाता रहूँ। ऐसे क्षणों में एक घरेलू अपनापन और अधिकार उसके व्यवहार में नजर आता। और यही अपनेपन का अधिकार उसमें तब भी नजर आता, जब शुभांगी रसोई में खाना बना रही होती। ऐसे में वह दौड़कर आता और एक सभ्य बच्चे की तरह मूक आँखों से खाना माँगता और रसोई की चौखट पर बैठ, चुपचाप खाना खाने लगता।

फिर थोड़ा बड़ा हुआ, तो उसने एक विचित्र चाल यह निकाली कि रोटी खाने की इच्छा न होती, तो अपने हिस्से की रोटी लेकर दौड़कर बाहर चला जाता और थोड़ी ही देर बाद खरामाँ-खरामाँ टहलता हुआ लौट जाता। काफी दिन बाद हमें इस 'रहस्य' का पता चला कि वह रोटी कहीं छिपाकर आता है, ताकि ज्यादा भूख लगने पर यह आपात-काल में काम आ सके।

यानी अपने भविष्य के लिए ऐसी दुर्दम्य चिंता! शायद अपने मित्र कुत्तों से उसने यह सीखा था।...लेकिन हमें हँसी आती। एक असुरक्षित घर में भला कैसे उसने भविष्य की सुरक्षा की जरूरत भाँप ली थी।

सोने के रात और दिन के कुछेक घंटों को छोड़ दें, तो कुनु ज्यादातर सक्रिय रहता था। यानी कुनु का मतलब था, गति...छलाँग! वह दिन भर घर के दोनों कमरों और बरांडे में इधर से उधर घूमता रहता और कहीं जरा भी खड़का होते ही दौड़कर वहाँ पहुँच जाता। खासकर दरवाजे पर किसी के आते ही उसकी गर्व से लबालब 'भौं-भौं' शुरू हो जाती।

लौटकर आता तो पूँछ उठी हुई और आँखें शाबाशी का भाव लेने को उत्सुक। मानो कोई वीर बाँका युद्ध के मैदान से लौटा हो!

कभी ज्यादा मूड में होता तो वह घर भर की चीजें छेड़ता फिरता। खासकर जूते, चप्पलें, किताबें...! हालाँकि जूते या चप्पलें उसने चाहे भले ही काटे हों, यह गनीमत थी कि किताबें कभी नहीं फाड़ीं।

हाँ, मेरी ही तरह उसे भी लगभग रोज आने वाली चिट्ठियों की तलब रहती थी। कोई चिट्ठी आती और मेरे ध्यान से छूट जाती तो दौड़कर आता। मेरे और दरवाजे के बीच उसके कई चक्कर लग जाते, जब तक कि मैं दरवाजे तक आकर वह चिट्ठी, अखबार या पत्रिका उठा न लेता।...

लेकिन हैरानी की बात यह है कि जब मैं गंभीरता से कुछ लिख या पढ़ रहा होता, तो वह अक्सर शोर मचाने या छेड़खानी से परहेज करता और दूर बैठा, टकटकी लगाए देखता रहता। इतना सतर्क, चौकन्ना कि अगर मक्खी भी उड़कर मेरे माथे या नाक तक आए, तो उसे पीस डाले।

मैं हैरान था कि ऐसी यह 'महान शुभचिंतक आत्मा' किस दुनिया से चलकर मेरे इतने निकट आ गई है! न जाने किस जन्म का पुण्य था, जो इस जन्म में कई गुना होकर प्रतिदान के रूप में मिल रहा था। और मैं चकित था, मुग्ध!

शायद मेरा और शुभांगी का यही भाव रहा होगा, जिसके कारण बाज दफा हमें अजब-से हालात का सामना करना पड़ता था। मसलन जब भी हमारे मेहमान, खासकर रब्बी भाई सपरिवार आते, अपनी पत्नी सविता और बिटिया अंजू के साथ, और कुनु को देखकर दूर-दूर से पैर बचाते हुए निकलते, "अरे भई, इस कुत्ते को देखना!" टाइप वाक्य उच्चारते हुए, तो हमें बड़ा अजीब लगता। मानो हमें अपने कानों पर विश्वास ही न हो रहा हो! इसलिए कि हमारा ख्याल था, यह तो कुनु है, इसे भला कुत्ता कैसे कहा जा सकता है?

हमारी दीवानगी की हालत तो यह थी कि जब कोई मेहमान हमारे घर आकर अपने बच्चों और उसकी चंचल शरारतों का जिक्र करता, तो हम तत्काल दोगुने गर्व से भरकर कुनु की प्रशंसा का पुराण ले बैठते। सामने वाले के माथे पर बल पड़ जाते, भला हमारे बच्चों की मनमोहक अदाओं की तुलना में कुनु-एक कुत्ता कैसे सामने ला खड़ा किया जा सकता है!

पर हम जिस दीवानगी में थे, उसमें ऐसी छोटी-छोटी बातों पर भला ध्यान कैसे जा सकता था। आज जाता है, तो जाने क्यों, बुरी तरह हमारी हँसी छूट निकलती है!

लेकिन उस दुष्ट ने हमें तंग भी कम नहीं किया।

एक दिन देखा, पूरे घर में से एक बेहद सड़ी हुई गंध उठ रही है। उस नागवार गंध से दिमाग भन्ना गया।

दौड़कर इधर-उधर देखा, तो लॉन में एक किनारे पर ढेर-सा सड़ा हुआ मांस पड़ा था। थोड़ी देर के लिए तो हम भौचक्के ही रह गए। यह क्या! बदबू के मारे नाक सड़ी जा रही थी। शायद सामने वाले मैदान में कोई कुत्ता या सूअर मरा था और आसपास के

सब कुत्तों की जमकर दावत हुई थी। तब अपना यह नन्हा कुनु भी शौर्य प्रदर्शन करके अपने हिस्से का मांस ले आया था। और उसे कोई और छीन-झपट न ले, इसलिए लॉन के एक कोने में...

इससे पहले भी उसे उस मौसम में कूड़े के ढेर पर कुछ तलाशते हुए, घूमते-भटकते देखा था। पर उसकी तलाश इस चीज के लिए है, यह हमें पता न था।

थोड़ी देर बाद कुनु मेरे पास आया, तो मैंने देखा, वही सड़े हुए मांस की गंध उसके मुँह से भी आ रही है। मैंने गुस्से में आकर उसे डाँटा, 'जा, भाग जा...!' और वह कू-कू-कू करता भाग गया।

बड़ी मुश्किल से पड़ोसी से फावड़ा माँगकर और नाक जबरन बंद करके उस सड़े हुए मांस से मुक्ति पाई गई।

वह दिन मेरे और शुभांगी के लिए यातनाभरा दिन था। हमें एक साथ दुख भी था, गुस्सा भी! हालाँकि कुनु बेचारा यह सब क्या जाने! अगर मांस हमने उसे नहीं खिलाया, तो क्या मांस खाने की अपनी जैविक प्रवृत्ति ही भूल जाएगा?

हम यह जानते थे, पर अपने गुस्से के आगे लाचार थे।

थोड़ी देर बाद वह आया, तो मेरा गुस्सा एकाएक भड़क गया। मैंने एक के बाद एक, तड़ातड़ कई चाँटे उसे लगाए और गुस्से में चिल्लाकर कहा, ''जा, भाग जा...अब कभी यहाँ मत आना।''

हमारे शब्दों का मतलब वह जानता हो या न जानता हो, पर गुस्से का मतलब तो जानता ही था। एक छोटे बच्चे की तरह वह सिर झुकाए चुपचाप मार खाता रहा। और उसे जी भर पीटने के बाद मैं दुखी होकर अपनी आरामकुर्सी पर ढह गया। कुनु चुपचाप लॉन के एक कोने में जाकर लेट गया और दिन भर वहीं लेटा रहा।

इसके बाद कम से कम घर में तो वह मांस कभी नहीं लाया। लेकिन मांस खाने का उसका शौक बना रहा। और उसके लिए सामने मैदान में कूड़े के ढेर पर उसकी खोज जारी रहती। खराब मांस खाने के कारण ही शायद यह रोग उसमें पनपा कि उसे भूख लगनी बंद हो गई और वह जब-तब उलटी कर देता। फिर एक दुखी या उदास सा चेहरा लिए हुए एक तरफ बैठा रहता और उसकी प्रिय चीज, मसलन गुड़ या चीनी-रोटी उसके आगे रखी जाती, तो भी वह अपनी जगह से न उठता। सिर्फ गरदन उठाकर देखता और निढाल-सा पड़ जाता।

कुछ दिनों बाद थोड़ी ठीक और सामान्य हालत में होता, तो हमें खुशी होती, पर जल्दी ही वह फिर रोग की चपेट में आ जाता।

इसी के साथ एक रोग ने उस पर और जोर-शोर से आक्रमण किया-खुजली। और उसके बाल गिरने शुरू हो गए। लिहाजा उसे पानी में डिटॉल डालकर नियमित रूप से हर इतवार को नहलाने का क्रम जारी हो गया।

इससे उसे निस्संदेह फायदा हुआ। पर कुनु को नहलाना एक बड़ी तपस्या और धैर्य की माँग करता था। क्योंकि नहाना उसे एकदम नापसंद था और हमें उसके लिए तैयारियाँ करते देख, अक्सर वह हमें चकमा देकर भाग निकलता था। और फिर बड़ी देर तक काबू में नहीं आता था। नहाते समय भी तमाम उछल-कूद, पर आखिर वह समर्पण कर देता था। डिटॉल से शायद उसे खुजली से कुछ राहत मिलती हो।

नहाने के बाद उसकी शक्ल बहुत बुरी निकल आती थी और वह एक पतली हड्डीनुमा विचित्र आकार ग्रहण कर लेता था। पर थोड़ी देर की भाग-दौड़ के बाद, फिर उसमें धीरे-धीरे वही पुराना 'कुनु' लौट आता था, जो हमारा रोज का जाना-पहचाना था। और फिर वह वैसी ही जिंदादिल शरारतों और छेड़छाड़ पर उतर आता था।

कुनु का एक दिलचस्प किस्सा तब का भी है, जब हम मकान बदल रहे थे।...

हाउसिंग बोर्ड के अपने किराए के मकान को खाली करके, हमें एक दूसरे मकान में जाना था। लिहाजा बड़ी तत्परता से हम किताब को बाँध रहे थे। बरतन बाँध रहे थे। कपड़ों की छोड़ी-बड़ी पोटलियाँ बाँधी जा रही थीं। गरज यह कि घर का सब सामान इधर से उधर हो रहा था। और यह कुनु को बेहद नागवार लग रहा था। हर बार सामान खिसकाने पर वह भौंक-भौंककर अपना गुस्सा और नाराजगी जताता। शायद उसकी समझ में नहीं आ रहा था कि यह क्या उखाड़-पछाड़ हो रही है, किसलिए? हो सकता है कि इसमें उसे किसी भावी अनर्थ की भी छाया दिखाई दी हो।

यही हालत उसकी तब भी थी, जब ये गठरियाँ उठा-उठाकर ताँगे पर रखी जा रही थी। उसने भौंक-भौंककर हमारी नाक में दम कर दिया। लेकिन जब ताँगा चला, और आगे राह दिखाने के लिए साइकिल पर दो-एक थैले टाँग, मैं आगे-आगे हो लिया, तो कुनु भी दौड़कर आ गया और ताँगे के आगे-आगे मेरी साइकिल के समांतर दौड़ने लगा, मानो घर का खास प्राणी होने के कारण उसे भी ताँगे का मार्गदर्शन करने का हक हो। यह दीगर बात है कि जब तक घर नहीं आ गया, मेरी जान साँसत में फँसी रही कि कहीं यह नन्हा जीव मेरी साइकिल या फिर ताँगे के पहिए या घोड़े की टापों के नीचे न आ जाए!

लेकिन कुनु के दुस्साहस की एक घटना तो ऐसी है कि आज भी मन रोमांचित हो उठता है।

हुआ यह कि एक दिन हमें शहर जाना था, शुभांगी के माता-पिता से मिलने। रास्ते में कुत्तों से बचाते हुए कुनु को साथ ले जाना सचमुच किसी आफत से कम नहीं था। लिहाजा कुनु को चुपके से कमरे में बंद किया और हम बाहर आ गए। हालाँकि दूर तक और देर तक उसका हृदयद्रावक क्रंदन हमारा पीछा करता रहा।

शहर में सास जी के हाथ की बनी बेहद मीठी, नायाब चाय पीते हुए भी, कानों में कुनु की कू-कू-कू ही बसी हुई थी। यहाँ तक कि हमारी उदासी भाँपकर उन्होंने पूछ लिया कि क्या बात है, तुम लोग कुछ परेशान से हो। और हमारे बताने पर द्रवित होकर बोलीं, ''अरे, तो तुम लोग ले आते उसे! लाए क्यों नहीं उस नटखट को?''

महीनों पहले जब कुनु एकदम छोटा था, हम उसे गोदी में लेकर आए थे और गली के कुत्तों ने हमारी आफत कर दी थी। और अब तो उसे गोदी में लाना ही मुश्किल था। पैरों पर चलकर आता, तो क्या यहाँ पहुँच सकता था? रास्ते में धड़धड़ाती गाड़ियों वाले स्टेशन को पार करना होता था। और फिर मोटरें, गाड़ियाँ, ट्रकों और ताँगों की रेल-पेल और पों-पों, पैं-पैं वाली खतरनाक सड़क। वहाँ लोगों का चलना ही मुश्किल था, तो फिर यह नन्हा जीव...!

अभी हम यह सब सोच ही रहे थे कि अचानक सास जी का ध्यान गेट पर गया। चौंककर बोलीं, ''अरे वो तो रहा कुनु! वो...देखना, कुनु ही है न।''

और अभी हम कुछ सोच पाते, इससे पहले ही कुनु बारी-बारी से मेरे, शुभांगी के, सास जी के, ससुर जी के...और घर में जितने भी छोटे-बड़े थे, सबके आगे लोट-लोटकर प्यार जता रहा है। और कुछ ऐसी आवाज निकाल रहा है, जैसे वह एक साथ रो रहा हो। और उल्लास और खुशी के नशे में भी हो।

बड़ी देर तक हमारी समझ में ही नहीं आया कि यह हुआ क्या! कुनु वहाँ से आ गया–कैसे? और जब समझ में आया तो एक अविश्वसनीय आनंद के धक्के से हमारी ऊपर की साँस ऊपर, नीचे की नीचे! शुभांगी तो उसे गोद में लेकर बाकायदा रोने ही लग गई थी, ''मूर्ख!...पागल!! कैसे आया तू? सड़क पर कुत्ते नहीं पड़े तेरे पीछे? और किसी बस के, ट्रक के पहिए से कुचल जाता तो?''

और वह शुभांगी की छाती से लगा, पूँछ हिला रहा था, किलक रहा था और उसकी आँखें खुशी और आनंद से चमक रही थीं।

छोटा-सा कुनु उस दिन से हमारा बच्चा ही नहीं, हमारे परिवार का 'हीरो' भी बन गया था।

एक बार, बस, एक बार–याद पड़ता है, उसे पीटा था मैंने, जब उसने मेरी हवाई चप्पल दाँतों से चबा डाली थी। पूरे पचीस रुपए का खून!...देखकर मेरी आँखों में खून उतर आया था और फिर हाथ में जो भी चीज आई, उससे मैंने उसे पीटा, बल्कि धुन दिया। तब शुभांगी का बड़ा गुस्सा मुझे झेलना पड़ा था। तीन दिन तक शुभांगी मुझसे बोली नहीं थी और तीन दिन तक एक 'गिल्ट' मुझे खाता रहा था। तब हमारे बच्चे नहीं थे और कुनु ही हमारा बेटा था। हम बोलचाल में उसे 'बेटा' कहकर ही बुलाते थे और इस बारे में

खुशी-खुशी दोस्तों का मजाक भी सह लेते थे। पर शुभांगी ने उसे सच में बेटा मान लिया था, मुझे क्या मालूम?...अलबत्ता उसे पीटने के बाद दो-तीन दिन जो कुछ मैंने सहा, जो संताप मैंने झेला, उस सबको याद करके अभी रुलाई आती है। कुनु भी मुझसे रूठा-रूठा रहा दो-चार रोज, लेकिन फिर मेरे पुचकारने पर गोदी में आ गया। और बड़ी अजीब निगाहों से मुझे देखने लगा था, जिनमें 'जा, माफ किया...!' वाला फटकारता भाव भी था।

हाँ, एक आखिरी बात और। कुनु की बात करता हूँ जब भी, तो विनी की बड़ी याद आती है। हमारे पड़ोस की एक चंचल, खिलंदड़ी लड़की विनी। बिल्कुल गुलाबी-गुलाबी, गुलाब के फूल की तरह। तब होगी कोई छह-सात बरस की। दिन भर हमारे घर रहती थी। दिन भर खेलती, दिन भर बातें करती कुनु से। कभी अपने घर जाएगी तो थोड़ी ही देर में फिर दौड़ी चली आएगी 'कुनु...कुनु' पुकारती। मानो कुनु ही एकमात्र उसका सखा हो। अंततः हमारे बहुत कहने और माँ-बाप का डर दिखाने पर शाम को वह जाती थी।

जाते-जाते (सर्दियों के दिन थे)...उसे कुनु को सर्दी लग जाने का भय सताता था। वह एक बड़ी-सी बोरी की ओर इशारा करके कहती थी, "कुनु को इसमें बड़ा दूँ अंकल?" और आखिर कुछ हिंदी, कुछ पंजाबी में कुनु को बड़े आराम से और आहिस्ता से बोरी में 'बड़ाकर' (घुसाकर) ही वह घर जाती थी।

विनी की गुलाबी देह और 'गुलाबी सेहत' वाली अल्ट्रा माडर्न मम्मी को बड़ा अजीब लगता था विनी का दिन-दिन भर हमारे घर रहना। पर न विनी को कुनु के बगैर चैन था और न कुनु को...

ओह, समय किस तरह से आता है, किस तरह से जाता। और कैसे साबित करता है कि अंततः वही बादशाह है, हम सब उसकी सूइयों से बँधे हुए हैं।

गुलाम! पूरी तरह गुलाम और अदने जीव।

याद आता है फिल्म 'वक्त' का गाना, 'वक्त के दिन और रात...' और उसी गाने की एक और पंक्ति, 'आदमी को चाहिए वक्त से डरकर रहे!' अच्छे वक्तों में अपने पुट्ठों पर ताल ठोंकता बलराज साहनी, 'ओ मेरी जोहरा जबीं, तुझे मालूम नहीं, तू अभी तक है हसीं और मैं जवाँ...!' और बुरे वक्तों में भूख-प्यास से बेहाल, सड़क पर चलता हुआ, आफत का मारा बलराज साहनी। आँखें में भयावह खालीपन, किसी रोते हुए खँडहर जैसा–

'आदमी को चाहिए, वक्त से डरकर रहे!'

संगीत थम गया है। संगीत अब विलाप है।

वही वक्त एक दिन ले गया कुनु को, जिसने कभी एक दिन शुभांगी की वत्सल गोदी में उसे टपका दिया था दूध की, अमृत की एक बूँद की तरह!

धीरे-धीरे ठंडी होती आग। और आग के बगैर जीवन मिट्टी! मिट्टी होने से पहले उसने जो एक लाचार नजर मुझ पर डाली, उसमें क्या था? सामने के मैदान में, पेड़ के नीचे मिट्टी होने से पहले एक कमजोर-सा आग्रह कि उसे अकेला छोड़ दिया जाए। शायद हाँ। शायद...

आ-खि-री-स-ला-म...!! ओ नन्हे से फरिश्ते...नन्हे से फरिश्ते...नन्हे से फरिश्ते...!

कुनु की वे मरती हुई आँखें मेरे भीतर से कभी नहीं गईं। ठीक वैसे ही...जैसे कभी नहीं गई माँ की मिट्टी हुई देह मेरे भीतर से, जिसे आग को सौंपना था। माँ भी यों ही देखते ही देखते चली गई थीं। अभी तीन दिन पहले मैं उनसे मिलकर चला आया था। लौट रहा था तो उन्होंने टोका, ''फिर मैं तैनूँ नहीं मिलना पुत्तर!''

हँसकर मैंने कहा था, ''नहीं माँ, जल्दी आऊँगा!'' और सचमुच जल्दी ही तो आया मैं, सिर्फ तीन दिन बाद। और मुझे मिली माँ की मिट्टी हुई देह जो कह रही थी, ''पुत्तर, मैं तैनूँ कहया सी न!'' मिट्टी हुई माँ, जिस पर मैं पछाड़ें खा रहा था, हा-हा-हा-हा...हा-हा-कार।

ओह, मिट्टी हुई माँ और मिट्टी हुआ कुनु दोनों एक साथ दफन हैं मेरे भीतर। एकांत में कभी-कभी दोनों मिलकर रोते हैं। और अगले ही क्षण दोनों मिलकर खेलने लगते हैं। माँ देखते ही देखते बच्ची बन जाती है, विनी...!

दोनों की करुण आँखें मिलाकर एक करुणा भरा विश्वास। मेरे जीवन का भावुक स्पेक्ट्रम! जहाँ आज भी मैं अवाक, व्यथित, मौन सिर झुका देता हूँ।

आज तक किसी कथाघाट पर नहीं समा पाई कुनु की कहानी...और न माँ, माँ जो मेरे लिए ईश्वर से कहीं बढ़कर है। जी हाँ, मैं मानता हूँ ईश्वर को! मैं मानता हूँ कि ईश्वर है, इसलिए कि जिसने मेरी माँ जैसी माँ को बनाया, वह कुछ न कुछ तो जरूर होगा...यानी ईश्वर है, क्योंकि माँ है!

ठीक इसी तरह, ईश्वर है क्योंकि कुनु है–और मरकर भी है!

ताज्जुब है, कुनु और माँ की आँखों में एक जैसा तारल्य था। सारी दुनिया पर एक साथ करुणा बरसाता तारल्य, मानो वे आँखें एक साथ बनाई गई हों। माँ को तो खैर, बचपन से ही देखता आ रहा हूँ और उनके आशीर्वाद भरे हाथ ने कभी टूटकर गिरने नहीं

दिया। पर कुनु! उसे तो शायद मेरे टूटे, थके, दुखी दिनों में मुझे गड्ढे से बाहर निकालने और जीवन के समतल पर लाने के लिए ही भेजा गया था। मानो उसने अपना काम किया और जैसे ही उसकी भूमिका खत्म हुई, मंच से उतरकर चुपचाप नेपथ्य में चला गया।

संगीत फिर उठ रहा है। दिशा-दिशा में फैलता धीमा मगर भर्राया हुआ संगीत। और उसमें एक बाप का अपने बेटे को खो चुके अभागे बाप का रोना भी शामिल है।

''आखिरी सलाम...!! ओ नन्हे-से फरिश्ते, नन्हे-से फरिश्ते...नन्हे-से फरिश्ते...!''

●

8

मिनी बस

''लो आ गई वह!'' उसने जैसे अपने आपको बताया। आध-पौन घंटे से बस स्टॉप पर खड़े-खड़े हालत यह हो गई थी, जैसे टाँगों में खून ही न हो। जैसे टाँगें टाँगें नहीं, दो बाँस की खपचियाँ हों, बेवजह शरीर का बोझा ढोती दो खपचियाँ।

'आफिस टाइम...!' वह हमेशा इस शब्द को टाइम बम से कन्फ्यूज कर जाता है। और गलत भी क्या है? भीतर ही भीतर बुदबुदाता है वह, यही वक्त है जब रोज दिल्ली में विस्फोट होता है, जनसंख्या विस्फोट! और पूरा शहर चेहराहीन चेहरों के हुजूम में बदल जाता है। लोग घरों से ऐसे छूट पड़ते हैं, जैसे कबूतरखाने से कबूतर।'

और एक कबूतर वह है-वह...दीपक वासवानी।

था नहीं, है। हो गया है। दिल्ली आने से पहले नहीं था। मरता-जीता, चीखता-चिल्लाता जो भी था, था तो आदमी। यहाँ तो होंठों पर सेलो टेप, हाँफती साँसें और टाँगें चकरघिन्नी। फिर भी सेलो टेप कभी-कभी उखड़ जाता है। खास तौर से जब टाँगों पर ज्यादा जोर पड़ता है या दिल-दिमाग पर...! नहीं, दिल तो रहा नहीं, सिर्फ दिमाग पर! उसने खुद को करेक्ट किया और हँसा। बेवजह। बेमतलब।

मिनी बस के रुकते ही कंडक्टर ने 'भोगल, निजामुद्दीन, चिड़ियाघर...' का चिरपरिचित गीत द्रुत-विलंबित लय में गाना शुरू किया और उसने भीतर जाना।

लेकिन उसे ज्यादा मेहनत नहीं करनी पड़ी। वह दरवाजे पर आया ही था कि भीड़ के एक रेले ने उसे भीतर दे पटका। हालाँकि पैर अभी हवा में हैं, हाथ भी। थैला वहीं किसी के कंधे से अटक गया है...

भीतर अजीब सी घुटन है। साँस लेना तक मुश्किल।

बाहर से अंदाज नहीं था, भीड़ वाकई इतनी ज्यादा है। नहीं तो यह बस छोड़ देता। नहीं, छोड़ कैसे देता? आखिर दफ्तर भी तो पहुँचना है। पहले ही लेट...!

पैर जमाते ही उसने पहला काम यह किया कि थैला जो अभी तक हवा में झूल रहा था, खींचकर साथ चिपका लिया। टटोला है-कि सब कुछ ठीक-ठाक है, कहीं कोई

किताब गिरी-गिराई तो नहीं। दूसरा हाथ अदृश्य दिशा में बढ़ा दिया है। शायद कोई छड़। कोई सहारा! जैसे वक्त के कुएँ में गहरे धँसे-धँसे, कोई नियति की डोर तलाश रहा हो।

उनके पीछे उसी की तरह, बल्कि उससे भी अधिक बेसबरे पाँच-सात लोग और हैं। बुरी तरह धक्का दिए जा रहे हैं। खड़ा रह पाना मुश्किल।

उसने समझदारी यह की कि ड्राइवर की सीट के पीछे वाला डंडा कसकर पकड़ लिया। लेकिन पीछे से दबाव इतना पड़ रहा है कि लगता है, हाथ अब छूटा...अब छूटा। गिरफ्त ढीली पड़ती जा रही है।

उसने एक और टैक्टिस अपनाई है-कूल्हे थोड़ा पीछे खिसकाए हैं, हाथ आगे। कसकर और...और कसकर डंडा पकड़ा है। वह धनुषाकार हो गया है-एकदम।

लेकिन कोई भी उपाय अंतिम नहीं होता। खासकर जब एक छोटे दस्ताने में लोग भेड़ों की तरह ठुँसे हों और वह फटने-फटने को हो रहा हो। बचपन में पढ़ी, बल्कि चित्रों में देखी यह कहानी उसे बेतरह याद आ रही थी-कि एक आदमी जंगल में दस्ताना भूल गया। जानवरों ने उसे देखा और एक-एक कर उसमें घुसते चले गए। और फिर हुआ वही जो हाना था...दस्ताना फट गया। ओह, फट गया!

मिनी बस चली, तो जो दरवाजे पर खड़े थे, उन्होंने पूरा दम लगाकर भीतर धक्का दियां। लोग जो थोड़ा बहुत एडजस्ट हुए थे, फिर लड़खड़ाए। फिर धक्का-मुक्की बुरी तरह। वह गिरते-गिरते बचा।

गिर जाता तो सामने मडगार्ड पर सिर से सिर मिलाकर बतियाती लड़कियों पर गिरता। इतनी भीड़ में भी जो निश्चिंत भाव से स्वेटर के फंदे डाल-उतार रही थीं। उनमें से एक जिसकी नाक तोते की-सी है और दाँत बड़े-बड़े, उसे घूरकर देखा है। देखा दूसरी ने भी है, लेकिन जरा मीठी नजरों से। वह लगती भी ऐसी है-शांत, मृदुल। बालों में सुर्ख गुलाब का फूल।

उसने गौर से देखा है। चौंका है। बात करते-करते हौले से मुस्कराती है, तो वह फूल भी हँसता है-लाल, सुर्ख हँसी। लड़की का चेहरा तब बिल्कुल गुलाब का फूल लगने लगता है।

तो यानी कि इतनी भीड़ में धँसे-धँसे भी मरा नहीं वह। जड़ नही हुआ सौंदर्य-बोध उसका? उसने जैसे खुद से कहा। उसे हँसी आने को हुई। उसने जबरन रोका है।

बस रुकी है। शायद भोगल आ गया। कंडक्टर की फिर वही सुपरिचित लय-''निजामुद्दीन, चिड़ियाघर, कनॉटप्लेस...!''

''अब कहाँ बैठाओगे सवारियाँ? हद है भई!''

''अब चलाओ भी यार।''

दो-एक मरी-मरी आवाजें उभरती हैं। डूब जाती हैं। जैसे खास बात नहीं, यह भी एक अपनी आदत-सी हो। लोग कह देते हैं। ड्राइवर सुन लेता है। और असल में कोई नहीं कहता, कोई नहीं सुनता।

''अब चला भी दीजिए सरदार जी।'' उसने पनीली आवाज में ड्राइवर से याचना की है। पैंतीस-चालीस बरस के सरदार जी हैं। नीली पगड़ी वाले। चेहरा एकदम सख्त। आबनूसी। एक नजर उसे देखा, फिर बाहर की ओर देखने लगे।

पाँच-सात, सवारियाँ और चढ़ी हैं और पहले से 'लबालब' भरी बस में ठुँस गई हैं।

बस्स! अब तो बस्स!!...नहीं तो मर जाएँगे सबके सब यहीं। उलट जाएगी बस...या साँस घुटेगी या कुछ और! उसने सारी ताकत खुद को बचाने में लगा दी। और फिर चीखा। पूरा दम लगाकर चीखा है वह।

''अरे, कहाँ बैठाओगे भाई? साँस तक नहीं आ रही।''

सहसा उसे लगा, वाकई साँस रुक जागी। नहीं! साँस तो गई! वह चिल्लाया, ''साँस...साँस नहीं आ रही। मेरी साँस रुक रही है।''

इसका एक फायदा हुआ। लोग थोड़ा इधर-उधर हुए हैं। करुणार्द्र भाव उभर आया है चेहरों पर। वह थोड़ा खिड़की के पास खिसका है।

2

खिड़की के पास वाली सीट एक टाई बाबू के कब्जे में है-सलेटी सूट, टाई, चिकना चेहरा।

''प्लीज...थोड़ी खिड़की और खोल लीजिए।'' उसने गिड़गिड़ाकर कहा है।

टाई बाबू ने ऐसे देखा, जैसे वह कोई चिड़ियाघर से छूटा जानवर हो। ''हवा आती है-ठंडी हवा।'' उसने तटस्थ भाव से कहा।

''हवा ही तो चाहिए। देखिए, कितनी भीड़ है-साँस तक नहीं!'' उसकी आवाज लड़खड़ा रही है। लेकिन गुस्सा छिपता नहीं है।

''ऐसा तो रोज होता है...!''

''रोज होता है-क्या मानी इसका? रोज होने से कोई बात ठीक हो गई।'' गुस्से में उसके दाँत भिंच गए हैं, होंठ विकृत। अजीब मुल्क है यह! कितने लोग कितना कुछ देखते, सहते हैं-क्योंकि रोज होता है, इसलिए होना ठीक है। अजीब उलटबाँसी है ससुरी। यह बाबू भी खड़ा होता तो साले के चेहरे से इतनी निश्चिंतता न टपकती, न बेशर्मी। तब समझ में आता कि साँस चाहिए! जब दम घुट रहा हो, तो साँस चाहिए, साँस...! गुस्से में दाँत किटकिटाएँ हैं।

''पर याद दीपक वासवानी, जो वह बोल रहा है वह उसका सच है और जो तुम कह रहे हो वह तुम्हारा सच। भँवर में फँसे आदमी और किनारे पर खड़े आदमी का सच एक नहीं होता। बड़ा फर्क है भाई!'' उसके भीतर किसी ने कहा है।

पर नहीं–उसे स्वीकार नहीं। ''क्या वह भी सच है? किनारे पर खड़े आदमी का सच भी सच है? नहीं, मैं इतना उदार नहीं, न हिप्पोक्रेट!'' यानी कि वह खुद से भी लड़ने की मुद्रा में आ गया।

जोश ही जोश में उसने थोड़ा और जोर लगाया। खिसककर खिड़की के और पास आ गया है। नाक कुछ और ऊपर उठा दी है–खिड़की की ओर। पतली-सी झिरी से थोड़ी हवा आ रही है।

अब ठीक है, काफी ठीक...लेकिन पैर हवा में उठ गए हैं।

वह भी देखेंगे, लेकिन...? लेकिन पीछे वाला आदमी उसके कूल्हों पर...!

छि:! वह एक तरफ हुआ है। पैर अब जमीन को छू रहे हैं।

निजामुद्दीन पर जब कुछ और सवारियाँ ठूँसी जाने लगीं, तो उसका धैर्य जवाब दे गया। चीखा है पूरे जोर से, ''आदमी और जानवरों में कोई फर्क नहीं! अजीब शहर है। अच्छा-खासा आदमी दिल्ली में जानवर हो जाता है।''

किसी ने सुना है, किसी ने नहीं। किसी ने जान-बूझकर नहीं सुना। कोई एकाध हँस रहा है।

टाई बाबू के हाथ उसकी टाई पर चले गए हैं।

लड़कियों ने ध्यान से देखा है–अकल्पनीय आश्चर्य से! कोई यों चीखे सरेआम दिल्ली में? इस पर शायद उन्हें हैरानी हुई है। उनके हाथों की सलाइयाँ क्षण भर के लिए रुकी है। आँखों की पुतलियाँ भी। बातें भी। वे उसके चेहरे को देख रही है। नहीं, चेहरे में देख रही हैं। जाने क्या? वह नर्वस हो गया।

पागल? नहीं, पागल तो नहीं वह।

लड़कियाँ फिर बातों में लग गई है। सलाइयाँ चल पड़ी हैं। पुतलियाँ भी।...क्या मिल गया उन्हें वह, जो वे ढूँढ़ रही थी? उसे हैरानी हुई।

''अच्छा, क्या बातें कर रही हैं लड़कियाँ?'' भीड़ में फँसे-धँसे इस ओर कान लगाना उसे अच्छा लगा।

गुलाब जैसे चेहरे वाली लड़की कह रही है, ''वह चोपड़ा है न...सुनील चोपड़ा। जानती है तोशी? अच्छा नहीं लगता, बार-बार आकर बैठ जाता है मेरे पास। मैंने तो मना किया...!''

''देखना, एक दिन...तेरी ही बदनामी होगी, उसका क्या जाएगा?''

''अभी परसों...क्या हुआ कि मैं खाना खा रही थी लंच में। आया और मेरे लंच बॉक्स में से खाने लगा। साथ ही बोलता जा रहा था, बढ़ा-चढ़ाकर तारीफ-वाह, मटर-पनीर क्या बढ़िया बना है, और पराँठे क्या खूब!...गोभी के पराँठे थे, अच्छे ही थे। मगर मुझे बड़ा खराब लगा। शर्म भी आई, पर इतने लोगों के बीच क्या कहती...?''

''कह देती, मुझे यह पसंद नहीं है।''

"नहीं कहा जाता तोशी...नहीं कहा जाता, आखिर एटीकेट्स...!"

लेकिन तभी चिड़चिड़ी, कर्कश आवाजों के एक धक्के से, प्रेम-अप्रेम के तारों के बीच फँसी यह कहानी बिखर गई।

"ठीक से खड़े रहो, ठीक से। जाने कहाँ-कहाँ से चले आते हैं दिल्ली में!"

"मैं ठीक से हूँ-और बीस बरस से हूँ दिल्ली में। अपनी देख..."

पहले वाले ने स्वर बदला, "हद है, लोगों को मैनर्स तक नहीं आते।"

"देख, मैनर-फैनर तो बोल नहीं, नहीं तो काढ़ दूँगा इब्बी। ज्यादा मैनर आते हों तो स्कूटर में चला कर।" दूसरा जो हरियाणवी था, ठीक महाभारत के भीम वाली मुद्रा में आ गया।

यह मौका था। वह अचानक कृष्ण बन गया (और अर्जुन भी)-"सुनो दीपक वासवानी, सुनो! यह शायद रोज की बातचीत है...रोज के झगड़े। शब्द बदल जाते हैं, उन्हें उच्चारित करने वाले होंठ भी। मगर हालात वही होते हैं, मिनी बस भी वही और उन हालात में होंठों पर खुद-ब-खुद चिपक जाती है झगड़ालू कटुता, कड़वाहट! हमें ऐसे हालात में जीने के लिए विवश कर दिया जाता है। ऊपर से 'सत्यमेव जयते' और 'अहिंसा'! बड़े बड़े नारे। यह साजिश है, साजिश...!"

3

अगले स्टॉप पर दो-एक लोग उतरे, मगर चार-छै और चढ़े हैं। फिर धक्का-मुक्की। हलचल, विप्लव। जो पहले ही सहमे, सिकुड़े खड़े थे, कुछ और सिकुड़ने की कोशिश में लग जाते हैं। गरज यह कि आदमियों के बीच कहीं कोई स्पेस नहीं। जितने चिपक सकते हैं, चिपके हुए हैं।

वह एकदम धनुषाकार खड़ा है और आगे को ओर झुकता जा रहा है। सीधा खड़ा होना चाहता है, लेकिन हो नहीं पा रहा। कंधों पर बोझ बढ़ता जा रहा है। पीछे का पैर उठ गया, आगे के पैर पर ही सारा वजन है। उसने ध्यान से देखा, दूसरे भी ऐसे ही हैं-शुतुरमुर्ग।

इतने सारे शुतुरमुर्ग-एक साथ!

(हो-हो-हो-हो...हा-हा-मजा आ गया, सच!)

एक मूँछों वाला लाला टाइप मोटा आदमी है। एक दफ्तर का गोरा अधेड़ बाबू। चार-छै नौकरीपेशा युवक हैं। सबके हाथ में चमड़े का बैग, उसमें लंच बाक्स। दो-तीन कालेज के छोकरे हैं। कुछ मजदूर (मजबूर?)...इनमें से कोई भी बोलता क्या नहीं है? उसे हैरानी हुई। और फिर इससे भी बढ़कर हैरानी इस बात पर-कि देखो, लोग किस कदर एडिक्ट हो जाते हैं। एक ही चीज को रोज-रोज देखकर भावशून्य, प्रतिक्रियाविहीन।

जैसे यह तो होना ही है–होगा ही। जैसे अफीम की आदत पड़ जाती है, स्मैक की, वैसे ही मुश्किलों की भी। और...और फिर बड़ी से बड़ी हाय-हत्या आदमी बिना विचलित हुए सह जाता है।

उसे झुँझलाहट हुई है। बहुत कड़वा मुँह बनाकर पास वाले आदमी से कहा है, ''ऐसे ही बढ़ती रही दिल्ली की आबादी तो देखना, इक्कीसवीं सदी में दुनिया का सबसे बड़ा नरक होगा दिल्ली, सबसे बड़ा नरक!''

और लोगों ने भी सुना है। सुनें। सबको सुनाने के लिए ही उछाली है चेतावनी उसने। साथ में यह और जोड़ दिया, ''और फिर–फिर क्या होगा, जानते हो? गिनीज बुक आफ रिकॉर्ड्स में नाम आ जाएगा दिल्ली का। दुनिया का सबसे बड़ा नरक कहाँ है–दिल्ली में।''

पीछे से एक दुबली-पतली आवाज आई है, ''चलो, कहीं कुछ तो नाम होगा। अच्छों में नहीं, तो बुरों में सही।''

''नाम ही करना है, तो काहे का टोटा है भई? आगे बढ़ो, तुम भी कर लो नाम! लाओ एक बम, उड़ा दो इसे। उड़ा दो यह मिनी बस जो लोगों को जानवरों की तरह ठूँसती है, नाम तुम्हारा भी हो जाएगा।'' वह जैसे आपे में नहीं है। कुछ न कुछ तोड़ने, लड़ने-मरने को आमादा।

ड्राइवर ने नुकीली नजरों से घूरकर देखा है। कहा कुछ नहीं। साफ जाहिर है, चेहरे के भीतर कहीं कुछ...बहुत-कुछ कड़वाहट पी गया है। उसके चेहरे पर हल्का-सा विचलन का भाव अच्छा लगा दीपक वासवानी को।

कंडक्टर अब भी चीख रहा है, ''जल्दी...जल्दी, चिड़ियाघर, कनॉटप्लेस, करोलबाग...!''

पीछे एक ने कहा, ''कहाँ बिठाएगा भाई?''

''ऊपर बालकनी में–पूरी की पूरी खाली है।'' फिर वह चिल्लाने लगा, ''जिस-जिस को बालकनी में बैठना हो, जल्दी आगे आ जाओ।''

चार-छै लोग आगे आए हैं–तेजी से। भीड़ भरी बस को देख रहे हैं, रुक गए हैं। आँखों में लाचारी उग आई है। लालच और लाचारी एक साथ गड्डमड्ड। जैसे बराबर-बराबर आकर्षण और विकर्षण। लोग अपनी-अपनी जगह पर ठिठक गए हैं। न आगे, न पीछे। अजीब से चाबी के खिलौने।

''यह सरकार डबल डेकर मिनी बसें क्यों नहीं चलाती? डबल डेकर मिनी बस! फिर बालकनी की जरूरत नहीं रहेगी। देखने में भी अच्छा लगेगा, मजेदार...!''

''आइडिया अच्छा है–किसी को सूझा ही नहीं!''

''सिवा आपके।''

लोग हँस रहे हैं।

इतने में चिड़ियाघर आ गया।

"किसी को उतरना है चिड़ियाघर? कोई नहीं है चिड़ियाघर वाला? उतरो जल्दी!"

"सबको उतार दे भाई, सबको। सभी चिड़ियाघर के जानवर हैं, पालतू बबुआ।" कहते-कहते उसे खुद ही शर्म आई है। गुस्सा उतरा है।

उसने ठंडी साँस ली है। भीड़ और आदमी। आदमी और भीड़, आदमियों की भीड़ में कहाँ रह जाता है आदमी?

ड्राइवर की मूँछें थोड़ी-सी फड़फड़ाई हैं। होंठों पर बड़ी ही छिपी, शातिर मुस्कान भी है-कई अर्थ वाली। क्या सोच रहा होगा वह? कुछ अंदाज नहीं लग पा रहा।

4

और अंदाजा तो वह उस उथल-पुथल का भी नहीं लगा पा रहा, जो उसके भीतर चल रही है। कई चीजें कई कोणों पर टकरा रही हैं। टकराकर फिर टकराती हैं, चिनगारियाँ। अचानक चिल्ला पड़ा वह, "दिल्ली की मुश्किलों का कोई इलाज नहीं, सिवाय एक बम...! एक बम गिरेगा और सब ठीक हो जाएगा। या फिर भूकंप। रूस में आ सकता है भूकंप तो हिंदुस्तान में क्यों नहीं! दिल्ली में क्यों नहीं?"

लोगों के चेहरे पर अब खीज है। या फिर गुस्सा, परेशानी। यह भाषणबाजी वे झेल नहीं पा रहे। एक तो मुश्किलें जो हैं सो हैं, ऊपर से यह आदमी...!

गुलाबी चेहरे वाली लड़की की आँखों में कातरता है। पर कुछ कह नहीं रही। कुछ कह नहीं पा रही। एकदम हक्की-बक्की है। बड़े दाँतों वाली ही बोली है, "ऐसा मत कहिए। घर पर हो सकता है, आपकी बीवी, बच्चे इंतजार कर रहे हों।"

लोग हँसे हैं। ठहाका मारकर। टाई बाबू मुस्करा रहा है।

वह और चिढ़ गया है। वैसे वह भी शायद मुस्करा देता या चुप लगा जाता, मगर यह साला टाई बच्चा...शुतुरमुर्ग की दुम। लालीपॉप कम निरोध सभ्यता की नाजायज औलाद! इस उजबक को बताओ इसकी औकात-कि साले, जैसे मैं चूहा हूँ वैसे ही तू भी चूहा है...! लेकिन फर्क क्या पड़ता है? वह चीखा है, "जैसे मैं मरूँगा वैसे ही वे, बीवी-बच्चे जो भी हों! मुझे यह मिनी बस मार डालेगी तो उन्हें कोई और, क्या फर्क पड़ता है? दिल्ली में मिनी बसों की कोई कमी तो है नहीं। और फिर डी.टी.सी. की अनंत बेलगाम बसें हैं। मैं, तुम, ये सब, साले मरने के लिए ही पैदा होते हैं। जैसे मैं मरूँगा, वैसे मेरा बेटा, बेटे का बेटा...!"

इस पर एक ठहाका लगा। नाटक का सबसे बेहतरीन पार्ट लगा लोगों को। जैसे 'मेरा नाम जोकर' का सीन-वाह, भई वाह! एकदम चटख। गरमागरम।

उसकी आँखों में आँसू हैं। शायद। उसने चुपके से आँखें पोंछी हैं।

''ऐसा न बोलिए, ऐसा न बोलिए भाईसाहब...शुभ-शुभ बोलिए!'' बड़े दाँतों वाली लड़की ने टोका है। झट भर के लिए उसका चेहरा सहानुभूति से आर्द्र हो आया है। कर्कशता दब गई है।

गुलाब जैसे चेहरे वालीं देख रही है, देखे जा रही है। बस, एकटक! समझ नहीं पा रही, क्या जीवन सचमुच इतना कठोर है या कि वाकई बन रहा है यह आदमी?

और उसने आँखें बंद कर ली हैं। थोड़ी देर के लिए, ''चुप हो जाओ दीपक वासवानी, चुप हो जाओ। बहुत हो चुका!'' उसने अपने आपसे कहा है।

''सरकार चालान क्यों नहीं करती इन कंबख्तों का? क्या इनके लिए कोई कानून नहीं है? कितने ही लोगों को ठूँस-ठाँस लें। आखिर एक हद होती।'' कॉलेज स्टूडेंट बोला है।

''लेकिन लोगों को जल्दी होती है। ऐसी ही बात है तो लोग चढ़ते ही क्यों हैं, कोई जबरदस्ती तो नहीं बैठाता?''

''मैं तो ठीक समय पर घर से निकलता हूँ। सिर्फ आधा घंटा पहले-लाजपत नगर। वहीं से बस चलती है, कभी लेट नहीं होता।'' टाई बाबू ने अपनी समझदारी बयान की है।

उसका मन हुआ, मुक्का मारकर थोबड़ा फोड़ दे साले का, ''कुत्ते, हरामी के पिल्ले...! साले मैं क्या करूँ, अगर मेरा घर बस टर्मिनल की बगल में नहीं? तेरे को मालूम है, मैं पौन घंटे से एक टाँग पर खड़ा इंतजार कर रहा था बस का? साले बन रहा है, सीट मिल गई है इसी से! तेरे जैसों को तो भिगो-भिगोकर जूते...!''

''लेकिन सरकार भी क्या कर रही सकती है? या तो वो ज्यादा बसें चलाए, नहीं तो ये तो मनमानी करेंगे ही। लोगों को तो आखिर आफिस पहुँचना ही है, चाहे बैठकर, खड़े होकर या लटककर...?''

''और एक दिन नहीं, रोज...!''

रोज यही क्रम।

उसकी आँखें फट रही हैं। सोचता है तो सोचता चला जाता है।

छुट्टियाँ भी कहाँ हैं? प्राइवेट दफ्तरों में तो लोग लोग नहीं, पिल्ले होते हैं। जुटे रहो, पिले रहो। सुबह से शाम तक जलाओ खून...और खाने को जूठन, मैला, मल।

और फिर अपना दफ्तर याद आया उसे जहाँ 15 अगस्त को भी छुट्टी नहीं। बदले में फिर कभी ले लो। और वह 'फिर कभी' आए ना आए, बॉस की मर्जी। सारे देश को आजादी है, लेकिन तुम साले पिले रहो क्योंकि पत्रकार हो तुम! अभिव्यक्ति की आजादी, देश की आजादी के रखवाले! अजीब आजादी है यह ससुरी, जो आदमी को आदमी के हाथों चिरवाती है, मरवाती है। हत्याओं की कतार लगा देती है। और फिर जय तिरंगा, जय भारत-बोलो बोलो पिस्सुओ, जय तिरंगा, जय भारत! मिनी बस में घुटे-घुटे, पिसे-

पिसे, कहीं भी किसी भी मिनी बस में टँगे, घुटी-घुटी साँसों में बोलो-जय तिरंगा जय भारत, जय हे जय हे जय...!

"सच तो यह है कि यह पूरा महादेश देश नहीं, एक मिनी बस है, जिसमें जानवरों की तरह लोग ठुँसे हैं। लोगों के ऊपर लोग बैठे हैं, लोगों के पैरों के नीचे लोग लेटे हैं। कुछ हैं जो ऐश कर रहे हैं, आसमान में हैं, कुछ हैं जो हवा-पानी के लिए भी तरस रहे हैं।" टाई कालर वाले आदमी की ओर इंगित करते हुए उसने कहा है।

"क्यों भाईसाहब, अभी आपको हवा नहीं मिली? क्या हाल हैं अब आपके?" पीछे से आवाज आई है।

"इतनी तो मिल रही है भइए, कि जिंदा रहें। जिंदा है!" उसने टाई कॉलर वाले की ओर देखकर मुँह बिचका दिया है। टाई कॉलर परेशान। समझ नहीं पा रहा कि इस गँवार का क्या करे?

5

स्टॉप आया तो लड़कियाँ उतरी हैं। वह उचककर खिड़की के पास खिसक आया। खिड़की खोल दी है-एकदम पूरी। यह एक चुनौती है।

टाई कॉलर फड़कता है, फड़फड़ाता है-मगर कुछ बोल नहीं पाता।

अब हवा आ रही है। खुल्लम-खुल्ला हवा आ रही है। वह चैन से है, चाहे दबा फँसा खड़ा है, तब भी।

अब वह सोच पा रहा है। दफ्तर। लोग। दफ्तर के काम। बॉस-चिड़ीमार।

घड़ी में देखा। साढ़े ग्यारह, आधा घंटा लेट। अभी तो तिलक ब्रिज भी नहीं आया। दस मिनट तो और आगे लगेंगे ही-कम से कम।

ससुरा गंजा फिर आज देखेगा कंजी नजरों से। उससे बर्दाश्त नहीं होगा। जी में आएगा, जबड़ा तोड़ दे साले का। लेकिन फिर...

फिर सब्र कर जाएगा दीपक वासवानी। सोचेगा-थोड़े दिन हैं, फिर जाएँगे। मगर क्या सचमुच...?

"भई, कितनी देर में आएगा कनॉटप्लेस?" अकुलाहट से पूछता है वह।

"यही कोई पंद्रह मिनट।"

"तब तो आज की तारीख में आ जाएगा।" उसकी खीज व्यंग्य में बदल गई है।

6

कनॉट प्लेस!

कभी कनॉटप्लेस एक खूबसूरत नाम, एक खूबसूरत जगह हुआ करती थी उसके जेहन में। ख्याल आते ही एक ताजगी-सी तिर आती थी। और अब...? एक कसैला धुआँ

है वह। उबकाई भर आती है। और मन होता है जैसे थूक दे, थूक दे सब कुछ पर–पिच्च! मगर वह जबरन थूक गुटकता है। जी खराब हो जाता है, जैसे अभी उलटी आएगी।

ड्राइवर, कंडक्टर दोनों समझ गए हैं, इस आदमी का स्क्रू थोड़ा ढीला है। बगावत का पाठ पढ़ाता रहेगा लोगों को, जब तक नहीं उतरेगा। सो इससे छुट्टी पाना बेहतर है।

मिनी बस की स्पीड बढ़ी है–और तेज, और तेज। बीच में दो-एक स्टॉप आए हैं, लेकिन आवाज लगाना बंद हो गया है। और फिर आखिर बाराखंभा रोड...।

7

मिनी बस से उतरा तो थोड़ी राहत मिली। उसने दो-तीन लंबी-लंबी साँसें ली हैं। पहली अनुभूति यह हुई–साँस आ रही है। यानी वह जिंदा है। सब-कुछ के बावजूद जिंदा, कहीं कुछ नहीं बिगड़ा। जैसे रेप के बाद की औरत जिसे बलात्कारी जीवित सड़क पर छोड़ गए हैं।

लेकिन एक क्षण–यह सिर्फ एक क्षण का एहसास था। फिर दफ्तर याद आया और सिर भारी होने लगा।

पौन घंटा लेट। साला गंजा घूरेगा आज फिर! वह हाँफता हुआ तेज-तज चलने लगा।

लेकिन दिमाग है कि घूम रहा है, खोपड़ा है कि फटा जा रहा है। और वह सोच रहा है, बहुत ही बुरी शुरुआत हुई आज के दिन की। लगता है, दिन भर परेशानियाँ, मुसीबतें ही झेलनी पड़ेंगी।

दफ्तर!...अचानक उसे लगा, दफ्तर भी तो मिनी बस है। एक मिनी बस से उतरने के बाद दूसरी में जा रहा है वह खुद-ब-खुद अपने पैरों से चलकर।

और बीच की जो चिंता, उद्वेग, खिंचा हुआ माथा? अब भी तो मिनी बस में है वह!

तो यानी कि पूरा देश ही मिनी बस है! उतरते हुए चढ़ते हुए, जीते हुए, मरते हुए। कहीं भी छूट पाना मुश्किल। और अजीब है यह मिनी बस, जहाँ चमगादड़ और शुतुरमुर्ग और कबूतरों की फड़फड़ाहट...पिल्लों की चिल्ल-पों!

'छिर्र...!' तभी कीचड़ के छींटे उस पर पड़े हैं। कोई डी.टी.सी. की बस, नहीं, मिनी बस ही गुजरी है। पैंट गंदी हो गई है–एकदम।

"कुत्ता, साला...!"

वह चीखा है। रुककर घूरता रहा मिनी बस को। पिच्च से थूका है और तेज-तेज कदमों से दफ्तर की और बढ़ चला है।

9

नंदू भैया की कहानी

नंदू भैया की कहानी भी कभी लिखूँगा या लिखनी पड़ेगी, कब सोचा था।

नंदू भैया थे तो बस, थे। हवा, पानी, आकाश की तरह मुझे चारों ओर से घेरे हुए। हवा को ढूँढ़ने कहीं जाना नहीं होता। वह है तो बस है, इसलिए कि हम उसे अपने आसपास सब जगह महसूस करते हैं। और महसूस करते हैं, इसलिए है—हवा है—पानी है, आकाश है। और हम सोच भी नहीं पाते कि एक दिन ऐसा भी होगा ऐसा कि...

इसलिए नंदू भैया का जाना इस कदर तोड़ गया कि वह एक रिसता हुआ घाव है मेरी जिंदगी का। मैं उस दोनों बाँहों में कसकर भींचे इस कदर छिपाए घूमता हूँ दोस्तों से, परिचितों से जैसे...जैसे कि मैं अपराधी हूँ—एक खतरनाक अपराधी! और मेरा पाप जाने-अनजाने कभी इधर, कभी उधर से खुलता-सा है। सब ओर से गाँठें लगाने के बावजूद! इस पाप की दुर्गंध छिपाए छिपती नहीं।

दुनिया के लिए मैं एक अच्छा-भला, पाक साफ आदमी हूँ। पर मैं खुद से यह बात कैसे छिपाऊँ...कि मैं हत्यारा हूँ नंदू भैया का!

हाँ नंदू भैया, हाँ! मैं कनफेस करता हूँ कि हत्यारा हूँ...कि मैं चाहता तो तुम्हें बचा सकता था। अगर थोड़ा-सा भी मैं खुद से बाहर आ पाया होता तो!

तुमने तो अपना मन परत-दर-परत मेरे आगे खोल देना चाहा था नंदू भैया! पर मैं था कि कुछ झूठे शब्दों का दिलासा दे-देकर उन पर ताले जड़ता रहा कि नहीं, नंदू भैया, यह सब तो चलता है जिंदगी में! हौसला रखो, सब ठीक है! आखिर तो सब ठीक हो जाता है एक दिन...

और यह सारा 'ड्रामा' इसलिए कि जब मैं छुट्टियों में कुछ दिनों के लिए घर आया हूँ, तो तुम कहीं अपने असली दुखों का पिटारा मेरे आगे खोलकर न बैठ जाओ। और चाय-पकौड़ों के लुत्फ और हँसी-कहकहों के साथ सस्ते भावुक शब्दों का पारिवारिक व्यापार चालू रहे।

मैं लेखक-फेखक जो भी था, मगर भीतर से एक स्वार्थी आदमी ही निकला नंदू भैया! मन में तुरत-फुरत लिखकर बड़े लेखकों की कतार में बैठ जाने की वासना ऐसी थी कि जीवन के असली दुखों के लिए वहाँ स्थान ही कहाँ था। मेरी दुनिया में हाड़-मांस के लोग कहाँ थे नंदू भैया? फिर भला तुम भी कहाँ रह जाते! और तुम मुझसे...एक ऐसे घटिया आदमी से संवेदना की अपेक्षा कर रहे थे नंदू भैया?

यों सच तो यह है, इतने बड़े हादसे की कल्पना मैंने भी नहीं की थी। मैं खुद भ्रम में था नंदू भैया, कि घरों में चलता है यह सब। थोड़ी सी उठक-पटक, थोड़ी-सी तड़-तड़ातड़, खींचातानी, ऊँच-नीच। कोई छोटा-मोटा ठंडा या गरम महाभारत! कि फिर सब ठीक हो जाता है। चीजें 'सम' पर आ जाती हैं...कि बाहर से चार दिन के लिए आया हुआ आदमी तो अपने 'हस्तक्षेप' से इस संतुलन को बिगाड़ेगा ही। लिहाजा चुप ही रहूँ!

यों मैं अपने आपको, अपनी निष्क्रियता को, कर्तव्यहीनता और स्वार्थपरता को न्यायोचित ठहराता रहा और जीवन आगे बढ़ता रहा, अपने पेट में अशांति का एक पूरा ज्वालामुखी समाए हुए। और जब वह फटा तो पूरा घर एकबारगी नंगा, लहूलुहान और क्षत-विक्षत हो चुका था।

शायद इसीलिए तुम्हारा जाना, जाना नहीं लगता नंदू भैया, बल्कि वह मेरे वजूद में एक घाव का होना है। एक इतना बड़ा घाव कि समय के साथ-साथ वह लगातार बढ़ता ही जाता है और उसका रिसाव आज तक रुका नहीं। गोकि दस बरस, पूरे दस बरस हो चुके हैं उस हादसे को...और आज भी अकेले में मैं रोता हूँ, छटपटाता हूँ। समय-असमय मेरी आत्मा कूकरी की तरह कू-कू करके क्रंदन करती है और मन होता है कि मैं दीवारों पर सिर पटक-पटककर जान दे दूँ !...तलाश! मेरी तलाश में तुम सदा-सदा के लिए समा गए हो नंदू भैया! पर तुम नहीं हो, तो नहीं ही हो।

हालाँकि कभी-कभी हैरत होती है कि तुम कहाँ नहीं हो नंदू भैया? अपने चौगिर्द देखता हूँ तो लगता है, मैं वही सब तो देख रहा हूँ, जो तुम अपनी बड़ी-बड़ी भावपूर्ण आँखों से दिखाना चाहते थे। और...और सच तो यह है कि मेरे रक्त में तुम बह रहे हो, नंदू भैया! गुस्से, प्यार और उत्तेजना की एक तीखी कसक के साथ, मेरे रक्त में इतने साफ...कि एक नहीं, कई दफा मैंने तुम्हें साफ-साफ पहचानकर चीखना चाहा है। कि यह मैं नहीं, मेरे भीतर से तुम बोल रहे हो, नंदू भैया! तुम बोल रहे हो, तुम...तुम...तुम कि यह तो मेरी नहीं, तुम्हारी आवाज है नंदू भैया!

और कभी-कभी जब मैं एक अलमस्त फक्कड़ हँसी हँसते अपने आपको पाता हूँ, तो फिर वही टेक शुरू हो जाती है कि यह तो मेरी नहीं, उधार की हँसी है नंदू भैया! इसलिए कि यह तो तुम हो, तुम! तुम्हीं ने मुझे सिखाया था कि जीवन दिलेरी से, शान से, मस्ती से हँसकर गुजारने का नाम है। और सच्ची कहूँ, गुस्सा क्या चीज है, यह मैंने तुमसे सीखा था नंदू भैया, तो हँसना क्या होता है, यह भी मैंने तुम्हीं से जाना। और ताज्जुब

है, आज तुम याद आते हो नंदू भैया, तो या तो बच्चों जैसी भोली, गोलमटोल सूरत में बेफिक्र फुर-फुर हँसी हँसते हुए...या फिर बिल्कुल उलट छोर पर गुस्से में तमतमाए हुए। ऐसा गुस्सा जिससे पूरा घर थरथराता था। घर की एक-एक ईंट काँप जाती थी। तुम घर के किसी कोने में गुस्से से थरथराते बैठे हो, तो उस गुस्से की ज्वाला और तपन घर के हर कोने, हर दिशा में, हर जगह महसूस की जा सकती है।...

शायद इसलिए कि तुम अपने वजूद को जानते थे और जिसे स्वीकार करने लायक नहीं समझते थे, उसे 'न' कहना भी तुम्हें आता था। फिर चाहे घर भर की जिदें और आग्रह ही क्यों न तुम्हारे पीछे लगे रहें! शायद इसलिए तुम मुझे बड़े लगते थे, बहुत बड़े कि जैसे पहाड़! तुम इतने बड़े थे कि तुम्हारे होते मैं सनाथ था और तुम्हारे जाते ही अनाथ हो गया।

आज सोचता हूँ तो हैरानी होती है, हँसी भी आती है। कितने बड़े थे तुम मुझसे नंदू भैया? यही कोई साढ़े तीन-चार बरस! इतनी बड़ी जिंदगी में क्या होते हैं तीन-चार बरस? मगर तुम बड़े इसलिए थे कि तुम बड़प्पन को धारण करना जानते थे और उस बड़प्पन को निभाना भी जानते थे। और मेरे बड़े होने, खाने-कमाने लायक होने पर भी तुम उसे निभाते रहे! छुट्टियों में मेरे घर पहुँचते ही तुम मुझे खुद में ऐसे समेट लेते थे, जैसे मैं तुम्हारा छोटा भाई नहीं, तुम्हारा पुत्र होऊँ! इतना बड़ा दिल जो एक पहाड़ का ही दिल हो सकता है!

यह क्या चीज है नंदू भैया, जो लेखक न हो हुए भी तुममें थी और लेखक होने के अहंकार वाले मुझ जैसे अदने आदमी में सिरे से गायब। तो फिर झूठ ही है न यह बात कि लेखक संवेदनशील होते हैं, ऐसे होते हैं, वैसे होते हैं...वगैरह-वगैरह। अगर ऐसा ही होता तो तुम कैसे इस खुदगर्ज दुनिया में अपना बस्ता इतनी जल्दी समेटकर गायब हो जाते? और मैं...! ढो रहा हूँ सिर्फ खुद को...ढो रहा हूँ सिर्फ अपनी उम्र! और भला क्या कर सका हूँ मैं?

2

अभी उस दिन अपने एक अभिन्न मित्र को सुना रहा था मैं बचपन का किस्सा। उसमें नंदू भैया, तुम बार-बार आते थे, जाते थे। मेरे मित्र वह सुन रहे थे और मुस्करा रहे थे।

वह लगातार सुनते रहे और मुस्कराते रहे। किस्सा खत्म हुआ तो खिलखिलाकर हँसे। पान का बीड़ा मुँह में ठूँसा और थोड़ी पीक थूकने के बाद बोले, ''अब मैं समझा कि तुम्हारे लेखन में ये जो बहुत आता है-क्या नाम है तंज, गुस्सा, खीज या कभी-कभी जरूरत से ज्यादा बोल्ड एक्सप्रेशंस, तो इसकी वजह क्या है?''

''क्यों? क्यों? कैसे...मैं समझा नहीं!'' मैंने गोल-गोल चक्करदानी से बाहर निकलने की कोशिश की।

"तुम खुद सोच लो।" एक रंजित हँसी जिसमें पान का स्वाद हौले-हौले घुल रहा था। आँखें जरूरत से ज्यादा चमकदार, नुकीली।

"ओह!" अगले ही पल मेरी समझ में आ गया माजरा और यह भी कि उनका तीर किधर चल गया।

...अभी-अभी अपने मित्र को जो किस्सा सुना रहा था, वह मेरे झेंपूपन का किस्सा था। तब मैं अकेला-अकेला, सबसे डरा-डरा, सहमा-सहमा रहता था। किसी से दो बातें करनी होतीं तो मेरी जान निकल जाती। मुझे थोड़ा-बहुत दुनियादार बनाया मेरे नंदू भैया ने। ('दुनियादार' इस अर्थ में कि उन्होंने मुझे दुनिया के कुछ सच्ची-मुच्ची के रंग दिखाए, वरना तो तब भावुक था और अब बोहेमियन!) उनकी बाकायदा एक मित्र-मंडली थी। वे सब मिलकर दिन भर कुछ न कुछ करने, आजमाने, छेड़छाड़ और शरारतें करने के उपाय सोचा करते थे। और जीवन उनका मनोरंजक और दुस्साहसी कामों को समर्पित था।

नंदू भैया अनोखे इंसान थे। और यह बात छिपाऊँगा नहीं कि मुझे वे बहुत ज्यादा प्यार करते और मारते भी थे। कुछ लोग कहते हैं जो ज्यादा मारता है, वही ज्यादा प्यार भी कर सकता है। मैं ठीक-ठीक कह नहीं सकता, यह बात कितनी सच है, लेकन नंदू भैया के बारे में तो यह पूरी तरह सच है। घर में बल्कि पूरी दुनिया में उन्हीं से मैं सबसे अधिक डरता था, उन्हीं को सबसे अधिक चाहता भी था।

उन्होंने मुझे पतंग उड़ाना सिखाना चाहा। मैं जो नालायक था, सीख न सका। हाँ, हुचकी पकड़ने की मेरी ड्यूटी परमानेंट थी। तो चाहते न चाहते मैं बहुत से किस्से-कहानियों का गवाह हो गया। उन्होंने दोस्तों के साथ जो सात पतंगें एक साथ एक डोर में बाँधकर उड़ाने की योजना बनाई थी, उसकी मुझे अच्छी तरह याद है। कोई हफ्ते भर इस योजना पर बड़ी सीरियसली काम होता रहा। फिर इतवार को जब सात पतंगें एक साथ उड़ाई गईं, तो थोड़ी दूर जाने पर ही कैसे डोर कट गई और क्या-क्या झमेला हुआ, इस सबका प्रत्यक्षदर्शी मैं हूँ।

नंदू भैया ने 'भाभी' पिक्चर से यह आयडिया लिया था। यह दोस्तों से उनकी बातचीत से मुझे पता चल गया था। बाद में उन्होंने मुझे यह पिक्चर दिखाई भी। इसी के साथ उन्होंने एक और पिक्चर बड़े आग्रह से दिखाई थी-'छोटी बहन'। अब ये दोनों पिक्चरें मेरे भीतर गड्डमड्ड हो गई हैं। हाँ, 'भैया मेरे, छोटी बहन को ना भुलाना...' गाने के बारे में जरूर कह सकता हूँ कि यह 'छोटी बहन' का ही रहा होगा। यह इसलिए कि मुझे आज तक याद है, इस गाने को सुनकर मेरी बुरी तरह रुलाई छूट गई थी और नाक बहने लगी थी, जिसे मैंने कमीज की आस्तीन से पोंछा था। इस पर गुस्साए हुए नंदू भैया ने वहीं टॉकीज में चपत लगाकर मुझे डाँटा था।

नंदू भैया पिक्चरों के बड़े शौकीन थे। लेकिन मजे के लिए पिक्चरें देखते थे, आँसू-वाँसू बहाने के लिए नहीं। और ज्यादातर वे अकेले नहीं, दोस्तों के साथ ही पिक्चर देखने

जाते थे। यह अजीब बात है और मुझे आज तक इसकी वजह समझ में नहीं आई कि जब गाने आते थे और जितनी बार गाने आते थे, वे उठकर बाहर क्यों चले जाया करते थे?

घर में उन दिनों उनकी खासी पिटाई होती थी। वे डाँट खाते, इम्तिहान में फेल होते, मगर मजाल है जो उनकी शरारतें छूट जाएँ। वे शरारतें, जिन्हें बड़े भाई और पिता जी आवारागर्दी कहा करते थे। फिर भी नंदू भैया किसी न किसी तरह आँख बचाकर अपने 'लक्ष्य' तक पहुँच ही जाते। इस मामले में उनकी योग्यता और रहस्यात्मक शक्तियों का तो जवाब नहीं था। कभी-कभी तो ऐसा भी होता कि आधी पिक्चर आज देख ली, बाकी की बची हुई कल। गेटकीपर उन्हें जानते थे और मजाल है कि नंदू भैया से कोई कुछ कह सके।

दो-एक बार ऐसा भी हुआ कि इंटरवल में वे घर चले आए। घर में पानी पिया, इधर-उधर घूमकर सूँघा कि कहीं कोई खतरा तो नहीं? और सब ठीक-ठाक होने पर दौड़कर फिर पिक्चर हॉल में पधार गए। पिक्चर खत्म होने पर घर आए तो कहते, "मैं तो यहीं था। चंदर से पूछ लो। दो बजे मैंने इसके पास बैठकर अमरूद खाया और पानी पिया था। अंग्रेजी का एक लेसन भी याद किया था।...पूछो इससे!"

जाहिर है, मुझे 'हाँ' ही कहना पड़ता था (वरना उनका गुस्सा क्या मैं जानता न था!) और नंदू भैया की जीत हो जाती! ऐसे क्षणों में उनका चेहरा और अधिक लुभावना और गोलमटोल नजर आने लगता।

3

एक-दो बार नंदू भैया ने मुझे भी इस रपटीले रास्ते पर चलाने की हल्की-सी कोशिश की। लेकिन मेरा रुझान किताबों की ओर देखकर और कुछ शायद बड़े भाई की जिम्मेदारी का ख्याल करके छोड़ दिया। इस बारे में एक घटना मुझे अब भी याद है।

...उस दिन नंदू भैया पिक्चर देखकर इंटरवल में घर आए थे। अब राम जाने कौन सी पिक्चर थी, बिल्कुल दिमाग से नाम उतर गया! पर...इस बीच घर पर उनकी बुरी तरह ढूँढ़ मची थी। उन्हें दुकान पर किसी जरूरी काम से जाना था और वहाँ से जल्दी मुक्ति असंभव थी। उनके पास पिक्चर की आधी टिकट थी जो उनकी सफेद मक्खन जीन की पेंट में सुरसुरा रही थी। चोरी से उसे मेरे हाथ में थमाते हुए बोले, "जा, जल्दी से चला जा। गेटकीपर को दे दियो, अंदर बिठा देगा। कह दियो नंदू भैया, मेरे भैया हैं-सगे भाई।"

"मगर...!" मैंने प्रतिवाद करना चाहा। मुझे कुछ समझ में नहीं आ रहा था, माजरा क्या है? बल्कि मेरी हालत उस बिल्ली जैसी हो रही थी, जिसे जबरदस्ती किसी हँड़िया में सिर फँसाने के लिए कहा जाए!

"मैंने आधी पिक्चर देख ली है। यह टिकट ले जा, बाकी आधी तू देख लेना। रात को मुझे स्टोरी सुना देना, शुरू की स्टोरी मैं तुझे सुना दूँगा। बस, पूरी पिक्चर तेरी भी हो जाएगी, मेरी भी।" नंदू भैया ने फिर उकसाया।

"मगर मुझे इंग्लिश ग्रामर की तैयारी करनी है, कल टैस्ट है।" मैंने झूठ बोला।

"तो क्या फर्क पड़ता है? कोई डेढ़ घंटे की बात है, बल्कि पंद्रह मिनट तो निकल ही गए।...जा, दौड़ जा।"

"मगर...वहाँ दिक्कत तो नहीं आएगी? गेटकीपर...!" मैंने अब 'अगर-मगर' की शरण लेनी चाही। लेकिन नंदू भैया के पास मेरी हर समस्या का समाधान था, "अरे, जा तो! तू कहियो, मैं नंदू का भाई!"

मैं बड़े भारी मन से उठा। बड़ी कातर आँखों से नंदू भैया की ओर देखता हुआ कि शायद अब भी मुझ पर तरस खाएँ। आखिर उनकी बड़ी-बड़ी आँखों से डरता हुआ बाहर आ गया। घूमता-घूमता प्रकाश टॉकीज में पहुँचा। स्कूल से आते हुए दूर-दूर से देखा था और शायद तब तक एकाध पिक्चर भी नंदू भैया के साथ देखी थी, मगर...ऐसे!

इधर से घुसकर देखा, डर लगा...गेटकीपर! (वह कोई मुच्छड़ सा बंदा था, चेहरे पर भरपूर गुंडापन!) उधर से घुसकर देखा, डर लगा-यहाँ से देखा, डर लगा...वहाँ से देखा, डर लगा। पहले तो यह अंदर घुसने ही नहीं देगा और घुस भी गया तो भीतर अँधेरे में सीट तक कैसे पहुँचूँगा?

अँधेरा मेरे मन में डर बनकर घुस गया और मैं दुम दबाकर भागा। शाम को नंदू भैया ने पूछा, "पिक्चर देखी थी...?"

"हाँ।"

"कैसी लगी...?"

"अच्छी।"

"वाकई कि ऐसे ही बोल रहा है...?"

"नहीं, वाकई...!"

मगर जाने क्या चोर था मेरे बोलने में कि वो समझ गए। मुझ पर आँखें गड़ाकर पूछा, "अच्छा! बता, क्या था उस पिक्चर में?"

अब मैं घबराया। सीधे-सीधे बता दिया, "नहीं देखी।"

"फिर...?"

"मैं गया तो था, लौट आया।"

"क्यों?"

"अंदर जाने का दिल नहीं किया।" कहते-कहते मेरी आवाज भर्रा गई।

"हूँ! बेकार करा दिए न पैसे। तू किसी काम का नहीं है चंदर, क्या करेगा जीवन में?"

मुझे डर लगा, अब जरूर पिटाई होगी। मगर नंदू भैया थोड़ी देर मुझे कड़ी निगाहों से देखते रहे, फिर सॉफ्ट-सॉफ्ट हो गए।

''तुझे पिक्चरें अच्छी नहीं लगतीं?'' बालों में कंघी करते हुए अचानक उन्होंने रुककर पूछा। मैं चौंका, अरे! यह मेरे ही नंदू भैया की आवाज है? इतना बहता हुआ स्नेह!

''नहीं!'' जाने क्या हुआ कि मैं रो पड़ा।

''पढ़ना अच्छा लगता है?'' मेरी ठोड़ी पकड़कर उठा दी है उन्होंने।

''हाँ।'' मैंने कहना चाहा, मगर सिर्फ एक मरी हुई फुसफुस निकली मेरे होंठों से।

''ठीक है, मैं किताबें ला दूँगा।'' और मेरी पीठ थपथपाकर चले गए।

4

पता नहीं कब तक मैं बैठा रहा, क्या-क्या सोचता रहा। शायद यह कि मेरे नंदू भैया क्या हमेशा ऐसे ही नहीं बने रह सकते, जैसे कि आज...! लेकिन नंदू भैया बदले, थोड़े से तो जरूर ही बदल गए।

इसके बाद वे न सिर्फ मेरे लिए किताबें लाते, दोस्तों के बीच भी जमकर तारीफ करते और कम से कम उन्हें मेरा मजाक तो नहीं उड़ाने देते। उन्होंने जो किताबें लाकर दीं, उनमें चंद्रशेखर आजाद, भगतसिंह और विवेकानंद की जीवनियों की मुझे अब भी याद है। ये किताबें वर्षों तक मेरे पास रहीं! नंदू भैया उनके बारे में पूछते और दोस्तों के बीच गर्व से कहते, ''देखना, चंदर एक दिन बड़ा आदमी बनेगा!'' मुझे अच्छा लगता, लेकिन अगले ही पल मैं झेंप जाता। कुछ भी हो, नंदू भैया के दोस्त जो उम्र में मुझसे बहुत बड़े थे, अब मेरा सम्मान करने लगे थे। और इस बात से मैं दूनी झेंप महसूस करता था और कन्नी काटने लगा था।

मजे की बात यह है कि नंदू भैया ने ही मुझे प्रेमचंद से पहली दफा मिलवाया था। उन्होंने 'प्रेमचंद की श्रेष्ठ कहानियाँ' किताब लाकर दी थी। सारी कहानियाँ मैं कोई डेढ़-दो दिनों में चाट गया था और जब 'बड़े भाईसाहब' कहानी पढ़ी थी, तो मेरी हालत यह कि ऊपर की साँस ऊपर, नीचे की नीचे। अरे! यह तो मेरी और मेरे नंदू भैया की कहानी है! प्रेमचंद ने कैसे लिख ली? मेरा मन हुआ कि दौड़कर नंदू भैया के पास जाऊँ और उन्हें बताऊँ कि देखिए-देखिए, यह जो प्रेमचंद के 'बड़े भाईसाहब' हैं न, बिल्कुल...बिल्कुल...जैसे आप!

पर उत्तेजना में, एकांत में खुशी से हाँफते हुए यह सोचना जितना आसान था, नंदू भैया के पास जाकर उसे कहना उतना ही मुश्किल! अगर खुदा न खास्ता उन्हें गुस्सा आ गया तो? मेरी हड्डी-पसली एक नहीं रहेगी।

...तो भी नंदू भैया जो थे, सो थे। उनसे डर और संकोच के बावजूद एक अंदरूनी गहरा-गहरा-सा प्यार था और मेरी जिंदगी मजे में चल रही थी। मन में कहीं एक गहरी

आश्वस्ति-सी थी कि कहीं कुछ भी हो, नंदू भैया सब सँभाल लेंगे। वे परम समर्थ हैं, उनका कोई कुछ नहीं बिगाड़ सकता।

बचपन में मेरे 'हीमैन' थे नंदू भैया। और 'हीमैन' ही नहीं, सच्ची कहूँ तो गॉडफादर भी। हालाँकि उन्होंने होना चाहा नहीं था, यह मैं ही था जो प्रेम और आतंक से भरकर उनकी पूजा-सी करता था।

नंदू भैया थे ही ऐसे ग्रेट...!

5

फिर एक आँधी चली, एक काली आँधी। और उस हादसे ने हमारे घर की सुख-शांति को तिनका-तिनका कर बिखेर दिया।

बिल्कुल अनपेक्षित दुर्घटना। बड़े भाईसाहब प्राणनाथ जी का हार्ट अटैक!

सिर्फ पैंतीस बरस की उम्र में वे गए। यह एक जवान, हरे पेड़ की मौत थी। पूरा घर स्तब्ध!

घर में सब रोए थे। फूट-फूटकर रोए थे। माँ छाती पीट रही थीं, पिता दीवारों से सिर मार रहे थे। अगर कोई नहीं रोया था, तो सिर्फ नंदू भैया! उनके आँसू एकदम सूख गए थे, आँखें पत्थर हो गई थीं। मानो वे कुछ देख ही नहीं पा रहे थे, समझ ही नहीं पा रहे थे।

माँ बार-बार उन्हें छाती से लगाकर कहती थीं, "तू रो ले पुत्तर, रो ले...अंदर का दुख निकल जाएगा।" पर नंदू भैया को तो जैसे कुछ सुनाई ही नहीं पड़ रहा था। वे हमारे देखते ही देखते पत्थर हो चुके थे।

माँ आखिर माँ थीं, सब समझ गईं। उन्होंने घर के लोगों से पुकार-पुकारकर कहा, "मेरा नंदू रो नईं रिया, उन्नू रुआओ। नईं ताँ कुज्झ हो जाएगा।"

और सचमुच वह हादसा ऐसा बैठा नंदू भैया के भीतर कि फिर वे कभी पहले जैसे नंदू भैया नहीं रहे। एक हादसा जो एक और बड़े हादसे की जमीन तैयार कर रहा था। उसे कोई और नहीं समझा, बस माँ समझीं।

अलबत्ता उस दिन के बाद से नंदू भैया कभी सहज नहीं रहे। वे खुश होते तो बहुत-बहुत ज्यादा खुश और नाराज होते तो बहुत-बहुत ज्यादा नाराज। हालाँकि खुश अक्सर कम ही होते, नाराज ज्यादा। अक्सर गुस्से से उनकी आँखें चढ़ी रहतीं और लाल-लाल नजर आतीं।...दुखी हम सभी थे, पर नंदू भैया की हालत घर के दुख को और बढ़ा रही थी।

'नंदू भैया का गुस्सा आखिर किस पर है?' डरा-डरा सा मैं सोचता था। 'क्या उस विधाता पर जिसने बड़े भाईसाहब को छीनकर हम सब लोगों के साथ भारी अन्याय किया है? पर विधाता के अन्याय का कोई विरोध कर सका है? आखिर किससे लड़ने चले थे नंदू भैया...? पागल! एकदम पागल!!'

पढ़ाई में उनका मन नहीं लगता था और इस घटना के बाद तो और भी उचट गया। रात-रात भर वे जागते और छत पर अकेले टहलते रहते। उनके पैरों की आवाज आती थी और मैं सहमा-सा अपने बिस्तर में दुबका रहता था। मन ही ईश्वर से प्रार्थना करता हुआ, 'हे भगवान, मेरे नंदू भैया को शांति दे।...उन्हें शांति दो भगवान!!'

मन होता, जाऊँ और प्यार से उनका हाथ पकड़कर ले आऊँ, 'आओ नंदू भैया, बैठो मेरे पास। कुछ बात करो।' और फिर ढेर-ढेर-सी उनसे बातें करता। पर नहीं, मैं हिम्मत ही कब कर पाया? नंदू भैया से अब ज्यादा डर लगने लगा था। पहले वाला नहीं, यह कुछ अलग-सा डर था। मुझे लगता था, कहीं कुछ ऐसा न कर बैठूँ कि नंदू भैया के भीतर सोया हुआ ज्वालामुखी जाग जाए और उनके भीतर ध्वंस शुरू हो जाए। इसलिए उन्हें जरा भी छेंड़ते मुझे डर लगता था। मैं अक्सर सामने होने पर उनसे कन्नी काटता और बचता था। फिर आखिर सोचा यही गया कि नंदू भैया पढ़ाई छोड़ें, कपड़े वाली दुकान पर ही बैठें। इससे कम से कम उनका मन तो लगा रहेगा।

और थोड़े दिनों के अनमनेपन के बाद सचमुच नंदू भैया अपनी रौ में आ गए। दुकान में सचमुच उनका मन लगने लगा था। उनका व्यवहार और उनका बोलना-चालना ग्राहकों को प्रभावित करता था। हाँ, लेकिन उनके स्वभाव में एक विसंगति आकर बैठ गई। कभी वे उत्साह में आते, तो एकदम हवा में उड़ते हुए नजर आते और कभी सुस्त होते तो इस कदर कि अपनी जगह से थोड़ा हिलने में भी मानो उनके प्राण निकलते हों। वे हमेशा छोरों पर रहते थे और बीच में बहुत कम नजर आते थे। कभी-कभी किसी ग्राहक की उजड्डता या असभ्य व्यवहार पर उनका गुस्सा उबल पड़ता और तब उन्हें कोई होश नहीं रहता था। पिता जी समझाते, "देखो बेटा, दुकानदार को विनम्र होना चाहिए!"

पर भीतर गुस्सा उबल रहा हो और बाहर विनम्रता का महीन कवच धारण किए रहें, नंदू भैया को यह दुनियादारी कभी नहीं आई। अंत तक नहीं आई...! आती तो क्या वे इस तरह जाते, इतनी जल्दी चले जाते?

6

पढ़ाई-लिखाई के सिलसिले में अपना शहर छोड़कर मुझे बनारस जाना पड़ा, तो मन में हमेशा यही खटका लगा रहता कि नंदू भैया कैसे होंगे? अब कुछ 'सम' पर आए होंगे या नहीं? मन ही मन यही प्रार्थना करता कि वे ठीक रहें, प्रसन्न रहें, क्योंकि उनकी प्रसन्नता से ही घर की प्रसन्नता लौट सकती थी। घर में हर हफ्ते चिट्ठी डालकर एक ही सवाल पूछता-नंदू भैया कैसे हैं? घर से कोई मिलने आता, तो भी मेरा पहला सवाल यही होता, नंदू भैया कैसे हैं? नंदू भैया का स्वस्थ होना ही मेरे लिए घर का स्वस्थ होना था। दोनों मानो एक-दूसरे के पर्याय हो चुके थे।

फिर मन बार-बार उनकी तरफ इसलिए भी दौड़ता था कि मैं जानता था कि घर में नंदू भैया के कद का कोई और नहीं है। नंदू भैया तो बस, नंदू भैया ही हैं। नंदू भैया ने खुद को खाक कर मुझे मेरे होने का अर्थ दिया था।

और सच तो यह है कि नंदू भैया ने एक तरह से खुद को खाद बना डाला था, जिस पर मैं गुलाब की तरह फूला, इतरा रहा था। कैपीटलिस्ट! एक सभ्य दुनिया का बाशिंदा-नफीस साहित्यकार!!

7

साल में एक-दो दफा छुट्टियों में मैं कुछ दिन के लिए घर आता, तो सभी खुश होते, लेकिन नंदू भैया तो जैसे दिल का खजाना ही खोल देते। इतनी बातें, इतनी आवभगत, इतना स्वागत! मानो उल्लास से भरकर फूले-फूले-से सभी दिशाओं को सुना देना चाहते हों, 'मेरा भाई...मेरा भाई!' जैसे उनका भाई न हुआ, दुनिया का अनमोल हीरा हो गया।

बाद में विवाह हुआ तो गौरी भाभी ने भी बहुत जल्दी नंदू भैया की आदतें जान लीं और उन्हें रिझाने के गुर भी। नंदू भैया सचमुच विवाह के बाद एक नए रूप में ढल से गए। उनके इस नए रूप में गुस्सा कम, मस्ती कुछ ज्यादा थी और एक खानदानी किस्म का ऊँचा-ऊँचा, उन्नत आत्मगौरव तो था ही। कपड़ों में, चाल-ढाल में अजब-सी शान। सफेद कुरता-पाजामा, यही उनकी पसंदीदा पोशाक थी। पर शायद ही कभी किसी ने उनके इस्तिरी किए हुए झकाझक सफेद कुरते-पाजामे पर कोई दाग देखा हो। उनके विवाह के साल पीछे मुन्नू आ गया और उसके कोई डेढ़-दो साल बाद मीना। और सचमुच नंदू भैया गौरी भाभी के स्नेह और मुन्नू-मीना की जोड़ी के किल्लोल से बँध-से गए।

लिहाजा अब जब भी मैं मिलता, हँसने-गुदगुदाने वाले प्रसंग उनके मुँह से ज्यादा सुनाई पड़ते। कभी-कभी मस्ती में कोई तान भी छेड़ देते। एक छोटी-सी ढोलकी हमारे घर में थी, उसे गले में लटकाकर जब वे गौरी भाभी को रिझाने के लिए तरंग में आकर ताल देते, तो क्या खूब फबते थे! और ऐसे क्षणों में मेरे मुँह से निकलता कि नंदू भैया तो बस, नंदू भैया ही हो सकते हैं!

हालाँकि बीच-बीच में कभी-कभार उनका दुख भी प्रकट होता, जिसे कभी वे बहने देते, कभी बचा ले जाते। यह व्यापार-बुद्धि वाले एक बड़े खानदानी घर में उनके कुछ-कुछ 'मिसफिट' होने का दर्द था।

मजे की बात यह है कि नंदू भैया दुकान पर बैठते थे, दुकान का हिसाब-किताब भी देखते थे, लेकिन तबीयत से हिसाबी-किताबी बिल्कुल नहीं थे। एक व्यापारी परिवार में जहाँ पैसे से बढ़कर कुछ और नहीं होता, इस तरह बगैर हिसाब के जीने के अपने खतरे थे। मगर नंदू भैया थे कि अपनी मस्ती बचाए हुए थे।

वे एक मजबूत चट्टान की तरह थे, जिसके चारों ओर पानी था। पानी ही पानी! लगता था, उस विशाल चट्टान का हिल पाना मुश्किल है। लेकिन फिर बरस-दर-बरस बीते, अगली पीढ़ी आई, जो कहीं ज्यादा 'कैलकुलेटिव' थी। ऊपर से शांत लेकिन भीतर असंवेदनशील और दुनियादार। छोटे भाई-भतीजों ने आ-आकर व्यापार सँभाला और उसके मुख्य-मुख्य चक्कों पर कब्जा कर लिया। वे सफल थे, क्योंकि वे संपर्कों और फायदे का 'गुर' जानते थे और नंदू भैया के पास उनके घनघोर फायदे के तर्कों का कोई जवाब नहीं था।

नंदू भैया अब भी इन तर्कों के जवाब में क्रोध से गरजकर अपने होने का परिचय दे सकते थे। यही वे करते भी थे। और जब वे गुस्से से थरथराते हुए चिल्लाकर कहते, "खामोश, अब एक शब्द भी आगे कहा तो...!" तो उस समय आसपास के लोग ही नहीं, दीवारें तक थरथरा जाती थीं। तब किसी बड़े से बड़े सूरमा की हिम्मत नहीं थी कि कोई उनके आगे जरा 'चुसक' जाए।...

लेकिन नई पीढ़ी को आना होता ही है। वह आती ही है, और अपने पूरे तौर-तरीकों के साथ, बड़े रहस्यात्मक बल्कि हिंसक ढंग से अपने से पुरानी पीढ़ी को खारिज करके आती है। नंदू भैया ने बदलना नहीं सीखा था, लिहाजा व्यापार में उनका 'बदल' सोच लिया गया। ज्यादातर मामलों में उन्हें अब कुछ बताया ही न जाता, बल्कि उनसे जान-बूझकर छिपाया जाता। यह उन्हें दरकिनार करने की चाल थी, जिसमें पिता, छोटे भाई-भतीजे सब शामिल थे।

अब नंदू भैया अपना दुख कभी-कभार मुझे बताते थे और कई बार तो बहुत ज्यादा विचलित होकर बताते थे। एक-दो बार तो उन्होंने ऊबकर कहा, 'तू अपने शहर में ही मेरे लिए कोई नौकरी ढूँढ़ना। अगर डेढ़-दो हजार की भी हुई, तो मैं चला लूँगा। कहीं भी किसी तरह की भी हो। कुछ और नहीं तो किसी बनिए के यहाँ हिसाब-किताब की ही सही। मुनीमगीरी तो मैं कर ही सकता हूँ!"

सुनकर मैं मर्माहत हो गया। जिस आदमी ने जिंदगी भर कभी हिसाब-किताब नहीं किया, वह कहीं हिसाब-किताब देखने की नौकरी कर पाएगा ही नहीं। जानता था, यह उनसे नहीं होगा। नौकरी उनके बस की नहीं। क्योंकि नौकरी का अर्थ किसी न किसी रूप में तो गुलामी है। उन जैसे शाही अंदाज वाले परम स्वाधीन आदमी के बस की यह बात नहीं, जिसने कभी झुकना सीखा ही नहीं! और फिर हजार-डेढ़ हजार की नौकरी में तो नंदू भैया और उनके परिवार की सूखी रोटी भी नहीं चल सकती थी। यहाँ तक कि खाली उनके और बच्चों के कपड़ों-लत्तों का खर्च हजार-डेढ़ हजार से कम न होगा। पर यह बात उनसे कहे कौन?

मैं सिर्फ झूठे शब्दों का झूठा दिलासा देकर दुख पर राख डालता रहा और कहता, "भैया, जैसे ही किसी नौकरी की खबर लगेगी, मैं चिट्ठी लिख दूँगा। वैसे घर में सब

आपकी इतनी इज्जत करते हैं। थोड़ा-सा एडजस्ट करना सीख लीजिए, चीजें आपसे आप हल हो जाएँगी।''

लेकिन यह जो 'थोड़ा-सा एडजस्ट करना' था, यही उन्होंने नहीं सीखा। सीख नहीं पाए जीवन भर। जानता था कि मुझसे ये सारी बातें वे इस अपेक्षा के साथ ही करते हैं कि कहीं न कहीं एक नैतिक दबाव धन की 'माया' से अंधे हुए घर के लोगों पर डालूँ, ताकि हालात कुछ बदलें। नंदू भैया की हालत यह थी कि प्राण चाहे चले जाएँ, लेकिन आन-बान नहीं जानी चाहिए। वे मेरे सिवा किसी और से अपने दुख और अभाव की कथा कह ही नहीं सकते थे। और मैं इतना भीरु, इतना कायर था कि सोचता था, क्यों सबके आगे ये बखेड़े खोलकर घर का माहौल खराब करूँ? घर के हालात तो आज नहीं तो क़ल जैसे-तैसे सुलझ ही जाएँगे। तो मैं जो महीनों बाद घर आया हूँ, क्यों न चार दिन सुख से बिताकर ही लौटूँ!

ऐसा नहीं कि नंदू भैया यह बात समझते न हों। वे खुद भी अपनी सारी 'भाप' निकालने के बाद उदासी भूलकर अपनी सदाबहार अदा में हँसने-गाने और अपने निहायत मौलिक किस्म के चुटकुले सुनाने में लीन हो जाते।

माँ खुश थीं। घर के और लोग भी खुश होते कि मेरे आने से नंदू भैया खुश हो जाते हैं। लेकिन मैं भीतर-भीतर रोता था। नंदू भैया की कही हुई बातें भीतर ही भीतर दस्तक देती थीं। और मन कच्ची दीवार की तरह भीतर ही भीतर ढहता, भुरभुराता रहता। मैं चाहकर भी नंदू भैया के मुतल्लिक कभी कुछ कह नहीं पाता था। या कभी थोड़ी-बहुत हिम्मत की भी, तो परिवार का व्यापारिक गणित इतना सख्त और जड़ था कि मैं आगे बात बढ़ा नहीं पाया। ऐसे तर्कों-कुतर्कों से मेरा मुँह बंद कर दिया गया कि आगे कुछ कहने का मतलब ही था, सीधे-सीधे लड़ाई छेड़ना!

फिर जैसी कि आशंका थी, एक फौरी बँटवारे के तहत नंदू भैया को अलग कर दिया गया। जो कुछ उनके हिस्से में आया था, उससे उनका खर्च मुश्किल से चल पाता था। उन्हें यह इतना अन्यायपूर्ण लगता था कि भीतर ही भीतर सुलगते थे। एक ज्वालामुखी था जो सोया पड़ा था। बहुत दिनों से वह गरजा नहीं था और लोगों ने सोच लिया था कि अब ज्वालामुखी, ज्वालामुखी नहीं रहा।

लेकिन ज्वालामुखी कभी सोया करते हैं? वे सिर्फ अपने लिए मौका तलाशते हैं।

8

नंदू भैया से आखिरी मुलाकात भी ऐसी ही एक सीझी हुई मुलाकात थी जिसमें दुख और खुशी के मिले-जुले गाढ़े रंग थे। अपने दुख उन्होंने सुनाए थे और अपनी विपद-कथा सुनाकर कहा था, नौकरी नहीं तो कोई छोटी-मोटी दुकान ही उनके लिए मैं देखूँ। बाहर वे कोई भी छोटा-मोटा काम कर सकते हैं, मगर इस शहर में उन जैसे खानदानी आदमी के लिए कोई छोटा काम करना भी हतक होगी।...

मैंने हमेशा की तरह उन्हें एक झूठा उत्साहपूर्ण दिलासा दिया था। फिर मेरे दोस्त आ गए तो उनके साथ हल्के-फुल्के मजाक और चुटकुलेबाजी में वे ऐसे रमे कि अपना सारा गम भूल गए। उन्हें इतने जोरों से अट्टहास करते देखकर कोई अंदाज भी नहीं लगा सकता था कि इस अट्टहास का कोई रिश्ता उस दुख से भी है, जो उनके भीतर ही भीतर जमकर पहाड़ हुआ जाता था।

दोपहर को मुझे गाड़ी पकड़नी थी, लेकिन दोस्त थे कि मुझे कुछ देर के लिए खींचकर बाजार ले जाना चाहते थे। तब देर तक और दूर तक नंदू भैया की आवाज मेरा पीछा करती रही, ''जरा जल्दी लौट आइयो चंदर। मैंने खुद अपने हाथ से तेरे लिए बेल का शर्बत बनाया है-स्पेशल!''

लेकिन मैं लौटकर आया तो ऐन गाड़ी के टाइम पर। नंदू भैया लपककर गए, रिक्शा ले आए। मैं हड़बड़ी में सामान के साथ बैठा और उनसे दूर होता चला गया। लगातार दूर होता चला गया।

गाड़ी में याद आया-अरे! नंदू भैया ने मेरे लिए बेल का शर्बत बनाया था। कितने प्यार से आग्रह किया था, लेकिन मेरी हड़बड़ी के कारण वह तो छूट ही गया। न उन्हें याद आया, न मुझे। छोटी-सी बात थी लेकिन किसी 'अशुभ' की तरह मन में गड़ गई!

लौटकर बनारस आया, तो उदास था। रात अचानक एक दुःस्वप्न की चीख के साथ आँख खुल गई। नंदू भैया रेल की पटरियों पर दौड़ रहे हैं, दौड़ रहे हैं...दौड़ते जा रहे हैं और पीछे आँधी की तरह तेज भागती राजधानी एक्सप्रेस...कि अचानक खत्म, सब खत्म! नंदू भैया का शरीर चिथड़े-चिथड़े हो गया।

वह पूरी रात जागकर काटी। सुबह उठते ही घर चिट्ठी लिखी, 'नंदू भैया की बड़ी याद आती है। कल एक बुरा सपना देखा। घर में सब खैरियत तो है?'

पर चिट्ठी का जवाब आए, इससे पहले ही घबराया हुआ भतीजा आ गया, ''चलिए चाचा, नंदू चाचा की तबीयत ठीक नहीं...हार्ट अटैक!''

मैं पत्नी और बच्चों के साथ हड़बड़ाया हुआ घर गया तो अंतिम संस्कार हो चुका था।

मैं कुछ समझ पाऊँ, इससे पहले छोटा भाई हाथ पकड़कर मुझे एक ओर ले गया। बोला, 'चलिए मेरे साथ...!'

थोड़ी देर में मैं नंदू भैया की जलती हुई चिता के सामने था और मन को यह विश्वास दिलाने की असफल-सी कोशिश कर रहा था कि यहाँ जो जल रहा है, वही नंदू भैया हैं।

''कल रात की बात...! उन्होंने कीड़े मारने वाली दवा की गोलियाँ खा ली थीं। पुलिस केस बनता, इसलिए जल्दी करना जरूरी था। शहर में दुश्मन भी तो कम नहीं हैं, हालाँकि किसी की हिम्मत नहीं पड़ी। असल में...पुलिस अफसर अपने गुप्ता जी का खास दोस्त...!'' छोटा भाई समझा रहा था।

चिता जल रही है, जिसमें नंदू भैया की विशाल काया के साथ-साथ उनके भीतर के दुखों का पूरा पहाड़ भी धू-धू धधक रहा है।

''नंदू भैया, तुम इतने धोखेबाज निकलोगे, इतने धोखेबाज? मैंने नहीं सोचा था। तुम मुझे क्यों छोड़कर चले गए? क्यों! मुझे तो तुम्हारा ही सहारा था।'' मैं फूट-फूटकर रो रहा था।

''चलो भैया, अब तो सब खत्म हो गया।'' छोटा भाई बाँह पकड़कर मुझे सांत्वना दे रहा है।

''क्या गोलियाँ खाते ही तत्काल हो गई थी मृत्यु? तुम्हें पता कैसे चला?''

''वे आधी रात को बुरी तरह दरवाजा भड़भड़ा रहे थे। हम लोग दौड़कर पहुँचे, तो एकाएक जमीन पर लोट गए। उनके आखिरी शब्द थे, 'मुझे बचा लो भाई...मुझे बचा लो, मैं जीना चाहता हूँ।''

''हम उन्हें बचा नहीं सके। हम गाड़ी में डालकर अस्पताल ले गए थे, लेकिन...'' छोटा भाई हिलक-हिलककर रोने लगा।

''क्या कुछ दिनों से कुछ खास परेशानी में थे?''

''सुना है, कुछ कर्जा ले लिया था, दस-पंद्रह हजार। वह भी अपने लिए नहीं अपने किसी दोस्त के लिए! उसे चुका नहीं पा रहे थे। हमें बताया ही नहीं, नहीं तो...''

–तुमने क्या सचमुच कभी जानना चाहा, वे किस दुख-परेशानी मे थे? बड़े भाई होकर छोटे से कुछ माँगना उनके लिए हतक थी। मरते-मरते भी उन्होंने साबित कर दिया...कि वे झुकने के लिए नहीं पैदा हुए थे। तुमने उन्हें समझा नहीं!–कहना चाहता था, कहा नहीं गया।

9

छोटा भाई अब सीझा-सा खड़ा था और मेरे भीतर नंदू भैया के आखिरी शब्द गूँज रहे थे, 'कोई छोटी-मोटी नौकरी मेरे लिए देखना चंदर! मैं इस घर में बहुत दूर चला जाना चाहता हूँ।...'

और सचमुच वे दूर, बहुत चले गए।

उन्होंने तो अपनी आन की रक्षा कर ली। लेकिन मैंने...? मैंने क्या किया उनके लिए, उनके सारे प्यार और विश्वास के बावजूद!...

अपने ही शब्दों की गूँज लौट-लौटकर फिर मुझ तक आती है। मन के भीतर कोई और मन है। वह सीधे-सीधे आँखों में आँखें डाल, मुझसे पूछ रहा है, ''धोखेबाज कौन था चंदर? कौन था कृतघ्न? नंदू भैया...या...या...या?''

10

एक सुबह का महाभारत

सच्ची कहता हूँ, मेरी कहानी के सुनने वालो! आपसे जरा भी झूठ नहीं बोलूँगा। इस सबके लिए मैं जिम्मेदार हूँ। मैं–सिर्फ मैं। और मेरे सिवा कोई नहीं। मैंने खुद ही खुद को चौपट कर लिया। बीच राह में, गले में कालिदास की परंपरा का पट्टा लटकाकर बैठ गया कि हाँ जी, हाँ, मैं हूँ लेखक–मैं हूँ साहित्यकार महान! जबकि साहित्य-फाहित्य से होता क्या है आज के जमाने में? सिर्फ यही कि घड़ी की सूइयाँ बेतुकी चाल चलने लगती हैं। कभी समय से थोड़ा आगे, कभी समय से थोड़ा पीछे। और फिर...

और फिर यह रोग कोई आज का थोड़े ही है, बचपन तक इसकी जड़ें जाती हैं। बचपन में खाट पर बैठा-बैठा 'महाभारत' पढ़ता था, तो अक्सर साँझ का अँधेरा घिर आता था। और मेरी समाधि टूटने में नहीं आती थी। माँ टोकती थीं, "अब रहने भी दे, बेटा!" पर मुझे इतना रस आता था, इतना कि...एक दिन मैंने कर्ण पर खंड-काव्य लिखने का इरादा कर लिया। और कुछ आगे चलकर तूफानी गति से सौ-डेढ़ सौ कच्चे-पक्के छंद लिखे भी गए!

तब क्या जानता था कि एक दिन...! एक दिन यह महाभारत मेरी जिंदगी से होकर मेरी कहानी तक चला आएगा, कुछ ऐसी ही तूफानी चाल से...कि सब कुछ दरहम-बरहम।

जैसे कि आज का दिन।...आज की कटी-पिटी चिथड़ा सुबह, जो असंभव नहीं कि मेरे पीले चेहरे और मेरी गीली आँखों की कोरों से झाँक रही हो!

2

खैर! क्या आप जानना चाहते हैं कि आज सुबह घर में क्या हुआ! एकदम सुबह-सुबह मुझ चंद्रकांत विनायक के घर पर अशुभ...अशांति, अमंगल–यानी महाभारत!

अब मैं समझता हूँ, मुझे तफसील से और साफ-साफ सब कुछ बताना चाहिए। सुधा और अपनी भूमिकाएँ भी, बगैर पहेलियाँ बुझाए हुए।...असल में बड़े दिनों से घर

में सब कुछ ठीक-ठाक चल रहा था और भीतर-भीतर 'गृहस्थी की उच्छल तरंग' के अलावा यह आशंका मुझे खाए जा रही थी कि इतने दिन बीते, अब होगा...कुछ होगा! और वह आज सुबह-सुबह हो गया! अपने पूरे भौंडेपन और भड़-भड़-भड़ के साथ।

झगड़ा! झगड़ा ही कहेंगे उसे? खैर, जो भी वह हो और जो भी नाम दें आप उसे, मगर असल में वह तो हमारे भीतर ही सो रहा होता है। और जब एक झटके से चारपाई से उठकर खड़ा हो जाता है तो हम कहते हैं-झगड़ा!...कि साब, दो दिल झगड़ पड़े। मैं कहता हूँ, क्यों झगड़ पड़े-क्यों? क्या यह झगड़ा उसी वक्त हुआ जब ये झगड़ रहे थे? जी नहीं जनाब, इसका जो बीज होता है, बीज...! (आप नहीं समझोगे। कोई नहीं समझता!)

खैर, बात कुछ खास न थी। यह मैं ही था, मेरा उखड़ा मूड जो झगड़े का कारण था। कई दिनों से मैं कुछ लिखना चाह रहा था और लिख नहीं पा रहा था तो मेरे पैर टेढ़े-टेढ़े पड़ रहे थे। साँस टेढ़ी-टेढ़ी चल रही थी और सब कुछ गड़बड़ हो गया था।

दफ्तर में दफ्तर के काम थे, घर में घर की चिंताएँ। ट्रेन में ट्रेन की भब्भड़! दोस्तों में दोस्तों की हड़बड़! रात में थके-टूटे जिस्म और नींद की गड़बड़। तो फिर लिखता कब? मगर इस खोपड़े में जो धम-धम कर रहा था राक्षस, रात-दिन...रात-दिन, उससे निजात तो नहीं पा सकता था न! लगता था, अपने कथानायक बैरिस्टर कामता बाबू को यों दिखाएँ, वो दिखाएँ, वो-वों दिखाएँ, तो बात बन जाए।

कामता बाबू मेरी नई कहानी के खासमखास कैरेक्टर थे। कामता बाबू के धाँसू कैरेक्टर के जरिए असल में मैं बहुत-कुछ कह डालना चाहता था। और जो कह डालना चाहता था, उसका नक्शा दिमाग में करीब-करीब बन चुका था। मगर सिर्फ दिमाग में बनने से तो बात नहीं बनती न! कागज पर...! असल बात तो यह है कि कागज पर कब उतारें उसे-कैसे?

3

सुबह चाय पीकर एक हल्की अँगड़ाई ही ली थी-कि पता नहीं चाय का असर था या मौसम का या कुछ और...वह जिन्न फिर एकाएक बोतल से निकलकर खड़ा हो गया जिसे बमुश्किल बोतल में डाला था। और वह लगा चीखने, 'लिखना चाहिए-लिखना, कुछ लिखना चाहिए!' अब हार तय थी। बड़ी मुश्किल से रद्दी के ढेर में हाथ-पैर मारकर कुछ कागज ढूँढ़े, जिन पर एक तरफ बच्चों ने कुछ नीला-पीला किया हुआ था, दूसरी तरफ खाली। टैग लगाकर ऐसे पच्चीस-तीस पन्नों को बाँधा और गला खँखारकर लिखने की भूमिका बनाने लगा।

कुछ देर बाद मैंने पेन उठाया और शीर्षक ठोंक दिया-'कामता बाबू की अनोखी आत्मकथा'। यह तरीका, झूठ क्यों बोलूँ, मैंने अपने गुरु आचार्य हजारीप्रसाद द्विवेदी से

सीखा था। उनके उपन्यास 'बाण भट्ट की आत्मकथा' से। अब आगे...? शुरुआत कहाँ से की जाए? लगा, कुछ मुश्किल आ रही है।

आखिर मैं झटके से उठा और कमरे में टहलने लगा। सुना है, टॉलस्टाय हों, दोस्तोवस्की, चेखव या पुश्किन, इन सबको कमरे में टहलने की बीमारी थी। ये सब कमरे में खूब-खूब टहलते और खूब-खूब लिखते थे। और मजे की बात तो यह है कि ये सबके सब मेरे नायक हैं, सबके सब!

'अरे व्वाह...!' मैं बाँहें कसे हुए कमरे में टहल रहा था। मन ही मन गौरवान्वित भी हो रहा था। 'आखिर हम भी किसी से कम नहीं' वाली महानायकी मुद्रा! और सच्ची कहूँ, कहानी लिखने से ज्यादा मुझे पुलकित कर रहा था अपना यह सोचना कि पूरी होते ही कहानी 'इक्कीसवीं सदी' के संपादक को भेजूँगा। कंबख्त इतवारीलाल 'अलबेला' भी याद करेगा कि कोई चीज है! छापे न छापे, मगर चीं बोल जाएगा, चीं! इतवारीलाल 'अलबेला' ने अभी लेखक नहीं देखे। बौने लेखकों की जमात के बल पर राजा बना हुआ है। मैं ससुर को फिर से बौना बना दूँगा, बौना! पुनर्मूषको भव!...

4

अभी यह सब धाराप्रवाह चल ही रहा था कि अचानक किसी ने पानी में कंकड़ फेंका। सुधा के जोर-जोर से बोलने, बच्चों के 'पापा...पापा' कहकर रोने-चिल्लाने और चाँटों की चट-चटाक की आवाज आई, तो मामला धड़ड़ड़...धड़ा..म हो गया।

बच्चे काफी पिट गए थे शायद। इस मामले में सुधा का सिद्धांत है (और वह कभी मेरी समझ में नहीं आया) कि या तो पीटो नहीं, या फिर इतना कड़काओ कि किसी एकाध बच्चे की एकाध हड्डी-वड्डी तो चटकनी ही चाहिए।

बहरहाल, मैं जो लेखन की दुनिया में काफी अंदर तक चला गया था, एकाएक शीर्षासन करता हुआ दूसरी दुनिया तक आया!...मैं दरअसल, जैसा कि शायद पहले भी बताया है, कामता बाबू पर एक उपन्यासनुमा लंबी कहानी लिखने की सोच रहा था। और सोच रहा था कि कहानी में उनकी उपस्थिति किस रूप में हो और उनके साथ क्या-क्या ड्रामेबाजी हो, जो भँप जाए? फिर यह भी कि उनके चेहरे में और कौन-कौन से चेहरे शामिल किए जाएँ? तमाम चेहरे मेरे जेहन में थे, जिनके बीच से कामता बाबू का चेहरा बनना था। एक सुदर्शन, मगर खुर्राट चेहरा। ऐसे सत्तापुरुष का, जो सत्ता के ऊँचे सिंहासन पर भी काबिज है और संस्कृति की आत्मा भी है। हर क्षण मुस्कराता हुआ सम्मोहक चेहरा, जो न दुख जानता है, न उदासी। और मेरे-आपके हर सवाल का जवाब उसका यही अमोघ अस्त्र, यानी मोहिनी मुस्कान है।...

कहानी में असल कामता बाबू के गंजेपन को मैं हल्के-फुल्के बालों से भर देना चाहता था। इसके अलावा मैं उन्हें, जैसे वे हैं, उससे थोड़ा अधिक तंदुरुस्त दिखाना चाहता

था। हाँ, आवाज और गरदन को बारी-बारी दाएँ-बाएँ हिलाकर बोलने का अंदाज नहीं बदलना चाहता था और यह सचमुच मुझे प्यारा लगता है। मेरा ख्याल है, आप भी इसकी ताईद करेंगे।...जरूर करेंगे!

5

तो अब आप ही सोचिए, जब मैं ऐसी महाधाराओं में बह रहा था, तब सुधा का चिल्लाना मुझे कैसे लगा होगा?

''सुधा...!'' गुस्से से बेकाबू होकर मैं चीखा। लग रहा था, मेरा सिर टुकड़े-टुकड़े हो जाएगा।

कोई जवाब नहीं मिला, तो धम-धम पैर पटकता बच्चों के पिटे हुंए गालों और चीख में बदल चुके रुदन के एकाएक सामने आ पहुँचा। ''क्या हो गया? तुम भी कभी-कभी सुधा, हद्द है भई...!'' गुस्से में बिलबिलाते हुए भी मैंने बीच के कुछ 'गैप्स' जानबूझकर रहने दिए दिए थे, ताकि मामला एक हद से ज्यादा न बढ़े। या बढ़े तो सँभाला जा सके!

''चीख क्यों रहे हो? मैं तुमसे ज्यादा जोर से चीख सकती हूँ।'' सुधा की धीमी मगर तनी हुई आवाज मेरे कानों को चाकू की तरह काटती चली गई।

मैं जानता हूँ, सुधा जब अपनी पर आ जाए तो जीतना मुश्किल है। वह वही दृश्य था। हू-ब-हू वही। एकदम मैंने हाथ में लिए धनुष-बाण जमीन पर डाल दिए, ''क्या हुआ सुधा, बताओ तो?''

''तुम्हारे जिम्मे था न, बच्चों को उठाना। फिर क्या हुआ अब?...घड़ी देखो जरा, कितने बजे हैं?'' सुधा की तल्खी अभी कायम है, ''मैं रसोई में थी। मुझे क्या पता था कि तुम...अम् हवाई किले बना रहे हो? पौने सात हो गए। अब बच्चे कब नहाएँगे, कब तैयार होंगे! कैसे बस पकड़ेंगे?''

''ओह सॉरी...मैं करता हूँ जल्दी से। बस, इतनी सी बात!'' मेरे क्रोध ने झट कलाबाजी खाई। मैंने कामता बाबू और लंबी कहानी दोनों को मन ही मन गोली मारी और जोर-शोर से बच्चों से मुखाबित हुआ, ''ऐ बच्चो, नहाने की जरूरत नहीं। फौरन मुँह-हाथ धोकर कपड़े पहनो और पाँच मिनट में मामला तैयार!...ठीक है?'

''नहीं, नहाना है।'' सुधा के उसी तने हुए चेहरे ने कहा, ''ये नहाएँगे और नहाकर तैयार होंगे। खाना खाएँगे। और देर हो गई, बस छूट गई तो...तुम इन्हें छोड़कर आओगे।''

''सुधा, इतनी दूर रिक्शे में आना-जाना!'' मेरी आँखों में निरीहता की हल्की-हल्की घास उग आई है। समझौते की मुद्रा में मैं अब जमीन पर पूँछ पटपटा रहा हूँ।

''मैं कुछ नहीं जानती। सुबह की चाय पिए इतनी देर हो गई, तब से क्या कर रहे थे?''

''सुधा, एक जरूरी चीज थी, मैं लिखना चाहता था! मैं दरअसल लिखना चाहता था, मैं सोच रहा था कि...'' मैं सफाई देने वाली मुद्रा में आ जाता हूँ।

गुस्से में कुछ ज्यादा हीं लावण्यवती हो आई साँवली सलोनी सुधा पर इसका असर तो पड़ा होगा, पर ऊपरी दबंगी कायम रहती है। (फिल्मों की निरूपा राय? नहीं–अपर्णा सेन! थोड़ी उम्र कम करनी होगी।)

''ठीक है, तुम जानो, तुम्हारा काम। पर ऐसे घर नहीं चल सकता।'' वह भुनभुनाती हुई रसोई में घुस गई। और थोड़ी देर में वहाँ से भुनते हुए जीरे की सोंधी महक बाहर आने लगी।

मगर बाहर जो तनाव था, उसका क्या किया जाए? मैंने बच्चों की ओर अनुरोधभरी निगाह से देखा। बच्चे इसका मतलब जानते हैं कि प्यारे बच्चो, पापा की लाज रखनी है। सो उन्होंने दो-चार मग जल्दी-जल्दी पानी डाला। उलटे-सीधे कपड़े गले में अटकाए। जूते डाले। खाना खाया। (इस बीच मैंने कंघियाँ कर दीं।)...बैग लगाया और हाँफते-हाँफते दौड़ लगा दी। बस मुश्किल से मिली। वह निकलने ही वाली थी कि मैंने मोड़ पर हाथ देकर रोक लिया–ओह, वह रुकी–हाय, रुकी! छोटी वाली और बड़ी दोनों बेटियाँ उसमें चढ़ गई हैं और अब हाथ हिला रही हैं।

बस के जाने के बाद भी मेरा ऊपर वाला हिस्सा देर तक धड़धड़ाता रहा। अब संतुष्ट लौट रहा हूँ। सोचते हुए कि बस न मिलती तो रिक्शा के पंद्रह रुपए जाते हुए और पंद्रह रुपए आते हुए, यानी तीस रुपए का फालतू खर्च। तीस रुपए का मतलब तीन या शायद चार दिन की सब्जी–मतलब...?

लेकिन मतलब कुछ भी हो, भीतर की भब्भड़ अभी गई नहीं है।

6

अलबत्ता लौटकर आया तो नहाने के लिए गुसलखाने में घुस गया। अभी कपड़े-वपड़े आधे-अधूरे पहन ही पाया था कि खाने की थाली मेज पर पटक दी गई।

''सुनो, तुम भी ले आओ, साथ-साथ खा लेंगे।'' आवाज में जितनी नरमाई घोलकर कह सकता था, मैंने कहा। मैं दरअसल झगड़े का 'सुखद समारोप' करना चाहता था, मुंबइया पारिवारिक फिल्मों वाले अंदाज में!

''अभी मुझे और भी बहुत से काम करने हैं।'' सुधा का वही रूखा–सूखा संक्षिप्त उत्तर।

मेरा माथा फिर गया, सुधा क्या बिल्कुल नहीं समझना चाहती चीजों को? बिल्कुल एडजस्ट नहीं कर सकती। उसे क्या पता, मेरे भीतर मेरी अनलिखी लंबी कहानी के कथानायक बैरिस्टर कामता बाबू कैसी उथल-पुथल मचा रहे हैं! बल्कि उथल-पुथल तो क्या, मारकाट...एकदम मारकाट–नादिरशाही ढंग से!! क्या सुधा बिल्कुल नहीं समझ सकती एक लेखक का मूड, एक लेखक की भावना, उसकी दुनिया...जो कामता बाबू से बनती है, जो सैकड़ों कामता बाबुओं से बनती है...जो उसके भीतर लगातार घुसते ही चले आते हैं, घुसते ही...!

सुधा को क्यों नहीं नजर आता यह सब? तो ठीक है, मुझे भी नहीं खाना। ऐसा खाना किस काम का, जो यों अपमान से ला पटका जाए? जिसमें जरा भी...अम् जरा भी स्नेह की चिकनाई न हो। वो...वो कवि ने कहा है न कि रहिमन रहिला (चना) की भली, जो परसे चित्त लाय। लेकिन रहिला की कौन सस्ती है? महँगाई, उफ महँगाई! यही जड़ है झगड़े की। मगर सुधा, यह कौन कम है?...इससे तो दफ्तर ही भला! उठाऊँ साइकिल...निकलूँ?

"सुनो चंदर!" सुधा की लरजती आवाज सुनाई पड़ती है, जब साइकिल बाहर सड़क पर आ जाती है। पर मैं गुस्से में अनसुना कर देता हूँ। मुझे करना ही चाहिए।

"सुनो!" मुझे फिर सुनाई पड़ता है, जब मैं साइकिल पर बैठकर पैडल मारना शुरू करता हूँ।

"सुनो...!" फिर वही आवाज, नहीं–आवाज की गूँज पीछा कर रही है। पर मुझे अब परवाह नहीं है। मुझे अब जाना ही है...जाना है दूर, बहुत दूर।

मैं पीछे मुड़कर देखना चाहता हूँ, पर नहीं देखता और तमतमाता हुआ साइकिल दौड़ाए लिए जाता हूँ। पर...

...पर गली के मोड़ तक आते-आते जाने क्या होता है कि साइकिल खुद-ब-खुद धीमी पड़नी शुरू हो जाती है और मेरे भीतर उलटी रेल चलनी शुरू हो जाती है–ओह! सुधा कितनी परेशान रहेगी दिन भर! मैं रात आठ बजे लौटूँगा। तब तक कितना खून फुँकेगा इस बेचारी का। घड़ी देखता हूँ–सवा आठ। अगर अभी लौट जाऊँ तो खाना खाकर, चाय पीकर साढ़े बजे निकला जा सकता है–यानी दस बजे वाली ट्रेन। थोड़ा लेट हो जाऊँगा, मगर...सुधा का एक दिन, पूरा एक दिन बरबाद होने से बच जाएगा।

मैं लौट पड़ा हूँ और अब मुझे यह 'गिल्ट' खाए जा रहा है कि सुबह-सुबह मुझे भाव-समाधि लगाने की क्या जरूरत थी। भाड़ में गई लंबी कहानी...! महाशय कामता बाबू कहीं भागे तो न जा रहे थे। और फिर रोज-रोज के काम, बच्चों की हड़बड़, व्यस्तताएँ! सुधा अकेली कैसे सँभाले? वह खुद भी तो दुखी और चिड़चिड़ी रहती है। इन दिनों तबीयत भी ठीक नहीं। एड़ी में और घुटनों में ऐसा दर्द रहता है जैसे पका हुआ फोड़ा हो। कभी-कभी तो जमीन पर पैर रखते ही चीख निकलती है। उसे भी थोड़ा सहारा, थोड़ी सहानुभूति चाहिए कि नहीं!

सबके अपने काम, अपनी जरूरतें हैं, मगर वह...? वह जो इस पूरे घर की 'अंतरात्मा' है, अकेले सहती है सबको!

7

घर आया, तो मैंने चुपके से किसी शातिर चोर की तरह दरवाजा खोला, चुपके से साइकिल एक ओर रखी। झोला मेज पर पटका और देखते ही देखते मेरी आरामकुर्सी ने मुझ जज्ब कर लिया। पंखे की ठंडी हवा के नीचे मेरी आँखें बंद हो चली हैं। जाने कब सुधा आती है, जाने कब और गीले, अवश शब्दों में लपेटने लगती है, ''मुझे पता था, मुझे पता था–तुम आओगे।''

खुशी का एक आँसू उसकी आँखों में चमक रहा है। मैं उसे चूम लेता हूँ और खींचकर बाँहों में भर लेता हूँ, ''सुधा...सुधा...मेरी प्यारी रानी, तुम्हारे बगैर मैं कुछ नहीं हूँ। मगर तुम...तुम मेरी मुश्किलें समझो न!''

''समझती हूँ।'' मुस्कराती हुई सुधा खाना लेने चली गई।

दोबारा गरम किए जाने के बावजूद कितने गिले-शिकवों से गीला हुआ खाना।

अब शब्द मेरा साथ छोड़ रहे हैं मेरी कहानी के सुनने वालो!

''ला-लला-ला-ला!'' कोई आधे घंटे बाद मेरी साइकिल लपकती हुई चाल से स्टेशन की ओर भागी जा रही थी।

●

11

अपराजिता की वे आँखें

''अंकल, यह भी कोई जीना है...ऐसे भी कोई जीता है! जिसके जीवन में कोई खुशी न हो, गिनाने के लिए कोई एक छोटी-सी खुशी तक नहीं, उसके जीने के मानी क्या हैं अंकल? मैं क्या करूँ, मुझे तो मौत तक नहीं आती। कई बार कोशिश कर चुकी हूँ, पर मेरे लिए तो न जिंदगी है, न मौत...?''

आगे उसका स्वर आँसू और हिचकियों में डूब गया था।

तेज आँधियों में डगमग-डगमग एक नाव।

हम सब स्तब्ध थे। जैसे आँखें फाड़े होने के बावजूद हम उन आँधियों के पार कुछ न देख पा रहे हों, जहाँ सब कुछ गर्दभरा और रक्तरंजित था। एक क्षण के लिए यह भी लगा था, जैसे अनजाने ही हमारे चारों ओर भयंकर गोलीबारी हुई हो और सब ओर चिथड़ा-चिथड़ा, रक्तरंजित लाशें। असहनीय दृश्य! एक औरत के भीतर कितना कुछ होता है। कितना बड़ा महाभारत! कितना भीषण, असहनीय कोलाहल भरा और खून से सना हुआ। कैसे-कैसे जतन से वह उसे छिपाए रहती है, और जब वह सब कुछ तोड़-फोड़कर बाहर निकलता है तो...

ध्वंस...! महाध्वंस...! इतिहास का मलबा। अजीब कटी-पिटी विद्रूप शक्लें। आँखें फाड़े, सभ्यों को मुँह चिढ़ाती।

हम सचमुच कुछ भी सोच या समझ पाने की हालत में नहीं थे।

हम यानी...? मैं। मेरी पत्नी सुनीता। अपराजिता के पिता मि. आनंद। माँ, भाई! और कमरे की हवा, जो इस बीच पसीज गई थी।

2

अपराजिता धार-धार आँसुओं में रोए जा रही थी। और वे आँसू कैसे तीखे, तल्ख थे, शब्दों से इसका अंदाजा लगाना मुश्किल है। बस, समझिए कि जैसे अभी-अभी तेजाब की बारिश हुई हो!...कि जैसे बरसों से बंदी उसका दुख सारे कूल-किनारे तोड़कर, फूट-फूटकर बह रहा हो।

मुझे कहीं हल्का-सा 'गिल्ट' फील हुआ कि मैंने उसे छुआ ही क्यों? उस दुख को, जिसे उसने भीतर...इस कदर अँधेरे तहखानों में छिपाकर रखा था कि उसे भीतर ही भीतर दफन करने की कोशिश में उसका चेहरा प्लास्टर जड़ी किसी बिनपुती दीवार जैसा नीरस, जड़ और निर्भाव हो गया था।

और फिर अगले ही पल हल्की-सी खुशी भी हुई। इसलिए कि रो लेने के बाद उसके चेहरे पर काफी कुछ सहजता लौट आई थी। थोड़ी देर पहले का उसका बुरी तरह चीखना-चिल्लाना और ऐंठी हुई जुबान में किसी उन्मत्त की तरह जोर-जोर से भावावेश में बोलना अब थम-सा गया था।

इस समय कोई अपराजिता की बातें सुने, तो शायद ही उसे उसमें कोई असामान्यता नजर आएगी। लगेगा कि ये ऐसी लड़की की बातें हैं जो औरों से कुछ ज्यादा संवेदनशील है और किस कदर समझदार भी। एक ऐसी लड़की, जो केवल खुद के बारे में ही नहीं, खुद के बाहर भी सोचती है।

अभी-अभी उसने किसी प्रसंग में हिंदुस्तानी मध्यवर्गीय समाज के बारे में एक तीखी टिप्पणी की है कि-''ऐसा बहुत कुछ है जो हम सभी एक-दूसरे से छिपाते हैं और जानते सभी हैं कि छिपाते हैं। मगर बदलता कोई नहीं। इसी 'हिप्पोक्रेसी' और 'डुअल करेक्टर' ने मध्यवर्गीय समाज की बीमारी को बढ़ा दिया है और उसका रोग असाध्य होता जा रहा है, इनक्योरेबल...!''

मुझे शक हुआ, कहीं यह लड़की मध्यवर्गीय समाज के बहाने अपनी बीमारी पर टिप्पणी तो नहीं कर रही। एक गहरी, बहुत ही गहरी, सांकेतिक भाषा में! फिर लगा कि यह मेरा वहम है। पर उसकी बातें सुन-सुनकर यह जरूर लगता था और निश्चित रूप से लगता था कि उनके पीछे दुख का भीतर ही भीतर बन रहा बहुत बड़ा दबाव है।

उफ! कितना कुछ सहा होगा इस लड़की ने। और उस सहने ने ही उसे ऐसा बनाया! ऐसा घोर उन्मादी...अवसादग्रस्त, सिनिक और अर्धविक्षिप्त!

3

चलिए, थोड़ा पीछे लौट चलते हैं। शायद मुझे शुरू से ही कहानी सुनानी चाहिए थी।

सर्दियों का एक दिन। शायद फरवरी के अंत की बात हो। बड़ी सुबह मैं और सुनीता घूमने निकले हैं।

अचानक कुछ अजीब-सी आवाजों ने हमें चौंकाया। लग रहा था, कोई किसी को बेरहमी से पीट रहा है। नहीं, कई लोग किसी को पीट रहे हैं।

तेजी से हम वहाँ पहुँचे, तो पहले एक रिक्शा नजर आया, जिस पर लोहे के कुछ पाइप आड़े रखे हुए थे। फिर एक डरा हुआ, फटेहाल, दुबला-पतला बिहारी रिक्शा वाला दिखाई दिया, जिसे गालियाँ देते हुए, लातों और घूँसों से पीटा जा रहा था-घोर जंगलीपन से।

फिर अचानक ही उस दृश्य में एक फौजी जैसे लगने वाले चुस्त-दुरुस्त, संभ्रात बुजुर्ग व्यक्ति का हस्तक्षेप हुआ, जो आगे बढ़कर रिक्शे वाले के साथ खड़ा हो गया। उसे पहले भी कई बार सुबह-शाम घूमते देखा था। पर आज...इस रूप में?

''क्यों मार रहे हो भाई? हद है! स्टुपिड, जंगली...! एक गरीब को मारते शर्म नहीं आती? खबरदार जो हाथ लगाया!'' बंदूक की तरह सीधे तने हुए उस संभ्रांत व्यक्ति की आवाज सुनाई दी।

मगर वे लोग भी कम नहीं थे। खासे खाए-पिए, अघाए लगते थे। उन लोगों ने एक भयानक चमक के साथ एक-दूसरे की आँखों में देखा। और अचानक रिक्शे वाले को छोड़कर अब उन्होंने फौजी जैसे दिखते, मजबूत काठी के उस संभ्रात व्यक्ति को पकड़ लिया था।

''तू साले कौन होता है बीच में बोलने वाला? एक झापड़ पड़ेगा...समझे!''

मैं थरथरा गया। ऐसे शरीफ आदमी से भी ये शब्द बोले जा सकते हैं? लेकिन विनम्र दृढ़ता के साथ वह सीधा खड़ा शख्स यही कहता रहा, ''क्यों...मैंने क्या गलत कहा? इस गरीब आदमी को मारकर तुम्हें क्या मिलेगा? क्यों मार रहे हो इस बेचारे को? खुदा से डरो, खुदा से!''

''चल, अब तुझे देखते हैं! तू ज्यादा हमदर्द बनता है न!'' कहते-कहते उन्होंने पास आकर उसे घेर लिया, जैसे अभी मारेंगे।

उस शरीफ आदमी को जैसे अब अपनी कमजोर स्थिति का भान हो चुका था। लेकिन फिर भी उस पर ज्यादा असर नहीं पड़ा।

''ठीक है, तुम मुझे मार लो, पर इसे छोड़ दो! याद रखो, गरीब के आँसुओं की मार बड़ी बुरी होती है। फिर इसने कोई जान-बूझकर तो तुम्हें मारा नहीं। चलते हुए रिक्शा में से कोई पाइप तुम्हें छू गया होगा, यही न! मगर इसका यह मतलब तो नहीं कि तुम इसकी जान ले लो।'' वह अब पहले वाला रोबदाब छोड़कर जैसे उन नादान छोकरों को समझाने की आखिरी नैतिक कोशिश कर रहा था।

यही पल था, जब मैं और सुनीता वहाँ पहुँचे, ''क्या बात है भाई?...इन्हें क्यों मार रहे हो? इनका क्या स्वार्थ था? ये तो सिर्फ समझा रहे थे कि एक गरीब को मारकर तुम्हें क्या मिलेगा।''

इस पर उलटे वे बिफर गए। और उनके निशाने की जद में हम भी आ गए।

''गरीब है तो क्या, एहसान है हमारे ऊपर कोई! मारेगा हमें? बड़े दिमाग खराब हो गए हैं इन भैन...के!''

उनमें से एक लाला किस्म का लड़का जो थोड़ा कसरती लग रहा था, अपनी 'संस्कृति' का परिचय दे रहा था।

''भाई, जान के तो इसने मारा नहीं। गलती से लग गया, तो जान ले लोगे क्या इसकी? ये साहब तो यही समझा रहे थे।...इसमें गलत क्या है भाई!'' सुनीता ने समझाने की कोशिश की।

''जब आपको लगे, तब आपको पता चले! चले आए जाने कहाँ के पागलखाने से?''

अब वे लोग आँखें लाल करके हमारी ओर मुड़े। मैंने मि. आनंद से कहा, ''आप जाइए, हम इनसे बात करते हैं।''

फिर तीन-चार लोग जो वहाँ दर्शक के रूप में उपस्थित हो गए थे, मि. आनंद को समझा-बुझाकर अपने साथ ले गए। तब तक रिक्शा वाला भी चुपके से निकल गया था।

उन हुड़दंगियों ने, हम पति-पत्नी पर एक अश्लील, अभद्र निगाह डाली और दो-एक गालियाँ बकने के बाद आगे चले गए।

हम मुड़े और घर जाते हुए देर तक मि. आनंद की चर्चा करते रहे। किसी गरीब के पक्ष में ऐसा नैतिक साहस आजकल दिखाता ही कौन है!

4

यही मि. आनंद थे-आर.डी. आनंद यानी रामजीदास आनंद। अपराजिता के पिता। (हालाँकि तब तक हम उनका नाम कहाँ जानते थे!) लेकिन ठहरिए, अपराजिता की कथा तो थोड़ा ठहरकर चलेगी। अभी मि. आनंद से अगली मुलाकातों और घनिष्ठता की कथा पहले कह लेने दीजिए।

मि. आनंद कौन हैं? इसका पता दो-तीन महीने बाद हमें लगा, जब एक दिन सड़क पर घूमते समय हमने उन्हें देखा और पुकार लिया। उन्होंने जरा हैरानी से हमें देखा, तो हमने कहा, ''आपने उस दिन बहुत अच्छा काम किया कि एक गरीब रिक्शे वाले को बचा लिया, वरना वे लोग तो उसे बुरी तरह मारने पर उतारू थे! आप की ही हिम्मत थी कि आप भिड़ गए, नहीं तो गरीब की बात आज के जमाने में कौन करता है? गरीबी तो एक तरह से गाली ही है और आज की 'ग्लोबल' दुनिया में और बुरी गाली बन गई है। आज आदमी बेईमान से बेईमान बंदे को तो बर्दाश्त कर सकता है, पर गरीब को नहीं!...गरीब से सबको बदबू आती है।''

कुछ देर के लिए अचकचाकर उन्होंने हमें देखा, जैसे हल्की विस्मृति के धुँधलके से धीरे-धीरे उबर रहे हों! फिर एकाएक आँखों में चमक भरकर बोले, ''अच्छा, अच्छा! हाँ, आप लोग भी तो थे उस समय। अब मुझे याद आ गया...सब कुछ!''

फिर जैसे उन्हें शब्द न मिल पा रहे हों, भीतरी उत्तेजना में बहते हुए बोले, ''आपने तो...आपने तो एक ऐसा प्रसंग याद दिला दिया कि क्या कहूँ। वो दिन...वो दिन मेरे लिए भी कुछ अजीब ही था।''

लगा कि वह घटना एक बार फिर से उनकी आँखों के आगे घट रही है और वे उसके तमाम डिटेल्स पर एक बार फिर से गौर कर रहे हैं।

''असल में...पता नहीं, आपने गौर किया कि नहीं, वे लोग पिए हुए थे! थोड़ी-सी अंदर पेट में पड़ी हुई थी, वही बुलवा रही थी उनसे! लेकिन चलिए, उनका अपना जीवन

है, हमारा अपना। सवाल यह है कि वो अगर नहीं बदल सकते, तो हम क्यों बदलें? आखिर हमारे भी कुछ उसूल हैं! हैं कि नहीं?''

मि. आनंद की आँखों में वही चमक आ गई जो शायद उन्हें मि. आनंद बनाती थी।

उसी दिन बातों-बातों में उनसे बड़े अनौपचारिक अंदाज में और बड़ी गरमजोशी से परिचय हुआ। मालूम पड़ा कि वे कभी भारत सरकार के स्टेटिस्टिक्स डिपार्टमेंट में बड़े अधिकारी थे और अब सेवामुक्त हैं। यह जानकर कि मैं दिल्ली के एक बड़े राष्ट्रीय अखबार में काम करता हूँ, उन्होंने 'बल्ले-बल्ले' वाले स्टाइल में कई पत्रकारों के नाम गिनाए जो उनके परिचित थे। इन्हीं में एक सूरजमल भी थे, जो उनके अच्छे परिचित और पारिवारिक मित्र थे। मि. आनंद का जब जयपुर तबादला हुआ था, तब उनका मकान सूरजमल के मकान की बगल में ही था। तब से उनसे हुई घनिष्ठता अब तक चली आई थी। इस कदर कि उनका नाम लेते-लेते मि. आनंद आनंदित हो उठते थे।

चलते-चलते उन्होंने हमारे घर का नंबर पूछा और बड़े ही इत्मीनान से कहा, ''मैं आऊँगा कभी!''

5

फिर एक दिन मि. आनंद आए-अचानक ही! काफी विस्तार से और काफी जोशखरोश से उनसे बातें हुईं और उस दिन उनके व्यक्तित्व के तमाम पन्ने खुले। कुछ वे भी जिनका हमें हल्का-सा अंदाजा तो था, पर...

बातों-बातों में उस रिक्शे वाले की चर्चा फिर से छिड़ गई, जिसे बचाने के चक्कर में उन्होंने 'लाला' किस्म के उन तमाम खाए-पिए, अघाए, बदजबान युवकों से पंगा लिया था। और जब हमने यह चर्चा की कि ''साहब, आज के वक्त में गरीब या कमजोर की बात कहने वाला कौन है? सबको अपनी-अपनी पड़ी है!'' तो मि. आनंद एक क्षण के लिए कहीं खो गए। फिर धीरे से उन्होंने बताया कि यह सब उनके लिए इसलिए अप्रत्याशित नहीं है क्योंकि वे शुरू से महर्षि अरविंद के दर्शन से प्रभावित हैं। वे मानते हैं कि इंसानियत की सेवा के द्वारा ही ईश्वर की सर्वोत्तम भक्ति हो सकती है।

''यह तो...यह तो ठीक वही बात है जो हम भी सोचते हैं।'' मैंने उत्साह से बताया। और सचमुच उसी क्षण लगा, मि. आनंद को जानने की शुरुआत तो अब हुई है। हम अभी-अभी उन्हें समझ पाए हैं।

और तब एक भारी-भरकम दुख की किताब के ऐसे पन्ने खुले, जिन्हें आदमी कभी-कभार ही, किन्हीं अपनों के आगे खोलता है। इसलिए कि जितने-जितने वे खुलते हैं, उतनी-उतनी ही उसकी आँखें खाली होती जाती हैं।

तब मालूम पड़ा कि मि. आनंद ने अपनी ईमानदारी के चलते, जीवन में काफी कुछ खोया, काफी कुछ बर्दाश्त किया है। और न सिर्फ उन्होंने, बल्कि उनके पूरे परिवार ने ही!

''और सच पूछिए तो, 'खोना' तो आसान लफ्ज है। वह खोना नहीं था। वह तो एक काली आँधी थी। बहुत विकराल काली आँधी, जो हमारा सब कुछ लील गई। हमारा सारा सुख...खुशियाँ, आई कांट टैल यू!'' मि. आनंद सिर पकड़कर बैठ गए, जैसे भीतर हो रहे विस्फोटों से उन्हें सिर फट जाने का खतरा हो!

''लेकिन क्यों...क्यों, कैसे?'' उत्तेजना में न चाहते हुए भी मेरे मुँह से निकला। मुझे शुरू से लगता था, मि. आनंद बहुत-कुछ भीतर छिपाए बैठे हैं। कुछ न कुछ ऐसा घटा है इनके साथ कि...

और तब खुला 'महाभारत' का एक नया चैप्टर–इमरजेंसी! पता चला कि इमरजेंसी मि. आनंद की यातनाओं का असली केंद्र है। इससे पहले उनका जीवन इतने अच्छे और संतुलित ढंग से चल रहा था कि उसकी स्मृति भी उन्हें डराती है।

''क्यों, इमरजेंसी क्यों?'' मैंने जैसे किसी यांत्रिक चिड़िया की तरह टिटकारते हुए पूछ लिया। पता नहीं, होश कहाँ और क्यों गुम हो गया था।

''असल में मनु जी, अब अपने बारे में ज्यादा कुछ कहना तो अच्छा नहीं लगता।'' मि. आनंद ने मेरी आँखों में झाँकते हुए कहा, ''बस, इतना समझ लीजिए कि मैं एक सख्त अफसर माना जाता था। इमरजेंसी में मुझसे कहा गया कि मैं अपने अंडर काम करने वाले कुछ कर्मचारियों की सी.आर. खराब कर दूँ! 'पर क्यों...किसलिए? वे तो अपना काम बहुत अच्छी तरह कर रहे हैं।' मैंने जानना चाहा। तब मालूम पड़ा कि सी.आर. इसलिए खराब की जानी है, क्योंकि उनका कुछ खास तरह का 'पोलिटिकल लिंक' हैं...

''मैंने बिगड़कर कहा कि उनका क्या पोलिटिकल लिंक है, क्या उनकी विचारधारा है, यह आप जानें! पर जहाँ तक काम का सवाल है, मुझे उनके काम से कोई परेशानी नहीं है। बल्कि वे मेहनती और ईमानदार लोग हैं, लिहाजा उनकी सी.आर. खराब करना मेरे बस की बात नहीं है। मैं यह सब नहीं करूँगा, हरगिज नहीं।''

कहते-कहते मि. आनंद आवेश के मारे काँपने लगे थे।

मैंने उनके कंधे पर हाथ रखा, मानो कहना चाहता होऊँ, 'मि. आनंद आराम से, आहिस्ते से...!' पर कहा मुझसे एक शब्द भी गया।

मि. आनंद ने थोड़ा सँभलने की कोशिश की, पर आवेश दबाने की कोशिश में उनकी आवाज थोड़ी लड़खड़ा गई। आहिस्ता-आहिस्ता उन्होंने खुद को साधा–

''मैं...मैंने आपको बताया, बड़ा सख्त अफसर माना जाता था और वे लोग अच्छी तरह जानते थे कि मुझे झुकाया नहीं जा सकता!...आप सुन रहे हैं न! तब उन लोगों ने एक अलग रास्ता निकाला–दे दनादन तबादले, दे दनादन तबादले! साल में दो-दो, तीन-तीन तबादले। आप अंदाजा लगाइए। इसमें हमें जो परेशानी उठानी पड़ी, वह तो थी ही, पर बच्चों ने सफर किया और उनका कॅरियर तो एकदम चौपट हो गया। इसलिए कि एक जगह से दूसरी जगह आप जाते हैं, तो वहाँ पढ़ाई का अलग ही सिस्टम होता है। उसे

सीखने-जानने में ही इतना वक्त लग जाता है कि ढंग से पढ़ाई हो ही नहीं पाती। और जब तक ठीक-ठाक सीख पाएँ, तब तक फिर तबादला। वे लोग जानते थे मि. आनंद को ऐसे ही मारा जा सकता है!

''मेरी बेटी तो-अब आपको क्या बताऊँ, इसीलिए डिप्रेशन की शिकार हो गई। अब तो कहती है, जीने की इच्छा ही बाकी नहीं रही! बुरी तरह परेशान रहती है।''

कहते-कहते मि. आनंद थोड़े असहज हो गए।

''कितने बड़े हैं आपके बच्चे...?'' पूछने पर पता चला कि लड़की अड़तीस की है, लड़का चौंतीस का। दोनों में से किसी का विवाह नहीं हुआ। ''लड़की का हो नहीं सकता। और अब लड़का कहता है, बहन का जब तक न हो, मैं कैसे करूँ?'' मि. आनंद पता नहीं बता रहे थे या बताते-बताते मुँह छिपा रहे थे।

''करते क्या हैं, कोई जॉब...?'' ऐसा सवाल कि पूछते हुए मैं खुद डरा।

एक अप्रिय-सी चुप्पी। फिर उसे खुद ही तोड़ते हुए मि. आनंद ने बताया, ''लड़के का प्रिंटिंग का काम है। और लड़की...?'' मि. आनंद के मुँह से एक आह-सी निकल गई, ''वैसे तो जीनियस है! पत्रकारिता में काफी काम किया है उसने, टीचिंग भी की है। कभी-कभी पेंटिंग्स वगैरह भी करती है, पर कोई गाइड करने वाला नहीं है! तो कुछ दिन तो जमकर काम करती है, फिर अपने आप धीरे-धीरे छोड़ देती है। कहती है, आजकल इच्छा ही नहीं होती, हर चीज की इच्छा ही मर गई है!''

आखिरी वाक्य कहते-कहते मि. आनंद की आवाज ही नहीं, उनकी आँखों की चमक भी जैसे बुझ-सी गई थी। मेरे हाथों को झपटकर अपने सख्त हाथों में दबोचकर बोले, ''आप अगर उससे कुछ बात करके उसे गाइड कर सकें, उसमें लगकर कुछ काम करने की इच्छा जगा सकें तो बड़ी मेहरबानी होगी आपकी।''

बड़ी मुश्किल से वे उस अनुरोध को गिड़गिड़ाहट में बदलने से बचाए हुए थे।

''और देखिए, मुझे तो इंट्यूशन हुआ है कि आपका मुझसे मिलना जरूर किसी अच्छे के लिए हुआ है। इसमें जरूर ईश्वर की ही कोई छिपी हुई इच्छा है! ईश्वर ने हमारे जीवन में आशा की कोई किरण भरने के लिए आपको हमारे पास भेजा है!''

मि. आनंद की आवाज फिर कँपकँपा गई।

कृतज्ञता! यह शायद कृतज्ञता जैसी ही कोई चीज थी, जिसकी वजह से उनंकी आँखें नीचे झुक गई थीं।

''नहीं-नहीं, आप ऐसा क्यों कह रहे हैं? मैं तो एक मामूली आदमी हूँ, बेहद मामूली! आप शायद मुझसे जरूरत से कुछ ज्यादा उम्मीद कर रहे हैं।''

उन्होंने आर्द्र आँखों से मुझे देखा। मेरे हाथों को फिर कसकर अपने हाथों में दबाया और बोले, ''आप क्या हैं, यह आपको बताने की अब कोई जरूरत तो नहीं रह गई! आपसे दो-तीन मुलाकातों में ही मैं अच्छी तरह पहचान गया हूँ आपको! आपको हमारी मदद करनी ही होगी। आप समय निकालकर कभी हमारे घर आएँ...!''

6

उसके कुछ रोज बाद सुबह-सुबह मि. आनंद का फोन आया। उन्होंने पूछा कि दिल्ली में पत्रकारिता का कोर्स कहाँ से हो सकता है और क्या मेरी कहीं कोई जान-पहचान है?

मेरे जैसे एकांतप्रिय आदमी की जान-पहचान होने का सवाल ही नहीं था। मैंने उन्हें बताया और वजह पूछी कि वे क्यों जानना चाहते हैं?

मालूम पड़ा कि उनकी बेटी अपराजिता पत्रकारिता में कोई कोर्स करना चाहती है। यह भी पता चला कि उसने कोटा से पत्रकारिता का डिप्लोमा करना चाहा था, पर बीमारी के कारण वह उसे पूरा नहीं कर पाई थी। उसकी रुचि पत्रकारिता में है, तो यह डिप्लोमा करने से उसे काफी मदद मिल जाएगी।

''अगर आपकी मदद से वह यह कोर्स कर ले तो उसमें काफी आत्मविश्वास आ जाएगा। हो सकता है, उसके मन पर निराशा का जो बोझ है, वह उतर जाए। आप कृपया हमारे घर आएँ कभी! मुझे लगता है, मुझे आपकी जरूरत है! प्लीज...सर!'' अपने अनुरोध का स्वर गाढ़ा करते हुए उन्होंने फोन रखा।

उसी शाम को मैं और सुनीता मि. आनंद का घर पूछते-पूछते उनके घर पहुँचे।

उस समय मि. आनंद घर पर नहीं थे। उनकी पत्नी और बेटे से मुलाकात हुई। मैंने परिचय दिया तो उन्होंने कहा, ''बैठिए...बैठिए, वे अभी दस-पंद्रह मिनट में आते ही होंगे।''

मि. आनंद की पत्नी और बेटे से बात हो रही थी। थोड़ी देर में एक दुबली, साँवली लड़की भी आ गई और हल्के-से परिचय के बाद बातचीत में शामिल हो गई। हमें यह समझते देर न लगी कि यही अपराजिता है।

उसके चेहरे पर स्थायी रूप से रहने वाला एक आहत निराशा का भाव हमें सबसे पहले दिखा। और अंत तक यही हम पर हावी रहा।

यों उसमें और कुछ था भी क्या! थोड़ा आगे को झुका हुआ दुबला, साँवला शरीर, चेहरे पर हल्की विद्रूपता। एक चिड़चिड़ापन भी, जो उसके स्वभाव का अनिवार्य हिस्सा बन चुका था।

''मैं प्रभात टाइम्स में हूँ।'' मैंने झिझकते हुए परिचय दिया। फिर पूछ लिया, ''क्या आप ही पत्रकरिता में कोर्स करना चाहती हैं?''

''देखिए, सोचती तो हूँ। फिर आप सजेस्ट कीजिए कुछ! आपका गाइडेंस मेरे लिए उपयोगी होगा। यों मैंने अ...अ...यहाँ के लोकल पेपर 'शेरे हरियाणा' का संपादन किया है कुछ समय तक...'' कुछ टूटी-फूटी, आत्मविश्वास विहीन बातें।

''वैसे क्या लिखती हैं आप खासकर...?''

''सभी कुछ लिख लेती हूँ–रिपोर्टिंग, लेख, फीचर, कविताएँ , कहानियाँ। जब भी जिस चीज की जरूरत हो।''

''अरे!'' मेरे मुँह से निकला, ''ऐसा...?''

''अब जैसे आप 'प्रभात टाइम्स' की बाल पत्रिका 'नवप्रभात' में काम करते हैं तो आप अगर यह कहें कि हमारा पन्ना खाली है, आप जल्दी से हमारे लिए कविता या लेख या कहानी लिखकर दे दें, तो मैं लिख सकती हूँ। इस मामले में काफी अनुभव है मुझे।''

''किस तरह का अनुभव...?'' अनचाहे ही मेरे मुँह से निकल गया।

''काम का अनुभव और क्या! आप तो पत्रकारिता में हैं, जानते ही होंगे मेरी बात का मतलब!'' उसने थोड़ा बिगड़कर कहा।

फिर पता चला कि लोकल पेपर 'शेरे हरियाणा' के अलावा उसने दिल्ली के एक अखबार 'जनमार्ग' में स्ट्रिंगर का काम भी किया है, लंबे अरसे तक।

''और वहाँ का अनुभव?'' मैंने जानना चाहा।

''पचास-सौ रुपए रोज के मिल जाते थे और बदले में मुझे जाने कहाँ-कहाँ तक दौड़ना पड़ता था।'' वह थोड़ी आविष्ट हो चली थी, ''आज फलाँ से इंटरव्यू, कल ढिकाँ से! फिर रिपोर्टिंग। कहीं क्राइम हुआ है या कोई और घटना, तो रिपोर्टर तो आराम से दफ्तर में बैठे हैं, हमें भेज दिया जाता था कि जाकर मौके पर लोगों से बात करके आओ! हम जाने कहाँ-कहाँ भागते फिरते थे।...शाम को रिपोर्ट लेकर आते तो थोड़ा आगा-पीछा बदलकर और बीच-बीच में कुछ शब्द अपने डालकर वे लोग लेते थे अपने नाम से। हमें पचास-साठ रुपए दे दिए जाते थे। कभी-कभी सौ रुपए भी। कुछ तय नहीं था, उन्हीं की मर्जी से चलता था सब कुछ। पर नाम हमारा कभी नहीं जाता था। किसी को नहीं मालूम पड़ता था कि इसके पीछे असली मेहनत किसकी है? किसने इतना पसीना बहाया, सुबह से शाम तक जूतियाँ चटकाईं, बसों में धक्के खाए? इसका कोई हिसाब नहीं।''

''तो क्या आई कार्ड भी मिलता था आप लोगों को?''

''हाँ, आई कार्ड भी मिलता था। पर शाम को जब हम जाते थे, तो रिपोर्ट के साथ-साथ आई कार्ड भी रखवा लेते थे।''

यह पत्रकारिता जगत के 'भीतरी अँधेरे' की एक बिल्कुल नई खबर थी मेरे लिए। खासकर एक ऐसे अखबार के लिए, जिसका आप्त वाक्य था-'सबकी खबर दे, सबकी खबर ले!'

अपराजिता टूटे-टूटे स्वर में बता रही थी, ''उन दिनों जाने किन-किन लोगों से मैं जाकर मिली, जाने किस-किस से मुलाकात हुई। बसों में बैठकर सारे दिन हम धक्के खाते थे। आज यहाँ, कल वहाँ, परसों कहीं और! बस, मकसद यही होता था कि जिस काम से निकले हैं, किसी भी तरह वह पूरा होना है, काम किए बगैर लौटना नहीं है।''

''ऐसे ही एक दिन यकीन करेंगे आप-कि मैं तिहाड़ पहुँच गई किरण बेदी से मिलने! कोई पहले से अपॉइंटमेंट तो लिया नहीं था, बस सीधे ही पहुँच गई। साथ में दो-एक और भी स्ट्रिंगर थे। हमसे कहा गया था कि किरण बेदी से तिहाड़ जेल के बारे

में बात करके आनी है। अब मैं गई तो बाहर जो दरबान था, उसने घूरकर देखा कि क्या बात है? थोड़ा मैं सहम गई। फिर हिम्मत करके मैंने कहा कि किरण बेदी से मिलना है। तो उसने घुड़कर कहा, 'क्यों, तुम लोग क्या चोर हो? क्यों भीतर आना चाहते हो...?' इस पर और लोग तो डर गए, पर मैंने कहा, 'मुझे तो मिलना है किरण बेदी से, हर हाल में! अखबार में लिखना है उनसे बात करके! तुम्हें जो करना है, कर लो।'

''दरबान पुकारता रह गया और मैं यह जा, वह जा। सीधे किरण बेदी के सामने। अब पता नहीं, आप उससे मिले हैं या नहीं, लेडी वो ग्रेट है! कम से कम सड़ियल नहीं है, दूसरे अफसरों की तरह। तो अंकल, उसने मुझे देखा तो पूछा कि अरे, तुम तो छोटी-सी हो बेटी!...तुम कैसे आ गईं यहाँ? किसी ने रोका नहीं? फिर बोलीं-ठीक है, मैं पंद्रह मिनट तुमसे बात कर सकती हूँ। फिर मुझे जाना है कहीं, अपॉइंटमेंट है! मैंने कहा-ठीक है, पंद्रह मिनट ही काफी हैं मेरे लिए...!

''और फिर जब मैं बात करके आई, तो जितने और स्ट्रिंगर थे मेरे साथ के, वे सब तो हैरान-परेशान कि साहब, बड़ा क्रेज है इस लड़की में तो! और यह तो अंकल, कोई पंद्रह साल पहले की बात है, तब मैं थी ही क्या! एक इक्कीस साल की ज़रा-सी छोकरी! पर हिम्मत खूब थी मुझमें। हाल यह था कि कोई बड़े से बड़ा काम दे दो, मुश्किल से मुश्किल काम, पर मेरे मुँह से 'न' नहीं निकलेगी। काम हर हाल में पूरा करके लाऊँगी! चाहे जान पर खेलना पड़े!''

अपराजिता के भीतर एक और अपराजिता!...कितनी अपराजिताएँ? मैं यही सोच रहा था।

''हालाँकि इतने बरस हो गए अब तो, सब कुछ बदल गया तब से! न वे लोग रहे, न समय! जो सज्जन मुझे जानते थे और काम देते थे-कोई मिश्रा जी करके थे, भले आदमी थे, पिता की तरह। वे नौकरी छोड़कर चले गए। उनकी जगह जो नाटा-सा, काला-सा लड़का आया, शराबी आँखों वाला, उसे सेक्स चाहिए था। गरम मांस, वह मेरे पास था नहीं। उसने एक सेक्सी-सी लड़की को टुकड़े डालने शुरू किए। शादी का लालच दिया, काम दिया। बाद में सुना, वह तबाह हुई। खैर छोड़िए, अब इसकी चर्चा से क्या फायदा? अब तो कोई जानता भी नहीं होगा कि कौन थी वह लड़की अपराजिता आनंद नाम की, क्या काम किया उसने? क्या बेताबी थी उसमें?...क्यों थी?

''यकीन करेंगे अंकल, ढेरों अवार्ड मिले थे मुझे। ढेरों फोटोग्राफ थे, पता नहीं किस-किस लीडर के साथ? अब तो सब इधर-उधर हो गए। बहुत से फाड़-फूड़ दिए मैंने...कि क्या होगा सँभालकर, जब कुछ बचा ही नहीं अब! किसको बताना कि हमने क्या किया, क्या नहीं...कि हम बड़े फन्ने खाँ थे और सच में कुछ करना चाहते थे! किसे फर्क पड़ता है इससे? सच तो यह है अंकल कि जिनका अतीत बर्बाद हो जाता है, उनका वर्तमान भी अक्सर धोखा देता है। ऐसा न होता, तो क्या यह हो सकता था कि तीन-चार

सौ रुपल्ली की स्कूली नौकरी के लिए भी मुझे धक्के खाने पड़ते! एक जगह अपॉइंटमेंट मिला, पर महीने-डेढ़ महीने में बाहर! हेडमिस्ट्रेस जितना झुकाना चाहती थी, उतना झुकने को मैं तैयार नहीं थी। ट्यूशन खोजे, मगर वहाँ भी यही चक्कर। जो टीचर कहीं पढ़ा रही हो, सब उसी के पास जाते हैं। मेरे पास कोई क्यों आता? यों मैं एक बार टूटी तो फिर टूटती ही चली गई–आउट आफ ट्रैक! ऐसे बंदे को पूछना कौन है?''

लगा, जैसे वह खुद से ही प्रलाप कर रही हो।

7

''जरा रुकिएगा...अंकल!'' अचानक जाने क्या हुआ कि वह झटके उठ खड़ी हुई और लगभग दौड़ती हुई साथ वाले कमरे में चली गई।

लौटी तो उसके हाथ में फ्रेम में मढ़ा हुआ एक बड़ा-सा फोटोग्राफ था। उसने वह फोटोग्राफ मेरे हाथ में पकड़ाया।

काफी धुँधले हो चुके उस फोटोग्राफ में ज्ञानी जैलसिंह कुछ पत्रकारों से बात कर रहे थे और उसमें उनके सबसे निकट थी अपराजिता आनंद। आज से काफी अलग-सी शक्ल...लेकिन पहचान में आ जाती थी। यह एक ऐसी अपराजिता आनंद थी, जिसके चहरे पर उखड़ा-उखड़ापन या कसैली चिड़चिड़ाहट नहीं, गहरा आत्मविश्वास था।

ज्ञानी जैलसिंह का दायाँ हाथ अपराजिता के सिर पर था, जैसे उस हिम्मती लड़की को प्यार से शाबाशी दे रहे हों!...

हमें गौर से उस चित्र को देखते देखकर अपराजिता के कलेजे में जैसे दर्द की लकीर-सी खिंच गई। तड़पकर बोलीं, ''अब इस सबको याद करने से फायदा? पता नहीं क्यों मैं आपको बता रही हूँ? इतने सर्टीफिकेट थे मेरे पास डिबेट के...मैं इतनी अच्छी डिबेटर थी कि आपसे क्या कहूँ! कोई पंद्रह-बीस शील्डें तो जीती होंगी! और जाने कितनी कविताएँ मैंने लिखीं, कहानियाँ लिखीं, लेख लिखे। उनमें से कुछ भी बचाकर नहीं रखा। एक दिन जरा गुस्से में थी तो बस कुछ फाड़-फाड़कर जला दिया...कि न ये चीजें आँख के आगे रहेंगी और न मुझे दुख होगा।''

जैसे कोई फिट पड़ा हो उसे। उसकी आँखों की रंगत मुझे कुछ बदलती हुई-सी लगी। फिर कोशिश करके उसने खुद को साधा।

मि. आनंद और मिसेज आनंद–मैंने गौर किया, बेहद असहज थे। जैसे उनका सारा लहू निचुड़ गया हो।

''आप ही बताइए अंकल!...क्या मैंने गलत किया? कब तक ढोती रहूँ इन सबको? सर्टीफिकेट, फोटो, यादें जमाने भर की कि हम भी कभी कुछ थे और बीमारी ने तोड़ न दिया होता तो जरूर कुछ न कुछ बड़ा काम कर सकते थे। इस सबसे क्या फर्क पड़ता है! जो नहीं हुए, सो नहीं हुए! और अब तो दुनिया जानती है कि यह लड़की पागल है।

अड़ोस-पड़ोस में सबको मालूम ही है। और जो है, सो है, वो अब बदल नहीं सकता। भले ही...भले ही मेरे पापा सबके आगे मेरी झूठी तारीफ करते रहें कि मेरी बेटी ये है, मेरी बेटी वो है कि मेरी बेटी जीनियस है, जर्नलिस्ट है, डिबेटर है-सारी दुनिया से अलग है! तो देख लो आप अपनी आँख से, कैसी है इनकी बेटी! अब क्या बचा है मुझमें? एक पागल, सिर्री सी लड़की हूँ-न जीती, न मरती! न जिंदा में मेरी शुमार है, न मुर्दों में! यों भी अब अड़तीस की तो हो गई! अब क्या बाकी रहा?...शादी तो अब हो नहीं सकती। अब कौन करेगा मुझसे शादी? कौन ऐसा अभागा होगा पृथ्वी पर जो मुझे अपना साथी बनाना पसंद करे! अब तो बस, इसलिए जिए जाती हूँ कि मर नहीं सकती। तो जितने दिन साँस है, जीना ही है!

"यों तो भाई, पिता हैं, माँ है...सब अच्छे हैं। बुरा तो कोई नहीं। पर सबकी अपनी लाइफ है, अपने-अपने सुख-दुख हैं। पर मेरा तो कोई नहीं है। मैं तो ऐसी अभागी हूँ जो पता नहीं जिंदा ही किसलिए हूँ? मुझे तो पत्थर गले में बाँधकर डूब जाना चाहिए।"

और फिर फटी-फटी-सी आँखों से मुझे देखते हुए, अजीब-सी आवाज में उसने कहा, "आप यकीन नहीं करेंगे, मरने की कई कोशिशें कर चुकी हूँ। पर...मेरा भाग्य ही बुरा है जो अभी तक जिंदा हूँ। किसी को क्या दोष दूँ?'

कहते-कहते धरती और आकाश को भेद देने वाले एक घनघोर चीत्कार के साथ वह गिर पड़ी और फूट-फूटकर रोने लगी!...

किस तरह मुश्किल से उसे सँभाला गया, कैसे फिर से हम उसे 'सम' पर लाए, यह चर्चा फिलहाल रहने ही दूँ।

पर हाँ, थोड़ी ही देर में वह प्रकृतिस्थ हुई। और जैसे भीतर का काफी ताप और गुबार निकल गया हो, सहज होकर धीरे-धीरे कुछ सोचती हुई-सी बात करने लगी।

अचानक मेरे मन में एक विचार कौंधा। मैंने उसे सुझाव दिया, "तुम अपने जीवन की पूरी कहानी लिखो। चाहो तो आत्मकथा के रूप में या फिर उपन्यास के रूप में! उससे मुझे लगता है, तुम्हें भीतर से बल मिलेगा। तुम्हारी उलझनें भी दूर होंगी। चीजें कुछ साफ-साफ नजर आएँगी। और जब भी तुम लिख लो, मुझे बताना। मैं कोशिश कर सकता हूँ कि वह कहीं छप जाए!...उसकी भूमिका के रूप में, आज तुमसे जो बातें हुई हैं, उन्हें मैं लिखूँगा। ताकि लोग जानें कि अपराजिता कहाँ से उबरकर कहाँ आ गई! यों भी दुनिया में कोई भी अपराजिता कभी हारती नहीं है। उसे जीना ही होगा, क्योंकि वह अपराजिता है, अपराजिता!"

हम उठने लगे तो अपराजिता ने अपनी डायरी उठाई और दो पंक्तियाँ लिखकर मेरे आगे रख दीं, "मेरे घर आज आए हैं पाहुन! हे ईश्वर, इन पर अपना आशीर्वाद का हाथ रखना, दया रखना!"

और मैंने मुस्कराकर पनीली आँखों से देखा, तो वह झट कटे हुए पेड़ की तरह मेरे पैरों पर गिर पड़ी! मैंने हौले से उसे उठाकर उसके सिर पर हाथ रखा, तो वह सुनीता के कंधे से लगकर हिलग-हिलगकर रोने लगी।

जब हम लोग चलने के लिए उठ खड़े हुए, तो शायद सभी की आँखें छलछला रही थीं। चलते-चलते मैंने पीछे मुड़कर देखा, अपराजिता की आँखें हम पर टिकी हुई थीं। एकदम निर्मल दृष्टि, जिसमें कहीं कोई उन्माद का रंग नहीं था।

उस रात हम नहीं सो सके। पूरी रात मैं और सुनीता उसी की बातें करते रहे—अपराजिता...अपराजिता...अपराजिता...!

सुबह हल्की-सी नींद आई थी कि फिर किसी ने झिंझोड़कर उठा दिया। उफ, अपराजिता की वे करुण आँखें!

8

उसके बाद दो-एक बार फिर मि. आनंद मिले।

"अपराजिता ने लिखना शुरू किया या नहीं?" उत्सुकता से मैंने पूछा।

उन्होंने कोई जवाब नहीं दिया। तो क्या वह रोशनी जो उस दिन नजर आई थी अपराजिता की आँखों में, वह सिर्फ एक अंधी रोशनी साबित हुई?

मैं ठीक-ठीक भी कह नहीं सकता। और जाकर अपराजिता से पूँछूं, यह साहस भी आज तक मैं नहीं कर पाया। क्या इसलिए कि अपराजिता की आँखों से अब मुझे डर लगने लगा है—या...?

●

12

अथ कला-ड्रामा

माफ कीजिए, कहानी शुरू करने से पहले एक छोटी-सी आदत (आप चाहे तो इसे सनक भी कह सकते हैं) के बारे में बता दूँ। वह यह कि इतवार को लेकर मैं काफी संवेदनशील हूँ।

पता नहीं किसने कहा है, 'ईमान गया तो सब कुछ गया, ईमान बचा तो सब कुछ बच गया।' मैंने लिखने वाले अज्ञात लेखक से क्षमा-याचना के साथ इसे थोड़ा-सा बदल दिया है, यानी 'इतवार गया तो सब कुछ गया, इतवार बचा तो सब कुछ बच गया!' और उसे किसी सुभाषित की तरह अपने अध्ययन-कक्ष की दीवार पर टाँग लिया है।

बाकी दिन चाहे जैसे रोते-बिसूरते बीतें, पर इतवार को मैं भरपूर जीना चाहता हूँ। इतवार का हर लम्हा मेरे लिए खुशी का एक जाम होता है और मैं चाय के प्याले के साथ अपनी मनपसंद चित्रा-जगजीतसिंह की गजलें सुनते या गुनगुनाते हुए, इसे घूँट-घूँट पीना चाहता हूँ। कभी घर के लॉन में हल्के कदमों से टहलता हूँ, कभी अपने प्रिय लेखकों की पुस्तकें खोलकर बैठ जाता हूँ। और इससे लगता है, जैसे सारी थकान निचुड़ गई हो। पूरे हफ्ते मन फूलों जैसा महका-महका रहता है।

ज्यादातर मेरी कोशिश कामयाब हो ही जाती है, क्योंकि मैं अक्सर मिलने वालों को इसीलिए इतवार की बजाए बाकी दिनों की शामों को आमंत्रित करता हूँ। वे हैरान होकर कहते हैं, "कहिए तो इतवार को आ जाऊँ?"

और मैं उनकी हैरानी को और बढ़ाता हुआ कहता हूँ, "अजी, आज ही आ जाइए न! या कल...! इतवार का क्या इंतजार करते हैं?"

वे खुश हो जाते हैं और मेरी योजना कामयाब हो जाती है।

2

पर इस बार कुछ ऐसा घट गया, जिससे मैं वाकई डरता था।

यह बादलों के मौसम वाला एक खुशनुमा इतवार था। हल्की-हल्की फुहार पड़ रही थी। मन हल्का होकर मस्त हवा के झोंकों में बहा जा रहा था। मैं अधलेटा-सा, खिड़की

खोलकर बाहर रिमझिम का संगीत सुन रहा था। इतने में ही मेघदूत जी पधार गए। आकाश के बादल या अपने कालिदास वाले 'मेघदूत' नहीं, धरती के बल्कि हमारे अपने मोहल्ले के महान आधुनिक चित्रकार मेघदूत जी।

"अरे भई सुधांशु जी, कहाँ हो?...जिंदा भी हो या नहीं!" बाहर से ही उन्होंने आवाज लगाई और धड़धड़ाते हुए भीतर बैठक में दाखिल हो गए।

कोई हफ्ते भर की बढ़ी हुई दाढ़ी। बादामी रंग का ढीला-सा कुरता और चूड़ीदार पाजामा। कुल मिलाकर मेघदूत जी अपनी सदाबहार पोशाक में थे और एक खास रौ में। ये ऐसे पल होते जब सामने वाला कोई भी हो, मेघदूत जी केवल अपनी बात करते थे और उन पर अपनी महानता की छाप छोड़ने का भूत सवार रहता था।

सचमुच इस खुशनुमा मौसम में मेघदूत जी का बगैर सूचना के यों पधार जाना खल गया।

"बैठिए मेघदूत जी!" मैंने अपनी आवाज की कड़वाहट छिपाते हुए कहा।

"कोई नहीं समझता, भइए, कोई नहीं! एक तुम हो, इसीलिए चले आते हैं!" जुमला फेंककर वह सिर पर हाथ रखकर बैठ गए।

उनके आते ही वातावरण संजीदा हो गया था। अघोषित कर्फ्यू की तरह।

"कुछ परेशान हैं क्या?" मैंने जिज्ञासा प्रकट की।

"होगा क्या, कुछ नहीं! न कोई कला समझता है, न समझना चाहता है! फिर भी मैं जुटा हूँ साधना में। आखिर आज नहीं तो कल दुनिया मुझे जानेगी, पहचानेगी कि एक मेघदूत हुआ करता था जिसने अपनी जिंदगी गला दी। मगर पाया क्या...? लोग कुछ समझना ही नहीं चाहते। मैं कहाँ-कहाँ सिर खपाऊँ?" उनके चेहरे पर फिर से दुख की काली-काली घटाएँ गहराने लगीं।

उनका प्रवचन जारी रहा, "कोई समझे न समझे, मैं तो भाई चित्रों में प्रतीकात्मकता की तरजीह है देता हूँ। यानी जो आप दिखाना चाहते हैं, वह बिल्कुल मत दिखाइए और जो नहीं दिखाना चाहते, वह पेश कर दीजिए! इसे कहते हैं कला...आर्ट...पेटिंग! लेकिन हमारे चित्रकार हैं कि घसियारे, अभी तक सोलहवीं सदी से बाहर निकलने को तैयार ही नहीं है। धिक्कार है हमें, धिक्कार है सबको, अगर हम कोई क्रांति नहीं कर पाए!"

अचानक वह तैश में आ गए और लाल अंगारे की तरह दहकने लगे।

3

सुबह-सुबह इतना प्रचंड भावोच्छ्वास झेलने का जिगरा मुझमें नहीं है, पर एक कड़वी सजा समझकर निगल गया। मन का सारा स्वाद खराब हो गया। सिर में हल्का-हल्का दर्द महसूस होने लगा था।

"चाय पिएँगे?" वातावरण को हल्का करने की गरज से मैंने कहा।

''हाँ...हाँ, क्यों नहीं? चाय के साथ नाश्ता भी चलेगा। सुजाता भाभी जी को पकौड़े बनाने के लिए बोल दो। मैं तो घर से ही सोचकर आया था, हैं...हैं!''

मेघदूत जी की नाक फुरफुराने लगी। उनकी फरमाइश भीतर पहुँचाकर लौटा, तो वे फिर शुरू हो गए।

''हाँ, तो मैं कह रहा था कि चित्रकार दुनिया में असल में केवल तीन हुए हैं। माइकिल एंजलो, रेफल और ल्योनार्दो द विंसी–और इनमें भी किसका योगदान कितना है, इसको लेकर विद्वानों में काफी मतभेद पाया जाता है! नहीं, असल में बात यह नहीं है, बात असल में...समस्या! समस्या आप जानते हैं, क्या है?''

चित्रकला का पूरा इतिहास समस्याओं समेत वह सुबह-सुबह मेरे कानों में उँड़ेल देना चाहते थे।

मैं वाकई घबरा गया। विषय को मोड़ देने के लिए वैसे ही पूछ लिया, ''वैसे आजकल आप क्या कर रहे हैं? मेरा मतलब है, कोई खास चित्र–कोई खास कल्पना, आपकी तूलिका जिसे आँकने के लिए बेकरार हो!''

''अरे हाँ, याद आया! ऐसा है यार, कि आज चित्रकला प्रदर्शनी है मेरी। मैं तो यही बताने आया था, पर मैं भूल ही गया। इसको कहते हैं कला की सच्ची स्प्रिट, यानी कलाकार का आत्मसमर्पण! अपने 'आधुनिक कला' वाले राजा भैया इसी को 'आत्मतर्पण' बोल देते हैं। मगर भाई, असल चीज तो है आत्मसमर्पण! कहते हैं कि माइकिल एंजलो चित्र बनाते समय एकदम समाधिस्थ हो जाता था! दीन-दुनिया का कोई होश नहीं, किसी और ही संसार में पहुँच जाता था...!''

कहते-कहते एक क्षण के लिए वे रुके। उनके चेहरे पर 'परम शांति' विराज गई। फिर वे अचानक बाहरी दुनिया में लौटे, ''तो ऐसा है, सुधांशु जी, आपको चलना है। आप जैसे कला-मर्मज्ञों से कला जीवित है, वरना क्या है कि...''

इतने में ही सुजाता चाय और गरमागरम पकौड़े लेकर आ गई।

''नमस्ते, भाभी जी। आप भी आ रही हैं न चित्रकला-प्रदर्शनी में?'' पकौड़ों की प्लेट को प्यार से अपने पास खिसकाते हुए उन्होंने कहा।

''किसके चित्रों की प्रदर्शनी?'' सुजाता ने उड़ते-उड़ते पूछा।

''मेरी, और किसकी?'' मेघदूत जी थोड़ा आहत हुए।

''अब ये मुन्नू और टुन्नू आने दें तो...!'' कहती हुई सुजाता भुन-भुन करती भीतर चली गई।

मैंने मन ही मन सुजाता की व्यवहार-बुद्धि को दाद दी।

''अब यही तो चक्कर है भइए, गृहस्थी में आदमी एक दफा उलझा तो उलझता चला गया। इसीलिए हमने तो यह झंझट ही नहीं पाला, हैं...हैं...हैं!''

मेघदूत जी की पूरी बत्तीसी एकाएक सामने आ गई। फिर अचानक गंभीर होकर उन्होंने कहा, ''खैर, भाभी जी को छोड़िए, आप तो आ रहे हैं न?''

"समय क्या रखा है...?"

"बस, यही सवेरे ग्यारह बजे उद्घाटन है। अपने जिलाधीश महोदय हैं न आंनदीलाल जी 'सदानंद'। वे उद्घाटन के लिए मान गए हैं।...बड़े सज्जन पुरुष हैं साहब। कला-मर्मज्ञ...ऐन कला-मर्मज्ञ! जैसा पद, वैसी योग्यता। मुझे तो सिर-आँखों पर रखते हैं! आप मिले हैं न उनसे?"

"नहीं।"

"ओह!" उनके चेहरे पर मेरे लिए दया भाव प्रकट हो गया, जैसे कह रहे हों, "ओह, बेचारा!"

"देखिए, फिर तो आप जरूर आइएगा। इस बहाने उनसे मिलना भी हो जाएगा।"

फिर मेघदूत जी जाने के लिए उठ खड़े हुए, "देखिए, जरूर आइएगा। मैं दिल की गहराइयों से आपका इंतजार करूँगा। एक आप ही तो हैं जो मीडिया में...!" कहते-कहते वे भावुक हो गए।

"अच्छा...!"

पर इस अच्छा के पीछे की अनिच्छा, पता नहीं वह कैसे भाँप गए! रुके। चौंके। फिर मेरी ओर देखकर कहा, "मैं अपने मित्र शुभंकर जी को भेज दूँगा। वे आपको ले जाएँगे।"

"क्या...भयंकर जी? आप भयंकर जी को भेज देंगे मुझे लेने? नहीं...नहीं, मैं खुद ही आ जाऊँगा।" हवा में हल्की ठंडक के बावजूद मैं पसीने-पसीने।

"अरे, भयंकर जी नहीं, शुभंकर जी।" मेरी घबराहट भाँपकर तसल्ली देते हुए वे बोले। फिर उन्होंने समझाया, "दरअसल नाम तो इनका शंभूपरसाद था। पर जब से चित्रकला के मैदान में दो-दो हाथ करने उतरे हैं, इन्होंने खुद को शुभंकर कहना, कहलवाना शुरू कर दिया है।"

सुनकर जान में जान आई। मैंने हवा में जल्दी-जल्दी कुछ लंबी साँसें लीं।

4

खैर, वे गए और मैं जल्दी-जल्दी तैयार होने में लग गया। सिर पर सवार इस संकट की घड़ी से बचने के लिए हर हाल में साढ़े दस बजे तक तैयार होकर बाहर निकल जाना चाहता था।

पर अभी पहनने के लिए कपड़े निकाले ही थे कि ठीक दस बजकर दस मिनट पर एक विराटाकार व्यक्तित्व भीतर लपकता हुआ दिखाई दिया। हट्टा-कट्टा शरीर, थोड़ी-सी आगे निकली हुई तोंद। माथे पर झूलते हुए घुँघराले बाल। नुकीली, लंबी मूँछें, खद्दर का कुरता और धोती। देखने में यह व्यक्ति किसी पहलवान से कम नहीं लगता था।

पहचानने में भूल नहीं हुई कि हो न हो, यही शुभंकर जी हैं।

''नमस्ते...! आप तो तैयार ही बैठे थे।'' शुभंकर जी ने अट्टहास किया तो उनकी मूँछें बेवजह फड़फड़ाने लगीं।

मुझे जाने क्यों उनके अट्टहास में एक विजेता का-सा गर्व दिखाई पड़ा। मानो उनसे कहा गया हो, जैसे भी हो, 'सुधांशु के बच्चे' को पकड़कर लाना है। सो शुभंकर जी ताल ठोंककर 'जय बजरंग बली' कहकर दौड़े आए हों और अपनी सफलता पर गद्गद हो रहे हों।

''अगर भागे भी तो इनसे छूट नहीं सकते और फिर तो ये सचमुच कचूमर ही निकाल देंगे।'' उनकी विशाल काया पर भरपूर नजर डालकर मैंने मन ही मन कहा। सचमुच शुभंकर जी किसी यमदूत से कम नहीं लग रहे थे और मैं उनके साथ ऐसे चल दिया, जैसे बकरा जिबह करने के लिए ले जाया जाता है।

खैर, मन ही मन अपने आप पर भन्नाते और उस घड़ी को कोसते हुए जब मेघदूत जी से परिचय हुआ था, मैं वधशाला...(ओह, जबान फिसल गई न!) सॉरी, चित्रकला प्रदर्शनी में पहुँचा।

5

एक छोटे-से गलियारे में यह प्रदर्शनी सजाई गई थी। उसके प्रवेश-द्वार पर परदा टँगा था, क्योंकि अभी विधिवत उद्घाटन होना बाकी था। बाहर टीन की टूटी-फूटी कुर्सियों पर 15-20 लोग बैठे थे। मैं भी वहाँ जा बैठा और जिलाधीश आनंदीलाल 'सदानंद' जी की 'सामूहिक प्रतीक्षा' में शामिल हो गया।

एक बजे तक मीटिंग में 'आनंद' का संचार करने वाले आनंदीलाल नहीं आए और हम 25-30 लोग मुहर्रमी सूरत बनाए बैठे रहे। इस बीच कुछ लोग उठ गए, कुछ अखबार या पत्रिका में डूब गए, जिन्हें वे शायद इसी प्रयोजन से साथ लाए थे। दो-एक मौसम पर और दो-चार राजनीति पर बतियाने लगे।

मैं चुपचाप मेघों से घिरे आसमान का नजारा ले रहा था। वह किसी महान चित्रकार के विशाल कैनवस सरीखा लग रहा था।

हवा ठंडी-ठंडी थी, मौसम सुहावना था। पर जो बात घर पर थी, वह यहाँ कहाँ? घर पर मजे से पसरकर या यहाँ-वहाँ टहलते हुए रेडियो या टेपरिकार्डर पर गीत-गजलें सुनना या अपने टुन्नुओं-मुन्नुओं के साथ खेलते हुए अपने बचपन और बीते दिनों को याद करना एक बात है और यहाँ कुर्सियों में धँसकर बैठना बिल्कुल अलग चीज।

इस बीच एक दफा चाय आई। काली, जली हुई चाय। एक में से दो कप बनाए गए, तब वह पूरी पड़ी। उसके कालेपन को लक्षित करके 'कलात्मक चाय' कहते हुए सबने उसकी भूरि-भूरि प्रशंसा की और हौले-हौले सिप करके पी।

काफी देर इंतजार करने के बाद भी जब जिलाधीश महोदय अपने आनंद की बरखा करने नहीं आए तो आखिर वहाँ बैठे लोगों में सबसे ज्यादा बुजुर्ग भूलाराम जी बखेड़ा

वाले से (शायद उनकी उम्र और चाँदी जैसे बालों का ख्याल करके) फीता काटकर बाकायदा प्रदर्शनी का उद्घाटन करने का अनुरोध किया गया।

वैसे भूलाराम जी बखेड़ा वाले उसी दफ्तर में बड़े बाबू थे, जहाँ मेघदूत जी क्लर्क के रूप में काम किया करते थे। उन्होंने मेघदूत जी की तारीफ में एक प्रेरणादायक प्रसंग सुनाया कि मेघदूत जी शुरू से ही दफ्तर में लेट आते थे और थोड़ी देर बाद ही सामने वाले स्टूल पर टाँगें फैलाकर खर्राटे भरने लगते थे। इसी से उन्होंने अंदाज लगा लिया कि ये जरूर कोई बड़ी शख्सियत हैं–और अगर नहीं हैं तो होने वाले हैं!

"तो सज्जनो, मैं जानता था कि यह अजीबोगरीब शख्स एक दिन कुछ बनकर दिखाएगा। और आज वह शुभ दिन आ गया है। आज इनकी चित्रकला-प्रदर्शनी का उद्घाटन जिलाधीश महोदय कर रहे हैं...!"

लोगों की फुसफुसाहट और हँसी देखकर शायद भूलाराम जी बखेड़ा वाले अपनी गलती भाँप गए। झेंप मिटाने के लिए जोश में आकर बोले, "नहीं कर रहे तो क्या, करने वाले तो थे। आज नहीं तो कल करेंगे। बल्कि कल कोई और बड़ा अफसर करेगा, परसों मुख्यमंत्री, फिर प्रधानमंत्री, फिर राष्ट्रपति...! और आप देखेंगे कि एक दिन कामयाबी की सीढ़ियाँ चढ़ते-चढ़ते कला का यह अनमोल सितारा एक राष्ट्रीय, बल्कि अंतर्राष्ट्रीय हस्ती बन जाएगा। इतनी बड़ी हस्ती के इनके ऑटोग्राफ लेने के लिए स्कूल-कॉलेज के लड़के-लड़कियाँ ही नहीं, अमिताभ बच्चन, धोनी और सलमान खान भी लाइन में लगा करेंगे...लाइन में!"

कहते-कहते वे खुशी के मारे छलछला आए आँसुओं को पोंछने लगे।

वातावरण वाकई बोझिल हो गया।

अब मेघदूत जी उठे। आँखें गीली-गीली सी, जैसे अभी बरस पड़ेंगी। भरे हुए गले से बड़े बाबू यानी भूलाराम जी बखेड़ा वाले का आभार प्रकट किया। फिर कहा, "चलिए बंधुओ, अब मैं चित्रों से आपका परिचय करा दूँ।"

हम सब श्रद्धाभिभूत होकर उनके पीछे-पीछे गलियारे में दाखिल हुए।

6

वहाँ भीतर रंगों का–तेज नीले, पीले, हरे रंगों का सैलाब था।

एक चित्र की ओर इशारा करके मेघदूत जी मेरी और मुखाबित होकर बोले, "सुधांशु जी, यह चित्र देखिए। कुछ पहचाना आपने?...नहीं पहचाना? दरअसल इसमें बड़ी गूढ़ कला है, यह जिंदगी का चित्र है!"

"पर इसमें तो केवल दरवाजे दिखाई पड़ रहे हैं, कोई चालीस, पचासेक छोटे-बड़े दरवाजे...?" मैंने कला की उर्वरा धरती पर शंका का एक छोटा बीज डाला।

"नहीं, इसे यों कहिए कि दरवाजों में दरवाजों में दरवाजे हैं। और भइए, यही तो जिंदगी है। यानी हर मोड़ पर एक दरवाजा खुलता है और आप उसमें दाखिल हो जाते

हैं। जरा...जरा आप सिंबोलिक ढंग से सोचिए!'' मेघदूत जी देखते ही देखते कुछ गहरे-गहरे और रहस्यात्मक हो गए।

कैसा दरवाजा खुलता है? कैसे दाखिल हो जाते हैं? कुछ भी समझ में नहीं आ रहा था। पर इस नाजुक मौके पर ज्यादा बहस करना ठीक नहीं था, सो चुप रहा।

इसके बाद जो चित्र था, उसमें पूरे कैनवस पर एक विशाल ठूँठ दिखाया गया था, जिसमें एक बड़ी-सी गाँठ थी।

''इसे तो आप देखते ही समझ गए होंगे कि...'' मेघदूत जी मंद-मंद मुस्कराए।

''जी हाँ, ठूँठ!'' एक व्यक्ति ने कहा।

''ठूँठ!'' मेघदूत जी हँसे। यह एक अलग तरह की हँसी थी। सामने वाले पर बुरी तरह तरस खाने वाली।

''जी नहीं, जी नहीं!'' वह हँसे तो हँसते ही गए। उनकी आँखें बुरी तरह मिचमिचा रही थीं। होंठ फड़फड़ा रहे थे, ''यही तो आप लोग समझ नहीं पाते, आह!''

फिर थोड़ी देर बाद उन्होंने बताया, ''यह औरत है, औरत का संपूर्ण चित्र...!''

''औरत का संपूर्ण चित्र!'' दर्शकों में से किसी ने दोहराया, हालाँकि समझ कोई नहीं पाया। यह सबके चेहरों से साफ पता लग रहा था।

''क्या नहीं लगता?'' मेघदूत जी की गहरी-गहरी निगाह 'स्काईलार्क' की तरह मुझे पर गिरी। मैंने मासूमियत से 'वाह...वाह' वाली मुद्रा में सिर हिला दिया।

''देखो, सुधांशु जी समझ गए, मगर आप लोग नहीं समझ पाए!'' उन्होंने किसी बाजीगर की तरह दोनों हाथ फैलाते हुए कहा, ''असल में इस ठूँठ में यह जो गाँठ है, यह है असली औरत-क्योंकि औरत एक पहेली है और उसका कोई भी सिरा, कभी भी हमारे हाथ नहीं आता! भई, सीधी सी बात है, हैं...हैं...हैं!'' वह मुझे छोड़कर बाकी सब पर तरस खा रहे थे।

''अब तो समझ गए न?'' उन्होंने प्यार से मेरी बगल में खड़े मि. मिनोचा के कंधे थपथपा दिए।

लगा कि समझ में तो उनके खाक नहीं आया था, पर अगर कहते कि नहीं समझा तो फिर यही धाराप्रवाह भाषण सुनना पड़ता। इसलिए इस दफा उन्होंने भी मजबूरी में 'हाँ' में सिर हिलाने में ही खैरियत समझी।

''अब जरा आगे आइए। आपको इस प्रदर्शनी की सबसे नायाब कलाकृति दिखाएँ।'' एकाएक व्रह लहर में आ गए।

हम लोग थोड़ा-सा आगे बढ़े और कई आँखें उस चित्र पर एक साथ टँग गईं, जिसमें एक लंबी-सी खड़ी रेखा के ऊपर एक पड़ी रेखा थी। आसपास दो काले-भूरे गोले थे।

''देखा आपने, यह लंबी-सी नाक...और चिंतापूर्ण ललाट? ये जलती-बुझती आँखें! यह आदमी की महत्वाकांक्षा है! कैसा लगा चित्र?''

"वाकई सुंदर है!" अब सभी ने जिरह करना छोड़ दिया था। कुछ देर के लिए दिमाग पर ताला लगाकर रखना बेहतर था।

"अब थोड़ा-सा और आगे आइए। इसी क्रम में एक और चित्र, जिसमें जीवन की विडंबना का चित्रण है! 'जीवन में विडंबना और विडंबना में जीवन'-यह है इसका शीर्षक। मुझे महीनों लग गए यह शीर्षक खोजने में, पर आखिर जिन खोजा तिन पाइयाँ!" एक गद्गद आनंद-भाव।

हमने चित्र देखा। पूरे कैनवस पर नीला रंग पुता हुआ था, जिसे बीच-बीच में काले रंग की आड़ी-तिरछी लकीरों से खूब काटा-पीटा गया था।

"देखिए बंधुओ, आसमान जमीन पर गिर चुका है। टुकड़े-टुकड़े हो चुका है और सिसक रहा है। यानी यह आज का वक्त है, जहाँ जीने के लिए कोई गुंजाइश नहीं है।" मेघदूत जी एकाएक दार्शनिक गहराइयों में प्रवेश कर गए।

मगर हमारे 'दुनियादार' चेहरों पर परेशानी के भाव पढ़कर उन्होंने कहा, "इस बात को आप अभी नहीं, आज से दस साल बाद समझ पाएँगे, जब दुनिया थोड़ी समझदार हो चुकी होगी। खैर, अब अगला चित्र देखिए। यह आदमी किसी लाश को उठाए है, है न? एक नंगी, अधजली लाश-क्या है यह?"

"क्या है यह?" सबकी आँखों पर प्रश्नवाचक चिह्न लटक गया।

"असल बात यह है कि यह लाश किसी और की नहीं, बल्कि इसी आदमी की है। यह खुद अपनी ही लाश ढो रहा है। यह आदमी, मैं, आप, कोई भी हो सकता है। देखिए कितनी खूबसूरती है इसमें!...कला! आहा, कला! ओहो, कला!" मेघदूत जी बाकायदा कथक नृत्य की मुद्रा में आ गए।

मजबूरी में हमें 'हाँ' कहना पड़ा और कलाकार की संभावनापूर्ण कला की दाद देनी पड़ी।

आखिरी चित्र में एक नारी आकृति का 'आभास' पैदा किया गया था और जो भी 'स्त्रीनुमा चीज' वहाँ दिखाई गई थी, उसका वक्ष और कूल्हे बेहद उभरे हुए थे। चेहरे की जगह दो-तीन आड़ी तिरछी लकीरें थीं, जो एक-दूसरे को काट रही थीं। कोई पहचानने में भूल न कर जाए, इसलिए इस चित्र के नीचे उसका शीर्षक भी मोटे-मोटे अक्षरों में टाँक दिया गया था-'स्वप्न सुंदरी!'

इस चित्र का प्रशस्ति-गान हमें सुनाया जाता, इससे पहले ही प्रवेश-द्वार की ओर अचानक शोर उभरा और सबका ध्यान उधर खिंच गया।

7

"चल! कोण सी कला है, अम देखते हैं इब्बी...!" एक खाकी तूफान-सा धमधमाता हुआ प्रदर्शनी-कक्ष में प्रवेश कर रहा था।

मालूम पड़ा कि थानेदार भुजंगीलाल यादव आए हैं।

"थानेदार साहब...?" सभी उपस्थित लोग बुरी तरह चौंक गए।

"हाँ, और साथ में चार सिपाही भी हैं। हाथ में डंडे लिए हुए।" रमेश जी ने घबराए स्वर में कहा, "मैंने खुद अपनी आँखों से देखा है।"

"ऐं, सच?" सत्येंद्र जी ने भयभीत स्वर में पूछा।

मि. मिनोचा के सुर्ख गाल इस समय एकदम निचुड़े-निचुड़े लग रहे थे। मेघदूत जी भी कम बदहाल नहीं थे। भूलाराम जी बखेड़ा वाले सोच रहे थे, ओह, मैं किस बखेड़े में आन पड़ा?

"पर इसमें तो कोई सरकार विरोधी चीज नहीं है, न भ्रष्टाचार और महँगाई की आलोचना की गई है। यह तो कला है, इसमें सरकारी दखल...?" कहते-कहते शुभंकर जी रुक गए। थानेदार सिपाहियों सहित भीतर दाखिल हो चुके थे।

"आपमें मेघनाथ कोण है?" थानेदार ने भीतर आते ही कड़क आवाज में पूछा।

मेघदूत जी सिर झुकाए आगे बढ़े, जैसे फाँसी के फंदे पर झूलने जा रहे हों। बाकी लोग भी सकते में आ गए, काटो तो खून नहीं।

पर थानेदार भुजंगीलाल यादव के चेहरे पर गुस्सा नहीं, मुस्कराहट थी।.(...ओह गजब!) इसी से उसकी काली, लंबी मूँछें, जगमग-जगमग हो रही थीं। उसने आगे बढ़कर कलाकार के कंधे थपथपाते हुए अभयदान दिया, "ऐसा है मेघनाथ बाबू, कि जिलाधीश साहब को एक जरूरी मीटिंग अटेंड करनी थी। इसलिए खुद नहीं आ पाए। अपनी जगह मुझे भेज दिया है। बताइए, क्या करना है...? आप लोग बिल्कुल घबराइए नहीं, मैं सब ठीक-ठाक कर दूँगा!"

यह पता चला तो भय से थर-थर काँपते मेघदूत जी की जान में जान आई। बाकी लोग भी जो डर के मारे दीवार से जा चिपके थे, अब फिर से चलने-फिरने, बोलने-बतियाने लगे।

खैर, उद्घाटन तो हो चुका था। अब थानेदार साहब के लिए इन आधुनिक चित्रों की व्याख्या का काम दोबारा शुरू किया गया। इस बीच मौका देखकर मैं भाग जाना चाहता था, पर मेघदूत जी ने शहर के प्रतिष्ठित पत्रकार और कला-पारखी के रूप में मेरा परिचय देकर मुझे अनावश्यक रूप से चेप दिया था। यहाँ तक कि उन चित्रों की व्याख्या का काम भी अब मुझे सौंप दिया गया था।

गरदन फँस चुकी थी और उससे मुक्त होने की कोशिश में मैं सिर्फ छटपटा सकता था। जो बातें मैंने मेघदूत जी से सुनी थीं, अब वे ही ब्योरेवार मुझे अपनी खाकी वरदी की तरह ही अकड़े हुए थानेदार भुजंगीलाल यादव को समझानी पड़ीं।

बताते समय मेरा चेहरा विवर्ण हो गया था, जीभ सूख रही थी। पर उन चित्रों की तारीफ में चेहरे पर नकली उत्साह पैदा करना पड़ रहा था। पता नहीं, मेरे शब्द-कौशल का असर था या किसी और बात का, थनेदार महोदय काफी प्रभावित लग रहे थे और लगतार मुस्कराए जा रहे थे।

अंत में उन्होंने दो शब्द कहे, ''प्यारे भाइयो, हम यहाँ एक महान चित्तरकार के चित्तर देखने और उन्हें श्रद्धांजलि देने आए हैं। चित्तर भी कैसे-कैसे? एक-एक चित्तर में कई-कई रंग। कहीं हरा है तो कहीं नीला, कहीं लाल तो कहीं आसमानी। कहीं एकबारगी चिट्टा सफेद वा-वा-वा...वा जी, वा! तो भाइयो, हम सब एक-दूसरे पर ऐसे ही प्यार के रंग छिड़कें। यही क्या नाम है, इस मेघदूत नाम के सच्चे कलाकार को सच्ची श्रद्धांजलि होगी। अच्छा जी, भाइयो, धन्यवाद!''

कहकर उन्होंने गर्व और प्रसन्नता के साथ फड़फड़ाती मूँछों से चारों ओर देखा, फिर अपनी कुर्सी पर विराज गए।

मैंने चोर नजर से देखा, 'भाषण-वाषण में क्या है जी? बातों में से बातें निकालना तो हमें भी खूब आता है!' जैसी तसल्ली उनके चेहरे पर दिप-दिप कर रही थी।

उसके बाद कुछ नाश्ते-पानी का प्रोग्राम था। पर अब तक दिल किसी अड़ियल घोड़े की तरह एकदम बेकाबू हो गया था।

चुपके से मेघदूत जी की नजरों से बचता हुआ मैं बाहर आया। ताजी हवा में दो-तीन लंबी-लंबी साँसें लीं और जितनी तेजी से हो सकता था, घर की और सरपट दौड़ लगा दी।

●

13

रंगी बाबू का रिक्शा

देख तो मैं पहले भी रहा था और खासी हैरानी से देख रहा था। पर जब मेरे दोस्त उदित अंजुम ने 'ना-ना' करके हाथ का इशारा किया, तो मेरा ध्यान एकाएक उधर गया। कुछ ढूँढ़ने, खोजने की नजर से।

इधर उन टोपीधारी सज्जन, रंगी बाबू उर्फ नेता जी की नाराजगी अपनी जगह, ''हमने जब पैले कई, तो पैले ई इधर आनो चाहिए थो ना आपको...!''

इस पर उदित का मुस्कराते हुए अलबेला जवाब, जो मुझे याद रह गया। उसने कहा था, ''तुम बोलते बहौत हो नेता जी। पैले जे वादा करौ कि तुम बोलोगे नईं। बस, चुप्पईचाप रिक्शा चलाओगे!...है मंजूर तो बोलो!''

''अरे भैया, हम ना बोलिंगे, अगर हमाओ बोल तुम्हें इत्तोई बुरौ लगत है तौ!'' रंगी बाबू गस्सा गए।

मैं डरा, अब वे कुछ कहेंगे। पर नहीं, चुप। एकदम चुप्प!...उनकी चुप्पी भी बहुत कुछ कहती थी। और हाँ, इस बीच उनके चेहरे पर एक ललछौंही परछाईं-सी आ पड़ी, जो चेहरे के रोब को कुछ और बढ़ा देती है।

अब के मैंने गौर से देखा, आबनूसी रंग की कैसी विशाल ठाटदार काया! खासी लहीम-शहीम। तिस पर खादी का मोटा, सफेद कुरता, सफेद धोती। कुछ-कुछ मटमैलापन लिए हुए। मगर साहब, मटमैला ही यहाँ है, दीनता हरगिज नहीं! और यह सब धारण करके अगला रिक्शे पर किस अदा से जमा है, भई वाह! रिक्शा अगर बोल सकता होता तो जरूर बोलता, ''भई, मुझे बख्शो, मैं तुम्हारे लायक नहीं!''

पर रंगी बाबू रिक्शे पर ऐसे जमे थे-कुछ-कुछ डिक्टेटराना तरीके से, कि जैसे उसके कान उनके हाथ में हों...कि बच्चू, जरा भी चूँ-चपड़ की तो देख लीजौ, खैर नहीं!

तहसील चौक से स्टेशन पर ले जाने का रंगी बाबू का तयशुदा रेट था दस रुपए, चाहे अकेले बैठो या दो। यही सर्वाधिक प्रिय जगह थी नेता जी की। कहिए कि पसंदीदा ठिकाना, जहाँ से सवारी बैठाकर यात्रा प्रारंभ करना उन्हें प्रिय था। शहर का यह बाहरी

इलाका था, पर जब से शहर का विकास हुआ है, यह इलाका खासी रौनक लिए था। तीन-तीन इंटर कालेज और एक लड़कियों का डिग्री कॉलेज इसी चौक से आकर जुड़ता था। लिहाजा सुबह से रात तक चहल-पहल, रंगों की...खुशियों की बहार।

अलबत्ता हम बैठे और रिक्शा चल पड़ा। वाकई चल पड़ा। आश्चर्य!

मुझे अपने गलत होने पर तीखी झुँझलाहट महसूस हुई। मैं सचमुच गलत था। रिक्शा तो उनका गुलाम नहीं, परिवार का सदस्य था। एकदम आत्मीय। कहाँ तो मैं सोच रहा था कि कोई सत्तर साल का यह बंदा रिक्शा चलाता कैसे होगा और कहाँ अब यह लग रहा था कि रिक्शा तो बस उनके पैरों के छूने से चल रहा है। या शायद मन की सोच से। जोर कहाँ लग रहा है? लग भी रहा है कि नहीं, पता नहीं।

मानो यह सब रंगी बाबू के लिए इतना सहज हो कि वे साँस ले रहे हैं और रिक्शा खुद-ब-खुद दौड़ा जा रहा है!

मेरे होंठों से मानो निकलना ही चाहता था-'वाह, नेता जी, वाह!' कुछ-कुछ तबले वाले 'वाह उस्ताद!' की तर्ज पर। पर उदित जाने क्या समझ बैठे, सोचकर रुक गया। और रिक्शा उसी तरह सर्राटे से दौड़ा जा रहा है, जैसे रिक्शा नहीं, भगवान कृष्ण का रथ हो!

2

अब तक इस प्राचीन शहर के उन 'महान' नेता जी में मेरी गहरी दिलचस्पी जाग गई थी। मानो वे आदमी से ज्यादा इस शहर की प्राचीनता या कहिए 'पुरातत्व' से जुड़ी कोई शै हों! कोई ऐतिहासिक भग्नवाशेष।

"यह...रिक्शा कब से चला रहे हैं आप?" यही सवाल पूछा जा सकता था बात शुरू करने के लिए। मैंने पूछा।

चुप्पी-एक क्षण के लिए चुप्पी। बड़ी ठोस।

इन्होंने सुना भी कि नहीं? लगता है, उम्र का असर...? इस मूक सवाल के साथ मैंने उदित की ओर देखा। वह मेरी बात को शायद कुछ और गुंजार के साथ नेता जी तक पहुँचाना चाहता था कि इतने में टूटी, चुप्पी टूटी।

और एक क्षण के लिए मुझे यकीन नहीं आया कि यह खनकदार गूँज इसी पर्वताकार जिस्म से निकल रही है!

"...जिंदगी गुजर गई बाबू जी, अब तो! इसी में गला दी बाबू जी, हमन्ने तो अपनी पूरी जिंदगी!" नेता जी की भारी और कुछ-कुछ खरखरी आवाज। पता नहीं उसमें कितना पछतावा था और कितना पूरे संतोष से जिंदगी जी लेने का भाव?

फिर बोले, "बस्स, समझो कि अंगरेजन के जमाने से चलता चला आ रहा है अपना रिक्शा। राजा की सवारी है साब! इसी से पाल लिया इतना बड़ा कुनबा। तीन बेटे, चार

बेटियाँ। यानी सात बेटे-बेटियाँ, दो हम।...नौ जने हुए कि नहीं! कोई मामूली बात है नौ जनों का टब्बर पालना आज के टेम में! पर अब ईश्वर की दया से सब अपने-अपने घर में हैं, सुख से हैं। अब यहाँ शहानाबाद में तो हम बूढ़ा-बुढ़िया दो ही हैं! तो देख लो आप, बड़ा साथ दिया इसने...और अब भी बुढ़ापे की लाठी ही समझो बाबू जी।''

बात अंग्रेजों की चली तो गाँधी बाबा की भी चलनी ही हुई। पता चला कि नेता जी को न सिर्फ कई दफा गाँधी बाबा को सुनने का सुयोग मिला, बल्कि गाँधी जी ने ही उनके भीतर देश के लिए कुछ करने की चिनगारी भरी। और अपने ये नौरंगीलाल यादव तब स्वाधीनता संग्राम के दिनों में, बचपन के खेलने-खाने की बाली उमर में ही नेता हुए तो फिर जिंदगी भर के लिए 'नेता जी' होकर रह गए।

और सन बयालीस के दिनों में तो-खुद रंगी बाबू की बातों से ही पता चला कि गाँधी जी ने खुद बुलवाया था उन्हें और कहा था कि नेता जी, बस यह समझो कि शहर शहानाबाद की जिम्मेदारी तुम्हारे कंधों पर है! देखना, तुम्हारे शहर में कहीं हमारा 'भारत छोड़ो आंदोलन' फेल न होने पाए!

तब हमारे रंगी बाबू की उमर जानते हैं, कितनी थी? कुल ग्यारह साल! मगर ग्यारह साल के नेता जी ग्यारह साल के किशोर नहीं, बल्कि पूरे एक भूचाल थे। पूरी एक संघर्ष-वाहिनी थी उनकी, जिसमें उनसे दुगनी-तिगुनी उमर के उनके अनुयायी और प्रशंसकों की कतार थी।...

सो गाँधी बाबा की इत्ती-सी बात सुनते ही रंगी बाबू ने छाती ठोंककर कहा था, ''गाँधी बाबा, आपने कह दी अपने जी की बात जो कहनी थी। अब हमारी सुनो! कल सबेरे ठीक सात बजे जिला कलेक्टरेट और तहसील पर हमारा तिरंगा फहरेगा। किसी अंगरेज माई के लाल की हिम्मत नहीं कि रोक ले।...जब तक आपके नेता जी की देह में एक बूँद भी रक्त है, लड़ाई थमेगी नहीं। तुम्हारे नेता जी की बात एकदम पत्थर की लकीर है, समझ लो!''

सुनकर गाँधी बाबा आश्वस्ति के भाव से कैसे मंद-मंद, मीठी हँसी हँसे थे, रंगी बाबू क्या आज तक भूल पाए? फिर गाँधी जी ने विनोद भाव से कहा था, ''अरे, क्या मैं जानता नहीं हूँ इस बात को? यह तो सिर्फ इसलिए कह दिया कि देखें नौरंगीलाल, तुम जवाब क्या देते हो!''

''तो क्या जवाब सही है गाँधी बाबा...! मैं पास हो गया?'' ग्यारह साल के नौरंगीलाल यादव उर्फ नेता जी की विनम्र जिज्ञासा।

''बिल्कुल...! बिल्कुल सही जवाब! जवाहरलाल जब कभी मिलेगा-अब तो शायद जेल में ही हो हमारी मुलाकात, तो मैं उससे कहूँगा कि जवाहरलाल, जरा सुनो मेरी बात। ये शहर शहानाबाद के हमारे छोटे-से नेता जी क्या कहते हैं, इससे जरा सीख लो! तुम्हें बड़ी प्रेरणा मिलेगी।'' गाँधी बाबा ने प्यार से रंगी बाबू के सिर पर हाथ फेरते हुए कहा था।

और उनकी मुद्रा तब कैसी थी, इसे भला रंगी बाबू कैसे कहें? बस मुग्ध होकर इतना ही कहते हैं, "बाबू जी, वो तो कोई आदमी नहीं थे, देवता थे। और देवताओं के बारे में तो हमने सुनोई है। पर ये तो ऐसे देवता थे कि हमने खुद अपनी आँखन सौं देखौ है!"

फिर जाने क्या रंगी बाबू के मन में आया कि उन्होंने बाबा तुलसीदास की 'विनय पत्रिका' वाली शैली अपना ली।

"लोग कहते है कि किसी सच्चे, भले आदमी का वर्णन तो कवि भी नहीं कर सकता! तो बाबू जी, हम तो अनपढ़ ठहरे। हम कहाँ तक वर्णन करेंगे...?"

रंगी बाबू ने भावना में छल-छल-छल करता सवाल मेरी तरफ उछाल दिया है! मैं क्या कहूँ भला?

3

कुछ देर मौन सन्नाटा। स्वाधीनता आंदोलन की जिस उथल-पुथल भरी चरम वेला में हम जा पहुँचे थे-मैं, रंगी बाबू और उदित अंजुम, वहाँ से उतरकर नीचे आना आसान नहीं।

कहने की जरूरत नहीं कि उस भीषण गहमागहमी वाले दौर में रंगी बाबू ने वाकई झंडा फहराया था। और हुआ यह था कि जो शहर का दरोगा था दुर्मुखसिंह और बड़ा 'सख्त करेज' माना जाता था-एकदम पत्थर, वह कुछ तो हमारे किशोर-वय नेता जी के त्याग और कुछ अपनी आन-बान वाली देशभक्त पत्नी की फटकार से खुद-ब-खुद नेता जी के साथ आ मिला। और फिर तो वो चमत्कार हुआ जो शहर शहानाबाद में ही हो सकता था। जिस-जिस ने भी सुना, दाँतों तले उँगली दबा ली।

एक ऐसी कथा जिसे एक कान को सौ कान बनाकर सुनिए, तो भी तृप्ति नहीं। गोलियों की सनसनाहट के बीच बहादुरी की अजब दास्तान...!

लेकिन...?

लेकिन फिर वर्तमान सामने आ गया। रंगी बाबू बातों के साथ-साथ रिक्शा सरपट दौड़ाए लिए जा रहे थे।

"...लेकिन इस उम्र में रिक्शा चलाना! कोई सत्तर साल की उम्र में? यह तो ज्यादती है, बहुत ज्यादती!" मैं गहरे सीझ गया। और शायद अपने आपसे ही कहा है मैंने।

मगर ज्यादती किसकी?...जरूर कोई न कोई मजबूरी रही होगी, जरूर! मैं सोचता हूँ।

हर किसी के मन में छिपी हर बात कोई कहाँ जान पाता है! फिर मजबूरियाँ भी तो ऐसी-ऐसी होती हैं कि...जाने कहाँ-कहाँ की कहनी-अनकहनी!

"आपके बाल-बच्चे! वे नहीं परवाह करते आपकी? इस उम्र में आपको ये...रिक्शा चलाना पड़ता है!" आखिर मैंने सीधे-सीधे कह ही दिया।

''सब हैं बाबू जी, सबन की अपनी-अपनी न्यारी दुनिया!'' रंगी बाबू मानो परम वैराग्य भाव से कहते हैं। ''हम तो काऊ में दखलंदाजी करते नईं हैं। ना हमको जे अच्छौ लगे कि कोई हमसे आकर कहे कि बाबू जी, जे तुम करो, जे नईं। हमने कबऊ काऊ की नायँ सुनी, अब का सुनिंगे...?''

वाह, यह ठसक! जी खुश हो गया। यानी कि अब भी दुनिया में इतना पानी बाकी है!

'पानीदार लोग'-कैसा रहेगा रंगी बाबू पर लिखे गए किसी रेखाचित्र या संस्मरण का यह शीर्षक? मैं अपने आपसे पूछता हूँ।

तब तक उनकी उद्‌बुद्ध वाणी सुनाई दे गई, ''अब बाबू जी, बेटे तो अच्छे हैं, पर हम तो गाँधी बाबा से सीख लिए स्वावलंबन। बाँकू है गए कोई पचपन-साठ बरस। तब से आज तलक तो भूले नईं!''

''अरे, बेटे बहुत अच्छी-अचछी जगह हैं रंगी बाबू के!'' अब के उदित अंजुम ने हस्तक्षेप करते हुए मेरे ज्ञान में इजाफा किया, ''कोई इन्हें देख के अंदाजा भी नहीं लगा सकता कि इनके बेटे ऐसी बड़ी-बड़ी पोस्टों पर हैं। एक तो फूड कारपोरेशन में बड़ा अफसर है, दूसरा रेलवे में गार्ड। तीसरा साइंस टीचर है पास के मक्खनपुर कस्बे में। लड़कियाँ भी अच्छे घरों में गई हैं।''

फिर उसने उसी रौ में आगे कहा, ''यार शीलू, इनके एक समधी तो मंत्री रहे हैं यू.पी. गौरमैंट में! कोई पाँच-सात साल पहले की ही बात होगी। एक दिन मुख्यमंत्री का परवाना लेकर आए कि नेता जी, इलेक्शन लड़ लो! इस बार का टिकट तुम्हारे नाम का पक्का रहा! पर भाई, नहीं लड़ा तो नहीं ही लड़ा। यों भी नेता जी अपने आगे सुनते हैं काहू की? बस, हर बात का एक ही जवाब कि ना-ना, मेरे भीतर जो गाँधी बाबा बैठा है, सो वो इनकार कर रहा है...!''

अब के उदित ने मेरी जानकारी में खासा इजाफा किया है। एक साँस में बहुत कुछ आगे-पीछे का खुलता चला आया है। लेकिन मेरी चिंता अपनी जगह।

''तो फिर जितना रखना चाहिए, लड़के-बच्चे उतना ख्याल रखते नहीं होंगे। आखिर बूढ़े आदमी का भी तो एक स्वाभिमान होता है। जिन बच्चों को इतनी मुश्किल से पाल-पोस के बड़ा किया, अब उनसे भीख तो माँगेंगे नहीं!''

मेरे भीतर एक तीव्र शंका ने करवट ली। मगर उसे तत्काल काट दिया गया, ''नहीं-नहीं, ऐसा नहीं। ऐसा तो बिल्कुल नहीं बाबू जी!''

नेता जी बड़ी सहजता से मेरी शंका का समाधान-सा करते हैं। एकदम अकुंठ भाव! और फिर मजेदार प्रसंग चल पड़ता है पाँच किलो देसी घी का। सचमुच दिलचस्प!... हुआ यह कि नेता जी बड़े बाजार के मशहूर पुन्ना शाह घी वालों से घर में पाँच किलो देसी घी लेकर आए। एक तो वे देसी घी खाने के शौकीन हैं, खासकर सर्दियों में। फिर

यह उनकी जरूरत भी है...कि देह में बल ही न होगा तो रिक्शा क्या खाक चलाएँगे? तो घर में घी लाए अभी हफ्ता भर भी नहीं हुआ होगा कि वे एक दफा यों ही किसी काम से रसोई में गए तो देखते क्या हैं कि आधे से ज्यादा पीपी खाली। अब तो नेता जी सन्नाटे में आ गए कि यह क्या! देसी घी कहाँ गया? घर में कोई चोर तो घुसा नहीं! तो फिर...?

हारकर घरवाली से पूछा तो असली कहानी खुलकर आई बाहर...कि उस दिन घर में छोटा बेटा और उसकी बहू-बच्चे आए हुए थे। बहू किसी काम से रसोई में गई तो घी की भरी पीपी देखकर उसकी तबीयत डोल गई। बोली, ''माँ जी, घी तो बहुत अच्छा है! पापा जी को सचमुच घी की अच्छी पहचान है, वरना ये तो जब भी लाते हैं, लुट-पिटकर चले आते हैं। इन्हें तो बिल्कुल पहचान ही नहीं है असली घी की। हम तो सचमुच घी खाने को तरस गए।''

और इस पर अम्माँ जी ने वही किया, जो उन्हें करना चाहिए था। उन्होंने झट पीपी खोली और आधे से ज्यादा घी बहू को एक दूसरी पीपी में डालकर दे दिया कि लो बहू, ले जाओ। अभी तुम्हारे खाने-खेलने के दिन हैं, हम तो बहुत खा चुके!

''...तो, अब समझ गए न आप बाबू जी, कि तीनों बेटे हालाँकि टोकते हैं कि बाबू, अब आप रिक्शा न चलाया करो, अच्छा नहीं लगता! पर नजर सबकी बाप की इसी रिक्शे की कमाई पर ही रहती है! खुद कमाता हूँ तो चाहे देसी घी खाऊँ, चाहे सूखी रोटी, कोई टोकने वाला तो नहीं है। पर जिस दिन से बेटों पर आ पड़ूँगा, तीनों बहुओं की नजर इस पर रहेगी कि बुड्ढा काम न धाम का, मगर खाता कितना है।...मैं कुछ गलत तो नहीं कह रहा बाबू जी?''

मुझे लगा, इस एक छोटी-सी बात से ही नेता जी के मनमौजी जीवन-दर्शन का पूरा मर्म मानो खुल पड़ा है।

और फिर कई और किस्से! एक दफा बेटे-बहू के बहुत इसरार करने पर नेता जी उनके घर गए, तो इरादा तो हफ्ते-दस दिन रुकने का था, मगर तीसरे दिन ही वापस आ गए। घर आकर बताया कि ना जी ना, वहाँ मेरा क्या काम? ...कि बहू तो हर बार माँगने पर चाय देती है और सो भी इतनी काली कि राम दुहाई! सो वे साफ-साफ कहकर चले आए कि जहाँ मन की चाय तक नहीं, तो वहाँ रहने का क्या फायदा?

फिर सुना गया, बहू बार-बार टेलीफोन करके सास से पूछती रही कि सासू जी, जरा बताइए तो, आपकी स्पेशल चाय कैसे बनती है जो हमारे ससुर जी को खासी प्रिय है? अबके आएँगे तो मैं वैसी ही बनाकर पिलाऊँगी! सो दूसरी दफे साल-दो साल पीछे फिर गए, मगर थूक से बड़े तलने वाली इस चतुर, मिठबोली बहू के यहाँ कुछ खास तसल्ली न हुई और लौट आए।

और दूसरे बेटे के यहाँ तो और भी अजब किस्सा हुआ। उसे सरकारी फ्लैट मिला हुआ था, जहाँ किराया मुफ्त, बिजली-पानी मुफ्त। उसने बुलाया कि बाबू जी, आइए,

इस बुढ़ापे में कुछ दिन हमारे यहाँ भी रहकर थोड़ी सुख की साँस लीजिए। मगर बेटे के घर का सुख जहर हो जाएगा, यह न नेता जी जानते थे और न उनका बेटा। हुआ यह कि वहाँ सब कुछ मुफ्ती का था। सो रात-दिन बिजली-पानी की बर्बादी होती थी। नल चलता था, मगर कोई उसे बंद करने वाला नहीं! सारे कमरों में खामखा बल्ब जल रहे हैं, पंखे चल रहे हैं। जरूरत हो या बेजरूरत, कोई बटन बंद करने वाला नहीं। नेता जी सारे दिन पानी की टोंटी बंद करते और स्विच ऑफ करते-करते परेशान कि भई, अपने गरीब देश में बिजली-पानी की ऐसी फिजूलखर्ची किसलिए? मगर बेटे-बहू का तर्क था कि "अरे बाबू जी, आप परेशान काहे होते हैं? कौन इस पर हमारा खर्च आता है! बिल तो सरकार चुकाएगी, कोई हम थोड़े ही!"

इस पर नेता जी ने टोका और तैश में आकर गाँधी बाबा और स्वदेशी के विचार का बखान करने लगे कि "भई, ये गरीब देश है। हम सभी को गरीब जनता के बारे में सोचना चाहिए। बिजली-पानी फिजूल खर्च करना महज बर्बादी ही नहीं, इस गरीब देश में पाप है, घोर पाप!"

मगर नेता जी जब यह उच्चार रहे थे तो बेटा-बहू ही नहीं, पोते-पोतियाँ भी मुँह बिचकाकर उनका मजाक उड़ा रहे थे।

नेता जी सीधे-सरल चाहे जितने ही हों, पर अपनी इज्जत और स्वाभिमान के मामले में खरे हैं। बेटा-बहू भी अगर उसके आड़े आए, तो वे उनका क्या करते! सो साफ-साफ कहकर चले आए कि "भई, तुम्हीं सँभालो अपनी यह पाप की लंका, मैं तो चला!" और उसके बाद सुनते हैं कि उस बेटे के घर कभी उन्होंने अपना पैर तक नहीं रखा।

4

बातों-बातों में उदित के मुँह से निकलता है, "नेता जी, ये हमारे खास दोस्त है। बालापने के! इनके बड़े भाईसाहब बल्बों वाली जो बड़ी फैक्टरी है ना, उसमें अफसर हैं। आप तो जानते होंगे उनको-विनोद साब! ये विनोद साब के सगे भाई हैं!...पहचाना नहीं नेता जी आपने इन्हें!"

"अरे, विनोद साब तो खूब अच्छी तरियाँ जानते हैं हमें। तो भैया उदित, तुमने पैले चौं नायँ बताई जे बात? इनके और भाइयन को तो जानत हैं हम, पर ये तो देखे नहीं। कऊँ बाहर रहत हैं का?"

फिर पता चला कि मैं दिल्ली में रहता हूँ, तो बोले, "तो आप क्या विनोद साब के छोटे वाले लड़का गुड्डन की शादी में आए हो बाबू जी?"

"हाँ-हाँ, शादी में...! पर भाई तुम्हें शादी का क्या पता?"

"अरे, येल्लो, हमें क्या पता! अरे, हमें क्या नहीं पता? आपके भाईसाहब जब पैंतीस साल पहले फैक्टरी में मामूली ओवरसियर बनकर आए थे, तब से जानते हैं हम

इन्हें।'' नेता जी हँसे और फिर भाईसाहब के बारे में ही नहीं, बल्कि शादी में कहाँ से कौन-कौन आया, क्या-क्या इंतजाम हुए और क्या-क्या खाने बन रहे हैं, आदि-आदि का पूरा कच्चा चिट्ठा खोलकर रख दिया उन्होंने।

''मेहमान तो कई रोज से आ रहे हैं न आपके।'' उन्होंने कहा, ''और दावत भी खूब चल रही है। कल शाही पनीर और मशरूम की सब्जी बनी थी। उससे पहले छोले-पूरी...शाम को डोसा-इडली, साथ में गुलाब जामुन और छैने की मिठाई। अरे, हलवाई हमने ही तो भिजवाया है विनोद साब के घर। और सुन लो। कोई साठ-सत्तर रिश्तेदार तो आ चुके...और कानपुर वाले रिश्तेदार तो पिछले तीन दिनों से घर में आए बैठे हैं। क्यों, मैं कुछ गलत तो नहीं कह रहा?''

सचमुच वे कुछ भी गलत नहीं कह रहे थे। सब कुछ सही, एकदम सही!

मन में कुछ अजीब-सा लग रहा था। यह आदमी कहीं कोई जासूस तो नहीं? रिक्शा चलाने की आड़ में जासूसी का धंधा, वरना इतने छोटे-छोटे डिटेल्स!

आजकल आदमी का कुछ पता-ठिकाना नहीं। न जाने किस भेस में कौन भेड़िया निकल आए! कुछ और नहीं तो इनकम टैक्स डिपार्टमेंट का ही कोई जासूस हो, तब...? सुना है, ये आजकल भिखारी-विखारी की शक्ल में भी खड़े रहते हैं शहर के चौराहे पर। तो उनके लिए रिक्शा चलाना और रिक्शा चलाते-चलाते 'भेद' ले लेना कौन मुश्किल है! शायद इसीलिए उदित अंजुम इशारा कर रहा था चुप रहने का। मुझे क्या जरूरत थी खामखा इतनी खुदाई करने की! अरे, बंदा है, रिक्शा चला रहा है, पैसे दो और फुटाओ! वही ठीक रहता है, वरना तो...

आदमी गड़बड़ है, सचमुच गड़बड़! खैर, अब तो क्या हो सकता है!

स्टेशन आया, तो हम उतरे। जेब में हाथ डाला। टूटे पैसे न थे, पाँच सौ का नोट!

''अरे, क्या पाँच सौ? इतना बड़ा नोट!...टूटे पैसे तो हैं नहीं हमारे पास!'' नेता जी ने अपनी मुश्किल बताई।

एक क्षण संकोच में खड़े रहे, कुछ सोचते से। वे भी, हम भी।

आखिर वे कुछ सोचकर रिक्शा वहीं छोड़कर गए, नोट तुड़ाकर लाए। और सचमुच झटपट तुड़ाकर ले आए।...

चमत्कार...सचमुच चमत्कार! वरना शहर शहानाबाद में आजकल किसी का सिर तो फटाफट फूट सकता है, पर नोट वह भी खासकर पाँच सौ का नोट तुड़ाना आसान नहीं। अगर आप जान-पहचान के नहीं हैं तो पहला शक तो इसी चीज का होगा कि जरूर साला ठग है, हमें नकली नोट भेड़ रहा है।...मारो स्साले को!

और इससे भी बड़ा अचरज यह कि जिस पान के खोखे से वे नोट तुड़ाकर लाए थे, वहाँ बैठे लड़के ने नीचे उतरकर उनके पाँव छुए और फिर बड़े आदर से फटाफट खुदरा नोट गिनकर दे दिए।

मैं दूर से ही देख रहा था नजारा–बड़े ही आदर से और आश्चर्य से। मन ही मन बुदबुदाते हुए, ''अर्र्रे, वाह रे नेता जी!''

फिर मालूम पड़ा कि पान के जिस खोखे से, वे नोट तुड़ाकर लाए थे, वह नेता जी की मेहरबानी से ही अस्तित्व में आया था।

एक कथा में से निकलती एक और कथा।

''सचमुच हो सकता है ऐसा...?'' मैं पसोपेंश में। पर उदित अंजुम ने ताईद की कि सचमुच हुआ था ऐसा किस्सा कि ''एक जरा दिलफेंक तबीयत के लाला जी थे। लाला बेलाराम। वो अपने बाल-बच्चों को छोड़, किसी ऐसी-वैसी छम्मक-छल्लो औरत के चक्कर में आ गए थे। वो औरत थी तो बला की खूबसूरत और सच पूछो तो तवायफ थी। और असल में तो उनके पैसे के पीछे थी वो।...फिर हुआ ये जो कि होना ही था कि एक रात लाला रेलवे स्टेशन की पटरियों पर मरे हुए पाए गए। सिर अलग, धड़ अलग। उस औरत का तो उस दिन के बाद से कुछ पता-ठिकाना नहीं। पर उनके बाल-बच्चों को खड़ा करने की जिम्मेदारी ले ली हमारे इन नेता जी ने। बड़ा लड़का जो पढ़ा-लिखा था, वो तो बल्बों की इसी फैक्टरी में लग गया और ये छोटा वाला है...''

''तो दावत तो कल है, रात साढ़े आठ बजे! मैं आऊँगा। मुझे तो खास तौर से बुलाया है विनोद साब ने!''

नेता जी फड़कती हुई मूँछों के साथ मुस्कराते हुए कह रहे हैं। फिर चलते-चलते उन्होंने पूरी आश्वस्ति के साथ जोड़ा, ''कल जरूर मुलाकात होगी बाबू जी!''

5

अगले दिन सचमुच रात की दावत में नेता जी मौजूद थे। मैं तो बहुत अरसे बाद मिले मित्रों से मिलने और उनका हालचाल जानने में व्यस्त था और लगभग उन्हें भूल ही चुका था। पर...अचानक वे दिखाई पड़े तो मैं चौंका।

साफ धुला कलफदार खद्दर का कुरता, खद्दर की धोती...और खद्दर की ही एकदम साफ चमकदार जवाहरलाल नेहरू स्टाइल की टोपी। नेता जी अपनी सदाबहार पोशाक में खासे जँच रहे थे। बल्कि लाइट मार रहे थे।

यों तो दावत में शहर के तमाम वी.आई.पी. थे, यानी धनपतियों से लेकर नौकरशाहों तक बड़े-बड़ों की बड़ी बहार! मगर उनमें सचमुच कोई नहीं था जो नेता जी की टक्कर का हो!

सभी उनके आगे झुक रहे थे और उन्हें लगभग घेरे हुए थे।

'अजीब लोग हैं इस शहर के भाई!' मुझे हैरानी हुई।

और तो और खुद भाईसाहब भी बड़े आदर से उनसे बात कर रहे थे। फिर वे बाँह पकड़कर खुद पंगत तक उन्हें ले गए। बैठाया। और सारी व्यस्तताओं के बावजूद थोड़ी देर वहीं खड़े-खड़े उनसे बात भी करते रहे।

कुछ देर बाद जब नेता जी खाने में व्यस्त हो गए, मैं भाईसाहब को एक ओर ले गया। मेरी गहरी प्रश्नाकुलता शब्दों में छलक आई थी।

''भाईसाहब, क्या यह सही है कि ये गाँधी जी के साथ रहे हैं और...?'' नेता जी के बारे में कही-सुनी जाती तमाम बातों के आधार पर मैंने अपनी जिज्ञासा उनके आगे रखी।

विनोद भाईसाहब चुप, एकदम चुप।

क्या हुआ...क्या...? मैंने कुछ गलत पूछ लिया क्या? मैं चक्कर में।

''पता नहीं सही है कि नहीं! लेकिन यह तो एकदम सही कि इस फैक्टरी में मेरी नौकरी इन्हीं की वजह से टिकी हुई है!'' भाईसाहब धीरे-धीरे, एक-एक शब्द पर जोर देते हुए कहते हैं।

''क्या?'' आश्चर्य से मेरा मुँह खुला का खुला रह गया।

''हाँ, शीलू!'' भाईसाहब अपने में डूबे हुए से बोले, ''हुआ असल में यह कि यहाँ एक एम.एल.ए. हैं। ठाकुर डी.डी. सिंह। जाने कैसे उनकी दिलचस्पी इस फैक्टरी में जगी। कुछ लोगों को उकसाया, हड़ताल करा दी और लगे मैनेजमैंट से ब्लैकमेलिंग करने कि पाँच लाख पहुँचाओ हमारे घर, वरना...! उन्होंने सोचा, अच्छा खाने-पीने का धंधा है। वो जितना हो सके, हड़ताल को लंबा लटकाना चाहते थे, मगर मजदूर भी तंग, हम लोग भी। तालाबंदी की नौबत आने को थी। उधर मालिक लोग तो वैसे ही पिछले दस सालों से फैक्टरी बंद करने की जुगाड़ में हैं। सोचते हैं, फैक्टरी ज्यादा मुनाफा तो कमा नहीं रही। इससे तो अच्छा है, यहाँ की लंबी-चौड़ी सैकड़ों एकड़ जमीन जो पहले कौड़ियों के भाव मिली थी, बेचकर करोड़ों रुपए कमा लें। अगर हजार-पाँच सौ प्लाट भी बनाकर बेच लिए, तो भी करोड़ों का खेल है। समझ रहे हो न! तो मालिकों को भी मजा आ रहा था इस खेल में और वो अपना मुनाफा कूत रहे थे।...अच्छा, इस बात को समझ तो मजदूर भी रहे थे, हम भी कि हालत अब यही आने वाली है। इतने में एक मजदूर ने कहा, 'जी, नेता जी जो कहें, हम लोग मान लेंगे। आप नेता जी से बात कर लो।' देखते ही देखते सारे मजदूर यही कहने लगे। तो मरता क्या न करता वाली बात थी। हमने कहा, चलो देखते हैं। इस आदमी के बारे में बातें तो बहुत कही-सुनी जाती हैं, एक दफा खुद चेक करके भी देखना चाहिए...!''

''तो क्या वाकई नेता जी ने सुलझा दिया इत्ता उलझा हुआ मसला?'' मेरी जिज्ञासा।

''यकदम्म!'' भाईसाहब के चेहरे पर बड़ी भली और दिव्य किस्म की चमक थी।

फिर उन्होंने पूरी बात भी बताई।

''...नेता जी ने बिल्कुल युद्ध स्तर पर काम किया। बोले, इस फैक्टरी से शहर के हजारों घरों की रोटी चलती है, तो इसे बंद तो हरगिज नहीं होने दूँगा, भले ही मुझे अपनी जान की बलि देनी पड़े! सुनते तो यह हैं कि तीन दिन तक उनका खाना-पीना, सोना सब

बंद रहा। जो कुछ मजदूर चाहते थे और उनकी जो-जो प्रॉब्लम्स थीं, उन पर उन्होंने मजदूरों से खुलकर बात की। कंपनी की जो हालत थी, उसमें हम जितना कर सकते थे, उसका अंदाजा हमारे साथ उठ-बैठकर लगाया और दो दिन के अंदर मसला खत्म। तीसरे दिन तो अफसर और मजदूर गले मिल रहे थे और साहब, कंपनी की मिल-जुलकर काम करने की पुरानी परंपराओं की दुहाई दी जा रही है!''

''मगर कैसे...?'' मैं सकते में।

''क्या कह सकते हैं! मगर एक बात तय है, कि मजदूर जान छिड़कते हैं इन पर। नेता जी गलत नहीं कर सकते, चाहे जान चली जाए-ये सब कहते हैं और शायद गलत नहीं कहते!''

भाईसाहब कुछ-कुछ भावुक हो चले थे।

मैं हैरान! भाईसाहब तो खासे प्रैक्टीकल और बुद्धिवादी आदमी हैं और ये बहे जा रहे हैं महज एक रिक्शा वाले के लिए! अजीब बात है-कितनी अजीब!

''उन दिनों तो हमारे जी.एम. भी जान छिड़कते थे इन पर। और उन दिनों क्या, अब भी यही हालत है।'' भाईसाहब बता रहे थे, ''बातचीत जब चल रही थी, तब तो हालत यह थी कि रोजाना बिना नागा कंपनी की कार भेजते थे इनको घर से लाने के लिए। पर...ये एक दफा भी उस कार से नहीं आए। वापस भेज देते थे। अपने रिक्शे पर आते थे, उसी से जाते थे।''

''समझौता होने के अगले दिन जी.एम. ने पूरे पचास हजार रुपए भिजवाए कि नेता जी ना मत कीजिएगा, ये हमारी ओर से छोटा-सा तोहफा है! इस पर नेता जी तो आगबबूला, बिल्कुल जैसे फट पड़े हों। बोले, 'आप लोगन ने समझ क्या रक्खा है! अरे, क्या नेता जी को खरीदना चाहते हैं? हम गाँधी के असली चेला हैं, नकली वाले नहीं हैं!'

''इस पर सुना तो यह भी गया कि जी.एम. को दोनों हाथ जोड़कर माफी माँगनी पड़ी थी और वह 'सर...सर...' कहता नेता जी के आगे-पीछे चक्कर काट रहा था। अटक-अटककर उसे बोलते सुना गया था कि 'नेता जी, किसी से कहिएगा नहीं, जरा मेरी इज्जत का सवाल है!' तो इस पर नेता जी ने तो वाकई किसी से कुछ नहीं कहा, एक शब्द तक नहीं। तो भी पता नहीं कैसे बात फैल गई!''

सुनकर मुझे न जाने क्यों एक पुराने लोकगीत की भूली-बिसरी पंक्ति याद आई, ''लागी कैसे छूटे हो रामा...!'' मानो यह पुराना लोकगीत चोला बदलकर अचानक एक व्यंग्यात्मक सूरत में सामने आ गया। मैं भाईसाहब को भी यह लाइन सुनाना चाहता था। पर वे अपनी रौ में थे और कहे जा रहे थे, ''आज भी जी.एम. याद करता है कि सचमुच एक सचमुच के नेता जी से पाला पड़ा था। और इस समझौते से मजदूर तो इतने खुश थे कि आज भी याद करते हैं कि नेता जी ने हमारा बड़ा फायदा कराया था और बड़ा टनाटन समझौता था! इसकी वजह भी सीधे-सीधे यही थी कि बीच में कोई खाने वाला दल्ला

तो था नहीं। लिहाजा जो कुछ मजदूरों को मिला, सीधे-सीधे मिला...और खासा मिला। मेरी जानकारी में हमारी फैक्टरी में इतने मजदूरों को पहले कभी नहीं मिला, किसी भी एग्रीमेंट में। इसलिए मजदूरों से पूछो तो वो आज भी नेता जी की जय बोलते हैं। और हमारे जी.एम. का सिर आज तक नहीं उठता इनके आगे!''

और मुझे याद आया कि नेता जी जब बैठे थे, तो साथ में जी.एम. भी था, मि. सूरी...या पता नहीं, क्या नाम बताया था भाईसाहब ने। और यह भी कि बंदा इंग्लैंड से मैनेजमेंट समेत जाने कौन-कौन से कोर्स करके आया है। पर देखो तो, अपने बढ़िया क्रीजदार सूट, बढ़िया टाई, बढ़िया चमक-चम जूतों के बावजूद नेता जी के आगे कितना निष्प्रभ, पंगु, दयनीय...!

तभी सूरी साहब की बिल्ली-कट मूँछों पर मेरा ध्यान गया और मेरी हँसी छूटने को हुई, अहा-हा, मिस्टर जी.एम की इन बिल्ली-कट मूँछों के सामने जरा नेता जी की मूछें तो देखो, एकदम शेर की तरह! खुली-खुली, फैली-फैली। नेता जी हँसते हैं तो उनकी मूँछों के सिरे भी क्या खूब फड़कते हैं। और उनके आगे बेचारे बिल्ली-कट सूरी की मूँछें, एकदम चकरघिन्नी की तरह! वे बीच-बीच में घुन्नेपन से हँसते हैं और और फिर अचानक चुप्पी साध लेते हैं, जैसे टायर पंक्चर...सारी हवा निकल गई हो। मगर नेता जी शेर...वाकई शेर! सच्चे सूरमाँ!

ओह, आज जान पाया गाँधी बाबा की असली ताकत! अहिंसा और नैतिकता की ताकत, जिसे बड़ी-बड़ी शक्तिशाली कुर्सियाँ भी सलाम करती हैं!

6

अचानक नेता जी उठ खड़े हुए। एक भीनी मुस्कराहट के साथ बोले, ''अच्छा विनोद साब, चला जाए! बहुत अच्छा भोजन कराया आपने। बड़ा आनंद आया। गुड्डन बाबू कहाँ है? उसे आशीर्वाद देता चलूँ!''

फिर गुड्डन आया तो उसके सिर पर बड़े प्यार से हाथ फेरते हुए कहा, ''अब तुम जवान हो गए हो गुड्डन बाबू। खुद को पहचानो...कि क्या तुम्हें करना है जिंदगानी में! गाँधी जी की आत्मकथा पढ़ो। हम लाकर देंगे तुम्हें।''

बाईस साल के गोलमटोल गुड्डन ने मंद-मंद मुस्कराते हुए सिर झुका लिया है, ''अच्छा, नेता जी!''

रंगी बाबू चलने लगे तो भाईसाहब का विनम्र अनुरोध, ''नेता जी, गाड़ी से छुड़वा देते हैं...!''

''अरे, काहे का कष्ट करते हैं भाई। हमारी सवारी बाहर खड़ी है। कोई राजा की सवारी से कम थोड़े ही ना है हमारी सवारी!'' रंगी बाबू अपनी टोपी उतारकर फिर से सिर पर जमाते हैं। बड़े ही आत्मगौरव और इत्मीनान के साथ।

"और फिर...!" खुदर-खुदर हँसते हुए कहते हैं, "अगर स्टेशन से कोई सवारी मिली तो उठा लेंगे। दो-चार रुपए बन जाएँगे...और आपके घर जो ढेर सारा पक्का खाना खाया है, सो भी पच जाएगा! यों भी मेहनत में काहे की शर्म! क्यों ठीक कह रहा हूँ न बाबू जी?" इस बार मेरी ओर इशारा करते हुए रंगी बाबू हँसते हैं-एकदम बच्चों जैसी भोली, निष्कलुष हँसी।

थोड़ी देर में अपने रिक्शे पर सवार वे तेज-तेज पैडल चलाते नजर आते हैं।

ओर अब वे दृष्टि से ओझल हो गए हैं, पर जाने क्यों मेरी निगाह उस पथ से हटती ही नहीं है। जाने क्यों...?

●

14

जादू

आइए, पहले इस कहानी के नायक से मिलते हैं। हमारी इस कहानी का नायक है नंदू। एक बड़ा ही नटखट, चपल-चंचल, गोल मुटल्ला नंदू। शाम के समय वह खेल के मैदान से तेजी से भागता हुआ घर आ रहा हो, तो आप धोखा खा जाएँ। लगेगा, यह नंदू नहीं, आकाश से बाल सूर्य उतरा है, चमकती आँखों और सुर्ख टमाटर जैसे लाल-लाल गालों वाला! बच्चे तो बहुत होते हैं और सभी प्यारे-प्यारे होते हैं, पर नंदू तो भई, नंदू ही है, इसलिए कि वह हमारी कहानी का नटखट, चपल-चंचल, गोल मुटल्ला नंदू है, जिसकी आँखों में हर वक्त उत्साह की चमक दिखाई देती है।

मगर भई, कहानी का नायक वह नन्ही-सी जान...यानी वह जरा सा, शरीर , ऊधमी चिड़िया का बच्चा भी तो हो सकता है, जो अपन नन्हे-नन्हे रोएँदार भाई-बहनों से झगड़ते हुए एकाएक घोंसले से निकलकर बाहर आ गिरा था और...और...उसने एक नन्ही-सी कहानी को जन्म दिया था! फर्श पर इधर उधर बिखरे तिनकों के साथ, एक बेहद मासूम; रोएँदार नन्ही शख्सियत महसूस की जा सकती थी। और वह नन्ही कहानी भी, जो मैं सुनाने जा रहा हूँ!...

खैर, आप नहीं मानते, तो उस नन्ही-सी जान... यानी चिड़िया के उस नन्हे शरीर बच्चे को ही कहानी का नायक मान लेते हैं! पर अब मेहरबानी करके थोड़ा पीछे चलें। अतीत के उस छोर पर, जब चिड़िया का बच्चा अभी अस्तित्व में नहीं आया था। चिड़िया ने घोंसला बनाया है नंदू के छोटे से घर में...और नंदू खुश है। इतना खुश, इतना खुश, मानो उसके पंख उग आए हों और वह जब चाहे आसमान की सैर कर सकता है।

बेशक जब से उस चिड़िया और चिड़े ने उसके घर के आँगन में, दीवार की खोखल में अपना घोंसला बनाया है, तभी से उसकी यह हालत है। जब देखो, वह उड़ा-उड़ा-सा दिखाई देता है!

वाकई उड़ा-उड़ा-सा!

2

नंदू की मम्मी यानी मिसेज आनंद हैरान हैं। आँगन की दीवार में एक ईंट की जगह न जाने कैसे खाली रह गई थी। बस, चिड़िया को घोंसला बनाने के लिए वह जँच गई। और अब तो दिन में पचासों चक्कर उसके लगते हैं।...कभी तिनके ला रही है, कभी घास, कभी सूतली का छोटा-सा टुकड़ा, कभी फूस, कभी कुछ और। नंदू को मानो दिन भर का काम मिल गया। दिन में बीसियों दफा मेज पर चढ़कर, उचक-उचककर देखता है, चिड़िया के घोंसले में कितनी 'प्रोगेस' हुई?...क्या-क्या नई चीजें आ रही हैं। और उन्हें कहाँ-कहाँ जँचाया जा रहा है!

और यह सब देखकर वह दौड़ा-दौड़ा मम्मी के पास जाता है तथा सारा हाल और घोंसले के बारे में 'ताजा समाचार' मम्मी को बताता है। और फिर खोद-खोदकर मम्मी से सवाल पूछता है कि मम्मी, चिड़िया यह क्यों करती है? वह क्यों करती है? और चिड़िया के घोंसले में अंडे कब आएँगे? कब आएँगे चिड़िया के बच्चे?

मिसेज आनंद फुर्सत में होती हैं, तो थोड़ा-बहुत बता देती हैं। मगर कभी काम में लगी हों, तो गाल पर हल्की-सी चपत लगाकर कहती हैं, "जा भाग, तुझे और कोई काम नहीं है?...दुष्ट कहीं का!"

मगर क्या करे नंदू? उसका मन तो चिड़िया के घोंसले से हटता ही नहीं। और उसे लगता है कि उसे तो इतना बड़ा खजाना मिल गया है, इतना बड़ा कि कुछ न पूछो। स्कूल में अपने दोस्तों को भी यह सब बताता है, तो वे हैरानी से ताकते रह जाते हैं। और आस-पड़ोस के बच्चे तो घर तक चले आते हैं, "दिखा तो नंदू, कहाँ है चिड़िया का घोंसला?"

अब नंदू एकदम राजाओं वाली शान और अकड़ से वह चिड़िया का घोंसला दिखाता है और उसके बारे में एक-एक छोटी से छोटी बात बताना नहीं भूलता।

"एक दिन ऐसा हुआ...सुन मोंटू, ऐसा कि चिड़िया हमारे घर आई। साथ में अपने चिड़े को भी लाई। उसने यहाँ देखा, वहाँ देखा। इधर उड़ी, उधर उड़ी...और पंखे की टोपी के ऊपर वाले हिस्से में घोंसला बनाने लगी कि मैंने उसे टोका। फिर दरवाजे के ऊपर वाले रोशनदान पर उसने रखने शुरू किए तिनके। सारा फर्श गंदा हो गया, तो मम्मी का तो पारा हाई! मम्मी ने रोका...बड़ी मुश्किल से हटाया! फिर चिड़िया को भा गई यह जगह।...देख रहे हो न दीवार के बीच छूटी यह छोटी-सी जगह। हर बार बस, अब तो चिड़िया और श्रीमान चिड़ा सारा दिन तिनके ला रहे हैं, धर रहे है , घोंसला बना रहे हैं। वो मार-तूफान इन्होंने मचाया कि क्या कहने! मगर भई, फिर घोंसला बना, बनकर रहा। और अब तो अंडे भी आएँगे, फिर चिड़िया के बच्चे। मगर भई, मुझे तो डर लगता है, कहीं बिल्ली ने आकर...! वैसे भी चिड़िया तो छोटी-सी जान है बेचारी!"

नंदू की कहानी हर बार यही से शुरू होती और फैलते-फैलते इतनी फैल जाती कि खुद नंदू को कुछ सुध-बुध न रहती।

नंदू के दोस्त हैरान होते है, आजकल यह नंदू को क्या हो गया है? बात कहीं की हो, उड़ते-उड़ते कहाँ से कहाँ जा पहुँचता है! अब यही लो, बात तो रही थी चिड़िया के घोंसले की, मगर यह तो ऐसा लगता है, जैसे महादेवी वर्मा की कविता सुना रहा हो-'मैं नीर भरी दुख की बदली...!'

3

...फिर कुछ रोज बाद चिड़िया ने अंडे दिए। और अब तीन-चार दिनों से, जब से चिड़िया के बच्चों की आवाजें सुनाई देने लगी हैं, नंदू की उत्सुकता का कोई पार ही नहीं है। वह उछलकर मेज पर चढ़ता है, बड़े गौर से चिड़िया को अपने बच्चों के मुँह में दाना डालते देखता है और कूदकर फिर नीचे। पढ़ते-पढ़ते उसका ध्यान उचटता है ओर वह झट मेज पर खड़ा होकर चिड़िया के बच्चों को देखने लगता है।

सुबह उठते ही उसका पहला काम यही होता है। मेज पर खड़ा होकर चिड़िया के बच्चों की 'चीं-चीं' करते देखता है और फिर खुश होकर अपने काम में लग जाता है। स्कूल जाने से पहले चिड़िया के बच्चों को 'टा-टा' कहना भी नहीं भूलता। शाम को स्कूल से आते ही बस्ता फेंककर सीधा मेज पर आ खड़ा होता है और चिड़िया के घोंसले के आगे ऐसे खड़ा हो जाता है, मानो अभी-अभी दुनिया का सबसे नया, नायाब तमाशा यहाँ होने जा रहा हो।

रोज स्कूल से आकर वह मम्मी से यह पूछना भी नहीं भूलता, ''मम्मी, चिड़िया आई थी अपने बच्चों के लिए दाना लेकर?...कहीं भूल तो नहीं गई? ये कहीं भूखे तो नहीं होंगे।...हैं मम्मी!''

सुनकर घर और दफ्तर के ख्यालों के बीच उलझी मिसेज आनंद खिलखिलाकर हँस देती हैं। एक हल्की चपत नंदू के गाल पर लगाकर कहती हैं, ''तू क्यों चिंता करता है नंदू? चिड़िया खुद अपने बच्चों की चिंता कर लेगी।''

या कभी-कभी उसे टालते हुए वे कहती हैं-''यह सब बाद में...पहले तू अपना खाना तो खत्म कर।''

मगर नंदू जब तक बीसियों बातें चिड़िया के बारे में नहीं पूछ लेगा और जब तक बीसियों दफा मेज पर चढ़कर खुद अपनी आँखों से चिड़िया के बच्चों का हाल-चाल नहीं पता कर लेगा, तब तक उसे चैन नहीं।

कई बार मिसेज आनंद खीज भी जाती हैं। कुछ बरस पहले मि. आनंद का तबादला बंगलुरु हो जाने के कारण, घर की दोहरी जिम्मेदारियों से लदी-फँदी मिसेज आनंद जब गुस्से को जज्ब नहीं कर पातीं, तो डपटकर कहती हैं, ''तू तो बड़ा उतावला है नंदू। देखना, किसी दिन तू चिड़ियों के बच्चों को हाथ लगाएगा और फिर चिड़िया इन्हें यहीं छोड़ जाएगी। ये भूखे कलपते रहेंगे, याद रखना!''

तब से डर के मारे नंदू ने चिड़िया के बच्चों को हाथ तो नहीं लगाया, लेकिन उन्हें बार-बार देखने की खुदर-बुदर तो मन में मची ही रहती है। उसे लगता है, दुनिया का सबसे बड़ा खजाना उसके हाथ में है। हीरे और रत्नों से भी बड़ा। भला वह उसे देखने से अपने आपको कैसे रोके?

सारे सर्कस-तमाशे और टीवी-शीवी एक तरफ और चिड़िया के नन्हे-नन्हे रोएँदार बच्चे दूसरी तरफ। मगर जीत हमेशा चिड़िया के बच्चों की होती है।

सो क्यूट...!

4

यों ही एक-एक कर दिन बीतते जाते थे। मानो पंख लगाकर उड़ रहे हों। और नंदू की प्रसन्नता का कोई अंत नहीं था।

लेकिन आज तो कुछ ऐसी अजीब सी हालत हो गई कि उसकी समझ में नहीं आ रहा था-वह क्या करे, क्या नहीं। यहाँ तक कि उसे तो इतना भी समझ में नहीं आ रहा था कि इस घटना से उसे खुश होना चाहिए या दुखी?

असल में आज नंदू की छुट्टी थी। मम्मी दफ्तर गई हुई थी । नंदू ने सोचा, "चलकर पीछे वाले आँगन में खेला जाए। चिड़िया के बच्चों का क्या हाल है, यह भी देखना चाहिए।"

उसने मेज पर चढ़कर देखा, तो जी धक से रह गया। चिड़िया के चार बच्चों में से तीन ही थे। चौथा कहाँ गया! कहीं चील तो झपट्टा मारकर नहीं ले गई, या फिर बिल्ली...?

नंदू ने घबराकर इधर-उधर देखा और उदास होकर मेज से नीचे उतर आया। जैसे युद्ध हारा हुआ राजा, जिसके किले की एक दीवार दुश्मन ने ढहा दी हो!

मगर मेज से नीचे आते ही वह चौंका। आँगन के एक कोने में वही चिड़िया का बच्चा था, एकदम वही! डर के मारे एकदम सिकुड़ा हुआ सा बैठा था।

देखते ही नंदू की सारी उदासी गायब हो गई। एकबारगी तो उसे इतनी खुशी हुई कि वह मारे खुशी के चीख पड़ने को हुआ। फिर अचानक उसका ध्यान इस बात की ओर गया कि चिड़िया का बच्चा डरा हुआ है। इतनी देर से भूखा-प्यास भी होगा।...कहीं इसे पानी की जरूरत तो नहीं है?

वह एक कटोरी में पानी भर लाया और उसे चिड़िया के बच्चे के पास ला रखा। मगर वह छुटका-सा चिड़िया का बच्चा पानी पिए कैसे?

नंदू उलझन में है। मगर ठीक समय पर उसे गुपलू की याद आई। नंदू को यकीन था, गुपलू से ज्यादा इस दुनिया में चिड़िया और चिड़िया के बच्चे के बारे में कोई और

नहीं जानता। इसीलिए क्लास के ज्यादातर बच्चे चाहे उसके शेखीखोर होने से चिढ़ते थे, पर नंदू उसे बर्दाश्त करता था। यहाँ तक कि प्यार भी करता था।

"गुपलू कह रहा था–अगर रुई भिगोकर चिड़िया के मुँह में पानी डालो, तो वह पी लेगा।" नंदू को याद आया, तो उसकी निराशा कम हुई। वह झट रुई लेने के लिए अंदर गया।

अभी वह रुई लेकर बाहर आया ही था कि आँगन में अमरूद के पेड़ पर से चीं-चीं-चीं की इतनी आवाजें आईं कि वह चौंक गया।

"कौआ...मुटल्ला, काला! ...उफ!!" उसके माथे पर मारे भय के पसीना छलछला आया।

इसमें शक नहीं कि वह दुष्ट खलनायक कौआ नीचे आकर चिड़िया के बच्चे को हड़पना चाहता था। अमरूद के पेड़ पर बैठीं चिड़ियाँ इसीलिए आवाजें कर रही थीं।

"हे राम, चिड़िया को तूने इतना भोला, इतना मासूम क्यों बनाया? हे राम, यह दुनिया ऐसी क्यों है, जिसमें कोई किसी दूसरे के बच्चे को...? हे राम...हे राम!" जाने कितने 'हे राम' आज पहली बार नंदू के मुंह से निकले थे।

मगर इसीलिए नंदू चिंता में। नंदू पसीने-पसीने। नंदू इस समय, जरा गौर कीजिए–दुनिया का सबसे बड़ा दार्शनिक है!

5

तो यानी कि नंदू परेशान हो गया। वह क्या करे, क्या नहीं! उसने रुई से दो बूँद पानी चिड़िया के बच्चे के मुँह में डाला था। मगर घबराहट के मारे वह भी उसने पिया नहीं। इधर यह दुष्ट कौआ न जाने कहाँ से चला आया!

नंदू की सारी खुशी काफूर हो चुकी थी। और वह डर सा गया था–कहीं चिड़िया के इस बच्चे का अनिष्ट न हो जाए।

"जब तक मम्मी नहीं आती, तब तक मैं यहीं रहूँगा।" सोचकर वह दीवार से टेक लगाकर बैठ गया। और प्यार से चिड़िया के बच्चे को पुचकारने लगा।

कुछ देर बाद उसे भूख लगी, लेकिन कहीं वह पाजी कौआ फिर न आ जाए! सोचकर वह वहाँ से नहीं हिला। और मन ही मन भगवान से दुआएँ माँगने लगा–'हे भगवान, किसी तरह चिड़िया के बच्चे को बचा ले–हे भगवान...हे भगवान!'

6

'...ट्रिन्न...ट्रिन्न..न!'

दोपहर को कालबैल की आवाज सुनाई दी, तो नंदू समझ गया, जरूर मम्मी आईं हैं। अरे, मम्मी के आने का आज पता ही नहीं चला।

वह दिन भर के अपने भीषण कुरुक्षेत्र युद्ध के मैदान से निकलकर दरवाजा खोलने गया। दरवाजा खोलते ही नंदू फिर दौड़कर आँगन की ओर भागा।

''क्या है नंदू? आज तो तुमने मुझसे बात ही नहीं की!'' मम्मी ने लाड़ से कहा।

''मम्मी, चिड़िया का बच्चा!'' नंदू के मुँह से बस इतना ही निकला। वह रोआँसा हो चुका था।

''क्या हुआ चिड़िया के बच्चे को?'' मम्मी तब तक आँगन में आ चुकी थीं।

आँगन के कोने में डरे, सिकुड़े चिड़िया के बच्चे और नंदू को देखा, तो मिसेज आनंद का गुस्सा सातवें आसमान पर पहुँच गया। आज ऑफिस में बॉस ने कुछ ऐसा कह दिया था कि वे अंदर ही अंदर तिलमिला गई थीं, पर चाहते हुए भी जवाब नहीं दे पाई थीं। असल में कभी-कभी नंदू की वजह से उन्हें दफ्तर से वक्त से कुछ पहले उठना पड़ता था। पर वे रोज का सारा काम रोज निबटाती थीं नियम से और कुछ भी कल के लिए पैंडिंग नहीं छोड़ती थीं। लिहाजा बॉस को भी कोई परेशानी न थी।

पर आज पड़ोस के भेंगी आँखों वाले मिस्टर अरोड़ा ने कुछ ऐसा कह दिया...ऐसा कि बॉस के अंदर हवा भर गई। भरती गई और फिर उन्होंने कह ही दिया कि ''मिसेज आनंद, देखिए यह रोज-रोज की बात, ऐसे तो चलेगा नहीं!''

'तू...तू...तेरा परिवार नहीं है! तू नहीं जानता किस तरह मैं अपने बच्चे को पाल रही हूँ, जबकि मेरे हसबैंड, तू अच्छी तरह जानता है कि यहाँ नहीं...! तुझ पर भी कभी कुछ बीते तो पता चले!'

गुस्से में खदबदा गई थीं मिसेज आनंद। कहना तो बहुत कुछ चाहती थीं, पर कहतीं कैसे! यह नौकरी जरूरी थी उनके लिए, वरना तो...!

लेकिन रास्ते भर हवा में उँगलियाँ हिला-हिलाकर मानो वे बॉस को यही सब सुनाती आई थीं। उनका ब्लड प्रेशर बढ़ गया था और सिर चक्कर खाने लगा था। वे घर आते ही लेटना चाहती थीं। और...और अब घर पर लाड़ले ने यह दृश्य क्रिएट कर दिया।

चिल्लाकर बोलीं, ''मुझे मालूम था, तू ये शरारत करेगा...मुझे मालूम था।''

नंदू को काटो तो खून नहीं।

''नहीं मम्मी, मैंने कुछ नहीं किया, मैं तो...!'' नंदू कहना चाहता था, पर मम्मी को सख्त नजरों से अपनी ओर देखते देखा, तो चुप हो गया।

7

''मम्मी, मैं तो इसे कौए से बचा रहा था।'' कुछ देर बाद नंदू ने फिर धीरे से कहा।

''मगर...यह नीचे आया कैसे, गिरा कैसे?'' मिसेज आनंद ने गुस्से से बिफरकर पूछा।

"मुझे नहीं पता मम्मी, मैंने तो इसे आँगन में गिरा हुआ देखा था। फिर मैं रुई लाया, इसे पानी पिलाने के लिए। कौआ इसे खाना चाहता था, इसलिए मैं सुबह से यहीं बैठा हूँ...नाश्ता भी नहीं किया।"

सुनते ही एक क्षण में मिसेज आनंद का गुस्सा काफूर हो गया। उन्हें नंदू पर बहुत लाड़ आया। बोलीं, "अरे नंदू, तू तो बहुत अच्छा है रे! मैं तो यों ही तुझ पर बिगड़ रही थी।"

पर नंदू अब भी अपनी उसी भाव-समाधि में था–"मम्मी...मम्मी, यह चिड़िया का बच्चा...? इसका अब क्या करेंगे?"

मिसेज आनंद हँसीं, "अरे, करना क्या है? मैं इसे फिर से घोंसले में रख देती हूँ।"

उन्होंने बहुत प्यार से पुचकारकर चिड़िया के बच्चे को हथेली पर लिया और आहिस्ता से घोंसले में रख दिया।

रखते समय उन्हें लगा, मानो 'खुल जा सिम-सिम' करते हुए, बचपन के जादुई करिश्मों से भरे अजायबघर का दरवाजा खुल गया है। और भीतर...इतने ललचाने वाले दृश्य, और चीजें और खेल हैं कि...अगर उन्होंने खुद को नहीं रोका तो अभी बच्ची बनकर नंदू के साथ खेलने और बतियाने लगेंगी।

नंदू ने भी देखा और सोचा–आज मम्मी कितनी अच्छी लग रही हैं! सचमुच कितनी अच्छी, कितनी प्यारी...!

उधर चिड़िया और चिड़ा भी यह देख रहे थे। उनकी एक साथ चीं-चीं की आवाज सुनाई दी। मानो दोनों मिलकर नंदू और उसकी मम्मी को धन्यवाद दे रहे हों!

कहानीकार का ध्यान अभी चिड़िया, चिड़े और चिड़िया के बच्चे की सम्मिलित चीं-चीं-चीं की ओर था कि अचानक उसने देखा, नंदू और उसकी मम्मी भी चिड़िया और चिड़िया के बच्चे में बदल गए हैं। शाम के डूबते सूरज की मद्धिम रोशनी में उनके खूब बड़े, रोएँदार सुनहले पंख चमक रहे हैं, ठीक चिड़िया की तरह। और फिर चिड़िया, चिड़ा, चिड़िया के बच्चे और नंदू और नंदू की मम्मी सभी एक सुनहले आसमान की ओर उड़ने लगते हैं। वे उड़ रहे हैं–उड़ते जा रहे हैं...यहाँ तक कि उड़ते-उड़ते नजरों से ओझल हो जाते हैं।

●

15

आओ लतिका, घर चलें

सड़क थी–एक लंबी खिंची हुई, काली और बदसूरत सड़क। जैसे तेज गरमी के कारण वक्त की हाँफती हुई जीभ बाहर निकल पड़ी हो और बेतरतीब घुमावों के साथ पसर गई हो। बिल्कुल बेमतलब, बेमानी।

और क्या? सड़क का भी कोई मतलब होता है। सड़क तो सड़क होती है, जिस पर से लोग, नहीं, लोग नहीं–पैर, सिर्फ पैर गुजरते हैं। आते हैं, जाते हैं और उन पैरों के नीचे दबी सिसकियाँ भरती सड़क। सड़क का भी कोई मानी होता है?

चलते-चलते अचानक सोचने लगी लतिका–लोगों से खचाखच भरे, समूचे शहर का बोझ अपनी छाती पर झेलती सड़क। और फिर भी कित्ती अजीब चीज है कि सड़क का कोई अपना अर्थ, कोई अपना वजूद, कोई अपना प्रयोजन नहीं। बस हमें, हमारे काम के लिए एक जगह से दूसरी जगह ले जाती है। नहीं, ले कहाँ जाती है, वह तो ठहरी रहती है। गुजरते तो पैर हैं।

तो क्या उन पैरों का ही कोई प्रयोजन है? और उन तमाम मोटरगाड़ियों, कारों, बसों का, जो तैरती हुई आती हैं। खचाखच लोगों से भरी। कुछ लोगों को छोड़ती, कुछ को भरती हैं और फिर हड़बड़ी में वैसी ही हाँफती हुई गुजर जाती हैं।

क्यों, कहाँ! कहाँ जाते हैं इत्ते सारे लोग? इन्हें कहाँ पहुँचने की इतनी हड़बड़ी है? क्या इनकी जिंदगी में इतना ढेर सारा सुख है कि...? क्या इनकी जिंदगी का वाकई कोई प्रयोजन है!

और अगर है तो कितने भाग्यशाली हैं ये लोग। लेकिन...

2

लेकिन...असंख्य अनजाने चेहरों, असंख्य आँखों, असंख्य पैरों के हूजूम में, एक बेतरतीब भीड़ का हिस्सा बनी हुई, चलते-चलते अब वह थक गई थी।

सिर पर सूरज चिलक रहा था और उसकी तेज, नंगी धूप आँखों में चौंध पैदा कर रही थी। गरमियों में शाम के वक्त भी सूरज इस कदर तपता है कि जैसे वह मन की सारी आर्द्रता को जलाकर सोख लेना चाहता है।

उसने अपने सूखे होंठों को जीभ से तर करने की कोशिश की, लेकिन बेकार। भीतर कोई और भट्ठी तप रही है और भीतर और बाहर की दोनों धधकती हुई भट्ठियाँ जैसे उसकी भावनाओं के रस को सोख लेना चाहती हैं, पी जाना चाहती हैं।

क्या उसी को इतनी झुंझलाहट हो रही है? या सभी इस ताप में ऐसे ही तपते हैं, लेकिन कहते नहीं। उसका मन हुआ किसी से पूछे। लेकिन किससे?

पास ही पानी वाला दिखाई पड़ा तो वह हड़बड़ाहट में करीब-करीब दौड़ते हुए, उस तक गई और जल्दी-जल्दी पानी के दो-तीन गिलास पी डाले। बैग से निकालकर उसने पाँच रुपये का नोट दिया, बाकी पैसे लेकर चल दी।

पानी के ठेले वाला लड़का थोड़ी देर उजबक-सा, उसे अजीब-सी नजरों से देखता रहा। शायद उसकी प्यास या बेसब्री उसे अजीब लगी हो। फिर कॉलेज के कुछ लड़के-लड़कियाँ आ गए, तो वह झट उनकी सेवा में लग गया। उन लड़के-लड़कियों की चीं-चपर बातों और बेवजह हँसी के बीच उस पानी वाले लड़के भी उत्साहित 'लीजिए...लीजिए' की आवाजें दूर तक उसे सुनाई देती रहीं।

अचानक उसे लगा कि आधुनिकता का अर्थ पैसा है, सिर्फ पैसा। अपनी हर जरूरत, हर इच्छा की पूर्ति जो चाहे जहाँ से करे, सिर्फ जेब में पैसे होने चाहिए कीमत चुकाने के लिए। भावना और जज्बात की लाश पर कहकहे लगाती आज की जिंदगी पैसा है, सिर्फ पैसा। हर स्वार्थ, धोखा और चालाकी इसी पैसे को लेकर है। उसे लगा कि वही जैसे पिछड़ गई है। बार-बार धोखे और चोट खाती हुई भी इस हकीकत को मानने से इनकार करती रही है। और इसीलिए बिन्नू और मोना तक उसका मजाक उड़ाते हैं।

कल ही तो टीवी प्रोग्राम 'ग्रेट लाफ्टर' देखते-देखते मोना ने कहा था, "लतिका दीदी को तो आज से दो सौ साल पहले होना चाहिए था। बिल्कुल अठारहवीं सदी जैसी सीधी और सेंटीमेंटल!" और यह सुनकर बिन्नू तालियाँ बजाकर हँस पड़ा था-"आइडिया, आइडिया! बिल्कुल अठारहवीं शताब्दी का मॉडल। तुमने मेरे मन की बात छीन ली मोना!"

-अठारहवीं शताब्दी की मॉडल! सीधी-सादी मिट्टी की मूरत, भावुक... दकियानूस! और भी न जाने क्या-क्या? छोटे-छोटे बच्चे भी उसे चिढ़ाने लगे हैं। इसलिए कि उसे वह सब अच्छा नहीं लगा जो सबको अच्छा लगता है।...किसी एक को निशाना बनाकर 'हा-हा' करना, यह फूहड़ता है या मनोरंजन? उसके भीतर सवाल पर सवाल उठते हैं। पर उन सवालों की क्या इतनी बड़ी सजा होती है कि हर कोई उस पर फब्तियाँ कसे? बच्चे तक!

तो क्या अब यही उसकी जिंदगी रह गई है? इसमें कहाँ है कोई अर्थ! एक बेजान सा हड्डी का टुकड़ा जैसे जिंदगी के नाम पर उसके गले में लटका दिया गया है कि वह कल्पना से उसमें रंग भरे। झूठी गलतफहमियों के रंगों से उसे कोई इंद्रधनुष, कोई कलाकृति बना दे। और सबके बीच नकली मुस्कानें ओढ़कर खड़ी हो जाए कि वह सुख से जी रही है, खुश है, बहुत खुश।

लेकिन वह जानती है कि सुख की सूरत देखने के लिए वह तरस गई है। जिंदगी को सिर्फ एक लंबे, घिनौने अपमान के चक्के के रूप में उसने जाना है। दफ्तर में क्लर्कों की लिजालिजाते कीड़ों जैसे रेंगती हुई निगाहें जैसे उसके कपड़ों को तार-तार करके नंगा कर देना चाहती हों। और दिनेश वर्मा जैसे लीचड़ अफसरों के हाथ "तुम बहुत अच्छी हो, प्यारी हो, लता...एं! हम तुम्हारी तरक्की करवा देंगे।" जैसे वाक्यों के साथ लिजलिजाते केंचुओं की तरह पहले कंधों और फिर कंधों के नीचे फिसलने लगते हैं, तब...तब उसे लगता है कि वह गुस्से में थूक दे उनके चेहरों पर! चिल्ला पड़े कि क्या सभी आदमी जंगली भेड़िए होते हैं जो औरत की इज्जत को नाखूनों से काट-काटकर स्वाद लेना चाहते हैं?

तो फिर इस जिंदगी का मकसद ही क्या बचा है? झूठ...मुखौटे...नकली मुस्कानें। लपलपाती जीभें। वासना के कीड़े। भेड़िए...! और इस सबको दिया हुआ एक खूबसूरत कलेवर, यानी प्यार, यानी सौंदर्य! क्यों यही हैं सौंदर्य के माने कि हर बार उसे मर्द के नाखूनों पर तुलना है? क्या यही है जिंदगी?

उसका मुँह बुरी तरह कसैला हो आया। जैसा कि हर बार करीब-करीब हर दूसरे-चौथे दिन हो ही जाता है। जब वह ऐसा ही रूखा चेहरा, ऐसे ही अपमान के तमाचे खाकर लौटती है, घिसटते पैरों से। घिसटते पैरों पर लदा हुआ एक निर्जीव जिस्म बनकर। हर बार उसकी तबीयत होती है कि वह इस संसार से दूर कहीं और कहीं और चली जाए। और हर बार उसके थके-थके कमजोर कदम सड़कों पर बेशुमार पैरों की भीड़ से गुजरते हुए, उसे उसके घर लाकर पटक देते हैं। घर पर सौतेली माँ के तानों और बिन्नू और मोना के तीखे व्यंग्य-बाणों से बिंधी हुई, कातर और असहाय वह बिस्तर पर जा गिरती है।

और बिस्तर पर पड़ी हुई देर तक सोचती है, सोचती रहती है। क्या सोचती है वह? वह शायद खुद भी नहीं जानती। टूटे, खंडित और बदसूरत चित्रों और खौफनाक आवाजों का एक ऐसा सिलसिला, जिसके बीच उसका अस्तित्व तार-तार होता है। तेज धूलभरी आँधियों के बीच पैरों से रौंदे जाते किसी असहाय फूल की तरह छटपटाता है। और वह सोच नहीं पाती कि दर्द कहाँ ज्यादा है, नागफनी के काँटे कहाँ अधिक जहरीले हैं, घर में या दफ्तर में...?

घर...! कहाँ है उसका घर? क्या चार दीवारों और छत तथा रोज-रोज चेहरे पर तमाचों की तरह पड़ने वाले अपमान के धक्कों को ही कहते हैं घर? नहीं, उसका कहीं

घर नहीं है। आज वह अभी से घर नहीं जाएगी। वह थोड़ी देर अलग बैठकर अपनी जिंदगी के बारे में सिलसिले से कुछ सोचना चाहती है। लेकिन कहाँ...कहाँ मिलेगा उसे सुकून?

3

अचानक उसने पाया कि उसके थके पाँव एक बस स्टॉप पर आकर रुक गए हैं। एक बस आई है, वह भीड़ के रेले के साथ उसमें चढ़ गई है। बस कनाट प्लेस की ओर जा रही है। हाँ, वहीं तो उसे जाना है! पर बस की यात्रा भी क्या लिस-लिस करते धक्कों और अपमान के बगैर पूरी नहीं होगी? यह पीछे खड़ा गंजा अधेड़ आदमी...! यह इतना चिपककर क्यों खड़ा है? उफ, उसे कै आने को हुई। शुक्र है कि रीगल आ गया। दोनों हाथों से भीड़ के धक्कों को बचाती हुई, झटके से वह उतरी है।

तेज दौड़ती कारों और कानों को फोड़ती हॉर्नों की आवाजों को नजरअंदाज करती वह सेंट्रल पार्क में आ जाती है। ठीक वहाँ, जहाँ वे दोनों बैठा करते थे। वह और अरुण... अरुणेश! अक्सर एक दीवानगी का परचम लिए कि करना है, करना है, कुछ कर गुजरना है जिंदगी में, और इसलिए एक-दूसरे का साथ...!

हाँ, यहीं तो वे बैठा करते थे, यहीं! दूर-दूर तक हरियाली थी। एक क्यारी में बहुत खूबसूरत लाल-पीले फूल हवा के साथ हौले-हौले झूम रहे थे, जैसे किसी गृहिणी ने कोई नई चटख साड़ी अभी-अभी धोकर सूखने डाली हो। साथ ही क्यारी में कुछ छितराए हुए-से उजले सफेद फूल थे, जैसे तारे छिटके हों। और सामने चमकती बड़ी-बड़ी आलीशान इमारतें! रोशनी की जगर-मगर!

तेज रोशनियों से जगमगाती वह सड़क, सड़क नहीं, रोशनी का समंदर लगती थी। तेज सर्राटा भरती, दौड़ती कारें। नहीं, कारें नहीं, तैरती हुई किश्तियाँ! और इन सबसे तटस्थ वे हैरान रह जाते थे कि इस सबके बावजूद सुख कैसे लोगों की मुट्ठियों से फिसल जाता है? सुख उनके आसपास उस हरियाली, उन फूलों में था। उसी सुख के चारों ओर एक छोटा-सा घर रचते वे दोनों।

अरुणेश के पास कितनी बातें थी। घर, दफ्तर, छोटे भाई-बहन, सबके बारे में वह बड़ी दिलचस्प बातें बताता था। उसके दफ्तर में कुछ अशांति चल रही थी। मैनेजमेंट का दमन-चक्र शुरू हो गया था और यूनियन प्रभावी ढंग से उससे टक्कर नहीं ले पा रही थी।

''ये सब मिल गए है मैनेजमेंट से...दोगले, दल्ले कही के!'' गुस्से में कई बार अरुणेश उबल पड़ता है और तब उसका तमतमाया चेहरा बेशब्द नारे लगाते हुए दिखता था–हर जोर जुल्म की टक्कर में संघर्ष हमारा नारा है...!

वह केवल सुनती थी. सुनती थी. चुपचाप सुनती रहती थी। उसे अच्छा लगता था कि अरुणेश बोले और बोलता रहे! अरुणेश के बोलने का ढंग था भी इतना प्रभावी और आकर्षक।

और अरुणेश जब उसे अपने बारे में कुछ बताने, बोलने के लिए कहता, तो वह लज्जित होकर सिर झुका लेती या फिर सोचती कि कुछ कहे भी तो क्या? क्या वह बताए कि घर में सौतेली माँ, बिन्नू और मोना की जहरीली बातें के कैक्टस उसे कैसे छीलते हैं, और दफ्तर में कैसे...तीन-तीन बॉस और तीनों एक से बढ़कर एक खुर्राट। और अब तो कुछ दिनों से बुड्ढा एकाउंटेट भी लार टपकाने लगा था। तनख्वाह देते हुए चुपके से हथेली दबा देता, 'लो, लतिका रानी...!'

वह कुछ नहीं कहती थी, कुछ नहीं कह पाती थी। फिर भी शायद अरुणेश को पता था। उसकी चुप्पी, खोई-खोई और उदास आँखें देखकर अरुणेश जैसे सब समझ गया था। और वह अपने खास जोशीले लहजे में उसे धीरज बँधाता।

कई बार तो वह सब कुछ भूलकर बस अरुणेश के हिलते हुए होंठों और उसके चेहरे पर एक के बाद एक आते-जाते भावों को देखती रहती थी, और शब्द उसके ऊपर से बहते चले जाते थे। तब अरुणेश को ही उसे जगाना पड़ता कि ''अरी ओ लतिका महारानी, कहाँ हो? धरती पर कि सपने की आकाश गंगाओं के बीच! तुम नहीं बोलोगी कुछ?''

वह उसे उदासी से बाहर निकालना चाहता था। वह उसे खुश और मुस्कराता हुआ देखना चाहता था। ''देखो तो कभी आइने में, हँसते हुए तुम कितनी अच्छी लगती हो। और उदास होती हो तो, हुँह...ज्यॉमेट्री का त्रिभुज हो, ऐसी रूखी और बेजान!'' और फिर वह जान-बूझकर अजीब सा गोलगप्पा-नुमा मुँह बनाकर बैठ जाता था उसे छेड़ने के लिए। उसकी इस मुद्रा पर वह एकाएक खिलखिलाकर हँस पड़ती। और उसकी सारी उदासी की पर्त के परखचे उड़ जाते।

उसकी इस खिलखिलाहट पर वह कभी-कभी बहुत भावुक होकर कहने लगता, ''सच्ची लती, जब तुम हँसती हो तो लगता है, हरसिंगार अचानक महक उठे हों। या रजनीगंधा के फूल टप-टप करने लगे हों। मैं वे फूल चुन-चुनकर, अपनी कविताओं में सजा दूँगा लतिका!'

''बस्स...! या कि फिर इन्हीं फूलों से घर भी बना लोगे? बिल्कुल कल्पित-इंद्रधनुष जैसा, जो केवल कविताओं में होता है!'' वह जान-बूझकर उसे छेड़ती।

''नहीं लती, नहीं, यह होगा। सचमुच होगा। बिल्कुल फूलों जैसा घर। हम दोनों इसे रचेंगे, हम दोनों। तुम्हें यकीन नहीं होता?'' कहते-कहते अरुणेश रोंआसा हो जाता।

पर फिर यही फूल देखते ही देखते मुर्झाए और बदरंग होकर जमीन पर...

और बड़ी-बड़ी बातें करने और बड़े सपने दिखाने वाला यही अरुणेश एक दिन चला गया। सामने असंख्य कारों, और मार तमाम लोगों के समुद्र में खो गया। उसे एक खूबसूरत बीवी मिली जो शायद कभी उदास नहीं होती थी। और एक स्कूटर, एक रंगीन टेलीविजन, एक फ्रिज और कुछ तोले सोना। इस सबसे उसकी बहन की शादी का बंदोबस्त भी हो गया।...लतिका से क्या मिलता उसे?

अब वह काफी निश्चिंत था। हालाँकि लतिका से मिलते समय एक गहरी उदासी उसकी आँखों में आ जाती थी। और लतिका जानती थी कि यह झूठी नहीं है। उससे झूठ नहीं बोल सकता था अरुणेश। अब वह सिर्फ यही चाहती थी कि वह जहाँ रहे, जैसा भी रहे, सुखी रहे। और उसके बारे में न सोचे–बस्स।

4

उसे याद आया, इस जगह जब वे दोनों आखिरी बार मिले थे, देर तक अरुणेश चुप रहा था। और कुछ-कुछ हक्की-बक्की-सी लतिका सोच नहीं पा रही थी कि उस अजीब-सी चुप्पी को कैसे तोड़े? क्योंकि वह तो अरुणेश का काम था। वही बातचीत शुरू करता था और लतिका को कभी अपनी सरल कभी शरारती बातों में खींच लेता था।

पर आज! क्या हो गया है अरुणेश को?

''क्यों...अरुण, दुखी हो? मुझे नहीं बताओगे?'' वह कातर हो आई थी।

और अरुणेश ने भर्राए हुए गले से कहा था, ''लती, सब टूट गया। वे रंग, फूल, ख्वाब...फूलों का घर! लती, सब कुछ। पापा नहीं माने। उन्होंने मेरी शादी तय कर दी है। मुझे बेच डाला है, ताकि वहाँ से जो पैसा, जो सामान मिले, उससे रजनी की शादी हो। वह अब बड़ी हो गई है। इधर मेरी नौकरी डावाँडोल है, पापा रिटायर हो चुके हैं। रोज सुबह सुना देते हैं, छोटी बहन की शादी तुम्हारे जिम्मे हैं! कहाँ से जुटाऊँगा रजनी के लिए दहेज? लती, मैं क्या करूँ? मैं कुछ भी तो नहीं!''

वह चुपचाप सुनती रही थी और अरुणेश का चेहरा अचानक आँसुओं में डूब गया, ''मैं झूठा हूँ लती, झूठा और पाखंडी! मैंने तुम्हें क्यों ख्वाब दिखाया, जब मैं उसे पूरा नहीं कर सकता था? मैं कायर हूँ, बुजदिल...!'' अरुणेश चीख पड़ा था।

पर वह जड़, निश्चेष्ट-सी सुनती रही थी, जैसे जो कुछ कहा जा रहा है, उससे उसका कोई संबंध नहीं है। न सुख, न दुख! दोनों से परे एक अजीब पथरायापन व्याप्त हो गया था उसमें। जैसे उसे पता हो कि आखिर यही होना था।

उसने कुछ नहीं कहा था, सिवाय इसके कि ''चुप हो जाओ अरुण, चुप! चुप बैठे रहो ऐसे ही। मुझे बुरा नहीं लगा...पर कुछ कहो मत, कुछ नहीं। मुझे तुमसे जो मिला है,

वह कम नहीं। वह किसी ने नहीं दिया जो तुमने इत्ता, भर-भर कर दिया है-प्यार! वह मेरी पूँजी है। जीवन भर की अकलंक पूँजी! हाँ, अरुण, उसे कम करके मत आँको।''

अपने आँसुओं को भरसक वह थामे रही थी। फिर उसने खुद प्रस्ताव रखा था मद्रास होटल चलकर कॉफी पीने का।

और कॉफी पीते हुए वह अकारण मुस्कराने की कोशिश करती रही थी। अरुण को वह बार-बार सँभालती रही थी। जैसे पिछले सिर्फ एक घंटे में, वह अरुणेश से दस-बीस साल बड़ी हो गई हो और वह उसके सामने बच्चा हो-निरा शिशु!

फिर अरुण उसे हर बार की तरह उसके बस स्टॉप पर छोड़ने आया था। पर इस बार शायद...आखिरी बार। और उसके बैठ जाने के बाद वह सूनी आँखों से देखता रहा था। अभिवादन के लिए हाथ तक नहीं हिला सका था। तब उसी ने मुस्कराकर हाथ हिलाकर संकेत किया था अरुण को...

पर बस के चलते ही वह अधीर हो आई थी। अब उसके लिए खुद को सँभालना मुश्किल हो रहा था। अपनी बड़ी-बड़ी आँखों को और अधिक फैलाकर वह अपने आँसुओं को भीतर ही भीतर पी जाने की असफल कोशिश करती रही थी। ताकि... ताकि...बस में आसपास बैठे यात्रियों के बीच तमाशा न बने।

तब से चार महीने चार जनमों के बराबर बन गए उसके लिए। रोज दफ्तर जाना, आना और रात में सबके सो जाने पर अपने बिस्तर में लेटे अँधेरे में चुपचाप रोना। यही उसका जीवन-क्रम बन गया था। इस बीच इतना रोई है वह कि शायद जितना बारह साल लगातार सौतेली माँ के भीतर तक बेधने वाले तीरों और दफ्तर के लोगों की चुभती बातों के कैक्टसों की पीड़ा से भी नहीं रोई।

अब जिंदगी का पहाड़ दिनोंदिन भारी हो रहा था और लड़ने की उसकी ताकत लगातार कम होती जा रही थी। जैसे वह भीतर ही भीतर खुद को खोद-खोदकर खा रही हो। तो क्या वह ऐसे ही रोती रहेगी जिंदगी भर, ऐसे ही दुख सहती रहेगी जिंदगी भर? क्या यही उसकी नियति है?

5

अँधेरा हो चला था। उसने देखा कि पार्क से लोग एक-एक करके उठते जा रहे हैं। वह करीब-करीब अकेली रह गई थी। अँधेरा और सन्नाटा तथा उसके बीच भयभीत, विवश अकेलापन।

क्या वह इस नियति के खिलाफ विद्रोह कर रहे दे? मगर कैसे, कैसे! अपने आपको समूचा झोंककर भी क्या वह अपने आपको बचा सकती है? अपनी कोई मुकम्मल तस्वीर बना सकती है अब-नामुमकिन!

तो...क्या वह अरुणेश की बात पर गौर क़रे, उसका प्रस्ताव मान ले? क्या यही रास्ता बचा है उसके लिए अब? उसकी चिट्ठी आए भी तो पूरा हफ्ता हो चुका था और वह दर्जनों बार उसे पढ़ चुकी थी। अरुणेश ने जवाब माँगा था, मगर जवाब अब उसके पास रह ही कहाँ गए थे? तीखे बेडौल और जलते हुए सवाल! सवालों का पूरा एक जंगल था और वह उसमें घिर गई थी। फिर जवाब भला क्या दे?

उसके हाथ अनजाने पर्स में खदर-बदर करते वह मैली, घिसी हुई चिट्ठी खोज लेते हैं, जिस पर स्याही, लिपस्टिक और पानी के ढेर-ढेर-से धब्बे हैं। लिफाफे में छोटा-सा कागज। उस पर चार-छह लाइनें। उसकी आँखें एक दफा फिर मशीनी ढंग से उस कागज पर जा चिपकती हैं :

'लती, क्या ऐसा नहीं हो सकता कि हम पहले की तरह दोस्त बने रहें जिंदगी भर! शादी-ब्याह तो औपचारिकताएँ हैं, बंधन हैं। हुई न हुई या किसी से भी कर ली। मगर हमारी दोस्ती तो औपचारिक नहीं थी न! इस बीच मैंने तुम्हें बहुत-बहुत मिस किया है। लिखना, अगर तुम भी चाहो कि हमारी शामें फिर से एक साथ मिलकर हँसें-गुनगुनाएँ!

तुम्हारा अपना-अरुणेश'

पढ़कर फिर उसका मुँह कसैला हो गया। पलकों तक पर वह कसैलापन बुरी तरह छा गया था। और आँखें फिर सूनी और भारी-भारी लगने लगी थीं।

पार्क में अब एकदम सन्नाटा है। भयावह और सिहरन भरा सन्नाटा! और घास पर छूट गए कनेर, अमलतास और बोगनबेलिया के कुछ फूल जिन्हें वह अनजाने इकट्ठे करती रही थी। एक काली परत उन पर चढ़ती चली जा रही थी-और गहरी...और गहरी।

कभी ये पीले अमलतास कितने लिरिकल लगते थे। और कनेर, बोगनबेलिया कितने ही फुसफसाहट भरे कोमल संवादों के गुप्तचर, भेदिए...! मगर अब ये उमस उगल रहे थे-सिर्फ उमस। ढेर-ढेर-सी न बर्दाश्त होने वाली चिपचिपी उमस।

अचानक जाने क्या हुआ कि उसके हाथ बागी हो गए। पहले हाथ और फिर सर्वांग-और वह तेज लपटों से घिर गई।

उसने उस कागज की चिंदी-चिंदी कर दी। उन फूलों को मसला और उन पर मिट्टी की, घास की तहें ऐसे जमा दीं जैसे श्रद्धांजलि दे रही हो।

-नहीं, अब वह यहाँ नहीं आएगी सुकून खोजने, कभी नहीं! उसने तय किया। जो नहीं है वह नहीं ही है। हवा पर-गरम चीखती हवा पर कितनी सुनहरी परतें चढ़ाए कोई?

उसे जाने क्यों लगा, उसके हाथ अँधेरे और कीचड़ से बुरी तरह सने हैं, टाँगें काँप रही हैं। उन्हीं कीचड़ और अँधेरे से लिपटे हाथ-पैरों से वह बस स्टाप की ओर बढ़ने लगी, जैसे कोई अपने सबसे प्रिय व्यक्ति को दफनाकर लौट रहा हो!

मगर तभी अचानक किसी ने आगे बढ़कर उसका हाथ थाम लिया, 'सुनो...सुनो लतिका सुनो!'

'कौन...कौन...?' वह चुप, विभ्रांत, अवाक! और अब अपने भीतर गूँजते लफ्ज वह साफ सुन रही है, 'जरूरी तो नहीं लतिका कि जीने के लिए इस या उसका सहारा लिया जाए। एक औरत का अपनी इच्छाओं का घर भी तो हो सकता है।...हाँ लतिका, हाँ, अब तुम्हें वही घर बनाना है!'

लतिका एक पल के लिए ठिठकी, अचकचाई फिर एक झीनी-सी मुस्कान उसके चेहरे पर आई। और अब उसके कदम उसी घर की ओर बढ़ रहे हैं।

●

16

थैंक्यू सर

अचानक ही वह प्रिंसिपल मनचंदा से टकरा गया था।

कॉलेज का स्पोर्ट्स टूर्नामेंट चल रहा था और आज उसका फाइनल डे था। इस समापन-समारोह की अध्यक्षता राज्य के मंत्री महोदय बोधासिंह बि़द्दू को करनी थी। अच्छी-खासी दान-राशि कालेज को मिलने की संभावना थी। प्रिंसिपल मनचंदा का नाम-वाम भी होता। पर यह साला मौसम भट्ठा बैठाने पर तुला है।

बारिश, बेवक्त-बेमौसम!...

प्रिंसिपल मनचंदा बेचैनी से बरामदे में टहल रहे थे।

मंत्री महोदय बोधासिंह बिद्दू तक वे दो-चार जैक यानी जुगाड़-तुगाड़ लगाकर पहुँच तो गए थे और उनकी 'हाँ' भी ले आए थे, मगर ससुर ये बादल...!

उनका बस चलता तो अपनी तर्जनी को बंदूक की तरह बादलों की ओर तानकर 'शूट' कर देते! पर...

पर लाचार थे। इसलिए तर्जनी से बार-बार माथा घिस रहे थे।

यही वह क्षण था, जब उसने यानी भास्कर आनंद ने उन्हें अकेला देखा तो सहानुभूति जताने के लिए पास आ गया। चेहरे पर ऐसी विनम्रता चस्पाँ करके, जिससे दुनिया भर के नौकरीपेशा गुलाम अलग पहचान में आते हैं।

''यह तो सर...कुछ अजीब ही मौसम हो गया जी!'' कहने के बाद उसे लगा 'कुछ' पर जोर ज्यादा ही पड़ा गया है और बाद का 'जी' फालतू बोला गया।

प्रिंसिपल मनचंदा उसी तरह अनमने से बरामद में टहलते रहे-बेचैन, निर्वाक! क्या इन्होंने सुना, जो मैंने कहा?...या शायद नहीं सुना।

वह बिना बात नर्वस हो गया।

शब्द साथ छोड़ गए। होंठों पर केवल हिस्स...हिस्स!

फिर हिम्मत बाँधकर उसने कहा, ''सर...लगता है बारिश रुक जाएगी।''

2

प्रिंसिपल मनचंदा की नजरें अब उस पर पड़ीं, ''अच्छा, अच्छा देखो तो मिस्टर आनंद, जरा आसमान की ओर देखकर बताओ, यह कितनी देर तक ऐसा ही बरसांगा।''

अपनी आज्ञा को उन्होंने किंचित मुलायम स्वर में ढालकर कहा था। एक ऐसा अंदाज जिसे दुनिया भर के 'मालिक' खुद ब खुद सीख लेते हैं। उन्हें कहीं से सीखना नहीं पड़ता।

यह एक अवसर था–अवसर! उसने पहचानने में देर नहीं की।

फिर वह यंत्रचालित सा बरामदे के बाहर आया था। आधे मिनट तक नजरें टिकाए बेवकूफ-सा आसमान को घूरता रहा था। पूरा भीग गया था वह। पर इतनी देर में उसने सोच लिया था कि क्या कहना है।

वापस आकर उसने उगलना शुरू किया जैसे कोई जोकर मुँह से 'छल्ले' उगलता है। बोला, ''सर, लगता है कि ज्यादा देर नहीं बरसेगा, यही...यही कोई आधा घंटा। पानी रुक जाएगा सर...! हाँज्जी, सर। और अगर न भी रुके तो सर, कोई ज्यादा तेजी से यह नहीं पड़ेगा। यानी कार्यक्रम कुछ लेट भी हो सकता है, लेकिन कार्यक्रम होगा जरूर–और शान से। इट वुड भी ए सक्सेज सर! एंड मंत्री महोदय मि. बोधासिंह बिद्दू विल भी एक्सट्रीमली हैप्पी! आई टेल यू सर, आई टेल यू...आई होप!''

दिल, दिमाग और उम्मीद के टूटे हुए पंखों की पूरी ताकत लगाकर वह बोलता गया। बोलता गया...बोलता गया।

...पंखकटा कबूतर!

गुटूर-गुटुर-गूँ...गुटुर-गूँ...गुटुर-गूँ!

हालाँकि जितनी तेजी से वह बोल रहा था, उतनी ही तेजी से भीतर कोई चिल्ला रहा था, 'जोकर! जोकर...जोकर!...सर्कस का जोकर!'

और फिर से उसे नजर आया–मुँह से छल्ले निकालता जोकर! जलती आग के बीच से कूदता जोकर!

जोकर...! जोकर...! जोकर...!

''अच्छा, अच्छा...! अब तुम अंदर आकर बैठो।'' अचानक प्रिंसिपल मनचंदा फिर तटस्थ हो आए थे।

पता नहीं, उनके चेहरे पर क्या-क्या आकर क्या-क्या चला गया था। कहाँ-कहाँ चला गया था?

डब्बा...बंद डबलरोटी!

''सर...सर वो मेरा कन्फर्मेशन!'' उसने फिर से जरा ढक्कन खोलने की कोशिश की।

''अच्छा, अच्छा। सोचेंगे...''

"थैंक्यू सर!" उसने थूक निगलते हुए कहा।

वहाँ से आकर पंडाल में एक कुर्सी खींचकर वह बैठा, और अपने सुन्न हुए हाथ-पैरों को झटककर चेताने लगा।

आरामकुर्सी में धँसा हुआ वह सोच रहा था, "स्याला पानी बरसे, न बरसे, ऐसी तैसी में जाए आकाश और बादल! अपन ससुर कोई मौसम विज्ञानी नहीं हैं। पर...लेकिन हाँ, किसी तरह बची रहे मेरी नौकरी...ओ प्रभु!!"

और अचानक वह झाड़ी के पीछे एक 'सेफ' कोने में निकल गया।

उसके भीतर का जोकर अब खुलकर हँस रहा था-हा-हा-हा...! उसे लगा, कहीं हँसते-हँसते यह पागल न हो जाए!

●

17

धन्य-धन्य धंधा

उस छोटे से कस्बे में जाकर पहली बार इस कदर भयानक धूल, कीचड़ और मच्छर भरे माहौल से परिचय हुआ था। इसी तरह इस महामारी से पहला परिचय भी वहीं हुआ था। यह अलग बात है कि यह महामारी वहाँ एक 'महापर्व' समझी जाती थी और इसके स्वागत में साथी प्राध्यापक वैसे ही उत्साह प्रदर्शित करते थे, जैसे वसंत के आगमन पर विरहिणी नायिका का मन प्रिय-मिलन के लिए उत्कंठित हो उठता है।

वैसे, उनकी यह बेचैनी तो सत्र की शुरुआत यानी जुलाई से ही प्रकट होने लगती थी। बारिश के खत्म होते न होते सभी प्राध्यापक अपने आसपास घिरते लड़के-लड़कियों की संख्या को देखकर, यह साल कैसा गुजरेगा, धंधा मंदा रहेगा या चोखा, इस बात का अनुमान लगा लेते थे। सितंबर तक उन्हें आने वाले भविष्य और 'मौसम' की पूरी जानकारी मिल जाती थीं।

अक्तूबर से यह खास मौसम शुरू हो जाता था। जिसका प्रचार-अभियान कामयाब होता और धंधा चल निकलता था, उनके चेहरे पर परमानंद की झलक दिखाई पड़ती थी। उसे देखकर उनके पास ट्यूशन के लिए आने वाले विद्यार्थियों की संख्या को कूता जा सकता था।

मेरे लिए यह सब नया था, अजीबोगरीब था। किसी अज्ञात 'प्रभु' के 'मायाजाल' की तरह। प्रभु की माया जैसे ठीक-ठीक समझ में नहीं आती, वैसे ही...वैसे ही यह मामला भी!

''क्या चक्कर है भाईजान?'' एक दिन परेशान होकर मैंने अपने साथी प्राध्यापक प्रियरंजन जी से पूछ ही लिया।

''तुम्हें नहीं मालूम...?'' उन्होंने महीन-महीन हँसते हुए पूछा। जैसे पल भर में वे प्रियरंजन से छलिया कृष्ण बन गए हों।

''नहीं तो।''

''तुम्हें फिजा में कोई बदलाव, मेरा मतलब है नयापन...?''

"सो तो है, लगता है कोई ऐसा पर्व आने वाला हे जो सिर्फ यहीं मानाया जाता है।"

"क्या तुम्हारे साथ ऐसा कुछ है?"

"ऐं, क्या?" मैं चौंका, "नहीं...नहीं...!"

"क्या तुम्हें आजकल लड़के-लड़कियाँ नहीं घेरते?"

"नहीं...नहीं!" मैं घबरा गया। "मैं तो बिल्कुल सही-सलामत हूँ, मुझसे किसी को कोई शिकायत भी नहीं है।"

"अरे, तुम नहीं समझोगे। तुम हो भोले भंडारी और यह...!" कहकर उन्होंने मुस्कराते हुए अपनी दृष्टि फेर ली।

यह उस 'मौसम' यानी धंधे से मेरा पहला परिचय था। जिसमें रहस्य कम होने की बजाय कुछ और गहरा हो गया था।

अभी तो हल्की सर्दियाँ थीं, मगर सब कुछ कुहरीला-कुहरीला।

2

इसके कुछ ही दिनों बाद मैंने महसूस किया कि मेरा एक अभिन्न साथी प्रशांत गोडबोले, जिसके साथ अक्सर मेरी शामें गुजरती थीं, अब हवा में उड़ने लगा है। मुझसे दूर, बहुत दूर। मैं कोशिश करके पकड़ना चाहूँ, तो भी मुश्किल।...

'ओह, यह क्या मामला है यारब?' मैं चौंका। कहाँ तो हालत यह थी कि तकरीबन रोज का साथ-साथ उठना-बैठना था। शहर के मशहूर 'आओ जी' रेस्तराँ में उससे गपशप का सिलसिला चल पड़ता, तो निजी सुख-दुख से लेकर साहित्य और अंतर्राष्ट्रीय राजनीति में आने वाले तूफानों तक पर जमकर चर्चा होती। मगर हा हंत! वही मेरा अजीज दोस्त प्रशांत गोडबोले मुझसे एकदम कटा-कटा रहने लगा है।

अब जब भी मैंने उसे अपने यहाँ निमंत्रित किया या उसके यहाँ आने की बात कही, या अपने चिरपरिचित रेस्तराँ के कोने वाली उस खास मेज पर चाय और चर्चा का प्रस्ताव रखा, वह कोई न कोई बहाना करके टाल जाता था। या हर बार, हर बात को 'इतवार' पर ले जाता था।

"इतवार को आओ न? जमकर बातें होंगी। साथ में 'उमराव जान' की गजलें और कॉफी, खूब मजे रहेंगे।"

पर हमउम्र दोस्तों में तमाम ऐसी बातें होती हैं, जिनके लिए इतवार तक का इंतजार ऐसा लगता है, जैसे इधर-उधर प्रेमी-प्रेमिका खड़े हों और बीच में कोई विशालकाय पहाड़ आ गया हो।

खैर, उसकी व्यस्तता की वजह और सही हालत जानने के लिए एक दिन मैं बिना बताए उसके यहाँ जा धमका। घंटी बजाई तो बहुत देर बाद दरवाजा खुला। इस पर प्रशांत

को आड़े हाथों लेने का मन था, पर यह देखकर चुप रह गया कि दरवाजा प्रशांत ने नहीं, सुमिता भाभी ने खोला है।

''नमस्कार, भाईसाहब।'' सुमिता भाभी ने मुस्कराते हुए कहा।

''नमस्कार, प्रशांत नहीं है क्या?''

''भीतर हैं, आप आइए तो!'' और मुझे बैठक की जगह भीतर वाले कमरे में बिठा दिया गया।

इसके बाद प्रशांत आया। उसके होठों पर एक फीके से उत्साह वाली मुस्कराहट थी, ''ऐसा हे दोस्त, कि कुछ विद्यार्थी आ गए हैं पढ़ने के लिए।''

''ठीक है, तुम पढ़ा लो। मैं तब तक कोई पत्रिका पढ़ लेता हूँ।''

''पर यार, इसके बाद दो ग्रुप और आएँगे। शाम आठ बजे फुरसत मिलेगी।''

''ग्रुप!'' शब्द पर आँखें फाड़े उसे देखता रह गया। यानी ट्यूशन। तो यह जनाब भी इस रोग की लपेट में आ गए।

''अच्छा, मैं सवा आठ बजे आऊँगा।'' कहकर मैं निकल गया।

इस बीच मैं पार्क की सैर कर आया। कुछ देर सड़कें नापता रहा। एक वाचनालय में जाकर अखबार और पत्रिकाएँ पढ़ीं और फिर ठीक सवा आठ बजे वहाँ पहुँच गया।

अब तक मेरा दोस्त विद्यार्थियों की तीन टोलियाँ निबटा चुका था। अगले दिन दो एकदम सुबह-सुबह आनी थीं। ट्यूशन का नशा अब उसकी आँखों में उतर आया था। उसने टेपरिकार्डर चालू कर दिया, ''इस दस्त में एक शहर था, इस दस्त में...!''

गुलाम अली कमरे में झूमने लगे। फिर खुद भी थोड़ा झूमते हुए उसने चाय के लिए आवाज दी और बिना मुझे कुछ पूछने का मौका दिए, खुद ही शुरू हो गया :

''तुम ही सोचो, यार, हर महीने कम से कम बीस हजार रुपए फालतू मिल जाते हैं। किसे बुरे लगते हैं? जनवरी-फरवरी में तो सात-आठ तक ग्रुप बन जाते हैं। हर ग्रुप का पाँच हजार, यानी कुल मिलाकर चालीस हजार रुपए...! दो-तीन साल में मेरा अपना मकान बन जाएगा। लड़कों को किसी अच्छी जगह पढ़ने भेजूँगा। आखिर आदमी को शान से जीना चाहिए, क्यों?''

मैं क्या जवाब देता? अलबत्ता यह देख रहा था कि यह धंधा किसी भले-चंगे आदमी पर भी इस कदर सवार हो सकता है कि उसे सावन के अंधे की तरह हरे-हरे (नोटों) के सिवा कुछ और दिखाई ही न दे।

लौटा तो टेपरिकार्डर पर शिवकुमार बटालवी थिरक रहे थे, ''किन्नी पीत्ती ते किन्नी पीनी है, मैंने एहो, हिसाब ले बैठा...मैंने एहो...एहो...ऐहो हिसाब लै बैठा...!''

पता नहीं, क्या हुआ कि मैं जल्दी से बाहर आ गया।

3

इसके बाद नया साल आया तो इस धंधे में एकाएक उछाल आ गया। अब तो ऐसे प्राध्यापक भी जिनकी ज्यादा साख नहीं थी, या जो इसी साल नए-नए आए थे, या क्लास में जिनके अटक-अटककर पढ़ाने और बार-बार भूल जाने पर सीटियाँ बजती थीं, बहुत व्यस्त दिखाई पड़ने लगे थे। फिर जो पुराने और 'अनुभवी' थे, उनका तो कहना ही क्या? असली बिजनेस घर हो रहा था, महज 'साइड जॉब' के लिए कालेज आते थे। तमाम लोग तो खाली पीरियड्स में भी अगली-बगली झाँकते हुए दो-एक टोलियाँ निबटा देते थे।

इसके बाद एक ऐसी चीज हुई जो मेरे लिए एकदम कल्पनातीत थी। यानी जितने भी पुराने प्राध्यापक थे, वे अक्सर हफ्ते या दो-दो हफ्ते की छुट्टी पर रहने लगे।

इस वजह से कई बार विद्यार्थियों के दो-दो, तीन-तीन पीरियड खाली होते और वे 'हो-हो' करते हुए कैंटीन के आगे खड़े हो जाते। कैंटीन वाले से जबरदस्ती चाय पीते, फिर धूप में गोला बनाकर भँगड़ा शुरू कर देते थे।

जो दो-एक क्लासें लग रही होतीं, उनके विद्यार्थी भी 'हो-हो' करने का लोभ संवरण नहीं कर पाते थे। वे भी क्लास छुड़वाकर उछलते-कूदते हुए भँगड़ा देखने चल पड़ते थे।

और फिर भँगड़ा कब डिस्को डांस में बदल जाता और डिस्को गीतों में लड़कियों के नाम ले-लेकर उन पर व्यंग्य और अश्लील फब्तियों का प्रवाह शुरू हो जाता, यह किसी को पता न चलता।

कालेज के वाइस प्रिंसिपल कैलाश जी थोड़े बुजुर्ग से थे और उनका हर कोई सम्मान करता था। वहाँ आकर वे एक-एक विद्यार्थी का नाम लेकर बुलाते और अलग से समझाते थे।

उनके सामने वह विद्यार्थी मान जाता, पर मौका पाकर फिर चुपके से उस भीड़ में शामिल हो जाता था।

''देखो, साहब नाराज हो रहे हैं।'' आखिर वे गुस्से में दहाड़ते।

''सर, साहब-वाहब की तो छोड़िए। हाँ, आप जो भी कहेंगे, उसे हम मान लेंगे।'' विद्यार्थी उन्हें खुश करने की कोशिश करते थे।

''तो ठीक है, तुम लोग घर चले जाओ।''

अगले ही क्षण विद्यार्थियों का रेला नारे लगाता हुआ सड़कों पर दिखाई देता था और कालेज में परम शांति विराज रही होती थी।

इस बीच मक्खीकट मूँछों वाले प्राचार्य महोदय रलियाराम कुंडा अपनी कुरसी से उठकर कमरे में तेजी से घूमते रहते। उनकी खासियत यह थी कि वे सीरियस हैं, मंद-मंद मुस्करा रहे हैं या उदास हैं, उनका चेहरा देखकर कुछ भी पता न चलता। अलबत्ता

यह समाचार मिलने पर कि विद्यार्थी चले गए हैं और अब सब कुछ शांत है, वे निश्चिंतता की साँस लेते और बड़ी आराम की मुद्रा में अपनी कुरसी पर बैठते थे।

और शायद ऊँघने भी लगते थे।

4

यह सब क्या हो रहा है? सब लोग देखते हुए भी स्थिति को क्यों नजरअंदाज कर रहे हैं? यह समझना मेरे लिए मुश्किल था। पर एक दिन प्रियरंजन जी ने इतवार को घर पर निमंत्रित किया तो मौजूदा हालात का 'मर्म' एकदम उजागर हो गया।

"क्या बात है, पंद्रह दिनों से आप छुट्टी पर ही चल रहे हैं? तबीयत तो ठीक है न?"

"तबीयत को क्या होना है, यार? हाँ, धंधा चोखा चल रहा है। काफी मेहनत हो जाती है। सुबह छह बजे से रात ग्यारह बजे तक सिलसिला चलता ही रहता है। बीच में नहाने और खाने के दो घंटे निकाल दो।"

"सिलसिला...! यानी सिलसिला ट्यूशन का?" मैं बुरी तरह चौंका।

"और क्या?" वह आँख मिचकाकर बोले, "इस वक्त मैं नंबर वन हूँ।"

"तो क्या इसीलिए कालेज से छुट्टी...?"

"अरे यार, वहाँ मिलता ही क्या है? हजार रुपल्ली एक रोज की, बस! और यहाँ कम से कम डेढ़-दो हजार रुपए रोज बैठते हैं आजकल। कभी-कभी ज्यादा भी। फिर क्या मेरा दिमाग खराब है जो वहाँ सिर खपाऊँ? आखिर हर इंसान वही काम करता है जिसमें फायदा हो!"

"मगर नैतिकता, फर्ज...? आखिर कुछ तो...!"

"सब बातें हैं यार, सिर्फ तुम्हारे जैसे चुगद लोगों को बहकाने के लिए।"

"पर समाज में इसी से तो एक अध्यापक का सम्मान होता है। उस पर एक बड़ी जिम्मेदारी है, राष्ट्र-निर्माण की...मतलब, देशसेवा, युवा पीढ़ी का निर्माण!" मैंने कुछ अटकते हुए कहा।

"कौन करता है सम्मान? सब पैसे को पूजते हैं। पचीस-तीस हजार रुपए तनखा में क्या होता है? एक खोमचे वाला भी कमा लेता है इतना तो। एक छोटा-मोटा व्यापारी पचास-साठ हजार रुपए महीने कमा सकता है तो हम क्यों नहीं? हम भी कर दिखाएँगे!" उन्होंने मुट्ठी तानकर क्रांति लाने वाली मुद्रा में कहा।

"पर भाईजान, एक बात समझ में नहीं आती, आखिर इतने ट्यूशंस की जरूरत क्या है? क्यों इतने विद्यार्थी...?"

अब वे हँस दिए, "तुम्हारे पास नहीं आते न?"

"नहीं।"

''क्लास में कितना कोर्स खत्म करा दिया है?''

''करीब करीब पूरा। कुछ जरूरी सवालों के जवाब भी लिखा दिए हैं। रिवीजन चल रहा है।''

''तो ट्यूशन कोई खाक करेगा?''

''पर मुझे तो चाहिए नहीं।''

''पर हमें तो चाहिए और इसलिए हम शुरू से ही पूरा इंतजाम करते हैं।''

''वह कैसे?''

''क्लास में पढ़ाते भी हैं और नहीं भी पढ़ाते।''

''यानी?'' मैं चौंका–अजब उलरबाँसी है ससुरी!

''यानी...इस तरह पढ़ाते हैं कि लगे बहुत मेहनत कर रहे हैं, पर असल में किसी की समझ में भी न आए। बातों को खूब उलझाते हैं या फिर जमाने भर की गप्पें सुनाते हैं।'' प्रियरंजन जी हँसे, ''हमारा दूध वाला दूध में नाले का पानी मिलाता है, हम भी वही करते हैं।''

''नाले का पानी...?'' मेरी आँखें फटने को हो आईं।

''हाँ, इससे दूध पतला नहीं, कुछ गाढ़ा दिखता है। हम भी क्लास में न पढ़ाने का यही फार्मूला अपनाते हैं।''

अब और पूछने का मन नहीं था। पर प्रियरंजन जी मूड में आ चुके थे। इसलिए इस धंधे की कुछ और अंदरूनी बातें उन्होंने खुद ही उघाड़ दीं।

जरूरत पड़े तो कुछ विद्यार्थियों को पटा लिया जाता है। उनसे कहते हैं कि तुम तो भई, हमारे अपने हो। तुम से हजार की जगह पाँच सौ रुपए ले लेंगे। हाँ, अपने साथ पाँच-सात ट्यूशन और लेकर आओ।...अब वह खुद ही ढूँढ़कर लाएगा।

''पिछले साल सिद्धू नंबर वन पर था, इस साल मैं हूँ। जानते हो कैसे? मैंने उसके खिलाफ प्रचार करा दिया कि यह लड़कियों के मामले में...'' प्रियरंजन जी ने आँख मिचका दी। बोले, ''अब लड़कियों के ट्यूशन मेरे पास ज्यादा आते हैं।''

फिर कुछ गंभीरता ओढ़कर उन्होंने कहा, ''सिद्धू पिछली बार पकड़ा गया था, एक ट्यूशन वाली लड़की को इम्तिहान में नकल कराते हुए। खुद उसके हाथ की लिखी परची पकड़ी गई थी। पर हम यह सब नहीं करते। आखिर आदमी को इज्जत वाला धंधा करना चाहिए। क्यों, है न?''

मैं टुकुर-टुकुर देखता रह गया। क्या कहना चाहते हैं प्रियरंजन जी?

''देख यार, मैंने इस साल से एक दूसरा साइड बिजनेस शुरू किया है। इससे ट्यूशन का धंधा और जोर-शोर से चलेगा। वो मैथ्स वाला बग्गा है न, ससुरा यही करता है। उसने मुझे सिखाया है कि...!''

''वह क्या...?''

''इम्तिहान खत्म होते ही लड़कों के नंबर बढ़वाने के लिए कुछ अटैची टूर करने होंगे।''

''आप...?''

''हाँ-हाँ, क्या बुराई है इसमें? इतने सालों से पढ़ा रहा हूँ। सब मुझे जानते हैं। मेरे पास आकर काम करा ले जाते हैं। आखिर मुझे भी तो कुछ फायदा उठाना चाहिए। एक बार मेरे ट्यूशन वालों के नंबर 60 या 70 प्रतिशत तक पहुँचे, तो फिर ट्यूशन का सारा रेला मेरी तरफ खिंचा चला आएगा। मेरी तरफ, हा-हा-हा!''

मैं प्रियरंजन जी की शक्ल देखता रह गया। फिर धीरे से पूछा, ''एक बात बताइए, प्राचार्य जी कोई ऐतराज नहीं करते?''

''ऐतराज...!'' प्रियरंजन जी हो-हो करके हँसे, ''जनाब, आप किस दुनिया में रहते हैं? उनका हिस्सा बँधा-बँधाया है। साल के आखिर में पहुँच जाता है। वे भला क्या करेंगे ऐतराज, क्यों करेंगे?''

मुझे लगा, जैसे नागफनी के तमाम जहरीले काँटे मेरे शरीर में धँस गए हैं और मैं चेतनाशून्य होता जा रहा हूँ।

''अरे, तुम बिस्कुट नहीं ले रहे हो? और यह सिगरेट विदेश से मेरे एक दोस्त ने भेजी है। नायाब है। भई मजे हैं विदेशों के तो! लो भई, एक तो...''

''नहीं, धन्यवाद!'' जैसे तैसे चाय के दो घूँट पीकर मैं जीने से नीचे उतर आया।

''आना भई, अगले किसी इतवार को, खुलकर बातें होंगी। बाकी दिनों में तो तुम जानते ही हो कि...'' उनकी मुसमुसी आवाज और खोखली हँसी अब भी सुनाई दे रही थी।

18

काली आँधियाँ और एक वह

दफ्तर से आकर अपना लटकंतू थैला एक ओर रख, अभी कुर्सी में धँसा ही था कि हाथ में पानी का गिलास पकड़ाते हुए छुटकी ने कहा, ''पापा, आपको पता है डॉ. शोभा...?''

''हाँ-हाँ, डा. शोभा! क्या हुआ उन्हें, सब ठीक तो है?''

घबराहट के मारे गिलास का पानी कपड़ों पर छलक गया। होंठ सूख रहे थे, जीभ खुश्क। मगर पानी पीने की इच्छा मर चुकी थी।

जरूर मेरी आवाज में कोई ऐसी थरथराहट या अजब-सा खौफ व्याप गया होगा कि छुटकी डर गई। बुरी तरह। चेहरा भय के मारे पीला।

''नहीं!'' दूर से आती सुजाता ने डाँटा। चेहरे पर एक सख्त सा झिड़कता हुआ भाव कि क्यों बताया? अभी क्यों बताया? कुछ रुककर नहीं कह सकती थी?

पानी का गिलास मेज पर पड़ा था और मैं किसी बेजान शव की तरह कुर्सी में धँसा हूँ।

सुजाता सामने पड़ी तो मैंने भीतर की सारी शक्ति बटोरकर, बेचैनी से पूछ लिया, ''क्या हुआ डॉ. शोभा को?''

सुजाता चुप। आँखों में ऐसी कातर चुप्पी कि सब कुछ बोलते हुए भी, कुछ नहीं बोलती।

इससे उबरने में उसे थोड़ा वक्त लगा। आँखों की डबडबाहट सायास रोककर तटस्थ ढंग से दो शब्द आगे बढ़ा दिए गए हैं, ''नहीं रहीं।''

''कब...? कब...? क्यों...! क्या हुआ था? क्या डॉ. सचदेवा ही जिम्मेदार थे इसके लिए? जरूर होंगे वही...वही।'' मेरे सवाल़ धैर्य खोते जा रहे थे।

पर इन सवालों का जवाब नहीं आया।

जो कुछ सुजाता ने बताया, उससे सिर्फ इतना ही पता चला कि घटना तो कल आधी रात की है। पर आज दोपहर को ही लोगों को पता चला कि...सुसाइड कर लिया था...खत्म!

''तुम...गई थीं?'' पूछने में मानो काफी शक्ति लगानी पड़ी।

''हाँ, पर क्लीनिक के गेट पर ताला जड़ा था। पास में मजदूरों की एक झोंपड़ी है। उन्हीं में से कोई बता रहा था...कि यह कांड होते ही सारे मरीज उठ-उठकर गायब हो गए। डॉक्टरनी का शव सिविल हॉस्पीटल ले जाया गया है पोस्टमार्टम के लिए। इधर पुलिस का भी चक्कर पड़ा है। तो डॉक्टर दोनों बच्चों को साथ लेकर गायब। साथ ही वह चालाक लोमड़ी पूरबी मेहता भी...!''

यानी खत्म! खत्म एक खूबसूरत औरत की जिंदा कहानी। वह औरत जो अपनी देह से ज्यादा मन-प्राणों और आत्मा से खूबसूरत थी।

यही-ठीक यही आशंका थी कि मेरी आवाज छुटकी की आधी बात सुनते ही बुरी तरह थरथरा गई थी। चेहरा निचुड़ गया था।

2

असल में, झूठ क्यों बोलूँ, आशंका तो इस बात की थी। और कोई आज से नहीं, पिछले दो-तीन बरसों से थी कि कभी...कभी भी, कुछ भी हो सकता है। मगर साथ ही यह उम्मीद भी थी कि नहीं, कुछ होगा! कुछ न कुछ ऐसा चमत्कार कि रुक जाएगा बुरी स्थितियाँ का तेजी से घूमता यह चक्का...कि दुर्घटना टल जाएगी।

मुझे मालूम था, दो-तीन ऐसी छोटी-मोटी असफल कोशिशें पहले भी हो चुकी थीं। पर यह अंतिम थी। अंतिम और निर्णायक, जिसके बाद एक बड़ा मोड़ आता है और फिर कहानी खत्म!

आशंका और उम्मीद के दोनों पलड़ों में से आशंका का पलड़ा दिनोंदिन भारी होता जा रहा था। तो उसका नतीजा कुछ न कुछ तो निकलना ही था।

खासकर जब से दो-ढाई कमरों वाले, हाउसिंग बोर्ड के अपने छोटे-से फ्लैट से डॉ. शोभा और डॉ. सुभाष सचदेवा अपना 'होली सिटी क्लीनिक' चार सौ गज की एक तिमंजिला आलीशान कोठी में लाए थे, तब से चीजें कुछ इस तरह से बदली थीं कि उन पर किसी का काबू नहीं रहा था। न डॉ. शोभा का, न डॉ. सुभाष सचदेवा का। पैसा खूब कमाया था दोनों ने और पिछले पाँच-सात सालों में ही चार सौ गज की यह भव्य कोठी खड़ी कर ली थी, जो बहुतों का गर्व चूर-चूर करती, हवा में किसी सपने की तरह इठलाती हुई खड़ी थी। खूब रौनक। बत्तियों की जगर-मगर। कारों के आने-जाने का सिलसिला। रात को लॉन में देर-देर तक चलने वाली शराब पार्टियाँ...!

तब से डॉ. सुभाष सचदेवा और डॉ. शोभा के दांपत्य जीवन की सुख-समृद्धि से ईर्ष्या करने वाले बहुत पैदा हो गए थे। पर भीतर की बात कम ही लोगों को मालूम थी। बहुत कम लोगों को उस दरार का पता था जिसने पति-पत्नी के रिश्ते की हरियाली को

खत्म कर दिया था और इसकी चोट हर दफा डॉ. शोभा के मर्मस्थल पर पड़ती। मर्दानगी के दर्द से दिपदिपाता डॉ. सुभाष हर बार उसे रौंदता हुआ कुछ और आगे बढ़ आता।

"अब मुश्किल है, बहुत मुश्किल...! दिनोंदिन मुश्किलें बढ़ रही हैं, कोई अंत नहीं।" डॉ. शोभा ने एक बार बहुत टूटकर बताया था सुजाता को।

"अच्छा!" सुनकर मैं अवाक रह गया था। हालात यहाँ तक...?

"कुछ करना चाहिए सुजाता।" मैंने मानो अंधे की तरह हवा में कुछ टटोलते हुए कहा। मैं बुरी तरह अकुलाया हुआ था।

"क्या?" सुजाता का सीधा सा सवाल, जिसका उत्तर इतना सीधा नहीं था।

"डॉ. सुभाष सचदेवा से मिलकर कुछ बातें, ताकि चीजें कुछ साफ हों।"

"ठीक रहेगा? बातें साफ होंगी या उलझेंगी? वे पसंद करेंगे कि हम खामखा..." सुजाता भी इतनी ही परेशान। पर अँधेरे में लाठी शायद नहीं चलाना चाहती।

"सच तो यह है कि डॉ. शोभा ने मना किया है।" कुछ देर बाद सुजाता बोली, "कह रही थी कि डॉ. सुभाष बहुत तंग ख्यालों के आदमी हैं...एकदम मर्द। पूरे'पक्के पाषाणकालीन ख्यालों वाले, जो समझते हैं कि बस उनकी 'हाँ' को 'हाँ' समझा जाए 'ना' को 'ना'। औरत को अपनी दिमाग इस्तेमाल करने की जरूरत नहीं।"

फिर सुजाता ने जो कुछ बताया, उससे मैं एकबारगी काँपकर रह गया। पता चला कि अब तो मरीजों के आगे भी यह पत्थरदिल आदमी डॉ. शोभा का अपमान कर डालता है। तू-तड़ाक पर उतर आता है। शोभा जैसी सेंसिटिव स्त्री के लिए यह चीज क्या मर जाने के मानिंद नहीं? आधी-आधी रात तक उस कोठी से डाँट-डपट की आवाजें आतीं, मानो डॉ. सुभाष अपनी हर चीज की ताईद चाहता है। बात-बात पर सफाई माँगने की आदत। और शोभा अनचाहे ही अपराधी के कटघरे में आ खड़ी होती।

बहुत-से मरीज इस बात के गवाह हैं कि डॉ. शोभा एक दिन में नहीं मरी, वह तो रोज थोड़ा-थोड़ा मर रही थी।

और एक रोज तो जब सुभाष ने किसी बात पर उसे चिढ़कर चाँटा लगा दिया, तो शोभा पूरे दिन अपने कमरे से बाहर नहीं निकली। पर बच्चों का रोना-बिलखना नहीं देखा गया, तो रात को खाना बनाने के लिए बाहर आ गई। फिर प्रेगनेंसी का एक इमरजेंसी केस था। भीतर-भीतर रो रही थी वह, लेकिन बाहर सधे हाथों से अपना डॉक्टरी का सख्त कर्त्तव्य...

वही डॉ. शोभा, रोज तिल-तिलकर मरती डॉ. शोभा अब नहीं रही।

उफ! एक समाचार-एक पंक्ति का एक समाचार कैसे पूरा एक अंधड़ बन जाता है। जितना-जितना उसे शांत करो, उतना ही बढ़ता जाता है। और इस आँधी में देखते ही देखते छप्पर-छानी सब उड़ने लगे। बल्लियाँ टूटती हैं। बाँस बिखरते हैं। सब तिनका-तिनका, सब तहस-नहस!

कबीर को क्या पता था कि जैसे ज्ञान की आँधी आती है, वैसे ही शोक की भी एक आँधी होती है और...

3

"लेकिन हुआ क्या था?" मैंने शायद तीसरी या चौथी दफा पूछा। बेमतलब।

अभी तक पूरी तरह इस मृत्यु को स्वीकार करने को मन नहीं मान रहा था। लेकिन फिर भी, चारा क्या था। मृत्यु किसी के टाले तो टलती नहीं। वह हैं–एक सख्त, पथरीला सत्य।

"लेकिन...हुआ क्या था?" मृत्यु के उसी आघात से उबरने को कोशिश करते हुए मैं एक दफा फिर पूछता हूँ। एक कष्टकारी सवाल जो अभी तक अनुत्तरित ही था।

अब के जो पूरी बात सुजाता ने बताई और जो टुकड़ों-टुकड़ों में डॉ. शोभा के कई अड़ोसियों-पड़ोसियों के जरिए उस तक आई थी, वह यह कि झगड़ा तो महीनों से चल ही रहा था। कोई न कोई बात होती, कोई भी छोटी-सी, न कुछ-सी बात और वह बढ़ जाती। शोभा किसी तरह उसे टालती। चेहरे पर मुस्कराहट लाकर अंदर ही अंदर पीती और जीवन चल पड़ता। लेकिन इधर दो-तीन दिनों से हालात खराब थे। रात-दिन झगड़ा। या तो दोनों मुँह पर पट्टियाँ बाँधे रहते या फिर झगड़ते। मन की सारी भड़ास निकालते। शोभा ने भी मानो जीने-मरने का फैसला कर लिया था। जो होना हो, हो। मगर...यह गुलामी नहीं!

जिस रात हादसा हुआ, दोनों की जोर-जोर से चीखने-चिल्लाने की आवाजें आती रहीं। शोभा शायद पिट रही थी, लेकिन फिर भी जो जी में आता, कहे जा रही थी।

डॉक्टर भला इतना बर्दाश्त कैसे करता? वह तो दरिंदा हो रहा था। उसने उसे घर से बाहर निकल जाने के लिए कहा।

इस पर शोभा ने कहा, और जीवन में पहली बार साफ-साफ मुँह खोलकर कहा, "क्यों जाऊँ? यह मेरा भी तो घर है। मेरी भी तो कमाई से बना है।...बल्कि मेरी कमाई ज्यादा है!"

"ठहर, बताता हूँ मैं तुझे!" डॉ. सुभाष की आँखों मे जो पाशविक हिंसा भड़की, उसने शायद शोभा को डरा दिया। वह दौड़ी-दौड़ी मरीजों वाले कॉरीडोर में चली गई, ताकि इस बहाने बच जाए। लेकिन डॉ. सुभाष पर तो खून सवार था। उसने वही उसे दो-तीन चाँटे मारे और घसीटते हुए अपने कमरे तक लाया। बैड पर पटक दिया और उसके गले को अपनी हथेलियों से कसते हुए बोला, "बता, अब बोलेगी आगे, बता? बड़ा अपने को डॉक्टर-फॉक्टर समझती है तो अभी निकाल दूँगा घमंड सारा! इन्हीं मरीजों के आगे नंगा करके परेड न निकाली तो मेरा नाम सुभाष नहीं।"

डॉ. शोभा का चेहरा ऐसे सफेद हो गया था, जैसे जिंदा लाश। उसी समय चार-छह मरीजों और उनके रिश्तेदारों ने दौड़कर बीच-बचाव किया तो मामला किसी तरह शांत हुआ।

मगर...क्या सचमुच? मरीजों के जाने के बाद भी डॉक्टर सुभाष भुनभुनाता रहा और मुट्ठियाँ भींचते हुए बोला था, ''सँभल जा, वरना यहीं से तेरी अर्थी निकलेगी, अर्थी! समझी?''

बस, वही क्षण रहा होगा कि डॉ. शोभा पूरी तरह टूट गई और मृत्यु की इच्छा ने, मृत्यु की बर्बरता ने उस पर विजय पा ली। डॉ. सुभाष कमरे से निकला तो पीछे-पीछे वह भी मुँह-हाथ धोने के बहाने निकली। लैब में जाकर कोई इंजेक्शन भरा और सीधा नस में...

पाँच मिनट भी नहीं बीते कि खत्म, सब खत्म!

उससे दस मिनट पहले ही डॉ. सुभाष मरीजों के बीच चिल्ला-चिल्लाकर कह रहा था, ''नाटक करती है साली, रोज नाटक करती है! न खुद जीती है, न मुझे जीने देती है। मरती भी नहीं...पागल औरत!''

और दस मिनट बाद यह दुखांत नाटक इस चरम तक पहुँच गया था कि जिसके आगे फिर कोई नाटक नहीं रह जाता। और हर चीज पर परदा गिर जाता है।

4

उसके बाद दो-तीन दिन सचमुच आँधी-तूफान की तरह निकले। भीतर-बाहर आँधी। सुजाता मुझसे और मैं सुजाता से मानो एक-एक क्षण मुखातिब होते। हम कुछ कहना चाहते हैं, मगर सारी बातें जैसे छिन गई हों। बार-बार पुरानी स्मृतियाँ कौंधती। कभी-कभी स्मृतियों की एक साथ कई-कई धाराएँ तैरती हुई चली आतीं। हम बात करना चाहते, मगर होंठ जैसे किसी ने सी दिए थे। लगता था कुछ भी कहेंगे, एक भी शब्द, तो यह दुख और बढ़ेगा-असहनीय...मारक!

इस बीच लोगों को जैसे बड़ा भारी 'काम-काज' मिल गया। खबरों और अफवाहों का अनंत सिलसिला चलता रहा। अखबारों में खबरें अलग आतीं और मोहल्ले के नाम-रूपहीन अदृश्य अखबारों में वे अलग ढंग से टिपी होतीं। कहानियों में से कहानियाँ निकल रही थी, जिनमें न जाने कहाँ-कहाँ की चंडूखाने की 'भूत कथाएँ' जुड़ रही थीं। और यह महाकथा एक विशाल उपन्यास के कलेवर से भी कुछ आगे निकल गई थी।

मगर यह भी तय था कि सबकी सहानुभूति डॉक्टर शोभा के साथ थी। उसे याद करते-करते लोगों की आँखें नम हो जातीं। सारे मोहल्ले से उसी के रिश्ते थे। उसी का अपनापन सबको बाँधता। किसी को उसने भाभी बना रखा था, किसी को बहन। कइयों को आंटी-ताई, कइयों को माता जी। सब उसकी बच्चों जैसी मुस्कान पर निसार थे। सब

कहते कि जब यह हँसती है या बातें करती हैं तो बिल्कुल घर की सदस्य लगती है। इसीलिए ज्यादातर को लगता था, उनके घर का ही कोई सदस्य चला गया। डॉक्टर सुभाष का घाघ और मतलबी चेहरा सब जानते थे। उससे अगर बोलते, बात करते थे लोग, तो भी डॉक्टर शोभा की वजह से। प्रैक्टिसं भी डॉ. शोभा की ही ज्यादा चलती थी। जब देखो, तब वह मरीजों से घिरी रहती थी।

पर अब फुसफुसाने वाले फुसफुसाकर कह रहे थे, ''जरूर कोई न कोई बात तो थी। नहीं तो कोई आदमी भला क्यों अपनी औरत पर खामखा हाथ उठाएगा?''

और औरतों में ही कुछ यह कहने वाली भी थीं, ''सबसे इतना हँस-हँस के बोलती थी। जरूर कोई चक्कर चला लिया होगा।...अब मर्द तो मर्द होता है, भला कैसे बर्दाश्त करे? जिंदा मक्खी तो नहीं निगली जाती न बहन!''

हैरानी की बात यह है इस सबमें उस पूरबी मेहता का नाम कहीं नहीं है जो इस झगड़े की जड़ थी-या कम से कम बनती जा रही थी। पिछले दो-तीन सालों से।...यह भी उस 'जादूगरनी' के जादू का एक कमाल! सारी डोरें उसके हाथ में थीं, मगर वह कहीं नहीं!

क्या यह इसलिए था कि डॉ. शोभा ने अपने पति की ज्यादतियों और लालचीपन की कथाएँ तो बहुतों को सुनाईं और यह भी कि डॉ. सुभाष उसे पीटता है दरिंदों की तरह, मगर पूरबी की कथा अनकही ही रही। यानी उसने यह किसी से नहीं कहा था कि एक कोई पूरबी मेहता है जिसे वही लाई थी क्लीनिक में, और जो बढ़ते-बढ़ते इतनी बढ़ गई थी कि...कहानी अब उसी के चारों और घूमने लगी थी।

क्यों, भला क्यों? पूरबी मेहता के जिक्र से वह क्यों हमेशा बचती थी? शायद इसलिए कि उसके बारे में कहते ही उसे लगता था, कहीं मैं छोटी न हो जाऊँ।

वैसे भी डॉ. शोभा जैसी बेहद खूबसूरत और सुरुचिसंपन्न स्त्री के आगे क्या थी पूरबी मेहता? एक रंगी-पुती चालाक बंदरिया ही तो! मगर उसने सारी डोरें अपने काबू में करके डॉ. शोभा की सारी शोभा, भव्यता और 'सुंदर पवित्रता' को मात दे दी थी, बल्कि उजाड़ डाला था। किसी विषबेल की तरह वहा विषबेल जो दूसरों के हिस्से का खाती है और फिर एक दिन उनका पूरा लहू निचोड़कर मार देता है।

यह कथा डॉ. शोभा ने मृत्यु से कुछ ही समय पहले बताई थी सुजाता को। लेकिन कितने टुकड़ों में, कितने दुख और अमर्श से भरकर! हर शब्द के साथ मानो लहू का एक कतरा जमीन पर आ जाता हो।

और हमारे सारे सुझाव और मरहम बेकार चले गए।...मिथ्या! असार! हुआ वही जो नहीं होना था।

बस, कोई ढाई-तीन दिन रहा शोक का यह नाटक होली सिटी क्लीनिक में। इस बीच पैसे और पुलिस का दंगल।...महादंगल। ले ले, दे दे। दे दे, ले ले।...

सुनते हैं, तीन लाख में बात बन गई और डॉ. शोभा की मृत्यु हमेशा-हमेशा के लिए एक काला अतीत हो गई।

तब से डॉ. सुभाष की गरदन थोड़ी और अकड़ गई है। उसकी तीखी चाल में से यह अंहकार फूट रहा है, हमारे पास पैसा है, हम सब कुछ खरीद सकते हैं।

इस बीच पूरबी मेहता भी तीन दिन 'अज्ञातवास' में। किसी ने उसकी शक्ल नहीं देखी। किसी ने नहीं जाना इस नई रामायण की मंथरा को।

तीसरे दिन ही शाम को उठाला कर दिया गया। लो, अब रास्ता क्लियर...!

होली सिटी क्लीनिक से डॉ. शोभा की आग को झाड़-फूँककर हटाने, बुझाने का काम शुरू। पर उन दिलों का क्या कीजे जिनमें वह बसती थी, बसती है–और अपने सरल बहनापे और मीठी खिलखिलाहट से सब पर राज करती थी। उसे कैसे खत्म करोगे रावण?

5

डॉ. शोभा से हम लोगों की मुलाकात भी बड़े अजीब ढंग से हुई थी। शायद छह-सात बरस हो गए। नहीं, कुछ ज्यादा।

प्रिया तब आठ-नौ बरस की रही होगी। उसके पेट में जोर का दर्द उठा तो सुजाता उसे रिक्शा पर बिठाकर दौड़ी-दौड़ी डॉक्टर शोभा के क्लीनिक में गई। डॉ. शोभा ने अच्छी तरह चेक-अप किया। फिर कहा, ''दर्द ज्यादा है, मुझे अपेंडिक्स का खतरा लगता है। अपने हसबैंड को बुलवा लीजिए।''

दफ्तर से दौड़ा-दौड़ा मैं घर पहुँचा। वहाँ से होली सिटी क्लीनिक। रात भर प्रिया को ग्लूकोज चढ़ता रहा। सुबह स्पेशलिस्ट डॉ. मीरचंदानी को बुलवाया गया। पता चला, ऐसा खतरा नहीं है बल्कि आगे के टेस्टों से अगले रोज ही पता चल गया कि प्रिया के पेट में कीड़े हैं। उन्हीं के कारण असहनीय कष्ट है।

खैर, तो उसी प्रसंग में जब सुजाता को रात भर होली सिटी क्लीनिक में रहना पड़ा, डॉ. शोभा से उसकी बातें हुईं, खूब बातें। तभी उसे पहली बार उस स्त्री को जानने का मौका मिला, जो डॉक्टरी लिबास में थोड़ी-सी दब जाती थी, पर कहीं भीतर से अपनी झलक जरूर दिखाती रहती थी। तभी पता चला था कि डॉ. शोभा ने आगरा में डॉक्टरी की पढ़ाई की और वहीं डॉ. सुभाष उसे मिले। दोनों की दोस्ती हुई, फिर शादी। तब डॉ. सुभाष शायद ऐसे नहीं रहे होंगे।

''मुझे हैरानी है, आदमी शादी के बाद इतना कैसे बदल जाता है? तब तो ये भोले से थे, पप्पू से! और अब देखो, एकदम मेल शॉवनिस्ट...पूरा पक्का हिंदुस्तानी मर्द!'' कहते-कहते डॉ. शोभा खिड़-खिड़, खिड़-खिड़ हँसीं, तो उस हँसी में भी दर्द की कोई एक लकीर थी, जो सुजाता को दिख गई थी।

फिर बातों-बातों में यह भी पता चला कि शशि शर्मा डॉ. शोभा की रूममेट रही थी। वही शशि शर्मा जो करनाल में दसवीं जमात में सुजाता के साथ पढ़ी थी और दोनों पक्की सहेलियाँ थीं।

यों बातों-बातों में रात बीती और सुबह जब डॉ. शोभा का चाय का टाइम हुआ, तो हाथ में ट्रे लिए वे सुजाता के पास आ गईं। उसे लगभग भौचक करती हुई, मुस्कराकर बोलीं, ''आज सुबह की चाय तुम्हारे साथ पीने का मन हुआ। बिल्कुल नया-नया-सा लग रहा है। नई सुबह, नया जीवन।''

और फिर सुजाता से उन्होंने वादा किया था, ''कभी आऊँगी तुम्हारे घर-देखने।'' फिर साथ ही जोड़ा था, ''तुम्हारे पति तो ऐसे नहीं हैं न! देखने में तो सीधे लगते हैं।'' कहकर खुद ही हँस पड़ी थीं। सुजाता भी।

और वे आईं, सचमुच आईं अगले ही इतवार को। अपने पति और बड़े बेटे राहुल को साथ लेकर।

राहुल और प्रिया थोड़ी ही देर में एक-दूसरे से परिचय कर, दूसरे कमरे में खेलने लगे थे और इधर बैठक में हम लोगों की गपशप।

बहुत आनंददायक तो नहीं रही थी वह मुलाकात, क्योंकि डॉ.शोभा जितनी खुली, सरल और मस्त थीं, उनके पति उतने ही सपाट। डब्बाबंद शख्स। लगता था, कभी-कभी सामने वाले पर थोड़ी कृपा करते हुए, मुस्करा भर देते हैं।

मौसम और इस शहर के रूखे-सूखेपन आदि-आदि से लेकर थोड़ी ऊपर-ऊपर की बातें ही उस दिन हुईं।

फिर शायद सुजाता और डॉ. शोभा दोनों ही स्त्रियाँ इससे ऊब गईं। पहल डॉ. शोभा ने ही की, ''चलो, तुम्हारा घर देखें!'' और हमारे सीधे-सादे विशिष्टता रहित घर में थोड़ा यहाँ-वहाँ घूमने के बाद डॉ. शोभा सुजाता के साथ रसोई में जा घुसीं। वहाँ उनका जो निहायत घरेलू और प्यारा-प्यारा-सा रूप देखा सुजाता ने, तो एकदम चकित, हैरान।

दोनों स्त्रियों के बीच न जाने कहाँ-कहाँ की, कब-कब की बातें हुईं। न जाने कौन-कौन से इतिहास उलटाए-पलटाए गए। और इस बीच पालक, हरी मिर्च और प्याज के पकौड़े बनकर तैयार हो गए। चाय छनकर प्यालियों में आ गई।

और जब डॉ. शोभा मेहमान नहीं, मेजबान की तरह खुद इन्हें ट्रे में सजाकर बैठक में आई, तो डॉ. सुभाष ही नहीं, मैं भी थोड़ा भौचक्का रह गया।

चाय और पकौड़े के साथ जो बातें हुईं, वे पहले जैसी नीरस तो नहीं थी क्योंकि डॉ. शोभा ओर सुजाता अब काफी खुल चुकी थीं और इससे वातावरण बहुत सहज-सहज हो गया था।

डॉ. सुभाष भी बीच-बीच में थोड़ी देर के लिए अपनी सपाटता का मुखौटा उतार देते थे और एकाध बासी, पुराना 'जोक' सुनाकर ही सही, थोड़ा-बहुत अपने 'रसीलेपन' का परिचय देने की कोशिश कर रहे थे।

यानी कुल मिलाकर वह शाम बहुत आनंददायक न सही, पर कुछ अलग-अलग-सी शाम तो थी।

उनके जाने के बाद हम लोग सोचते रहे, डॉ. सुभाष का व्यवहार थोड़ा दंभरहित और सरल होता, तो इस शाम का शायद हमने कुछ अधिक आनंद लिया होगा।

''ये लोग साथ-साथ रहते कैसे होंगे? एकदम विरोधी ध्रुव हैं।'' सुजाता ने माथा सिकोड़ते हुए, थोड़ा परेशान होकर कहा।

और कुछ रोज बाद डॉ. शोभा ने ही इसकी तस्दीक की थी कि उनके पति को ज्यादा लोगों से मिलना-जुलना पसंद नहीं है। उनका मानना है कि डॉक्टर और लोगों से अलग, विशिष्ट और ऊँचे होते हैं। आम लोगों से ज्यादा घुलना-मिलना उनकी इमेज को नुकसान पहुँचा सकता है।

''फिर भी जोड़ी अच्छी है...औरों से बहुत अच्छी। ईश्वर करे, यह सलामत रहे।'' सुजाता मानो प्रार्थना-सी करती हुई कहती है।

क्यों? किसलिए? क्या उसके मन में कोई भय था?

6

शायद था।...जरूर होगा। और उसके प्रमाण भी मिलने लग गए थे।

बल्कि अगली मुलाकात ही हमारी थोड़ी कटु रही थी। डॉ. सुभाष ने मेरे कमरे में जगह-जगह लगे हुए कितबों के ढेर और अलमारियों में बेतरतीब ढंग से रखी, ढेर-ढेर किताबों की ओर इशारा करते हुए कहा था, ''यह सब किसलिए? साहित्य-फाहित्य से क्या मिल जाता होगा आपको?...थोड़ा प्रेक्टिकल बनिए!''

सुनकर मुझे धक्का लगा। सुजाता को भी।

''हमारे घर में किताबें ही हमारी सबसे बड़ी संपत्ति हैं क्योंकि इनसे हमें जीवन के बहुत-से दुर्लभ अर्थ और खजाने मिले हैं। इसलिए आज भी किताबों के नजदीक जाकर ही हम सबसे अधिक आनंद पाते हैं।'' मैंने मुस्कराकर कहा था।

''थोड़े जीवन के धक्के खाएँगे तो सब भूल जाएँगे।'' कहकर डॉ. सुभाष ठहाका माकर हँसे थे।

रावण...रावण! मैंने देखा, एक रावण है जो डॉ. सुभाष के भीतर से निकलता है कभी-कभी।

अलबत्ता इस पर मैंने गंभीर होकर कहा था, ''मेरा तो निजी अनुभव है, किताबें हमें मनुष्य बनाती हैं। हमारी संवेदना को जगाए रखती हैं। बल्कि मेरा तो आपको भी सुझाव है कि आप थोड़ा-थोड़ा पढ़ना शुरू कीजिए। बहुत-से डॉक्टर अपने मरीजों के साथ कसाई जैसा बर्ताव करते हैं, क्योंकि उनकी संवेदना मर जाती है। आप किताबों से जुड़ें तो औरों का दुख-दर्द भी आपको व्यापेगा।''

इस पर डॉ. सुभाष एकदम हत्थे से उखड़ गए थे। ''आपने डॉक्टरों को कसाई कहा। हम पैसा कमाते हैं, तो क्या गलत करते हैं? पैसे के बगैर क्या कोई इज्जत से रह सकता है? पैसा कोई छोटी चीज है! जिनके पास नहीं है, उनसे पूछिए!'' लगभग चिल्लाकर उन्होंने कहा था।

''पैसा बेशक छोटी चीज नहीं है। पर वह इतनी बड़ी चीज भी नहीं है कि आदमी से बड़ा हो जाए।'' मैंने मुस्कराकर कहा, तो डॉ. सुभाष कटकर रह गए।

इसके बाद जैसी कि आशंका थी, डॉ. सुभाष कभी हमारे यहाँ नहीं आए। लेकिन डॉ. शोभा महीने में एकाध बार जरूर चक्कर लगा लेतीं। साथ में बच्चे भी। राहुल और अनुज।

उन्हें पता चला कि मैं लिखता हूँ तो हर बार सुजाता से मेरी कोई न कोई किताब माँगकर ले जाती थीं। लौटाती तो साथ ही साथ सुजाता से उसे लेकर ढेर-ढेर-सी बातें। या आजकल मैं क्या लिख रहा हूँ, इस बारे में जानने की उन्हें उत्सुकता रहती।

''भाई साहब आजकल क्या लिख रहे हैं, कोई नया नावेल...?'' अक्सर सुजाता से वह पूछ लेतीं।

जब सुजाता ने पूछा कि डॉक्टर साहब इधर आपके साथ नजर नहीं आते, तो थोड़ा उदास हो गईं। फिर मानो उस पर एक झीना सा आवरण चढ़ाकर बोलीं, ''बस, ये ज्यादा पसंद नहीं करते।...थोड़ा इंटोवर्ट।''

''आप लोगों ने तो प्रेम-विवाह किया था न! कोई पारंपरिक शादी नहीं, फिर भी? इतनी दूर-दूर...?''

सुजाता के पूछते ही डॉ. शोभा ने एक इतनी लंबी साँस भरी थी कि मानो कुछ न कहकर भी वे सब कुछ कह देना चाहती हों। और थोड़ी देर बाद सचमुच उन्होंने कह ही दिया था, और ऐसे भयानक शब्दों में कि सुजाता एकदम चौंक गई।

''यह आदमी, आदमी नहीं, जानवर है सुजाता। बल्कि मुझे तो लगता है, शादी के बाद हर आदमी जानवर हो जाता। हो सकता है, यह मेरी गलतफहमी हो। मगर अपने इस मर्द को देखकर तो...!'' कहते-कहते उनके चेहरे का रंग स्याह हो गया था।

चलते-चलते उनके मुँह निकला था, ''सॉरी, मुझे ऐसा नहीं कहना चाहिए था।'' पर जो वे कह गई थीं, वह सत्य था। भले ही अर्धसत्य हो। इसे डॉ. शोभा भी जानती थीं, सुजाता भी।

7

''क्यों भला क्यों हो गए डॉ. सुभाष ऐसे...?'' सुजाता जब-तब डॉ. शोभा से पूछती। और डॉ. शोभा चुप। मानो उन्हें खुद भी प्रकृति के इस क्रूर रहस्य का अर्थ ठीक-ठीक समझ में न आता हो।

मगर धीरे-धीरे वे खुलीं, तो उनके पति की हीनता और अपराधी वृत्ति के पीछे का सारा मर्म भी खुलता चला गया।

असल में डॉ. सुभाष डेंटिस्ट थे और डॉ. शोभा गाइनी स्पेशलिस्ट। अब होता यह था कि डॉ. शोभा के आगे सुबह से रात तक मरीजों की लाइन लगी रहती थी और उनके पति ज्यादातर अकेले बैठे उँगलियाँ चटकाया करते थे। कहीं न कहीं दोनों का व्यवहार भी इसके लिए जिम्मेदार था। डॉ. सुभाष के पास जो मरीज आता, उसे वे प्लेट में रखा अपना शिकार समझते थे, जिस पर दाँत गड़ाएँ और खा लें। लेकिन डॉ. शोभा के लिए हर मरीज एक मनुष्य भी था। किसी का भी दुख उन्हें व्यथित-विचलित कर देता और वे जो कर सकती थीं, करने को बेचैन हो जाती थीं। यहाँ तक कि मजदूरों और रिक्शा चलाने वालों के मुर्झाए चेहरे और मैले वस्त्रों वाली उनकी पत्नियाँ भी आती थी, तो उनके साथ भी वही अपनेपन और दोस्ती का-सा व्यवहार। जो भी उनके पास एक बार आया, उसका वे दिल जीत लेती थीं और ऐसे व्यवहार करती थीं, जैसे सगी बहन हों।

इसलिए चाहे घंटों इंतजार करना पड़े, तो उनका कोई मरीज, उठकर वापस नहीं जाता था। और यों, होली सिटी क्लीनिक के वैभव की नींव में, असल में डॉ. शोभा थीं।

पैसा आया...बहुत पैसा, लेकिन उन्होंने अपनी सरलता नहीं खोई। कोई गरीब रिक्शे वाला, मजदूर, झल्ली वाला होता तो उसके लिए बिना कहे खुद ही फीस कम कर देतीं। फिर चाहे बाद में डॉ. सुभाष के गुस्से और बौखलाहट का शिकार ही क्यों न होना पड़े!

यों पैसा आया तो मुश्किलें भी बढ़ीं, बल्कि पहले से ज्यादा बढ़ीं। पैसा आता गया और डॉ. सुभाष ज्यादा से ज्यादा हिंसक पशु में बदलते चले गए। हर वक्त आँखों में पैसे की पाशविक चमक। जब डेंटिस्ट के रूप में दिन भर खाली बैठे मक्खियाँ मारने की अपनी 'रूटीन' दिनचर्या से वे ऊब गए, तो उन्होंने खुद-ब-खुद होली सिंटी क्लीनिक के मैनेजिंग डायरेक्टर की पोस्ट ईजाद की और उस पर काबिज हो गए।

डॉ. शोभा की पूरी कमाई...उसके एक-एक पैसे पर अब उनका हक था। वे थे होली सिटी क्लीनिक के मैनेजिंग डायरेक्टर, यानी मालिक। और डॉ. शोभा वहाँ काम करने वाली एक मामूली डॉक्टर। ठीक है कि वे गाइनी स्पेशलिस्ट थीं, पर गाइनी स्पेशलिस्ट तो सारी डॉक्टरनियाँ होती हैं। पैसा दो और ले आओ। आप चाहो तो इसको हटकार उसको नौकरी दे दी। फिर डॉ. शोभा क्या चीज हैं!

यों डॉ. सुभाष सचदेवा का कद बढ़ते-बढ़ते अब 'आसमान' हो गया था और डॉ. शोभा जो निरंतर काम में लदी-फदी, हाँफती रहती थीं और अपनी मरीजों के लिए 'भगवान' थीं, निरंतर छोटी होती जा रही थीं।

यह व्यवस्था...हमारी यह 'दलाल' व्यवस्था केवल ठलुओं और बिचौलियों को ही बड़ा करती है। काम में ही रात-दिन साँस लेने वाली, इंसानी भावनाओं और अपने कर्त्तव्य को ही पूजा मानने वाली डॉ. शोभा भला यह बात कैसे जान पातीं? उनकी सरलता, बेशक

उनकी ताकत थी, लेकिन वही उनकी कमजोरी भी थी। और वे समझ नहीं पाती थीं कि जो क्रूर फंदा उनके चारों ओर जकड़ता जा रहा है, उसका वे क्या करें?

इस बीच न जाने कब उन्होंने मुझे भाई बना लिया था और मानो घोषणा-सी करते हुए कहा था, ''मैं आऊँगी, रक्षाबंधन वाले दिन राखी बाँधने!''

सुनकर मैंने हँसते हुए कहा, ''मुझे भाई मानना आपको सुख देता है, तो अच्छी बात है। आपकी एक अच्छी दोस्त डॉक्टर के रूप में मैं इज्जत करता हूँ। अब यह प्यार और इज्जत शायद और बढ़ जाए। पर इसके लिए राखी-वाखी का झंझट किसलिए? मन की भावना कहीं ज्यादा सच्ची है।''

इस पर डॉ. शोभा ने हँसकर सुजाता से शिकायत की थी, ''देखो मेरे इन कंजूस भैया को! सोचते हैं कि यह डॉक्टरनी रक्षाबंधन वाले दिन राखी बाँधने आएगी, तो जेब से पचास-सौ रुपए तो ढीले होंगे ही।...इसलिए अभी से ऐसी कोई दार्शनिक बात बघार दो कि जरा दूर-दूर ही रहे।''

कहकर खुद ही एक भोली बच्ची की तरह ऐसे खुदर-खुदर हँसीं कि मैं और सुजाता टुकुर-टुकुर देखते रहे कि भला यह भोली स्त्री कहीं से लगती है डॉक्टरनी?

...तो जैसा कि डॉ. शोभा ने 'घोषणा' की थी, रक्षाबंधन वाले वे आईं। न सिर्फ राखी बाँधी, बल्कि हम लोगों के साथ ही उन्होंने नाश्ता किया और देर तब बचपन के प्रसंगों में खोई रहीं। बताती रहीं कि उनका एक ही भाई है...छोटा, जो अब अमरीका में है! और फिर दाँतों से जीभ काटती हुई बोलीं, ''नहीं, सॉरी, दो हैं। बस, दूसरे सज्जन जरा कवि-अवि हैं। अपनी बहन की चिंता नहीं करते! यह भी नहीं पूछते कि बहन तुझ पर क्या गुजर रही हैं? तू जीती भी है या...!''

जिस ढंग से यह वाक्य उन्होंने कहा था, वह मुझे भीतर तक छीलता हुआ चला गया। मैंने सुजाता की ओर देखा, सुजाता ने मुझे। दोनों को लगा, कोई भारी गड़बड़ है। लेकिन क्या? हम कैसे जान सकते थे।

तब तक बहुत कम बातें खुली थीं। सुजाता ने जानना चाहा, तो डॉ. शोभा ने बहाना बना दिया, ''आज नहीं, आज तो त्योहार है। आप लोगों का मूड नहीं खराब करना चाहती। फिर कभी सही।''

फिर धीरे-धीरे थोड़ा-थोड़ा हमें पता चलता रहा। पर अपनी इस नालायकी को स्वीकार कर लेना ही अच्छा है कि हम चाहकर भी सचमुच कुछ नहीं कर पा रहे थे। हम नहीं जान पा रहे थे कि पति-पत्नी के इस झगड़े को सुलझाने में हमारी क्या भूमिका हो सकती थी? खासकर उस हालत में, जब पति दिनोंदिन पत्थर होता जा रहा हो!

बहरहाल उसके बाद कई रक्षाबंधन आए।...चार-पाँच तो जरूर ही, शायद पाँच! और कोई ऐसा रक्षाबंधन नहीं था, जब डॉ. शोभा राखी और मिठाई का डिब्बा लिए, मुस्कराती हुई सुबह-सुबह हमारे घर की दहलीज पर नजर न आईं हों।

बाद में डॉ. सुभाष से संबंध बिगड़ते गए और हम लोगों के प्रति पति की नापसंदगी भी उनके लिए अप्रकट नहीं रही थी। तब भी वे आतीं जरूर, फिर चाहे पाँच-दस मिनट के लिए ही क्यों न आएँ।

लगभग हाँफते हुए आतीं, और आते ही कहतीं, ''माफ कीजिए भाईसाहब, सिर्फ पाँच मिनट के लिए आई हूँ बहाना बनाकर। अब आपसे तो क्या छिपाना? आप तो अच्छी तरह जानते हैं मेरे 'महान' पतिदेव को! वे पसंद नहीं करते कि...''

और चाय पीते-पीते मानो खौफजदा होकर वे उठ जातीं।

इस पर एक बार मैंने उन्हें समझाने की कोशिश की थी, ''अब आगे से रहने दीजिए शोभा जी। जितना निभा, सुंदर निभ गया। आप क्यों खुद को परेशानी में डालती हैं? यों भी जितने भी संबंध हैं, असल में तो वे मन की भावनाएँ ही हैं न! मन में दूसरे के लिए भावना हो, और वह भावना सुंदर हो, इतना ही काफी है। बाकी तो सब फिजूल है।''

लेकिन मेरी बात के जवाब में डॉ. शोभा के चेहरे पर पत्थर की लकीर की तरह खिंची जो एक असाधारण किस्म की दृढ़ता मुझे नजर आई थी, उसे मैं आज भी भूल नहीं पा रहा। वह मानो एक जिद थी कि वह एक संबंध जिसे बनाया था, उसे निभाना है, अंत तक निभाना है। यह एक स्त्री की शायद अपना स्वतंत्र व्यक्तित्व पाने की तड़प थी कि क्या हर काम पति की इच्छा से ही करना पड़ेगा? उसके बगैर मैं कुछ नहीं, कहीं नहीं! क्यों भला?

मुझे आश्चर्य होता है कि डॉ. शोभा ने, जो कि इतनी सरल और विनीत थीं और बात-बात पर बच्चों की तरह खुदड़-खदड़ हँसती थीं, अपने भीतर कहाँ, किस कोने में यह असाधारण दृढ़ता छिपाई हुई थी! और अगर यह असाधारण दृढ़ता उनमें थीं, तो उससे वे अपनी समस्याओं का समाधान क्यों नहीं कर पाती थीं? क्यों ऐसा हुआ कि धीरे-धीरे, जैसे-जैसे समय आगे सरकता चला गया, उनके चेहरे पर मृत्यु की उदास छायाएँ मँडराती हुई साफ नजर आने लगी थीं।

और जब से ढाई कमरों वाले अपने छोटे फ्लैट से चार सौ गज की इस भव्य आलीशान कोठी में वे आई थीं, दुष्ट अशुभ छायाओं का यह प्रेत-नाच और अधिक उग्र हो गया था।...वीभत्स!

कई कमरों वाली एक तिमंजिला कोठी, जिसमें कुल मिलाकर छोटे-बड़े पच्चीस-तीस कमरे तो थे ही। नीचे बेसमेंट और भूतल पर क्लीनिक। पहली मंजिल पर उनकी रिहाइश। और उससे ऊपर वाली मंजिल अक्सर खाली रहती थी। या फिर वहाँ मेहमानों को टिकाया जाता था-विशिष्ट आगंतुकों को!

क्लीनिक में काम करने वाली नर्सों के आराम करने के कमरे भी वहीं थे। वहीं बाद में पूरबी मेहता का भी एक स्थायी कमरा हो गया था।...खासा सुसज्जित और आरामदेह!

और देखते-देखते यही दूसरी मंजिल होली सिटी क्लीनिक के अवांछित करतबों का केंद्र हो गई। यहीं चलता सत्ता, पैसे और मोह, घृणा और देह-भोग का व्यापार।

यहीं से निकल-निकलकर आती थीं वे काली अशुभ छायाएँ जो नंगी प्रेतात्माओं की तरह सारे होली सिटी क्लीनिक में नाचा करती थीं और मौका पाते ही डॉ. शोभा को चारों ओर से घेर लेती थीं।

लोग कहते, डॉ. शोभा हँसना भूल गई हैं।...वे लगातार अवसादग्रस्त होती जा रही थीं और अपने भीतर बंद, गुमसुम-सी।

हमारे घर जब-जब वे इन दिनों आईं, उन्हें दो-चार मिनट बाद ही घर जाने की बेचैनी घेर लेती और चेहरा इस कदर काला...बल्कि नीला दिखाई पड़ने लगता कि हम डर जाते। मैंने और सुजाता ने सुझाव दिया कि किसी बहाने उनके माता-पिता को यहाँ बुलाया जाए, ताकि समस्या का कोई सम्मानजनक हल निकले।

पर डॉ. शोभा ने कभी इसके लिए मुँह खोलकर 'हाँ' नहीं कहा।

एक कठिन और अबूझ चुप्पी, जिसका थोड़ा-थोड़ा मतलब हम समझते थे। अपने माता-पिता से बिना पूछे, बल्कि एक तरह से उनका विरोध झेलकर ही उन्होंने डॉ. सुभाष से शादी की थी। और अब जबकि निभ नहीं रहा और मुश्किलें आ रही हैं, अपने माता-पिता को बीच में लाकर वे और अधिक अपराधी नहीं होना चाहती थीं।

''हम कुछ करें...मिलें डॉ. सुभाष से?'' एक दिन नहीं रहा गया तो अकुलाकर मैंने पूछा।

''नहीं!'' डॉ. शोभा के होंठों से सिर्फ एक शब्द निकला, सूखा, बे-रस और फिर एक लंबी, वीरान चुप्पी। फिर उससे थोड़ा उबरीं, तो कहा, ''कभी जरूरत हुई तो कहूँगी।...आपसे नहीं तो किससे कहूँगी?''

8

और फिर एक बार बहुत अशोभन हालत में...जबकि मौत को करीब-करीब नंगा नाचते वहाँ देखा जा सकता था, हमें होली सिटी क्लीनिक में लगभग दौड़ते हुए जाना पड़ा था।

होली सिटी क्लीनिक से मेरे और सुजाता के लिए एक घबराहट पैदा करने वाला फोन आया था। डॉ. शोभा का नहीं, डॉ. सुभाष सचदेवा का।

फोन पर दो ही लफ्ज, ''प्लीज, आप लोग जल्दी आ जाइए-अभी, इसी वक्त!''

''बात क्या है, सब ठीक तो है न!'' मेरे काँपते होंठों से टूटे-टूटे-से शब्द निकले।

''आप आ जाइए-अभी! यहीं बताऊँगा।''

वह दीवाली का दिन था। इसकी याद इसलिए है कि दीए जलाने के बाद हम संक्षिप्त दीवाली-पूजन के लिए बैठने ही वाले थे कि फोन की घंटी बज उठी थी। और उस पर यह अशुभ समाचार जिसने हमारे रोंगटे खड़े कर दिए थे।

डॉ. सुभाष ने बताया कुछ नहीं, पर जो नहीं बताया उससे आशंकाओं का एक भयावह जंगल हमारी आँखों के आगे उग आया था और हम बौखला गए थे। पूजा का

सामान ऐसे ही पड़ा रहा और बच्चों को थोड़ा-बहुत समझाकर मैं और सुजाता पैदल ही, होली सिटी क्लीनिक की ओर दौड़ पड़े थे।

वहाँ अजब नजारा था। पूरे घर में मिट्टी के तेल की असहनीय गंध 'मृत्यु-गंध' की तरह समाई थी और हमें लगा, डॉ. शोभा अब नहीं मिलेंगी। कभी नहीं!

डॉ. सुभाष अपने कमरे में ही थे। चक्कर पर चक्कर काट रहे थे, पागलों की तरह। सिर के बाल बुरी तरह बिखरे हुए। कुरते के बटन टूटे हुए। मुँह से जैसे झाग निकल रहा था।

हमें देखते ही चिल्लाकर बोले, "आपकी बहन इस कमरे में है। उसने खुद पर मिट्टी का तेल छिड़क लिया है और कमरा भीतर से बंद! इसलिए आपको तकलीफ दी। आप खुद अपनी आँख से देख लीजिए अपनी बहन की करतूत!"

उस रात, जो दीवाली की रात थी, कितने विकट हाहाकार के साथ, कैसे हमने उस अशुभ को झेला...या किसी हद तक टाला, अब क्या शब्दों में कहा जा सकता है?

मैं और सुजाता रो रहे थे और बुरी तरह दरवाजा पीटते रहे थे। रो-रोकर डॉ. शोभा से विनती कर रहे थे कि वह कोई ऐसा कदम न उठाएँ, जो अनर्थकारी हो और जिससे सब कुछ ध्वस्त हो जाए!

कोई पाँच-सात मिनट बाद दरवाजा खुला और डॉ. शोभा की जो हालत हमने देखी, उसे देखकर हमारे पैरों के नीचे की जमीन खिसक गई। उनके पूरे शरीर पर चोटें और मार-पीट के चिह्न थे। गाल सूजे हुए! डॉ. सुभाष के तमाचों के नीले-नीले निशान!

कमरा खुलते ही वे जिस बुरी तरह आर्तनाद करती हुई मेरे और सुजाता के कंधे से लगकर रोईं, उससे शायद थोड़ी देर के लिए होली सिटी क्लीनिक की दीवारें भी थरथरा गई होंगी।

कैसे मृत्यु की छाया बन चुकी डॉ. शोभा को हमने शांत किया और कैसे डॉ. सुभाष को थोड़ा-बहुत समझाया, यह प्रसंग भी रहने ही दें।

कमरे में ही एक कोने में डॉ. शोभा का छोटा-सा मंदिर था, जिसमें राम-सीता विवाह और शिव-पार्वती की तस्वीरें थीं। डॉ. सुभाष ने न जाने किस बात पर क्रोध में आकर उन तस्वीरों को उठाकर फर्श पर दे पटका था और अब सारे फर्श पर काँच ही काँच बिखरा हुआ था। लक्ष्मी और गणेश जी की मूर्तियाँ भी, जो शायद अभी दो-एक रोज पहले ही वे लाई थीं, भू-लुंठित थीं। और यह मलबा खाली कुछ तस्वीरों और मूर्तियों का मलबा ही नहीं था, उस विश्वास का भी मलबा था, जिससे दो लोग एक मीठे दांपत्य संबंध में बँधते हैं।

सुजाता ने कमर कसकर वह सारा मलबा उठाया। झाड़ू लगाकर कमरा साफ किया। फिर रिक्शे में बैठकर दौड़ी-दौड़ी बाजार गई। वैसी ही तस्वीरें और मूर्तियाँ लेकर आई। फिर मंदिर सजाया गया, एक छोटा-सा आस्था का स्थल!

और फिर पूजा...दीवाली पूजा। किसी तरह मनाकर डॉ. शोभा, सुभाष और दोनों बच्चों को साथ-साथ बिठाया। और उस विश्वास को फिर से निर्मित करने की एक कोशिश शुरू हुई, जो किरच-किरच हो चुका था। बहुत छोटी-सी, आधी-अधूरी कोशिश।

फिर सुजाता ने ही वहाँ खाना बनाया। पूरी-सब्जी, खीर, सभी कुछ। उस दिन वहीं हमारी दीवाली मनी। शोक और सुख के अजब से तारों से बनी, त्योहार की अजब-सी कातर मूर्ति! क्या वो सच में दीवाली ही थी? भीतर जैसे किसी न तेजाब भर दिया हो! सब ओर मृत्यु-गंध बिखरी हुई थी और बीच में हम एक छोटा-सा कोना साफ करके दीवाली मना रहे थे।

सुख था तो यही कि चलो, एक अशुभ टल गया। पर क्या सचमुच...? भीतर सवालों के साँप सिर पटक रहे थे।

जो भी हो, उस रात बारह-साढ़े बारह वहीं बज गए। हम लौटे तो पटाखों की धूँ-धुम्म के बाद, मोहल्ला थककर सो चुका था। प्रिया लगभग भूखी ही सो गई थी।

किसी तरह उसे उठाकर थोड़ा-बहुत खिलाया। वह बुरी तरह उदास थी कि उसे देखकर खुद हमें रोना आ रहा था।

फिर पूजा तो क्या होनी थी? काँपते हाथ जोड़कर प्रार्थना की और सो गए।

9

उसके बाद डॉ. शोभा से कुछ ही मुलाकातें हुईं।

और वे अपने को ऐसा बनाती चली गई कि मानो वे है भी और नहीं भी। थोड़ी जीवित, थोड़ी छाया। मानो वे मृत्यु से पहले ही मृत्यु के घर में झाँक आई हों और उनका एक-एक कदम अब उसी ओर बढ़ रहा हो!

उस हादसे...उस अंतिम हादसे से कोई महीना, डेढ़ महीना पहले वे घर आई थीं, तो सुजाता से देर तक बातें करती रही थीं। "देखना, मैं कुछ कर लूँगी एक दिन। तब समझ में आएगा इस कसाई को!" तैश में आकर उन्होंने सुजाता से कहा था।

और पूरी कहानी सुनाते हुए, होंठों तक लबालब भरी घृणा के साथ कहा था, "वह चुड़ैल ही करा रही है यह सब।"

चुड़ैल...? यानी पूरबी मेहता! अपने पति को छोड़कर आई थी पूरबी मेहता और अब डॉ. सुभाष पर...बल्कि उसकी अकूत संपत्ति पर उसकी नजर थी। इसके लिए डॉ. शोभा जैसी कातर हिरनी का शिकार करना उस सिंहनी के लिए कौन मुश्किल था!

उसी का पहला दाँव था, डॉ. शोभा को पागल घोषित कर देना। इसलिए कि जब खत्म हो उनकी 'कहानी' तो उसे 'एक पागल स्त्री की मौत' कहकर अनदेखा किया जा सके।

सारी डोरें अब डॉ. पूरबी मेहता के हाथ आ गई थीं और मुच्छड़, रोबीले चेहरे वाला डॉ. सुभाष सचदेवा सिर्फ एक अदना आज्ञापालक! कद्दावर जिस्म, मगर असल में पूरबी मेहता के हाथ की सिर्फ एक कठपुतली। जिधर चाहे नचाए, उधर इसे नाचना था।

शायद कोई दुष्ट जादू जानती थी पूरबी मेहता। डॉ. शोभा के पास भला उसका काट कहाँ? जहाँ तक सहा गया, सहा। और जब तीर पार चला गया, तो एकाएक चीखी...और खत्म!

सब खत्म...!

10

अभी मुश्किल से एक-डेढ महीना ही तो गुजरा है। होली सिटी क्लीनिक में नए मरीज अब नजर आने लगे हैं। 'डॉ. शोभा की जगह देखेंगी पूरबी मेहता।' सबको बता दिया गया है।

नर्सें अब पूरबी मेहता के इर्द-गिर्द चक्कर काटती हैं। उसी के हाथ में उनका प्रमोशन, एडवांस, ड्यूटी टाइमिंग...आदि-आदि।

होली सिटी क्लीनिक अब फिरसे आबाद हो रहा है। रात भर बड़े-बड़े बल्बों, बत्तियों की जगर-मगर...बड़ी कीमती कारें। नए ढंग से तराशे हुए लॉन। लोगों की आवाजाही...बैठकी।

कुछ दिन पहले होली सिटी क्लीनिक के विशालकाय बोर्ड पर, जहाँ डॉ. शोभा का नाम था, वहाँ सफेद पेंट नजर आने लगा। और अगले ही दिन बड़े-बड़े अक्षरों में डॉ. पूरबी मेहता का नाम। 'कोई आदमी अनएवोइडेबल नहीं!' डॉ. सुभाष के चेहरे पर दुष्ट अक्षरों में लिखा है।

डॉ. सुभाष और डॉ. पूरबी मेहता चमचमाती कार में रोज शाम को 'रँगोली' की राह पर होते हैं। शहर के अमीरों का 'रंगीन' सिटी क्लब। यह शायद गम से पीछा छुड़ाने के लए जरूरी है।...बहुत जरूरी।

कभी-कभी उनकी कार के पीछे वाली सीट पर सहमे हुए दो बच्चे भी बैठे नजर आते हैं। शोभा के दोनों बेटे। राहुल और अनुज। उनकी हँसी भी शायद डॉ. शोभा के साथ ही चली गई।

अजब बात है कि डॉ. शोभा के जाने का गम अब यहाँ किसी को नहीं है। वह या तो इन दो छोटे-छोटे बच्चों के स्तब्ध चेहरे पर नजर आता है या फिर दार्शनिक वाले अंदाज में बैठे उस भूरे बादामी रंग के बूढ़े बंदर के चेहरे पर, जिसे डॉ. शोभा शायद बदरपुर के किसी 'देसी' मेले से खरीदकर लाई थीं और न जाने क्या सोचकर इसे उन्होंने अपनी कोठी के गेट पर बैठा दिया था।

आश्चर्य, जब कभी होली सिटी क्लीनिक के सामने से निकलो तो वही बूढ़ा बंदर अपनी शोकांतिका में डूबा, सिर धुनता नजर आता है।

हा-हा-हा-हा-हा...

हा-हा-हा...!

इस विकट शोकांतिका के 'हाहाकार' में...या कि बीच-बीच के 'स्पेस' में क्या कहता होगा यह? मैंने कई बार गौर से सुनने की कोशिश की है, पर उत्तर कभी नहीं मिला। हो सकता है कि होली सिटी क्लीनिक के नाम से ही उसे इतना सख्त एतराज हो कि मारे गुस्से के उसने कुछ भी अललटप्प बकना शुरू कर दिया हो।

डॉ. शोभा ही तो इस होली सिटी क्लीनिक की 'आत्मा' थीं। उनके जाने के बाद अब यह सिटी क्लीनिक 'होली' कहाँ रहा? 'अनहोली' हो गया है।...अनहोली सिटी क्लीनिक!

शायद यह भारी कष्ट गेट पर अभी तक शोक की मुद्रा में बैठे उस बूढ़े बंदर को है। उन सैकड़ों मरीजों को भी, जो इस क्लीनिक में आकर पागलों की तरह न जाने क्या खोजने लगते हैं!

●

19

मिसेज मजूमदार

दफ्तर से लौटा ही था कि हाथ में पानी का गिलास पकड़ाते हुए श्यामला ने कहा, ''आज मिसेज मजूमदार आई थीं।''

''अच्छा!'' मैंने कहा। थोड़ी अनिच्छा से, मानो मन ही मन चाह रहा होऊँ कि यह प्रसंग बंद हो। कोई और बात शुरू हो जाए।

पर श्यामला के जी का कुछ पता नहीं। आज वह अपनी ही धुन में थी।

''बहुत दुखी थीं बेचारी!'' हल्के से चर्चा को कुछ और आगे सरकाया गया।

''अच्छा!'' अनिच्छा का दबाव मेरी छाती पर कुछ और बढ़ गया है। और मैं तेजी से कोई बहाना ढूँढ़ रहा हूँ, जिससे जल्दी ही कोई दूसरा प्रसंग हाथ में आ जाए और मिसेज मजूमदार परदे की ओट में...

''इस बार शायद दीवाली पर दफ्तर से कंबल मिलेंगे गिफ्ट में। बड़ा कलरफुल है, दर्शनीय!'' मैंने कहा, ''आज सुबह ही रामलुभाया जी बता रहे थे। वैसे वे कह रहे थे कि हम च्वॉइस भी रखेंगे कि या तो कुकर ले लो या फिर कंबल! कुकर हॉकिंस का है चार लिटर...!''

''कंबल ही ठीक है! सर्दियाँ आ रही हैं, कोई आया-गया हो तो काम आ जाता है। यों तो कुकर भी बड़े दिनों से खराब पड़ा था, पर पिछले हफ्ते उसका ढक्कन ठीक करा लिया। अब तो मजे में चलेगा दो-ढाई बरस और...फिर देखेंगे।''

कहते-कहते श्यामला चौंकी, ''अरे, ठहरो, चाय तो मैं भूल ही गई। अभी लाई।''

मुझे हल्की-सी खुशी हुई, बजरिए कंबल और कुकर, मिसेज मजूमदार से मुक्ति पाने की खुशी।

2

लेकिन चाय पीते हुए मिसेज मजूमदार फिर उपस्थित थीं। ऐन आँख के आगे आकर आराम से बैठी थीं–मजे में टाँगें फैलाए!

''मेरी तो उनके बारे में राय बदलती जा रही है, अक्षय।'' श्यामला कह रही थी, ''बल्कि मुझे लगता है, कहीं हम ज्यादती तो नहीं करते आ रहे उनके साथ? आखिर वे इतनी क्रूर तो नहीं हो सकतीं जितना हमने...!''

मैंने सवालिया नजरें अब श्यामला के चेहरे पर गड़ा दी हैं।

श्यामला को इससे शायद थोड़ी दिक्कत-सी हुई होगी। पर जल्दी ही उसने खुद को साध लिया है और अब बड़े ही सधे हुए स्वर में कह रही है, ''मुझे लगता है, अक्षय, मिसेज मजूमदार नफरत नहीं, दया की पात्र हैं। असल में...'' श्यामला एक क्षण के लिए अटकी। फिर बोली, ''असल में जब हम किसी के बारे में एक ही तरह से...अम् किसी खास तरह से सोचते हैं तो वही सही लगने लगता है! वह तुमने ही तो सुनाया था न, कितना कथन है कि कॉल अ मैन हंड्रेड टाइम्स डॉग, एंड ही विल बिकम अ डॉग! ठीक बात है, क्यों?''

मेरी समझ में नहीं आया, श्यामला क्यों मेरे धैर्य की परीक्षा ले रही है। मिसेज मजूमदार से जो भी मोटा-महीन झगड़ा था, उसी का था, मेरा तो नहीं। और मिसेज मजूमदार ने उसे जो दुस्सह दुख दिया, मैं तो उन्हीं को देख-देखकर पगलाया करता था। आज वही श्यामला कह रही है कि मिसेज मजूमदार नफरत नहीं, दया की पात्र हैं। क्या समचुच?

खैर, नफरत की पात्र तो मैंने उन्हें कभी नहीं समझा था, पर शायद दया की पात्र भी वे नहीं हैं। मुझे लगता है, वे उन लोगों में से हैं, जिनकी चर्चा से हमें बचना चाहिए, क्योंकि ऐसे लोग जहाँ भी रहेंगे, यहाँ तक कि उनकी स्मृति भी, मनहूसियत ही फैलाएगी।

''यह...यह मैंने पहली औरत देखी है श्यामला, अपनी अब तक की जिंदगी में, जो मनहूसियत की साकार प्रतिमा है, सिर से पैर तक।'' कहते-कहते मेरा स्वर नफरत से भर गया था। मैं निश्चय ही कुछ ज्यादा आवेश में आ गया था।

पर श्यामला पर इसका कोई खास असर पड़ा हो, नहीं लगता। हाँ, उसके चेहरे की गंभीरता थोड़ी बढ़ गई और आँखों में एक ऐसा पनीला भाव, जिसे समझना मुश्किल।...यह शायद करुणा है।

''कल तक मुझे भी यही लगता था, अक्षय, पर...''

''पर...पर क्या?'' मैं कुछ खीज-सा गया।

''अब लगता है, हमने...यकीनन हमने गलती की उन्हें समझने में। असल में हर आदमी वैसा ही नहीं होता, जैसा वह ऊपर से नजर आता है। मिसेज मजूमदार में एक और मिसेज मजूमदार हैं, जिन्हें हम नहीं समझे। नहीं समझ पाए। अब समझ रही हूँ थोड़ा-थोड़ा।''

''अच्छा!'' कहते-कहते मेरी आँखों में शायद एक नुकीला व्यंग्य भी आ गया होगा। श्यामला को वह चुभा जरूर, पर वह बचा गई।

वह शायद अपनी ही रौ में थी और कुछ कहकर हल्का होना चाहती थी।

''बल्कि अक्षय, मुझे लगता है,'' वह कह रही थी, ''मुझे लगता है, जब मिसेज मजूमदार हमारे पड़ोस में थीं और रोज-रोज उनसे झगड़ा होता था, तब भी हमने चाहा होता तो ये झगड़ें निबट सकते थे। तुम जरा सोचकर तो देखो। पर हमने भी थोड़ा ऊपर उठकर नहीं देखा। हम भी मानो एक पक्ष होकर ही सोचते रहे। भले ही यह एक पीड़ित पक्ष था...पर हमें किसी और तरह भी सोचना चाहिए था। सारी चीजों से ऊपर उठकर, ह्यूमन प्वॉइंट ऑफ व्यू से। या कि कहिए, साइकोलॉजिकल स्टडी ऑफ अ वुमन...अ डिप्रेस्ड वुमन रादर! यह बहुत दिलचस्प होता और शायद ज्यादा सहानुभूति से...''

कहते-कहते श्यामला क्षण भर के लिए रुकी। शायद अपनी उत्तेजना पर काबू पाना चाहती हो। फिर बोली, ''अच्छा देखो अक्षय, तुम खुद ही सोचो। अगर कोई रोज-रोज हमारे पास शिकायतें लेकर आएगा कि आपने यह ठीक नहीं किया, वह नहीं किया तो हमारा रवैया कैसा होगा?...भले ही वे शिकायतें कितनी सही हों। हम चिढ़ेंगे न! मुझे लगता है, यही गलती हमसे हुई। उससे वह और टेढ़ी होती चली गईं। मैं नहीं कहती कि गड़बड़ियाँ मिसेज मजूमदार में नहीं थीं। जरूर रही होंगी, पर उन्हें नजरअंदाज करने वाले और खूब प्यार करने वाले लोग उन्हें कहाँ मिले! मिलते तो यकीनन वे ऐसी न रहतीं!

''तुम तो जानते ही हो, अक्षय, कि प्रतिक्रिया में कोई भी शख्स कैसे तनता चला जाता है और फिर धीरे-धीरे उसकी कोमलता के सारे तंतु खत्म होते चले जाते हैं। उसी से वह बुरा-सा प्रसंग भी हमें झेलना पड़ा कि अंजू को उन्होंने जब वह उनकी क्यारी से अपनी गेंद निकाल रही थी, चार-पाँच चाँटे जड़ दिए। वैसे सोचो, अक्षय, अंजू को भी तो मिसेज मजूमदार से पूछकर ही उनकी क्यारी का गेट खोलना चाहिए था। यों भी तो पूरा मोहल्ला जानता है कि मिसेज मजूमदार अपनी क्यारी के पेड़-पौधों को कितना प्यार करती हैं। एक-एक पत्ती-टहनी किस तरह काटती-तराशती हैं, जैसे अपनी जान से भी ज्यादा प्यारी हो!''

इतना लंबा भाषण, बाप रे! मैं एक क्षण के लिए चुप, बल्कि स्तब्ध रह गया और गौर से श्यामला के चेहरे को देखने लगा।

क्या है इसमें आज़, कोई खास बात?...है कुछ न कुछ तो जरूर। नहीं तो आज चीजें इस कदर उलटी दिशा में कैसे दौड़ने लगीं?

कुछ न कुछ खास तो जरूर है, वरना तो अभी हाल का थोड़ा-सा समय छोड़ दें तो उससे पहले श्यामला की बातों का केंद्रीय विषय यही होता था कि मिसेज मजूमदार ने आज ऐसा कर दिया, आज वैसा कह दिया। हर बार पड़ोसन के रूप में रणचंडी बनकर आईं मिसेज मजूमदार उसे कोई न कोई नई सूई चुभो देती थीं। श्यामला मुझे वह दिखाती और फफकती थी। और मेरा काम होता था उन सूंइयों को निकालना और जहाँ रक्त बह रहा हो, वहाँ रुई के फाहे रखना।

3

मिसेज मजूमदार कोई चार-साढ़े चार बरस हमारे पड़ोस में रहीं। और ये दिन...अपनी जिंदगी के कोई पंद्रह-सोलह सौ दिन हमने नरक-कुंड में काटे थे।

पड़ोस का मामला ऐसा होता है कि आप भीतर ही भीतर कितना ही तिलमिलाएँ, हाय-हाय करें, पर न कहीं कुछ आप बदल सकते हैं, न ढक सकते हैं। शुरू-शुरू में तो हमें यकीन ही नहीं हुआ कि कोई स्त्री ऐसी भी हो सकती है, एकदम पत्थर-दिल, क्रूर! और हमने यह सोचकर उसे नजरअंदाज करना शुरू किया कि यह किसी खास मूड का मामला है। हो सकता है, उस दिन पति-पत्नी में आपस में झगड़ा हुआ हो या फिर कोई और चक्कर हो, मानसिक दबाव...!

लेकिन फिर चीजें बर्दाश्त से बाहर होती चली गईं और अंजू और विक्की के मामले में सिमेज मजूमदार की क्रूरता को भुला पाना तो मेरे लिए असंभव है।

बच्चे शायद जल्दी पहचान जाते हैं इन चीजों को। इसलिए एकदम शुरू में ही अंजू और विक्की ने तो उन्हें बाकायदा 'ताड़का माई' कहना ही शुरू कर दिया था। बाद में उन्होंने इसमें थोड़ा सा सुधार भी कर लिया था। और वे उसे 'ताड़का आंटी' या 'ताड़का चाची' कहने लगे थे।

श्यामला ने एक-दो बार बरजा भी, पर बच्चों ने भी आखिर श्यामला की बातों में से ही यह अद्‌भुत संबोधन पकड़ा था। तो फिर श्यामला के कहने-मात्रं से कैसे बदल देते?

और मजे की बात यह है कि एक-दो बार तो मिसेज मजूमदार ने भी अपने कानों से अपना यह नया 'पौराणिक' नाम सुन लिया था। अपने इस आला नामकरण पर कई दिनों तक बड़बड़ाकर वे अपनी नाखुशी जाहिर करती रही थीं।

ये वे दिन थे जब मिसेज मजूमदार की क्रूरता चरम पर थी और वे हर रोज हमें तंग करने का कोई नया रास्ता ईजाद कर लेतीं। कुछ और नहीं तो वे हमारे पौधों पर ही अपना गुस्सा उतारतीं। उन्हें बेहूदे ढंग से कतर डालतीं या उनके पत्ते नोच डालतीं और फिर उन्हें हमारे यहाँ फेंक देतीं। कभी-कभी हमारे घर के ऐन दरवाजे के आगे उनके कूड़े के ढेर आ लगता। और पूछने पर उनकी तटस्थ मुद्रा, "हमें क्या पता, रख गया होगा कोई! क्या कूड़े पर हमारा नाम लिखा है जो..."

और हम? घर के चारों प्राणी मानो हर क्षण प्रार्थना में होते थे और उस प्रार्थना का केंद्रीय स्वर था, "हमें बचाओ, प्रभु! इस ताड़का माई से बचाओ।"

हालाँकि झेलना सबसे ज्यादा श्यामला को ही पड़ता था और हम बाकी जने उसके दुख से दुखी और कातर होने लगते थे। अब दो ही रास्ते थे-या तो झगड़ा किया जाए या फिर सह जाए! और हमने सहने के पक्ष में निर्णय किया था। हमारा मोटो यह था-'झगड़ा नहीं, झगड़ा हरगिज नहीं!'

और आज वही श्यामला पादरियों की तरह शांति का प्रवचन देती हुई उलटी पटरियों पर दौड़ रही है कि ''नहीं अक्षय, मिसेज मजूमदार उतनी बुरी तो नहीं हैं!'' और आँखों में ऐसा प्रशांत गहरा-गहरा-सा भाव, मानो जीवन का बहुत बड़ा सत्य पा लिया हो।

''क्या बात है आज, श्यामला? मिसेज मजूमदार कोई बंगाली जादू-वादू तो नहीं कर गईं?'' जब नहीं रहा गया तो मैंने सीधे-सीधे पूछ लिया।

श्यामला एक क्षण के लिए चुप। अबोल, अडोल! फिर मानो सीझी हुई आवाज में बोली, ''आज वे इस कदर दुखी थीं, अक्षय कि...रहने दो, तुम नहीं समझोगे। मैंने जरा-सा उनके कंधे को छुआ दिलासा देने के लिए, तो वे फूट-फूटकर रो पड़ीं। मुझे बहुत वक्त लगा उन्हें समझाने में, वरना उनके आँसू रुक ही नहीं रहे थे। कोई पंद्रह-बीस मिनट तक, बल्कि उससे ज्यादा, ही, वे सुबकती रहीं। मैंने पीठ पर हाथ फेरा, चाय बनाकर पिलाई, तब कहीं जाकर नॉर्मल हुईं। चलते वक्त बोलीं कि श्यामला, बस तुम्हारे आगे दिल खोला है पहली बार! रहा नहीं गया। पर किसी और से न कहना, वरना लोग समझेंगे कि यह औरत तो बड़ी कमजोर निकली!

''और एक मजे की बात और, अक्षय। मालूम है, जाते-जाते क्या कह रही थीं? कह रही थीं कि अरे, सुनो श्यामला! जब हमारे झगड़े होते थे, तब भी क्या मैं जानती नहीं थी कि तुम अच्छी हो, बहुत अच्छी। तभी तो तुमसे झगड़ने की तबीयत हो आती थी। वरना तुम्हारे सिवा, बताओ तो, किसी और से झगड़ा हुआ क्या? जब बोलना ही नहीं तो झगड़ा कैसा? तुम लोग बोलते नहीं थे, तो यह भी बोलने का बहाना ही था।''

श्यामला बारीक-बारीक-सा हँसी।

''यह तो अच्छा बहाना है। इधर हमारी जान पर बीत रही है और उधर प्यार-प्रदर्शन हो रहा है! ऐसा प्यार तो विलक्षण है।'' मुझे हँसी आ गई, ''वैसे श्यामला, अगर ताड़का चाची को तुम पे ऐसा ही प्यार आ रहा है, तब तो समझो, सचमुच ही प्यारी हो तुम...यानी मेरी च्वॉइस गलत नहीं रही। क्यों?''

इस पर श्यामला ने क्षण भर के लिए आँखें तरेरकर मुझे देखा और हँस पड़ी। आँखों में ऐसी चमक, जो उसे सच ही श्यामला बनाती थी।

शायद उसकी देह का भीतरी प्रकंप ही था...कि कानों की बालियाँ हौले-हौले हिलने लगी थीं। गाल सुर्ख लाल। एक ऐसा क्षण, जब श्यामला को बाँहों में भरकर प्यार करने की अपनी इच्छा को दबाना मेरे लिए मुश्किल होता है, बल्कि नामुमकिन।

हाँ, लेकिन बात तो मिसेज मजूमदार की हो रही थी न! आज लगता है, मिसेज मजूमदार बिल्कुल चैन नहीं लेने देंगीं।

वे जब कोई चार-साढ़े चार बस तक पड़ोस में थीं तो हमारा जीना हराम हो गया था। एक-एक दिन गरम तवे पर पड़ी पानी की बूँदों सरीखा बीतता था। और जब वे यह घर बेचकर तीन गली दूर चली गईं, तब हम सबने ईश्वर के आगे हाथ जोड़े थे, 'हे

करुणानिधान! ऐसे ही रक्षा करते रहना।' और हमने यह स्वीकार किया था कि "हाँ, इस शहर में आने के बाद हमारे जीवन की ठीक-ठीक शुरुआत तो अब हुई है।"

पर उनके चले जाने के बाद भी, क्या वे पूरी तरह जा सकीं? हमने उन्हें भुलाने की कोशिशें तो तमाम कीं, पर जाने क्यों, जो कुछ विरूप था, असुंदर था, अवांछित था, उसे देखते ही खुद ब खुद याद आ जाती थीं मिसेज मजूमदार।

शायद इसलिए कि पहले ही दिन अपनी घोर असभ्यता से जो झटका उन्होंने हमें दिया था, उसका असर हमारे दिलों पर से कभी उतरा नहीं।

4

उन दिनों हम नए-नए ही इस जवाहर कॉलोनी में आए थे। आस-पास बहुत कम घर थे। दूर-दूर तक उजाड़ के बीच इक्का-दुक्का घर नजर आता था और हम लोगों के चेहरे तक देखने को तरस जाते थे। जाहिर है, तब श्यामला के मन में पड़ोस प्रेम के साथ-साथ नवागंतुकों के प्रति प्रेम का भाव भी कुछ अधिक प्रबल रहा होगा। इसके पीछे श्यामला का एकाकीपन भी एक कारण हो सकता है। इसलिए कि मुझे तो सुबह से देर रात तक दफ्तर में खटना होता था। घर आते-आते नौ बजते थे। बच्चे छोटे थे और पीछे से श्यामला अकेली। सोचती थी, कोई और भला सा परिवार आए तो समय काटने में थोड़ी आसानी रहेगी। एक तरह की मानसिक असुरक्षा से भी मुक्ति मिलेगी।

पड़ोस का 72 नंबर मकान खाली था। पर उसमें लटका पीपल का बड़ा-सा हरीसन ताला हमेशा हमारा मुँह चिढ़ाता रहता।

फिर पता चला कि यह मकान बिक गया है और इसमें कोई बंगाली मोशाय आ रहे हैं।

इसलिए जिस दिन ट्रक में ढेरों सामान और अंगड़-बंगड़ के साथ-साथ लदी हुई स्थूलकाय मिसेज मजूमदार पड़ोस के 72 नंबर मकान में आ पहुँची, श्यामला का मन उछालें-सी भरता रहा। मिसेज मजूमदार के पति और बच्चों को भी एकाध झलक नजर आई। पर वे महा व्यक्तित्वशाली मिसेज मजूमदार के व्यक्तित्व की एक लघु छाया भर ही थे।

बहरहाल उसी दिन श्यामला ने मिसेज मजूमदार के दरवाजे पर दस्तक दी।

मिसेज मजूमदार ने बाहर एक संभ्रांत स्त्री को खड़े देखा तो फाटक के पास आकर खड़ी हो गईं। कुछ रूखे, सतर्क स्वर में बोलीं, "क्या काम है?"

"काम...!" श्यामला हक्की-बक्की; यह कैसा प्रश्न? मुस्कराकर बोली, "काम तो मुझे कोई नहीं है। हम लोग आपके पड़ोस में ही हैं। मैं यो यह पूछने आई थी कि आपको पानी-वानी किसी चीज की जरूरत तो नहीं है? यहाँ पानी अक्सर चला जाता है और फिर कोई ठिकाना नहीं कि कब आएगा। पीने के लिए चाहिए तो जग में भरकर ला देती हूँ। और भी किसी चीज की जरूरत हो तो निस्संकोच कहें।"

"आच्छा...आच्छा! ठीक है, बताएँगा। जरूरत होगा तो बताएँगा!" उस साँवली भारी-भरकम काया ने कहा।

"श्यामला है मेरा नाम।" एक क्षीण सी हँसी के साथ श्यामला ने कहा।

"और हम-मिसेज मजूमदार।" जवाब आया।

इतने में उनके पति भी निकलकर आ गए। एक भले, संभ्रांत व्यक्ति। दुबले-पतले और खासे लंबे, सलीकेदार।

जब उन्हें मिसेज मजूमदार ने बताया कि ये लोग हमारे पड़ोस में ही हैं, तो मुस्कराकर बोले, "आइए...आप भीतर आइए। चाय पीकर जाइए।"

"बस, देर हो रही है। फिर कभी।" श्यामला ने कहा और विदा लेकर चली आई।

5

लौटकर श्यामला ने मुँह बनाते हुए कहा, "उफ! कैसी सड़ियल औरत है। एकदम निखद्द। भीतर आने तक के लिए नहीं कहा। और तो और, गेट ही नहीं खोला और पूछने लगी, क्या काम है?"

"तुम्हें वहाँ जाने की जरूरत क्या थी आखिर?" मैंने कहा, "खुद अपना अपमान कराने जाओगी तो किसका मन नहीं होगा दो ठोकरें लगाने का।" फिर उसे समझाते हुए कहा, "यह पहले वाला सीधा-सरल समाज नहीं है, मैडम। दुनियादार, मुखौटेबाज लोगों के बीच रहना है और उनसे वास्ता रखना है तो थोड़ा सतर्क तो होना ही पड़ेगा।"

श्यामला के चेहरे पर हल्का अपराध-बोध नजर आया, पर उसे अंदर ही अंदर दबाते हुए बोली, "देखो अक्षय, मोहल्ले में कोई नया आदमी आता है तो उसकी सौ जरूरतें होती हैं। उसे पता नहीं होता चीजों का। मैं तो इसी आपसदारी की वजह से चली गई थी। अब देखो ना, पानी चला गया। पता नहीं उन्होंने पीने के लिए पानी भरा भी कि नहीं! और ऊपर से गरमी भी कितनी पड़ रही है! ऐसे में ही तो आदमी आदमी के काम आता है। और पड़ोस होता किसलिए है? तुम्हें पता नहीं, जब हम लोग नए-नए इस कॉलोनी में आए थे तो पूनम के मम्मी-पापा ने कितनी मदद की थी। वे तो कोई पड़ोसी भी नहीं थे हमारे। एक गली छोड़कर रहते थे...पर छोटी-बड़ी कितनी चीजों में उनसे हमें मदद मिल गई। तो हम क्या आज तक भूल पाए इस बात को? "

"ओहो...! तो यह कहो ना, पुन्न कमाने गई थीं आप!" मैंने हँसकर कहा, "वाह जी श्यामला जी, धन्य हो! पर भई, इस मामले में एक अच्छी बात कोई समझदार शख्स कह गया है कि नेकी कर और कुएँ में डाल। तुम तो भले के लिए गई थीं। मन साफ है तुम्हारा। वो तुम्हारी भावना को नहीं समझ सकीं तो भूलो उसे।"

"अब ज्यादा अपनी बातों का छौंक-बघार मत लगाओ।" कुढ़ गई श्यामला, "मैं तो वैसे ही परेशान हूँ और ऊपर से...!"

फिर पास आकर चुपके से उसने कानों में कहा, "तुमने देख ली वह महाकाया...मिसेज मजूमदार?"

"ना, नहीं।"

"देखना भी मत।"

"क्यों?...क्यों?" मुझे उत्सुकता हुई।

"डर जाओगे।" कहकर वह हँसने लगी।

फिर आँखें खूब फैलाकर बोली, 'ताड़का है, पूरी ताड़का माई। और शरीर ऐसा है कि अच्छे से अच्छे पहलवान का क्या होगा!....बस, अपने को दुगना, बल्कि ढाई गुना करके देख लो।'

"ऐं...ऐसा?" मुझे यकीन नहीं हुआ।

"और क्या! मैं झूठ बोल रही हूँ?" श्यामला ने हाथ हिलाकर कहा, "और चेहरा ऐसा, हाय राम! मैं तो डर गई। बस, समझो कि रामायण में राक्षसनियों का जो वर्णन है, एकदम याद आ गया! वह तो उसका पति आ गया जो शरीफ सा आदमी है बेचारा, वरना तो मैं सचमुच बेहोश हो जाती और तुम्हें उठाकर लाना पड़ता। बस समझो कि दुर्घटना होते-होते बच गई।"

श्यामला फिर हँसने लगी। मंद-मंद हँसी। थोड़ी शरारती भी।

"तो क्या यही खुफियागीरी तुम वहाँ करने गई थीं, मैडम?" मैंने हँसकर पूछा।

पर श्यामला अपनी ही रौ में थी।

"मुझे तो तरस आता है उस आदमी पर, बेचारा! क्या-क्या सहना पड़ा होगा उसे! कैसे काट दी पूरी जिंदगी!" और फिर वही खुदर-खुदर, खुदर-खुदर।

6

यों जिस दिन से वह बंगाली परिवार हमारे पड़ोस में आया, हमारे घर की चहल-पहल काफी बढ़ गई।

श्यामला के उत्साह का तो ठिकाना ही नहीं था। और जब कभी मैं उस पर अचरज जताता, वह एकाएक सुरक्षात्मक खोल में घुस जाती और धीरे से कहती, "बड़े दिनों बाद पड़ोस में किसी बंदे की शक्ल देखने को मिली है, अक्षय। नहीं बोलते तो न सही। पर सुख-दुख में आदमी ही आदमी के काम आता है।...नहीं?"

फिर पता चला कि ये लोग बिहार में टाटा नगर से आए हैं। वहाँ मिस्टर मजूमदार किसी सरकारी दफ्तर में बड़े ओहदे पर थे। वहाँ से रिटायरमेंट के बाद दिल्ली नजर आई और फिर दिल्ली से जुड़ा यह छोटा-सा शहर। इस छोटे-से शहर की नई-नई बसी जवाहर कॉलोनी का मकान नंबर 72!...

फिर यह भी पता चला कि मिसेज मजूमदार के एक बेटा, एक बेटी है। बेटा पिता पर गया है और बेटी बिल्कुल माँ की ट्रू कॉपी। बेटा लंबा-दुबला और बेटी की काया

उसी तरह लंबी-चौड़ी, गठीली जैसी माँ की। और फिर यह भी पता चला कि मिसेज मजूमदार का पूरा नाम है-पूर्णिमा मजूमदार।

सुनकर मुझे भीषण हैरानी हुई।

"पूर्णिमा...?" मैंने भौचक्के होकर पूछा। दोबारा सुनिश्चित करने के लिए, क्योंकि मैं भी अब तक उस महाकाया का दर्शन कर चुका था। तारकोल से पुती उस भीषण देह में भला पूर्णिमा की उजास और कोमलता कहाँ?

"बताओ, कैसे-कैसे नाम रख लेते हैं लोग भी! इससे बढ़कर व्यंग्य और क्या हो सकता है?" अचरज से भरी हुई श्यामला कह रही थी।

पलटकर मैंने कहा, "नाम तो होते ही हैं ऐसे। पर तुम्हें कुछ ज्यादा ही अटपटा लग रहा है।"

"मुझे क्यों?" श्यामला तुनककर बोली।

"अब देखो ना, श्यामला, बुरा तो लगना ही है।" मैंने मुस्कराकर कहा, "विधि का विधान तो देखो कि तुम जैसी शुभ्र गौरवर्णी का नाम श्यामला और वह काली ताड़का माई हो गई पूर्णिमा। जाहिर है, इसलिए चोट तुम्हें कुछ ज्यादा लगी।"

इस पर श्यामला की आँखों में जो कुछ चंचल-चंचल-सा तैरता नजर आया, उसी को लक्ष्य करके मैंने जोड़ा, "तुम ऐसा क्यों नहीं कर लेतीं, श्यामला, कि नाम की अदला-बदला कर लो मिसेज मजूमदार से। उनको अपना नाम दे दो, पूर्णिमा तुम रख लो। यों पड़ोस भी अच्छा निभ जाएगा।"

इस पर श्यामला ने घूँसा तानकर जिन कठिन-कठोर नजरों से मेरी ओर देखा, उससे मैं थोड़ा नर्वस और प्रकंपित हो गया।

मगर इससे मिसेज मजूमदार...मिसेज पूर्णिमा मजूमदार की कहानी भला कैसे रुकती! क्यों रुकती?

वह हर क्षण चलायमान थी और उसमें एक से एक नए एपिसोड जुड़ते जा रहे थे। और इनमें से ज्यादातर के केंद्र हमारे और अड़ोस-पड़ोस के बच्चे ही थे, जो शाम के समय सामने वाले मैदान में चिड़ी-बल्ला या गेंद-बल्ला खेलते थे। जब तक उनका खेल जारी रहता, मिसेज मजूमदार किसी बाघिन की-सी खा जानेवाली नजरों से उन्हें ताकती रहतीं। बच्चे इस बात को लेकर बेहद-बेहद चौकन्ने थे कि उनकी चिड़ी या गेंद उछलकर किसी तरह मिसेज मजूमदार की क्यारी में न पहुँच जाए। वरना उसे पाना उतना ही मुश्किल था, जैसा लंका में रावण के साम्राज्य में बंदी सीता का।

लिहाजा बच्चे डरते-डरते अब बेहद सतर्क होकर खेलते थे। और इस चक्कर में अक्सर जीतते-जीतते हार जाते थे। बीच-बीच में वे भयभीत नजरों से अपने घर के चबूतरे पर किसी काली शिला की तरह अडोल बैठी मिसेज मजूमदार की ओर देख लेते थे और एक-दूसरे को इशारा कर देते थे, 'सावधान!' इसलिए कि मिसेज मजूमदार भले

ही अडोल बैठी रहती हों, लेकिन उनकी आँखें बड़ी तेजी से काल-चक्र की तरह इधर-उधर घूमती रहती थीं। मानो वे इसकी प्रतीक्षा में हों कि कोई बच्चा या उसकी गेंद या चिड़ी भूल से उनके निकट आए और वे उसे झट दबोच लें, जैसे बगुला किसी मछली को निगल जाता है।

...दो-चार बच्चे मिसेज मजूमदार से थोड़ा-बहुत पिटाई का प्रसाद भी पा चुके थे और उनकी कई चिड़ियाँ और गेंदें मिसेज मजूमदार के दानवी किले में कैद थीं। अब वे रात-दिन इसी बात के सपने देखते और जादुई योजनाएँ बनाया करते थे कि कैसे उन बंदी गेंदों और चिड़ियों को वहाँ से आजाद कराया जाए?

बच्चों को इसमें सफलता बिल्कुल नहीं मिल पा रही थी और मिसेज मजूमदार का आतंक हर दिन थोड़ा और बढ़ जाता था।

इधर हमारे घर सूचनाओं का आदान-प्रदान जोरों से हो रहा था। और सच तो यह है कि पड़ोस में जब यह बंगाली परिवार आया था, तब शुरू-शुरू में श्यामला के मन में कुछ अधिक ही रंग और उत्साह बिखर गया था। फिर वे रंग मैले और काले पड़े...फिर उनमें हल्के भय की छायाएँ पड़ती चली गईं। फिर भय ही नहीं, कड़वाहट भी गाढ़ी होती गई। लेकिन मिसेज मजूमदार जिस दिन से आई थीं, उस दिन के बाद से अमहत्वपूर्ण कभी नहीं हुईं। वे हर क्षण थीं, हर क्षण मौजूद थीं-हमारे पड़ोस में ही नहीं, हमारे जेहन में भी। हम आँखें बंद करें या खोलें, वे हमेशा दिखाई देती थीं। एक काली विशाल चट्टान, जिसे न नजरअंदाज करना संभव था और न अपनी जगह से तिल भर हिलाना।

और यह कहूँ तो झूठ नहीं होगा कि मिसेज मजूमदार बड़ी जल्दी 'मिसेज टेरर' के रूप में हम सभी के हृदय प्रदेश में जगह बना चुकी थीं।

हम उन्हें भुलाना चाहते थे, तो भी जाने क्यों यह असंभव था कि उनकी तरफ हमारा ध्यान ही न जाए।

हम अनचाहे उनकी चर्चा करते थे और सिर धुनते थे। और उसमें सबसे विचित्र हालत होती थी श्यामला की, जिसे अपना पड़ोस निभाना भी होता था और अपने स्वत्व की रक्षा भी करनी होती थी।

कभी-कभी भय की इन छायाओं को चीरते हुए उसकी सहानुभूति मिसेज मजूमदार के परिवार तक जा पहुँचती और वह कहती, ''ठीक है अक्षय, हम इस भीषण महिला से दुखी हैं। पर हमारा दुख तो छोटा है। जरा इसके अपने परिवार वालों के बारे में तो सोचो। इसका अपना पति, बेटा, बेटी...! उन्हें कितना झेलना पड़ता होगा। मुझे लगता है, इस भीषण सन्नारी की छाया ने इन सबको दबा दिया है। वरना बताओ तो, इनके घर से कभी किसी की आवाज आती है, बोलने, चहकने, खिलखिलाने की आवाज? जैसे मिसेज मजूमदार ने सबकी हँसी पर ताला जड़ दिया हो।''

और मुझे लगा, श्यामला सच ही तो कह रही है।

7

फिर एक दिन, एक आश्चर्य-वृत्तांत। सुबह-सुबह सितार के साथ-साथ मधुर कंठ में रवींद्रनाथ ठाकुर के एक भक्ति गीत के बोल सुनकर हैरान हुआ, ''सुनो श्यामला, सुनो! कोई गा रहा है।''

मेरे लिए यह हैरानी की बात इसलिए थी कि हमारी जवाहर कॉलोनी में या तो फिल्मी गीतों की धुनें तैरती रहती थीं या टीवी सीरियलों के धाँसू संवाद और चटपटे बोल इधर से उधर उछलते फिरते थे। किसी घर के आगे से निकलो तो लगता था कि या तो घरके सभी लोग आपस में झगड़ रहे हैं या रो-पीट रहे हैं। फिर थोड़ी देर में समझ में आता था, अरे, यह तो टीवी है।

ऐसा महा-महा ध्वनि प्रदूषण के बीच यह क्या! सितार के साथ-साथ इतना शुद्ध गायन-राग जै-जैवंती।

श्यामला मुस्कराई, ''मिसेज मजूमदार की बेटी गा रही है-सुप्रिया!''

''अच्छा!'' मेरी हैरानी और बढ़ गई।

सुप्रिया को एक-दो बार देखा था फेंस के उधर आते-जाते, या फिर साफ-सफाई करते। मिसेज मजूमदार की तरह ही लंबा-चौड़ा डील-डौल, प्रदीर्घ काया। काला, ठस्स, भावहीन चेहरा। उसके साथ किसी तरह की कला का कोई रिश्ता जुड़ता ही नहीं था।

''गाती तो अच्छा है!'' मेरे मुँह से खुद-ब-खुद ये प्रशंसात्मक शब्द निकले।

''हाँ, अच्छा गाती है!'' श्यामला ने ताईद की। फिर हँसकर बोली, ''शक्ल माँ पर गई है, पर यह गुण शायद पिता का, गलती से!''

''पिता...? यानी मिस्टर मजूमदार! तो वे भी गायक है?'' मैं चौंका।

''गायक कैसे हैं, यह तो नहीं कह सकती।'' श्यामला मुस्कराई, ''उतना कभी सुना तो नहीं, पर गाते तो हैं शौक से।''

''तुमने कब सुन लिया?'' मैंने हैरानी से पूछा।

''कभी-कभार रियाज करते हैं तो क्या, आवाज तो कानों में पड़ती ही है। दो-एक बार देखा भी है। खूब बड़ा-सा भव्य सितार है, उसे बजा रहे थे बिल्कुल लीन होकर। इस आदमी में कुछ तो है आखिर...यानी वह जो बंगाली मोशाय वाली सुरुचि होती है, समझ गए न!'' श्यामला ने कहा।

''हाँ, पर बाहर कम ही निकलते देखा है।''

''घर-घुसरे हैं ये सबके सब।'' श्यामला हँसी, ''बंगाली लोग तो सुना है, बड़े सोशल बंदे होते हैं। ये पता नहीं, कैसे हैं।'' कहते-कहते श्यामला ने थोड़े रहस्यात्मक भाव से कहा, ''उस आदमी को मैंने देखा है। या तो किताब पढ़ता रहता है या फिर सितार पर रियाज करता रहता है। और बीवी सब दिन थानेदार की तरह घर में इधर से उधर, उधर से इधर...! शायद यह डरता भी है अपनी बीवी से।''

"ओह! काफी जानकारियाँ इकट्ठी कर ली हैं पड़ोसियों के बारे में!" अबके मेरी हँसी टूट गई।

"मुझे क्या करना?" श्यामला सीरियस हो गई, "खुद-ब-खुद जो पता चलता है, वह क्या कम है? वह तो उस दिन दही-बड़े देने गई थी तो देखा, मिसेज मजूमदार डाँट रही थीं अपने मियाँ जी को कि तुम्हीं ने सिर पर चढ़ाया है बेटे और बेटी को, वरना मैं तो सीधा कर देती।"

"ओह, ऐसा!" मैंने कहा, "पर यह दही-बड़ों का लेना-देना कैसे शुरू हो गया?"

"होना क्या था, अक्षय!" श्यामला ने किस्सा सुनाया, "एक दिन मिसेज मजूमदार प्लेट में दो 'रोशोगुल्ले' रखकर लाई थीं। बाहर दरवाजे पर ही अंजू को बुलाकर प्लेट पकड़ा गईं कि कोलकाता से आए हैं, तुम लोग भी जरा चखकर देखो। अब मुझे किसी का एहसान रखने की क्या जरूरत है! प्लेट लौटाने गई तो उस दिन खूब बढ़िया-से दही-बड़े बने थे, इमली की चटनी भी थी। एक प्लेट में भरकर चटनी डालकर वहीं दे आई। खूब चटपटे थे, खाए होंगे तो याद रखेंगे।"

"ठीक...ठीक।" कहते-कहते मेरी हँसी छूट गई, "वाह श्यामला, वाह! चिढ़ती भी हो और छूट भी नहीं पा रही हो इस महान महिला से!"

"क्या करें, पड़ोस का मामला है!" श्यामला ने समझाया था। फिर पास आकर बोली, "आजकल बेटी की शादी को लेकर परेशान हैं मिसेज मजूमदार। यह जो बेटी का रवींद्र-संगीत का चक्कर चला है, वह इसलिए कि इनके यहाँ लड़कियों को थोड़ा गाना और संगीत जरूरी है। शादी के वक्त देखा जाता है। जैसे पाक-कला, वैसे संगीत।"

फिर पता चला कि सुप्रिया को देखने के लिए कोई सज्जन कोलकाता से आए थे। पहले तो हाँ-हाँ करते रहे, फिर चुप्पी साध ली। अब उनकी इनकार की चिट्ठी आ गई।

फिर पता चला कि दिल्ली में आर.के. पुरम में कोई बंगाली परिवार है, वहाँ बातचीत चल रही है। और लगभग 'हाँ' वाली बात है।

फिर पता चला कि वह 'लगभग हाँ' अब पूरी 'हाँ' में बदल गई है। और इसके प्रमाण के रूप में घर की ताबड़तोड़ सज्जा और कुछ नया निर्माण शुरू हो गया। छत पर दो कमरे और एक रसोई। नीचे नया स्टोर, रसोई और बाथरूम में शानदार टाइलें। पूरे घर में बढ़िया वाला प्लास्टिक पेंट। सब कुछ युद्ध-स्तर पर। महीने भर में घर लकदक-लकदक करने लगा।

फिर नवंबर में शादी का कार्ड भी मिल गया। खूब जोर-शोर से तैयारियाँ, टैंट, झंड़ियाँ, अल्पना। आर.के. पुरम से बारात आनी थी। आई। साथ ही कॉलोनी के लोगों और खासकर अड़ोस-पड़ोस वालों की जोरदार दावत! मिसेज मजूमदार को इतना खुश पहले कभी नहीं देखा गया था, न इससे पहले, न बाद में। उनके साँवलेपन में एक जोत खिली-खिली-सी थी।

आस-पड़ोस वालों के स्वागत-सत्कार में मिस्टर और मिसेज मजूमदार बिछे-बिछे पड़ रहे थे।...और सुशांत, उनका बेटा! सारी तैयारी तो उसी ने की थी। उसके दोस्तों की पूरी सेना इंतजाम में यहाँ से वहाँ जुटी थी।

8

लेकिन...यह खुशी अधिक दिन तक नहीं रह पाई।

कुछ दिन बाद सुप्रिया लौटी तो उसका ही नहीं, मिसेज मजूमदार का चेहरा भी उतर गया था। मिस्टर मजूमदार, जो अब पिछले कुछ दिनों से बाहर आकर शक्ल दिखाने और थोड़ी गपशप में रुचि लेने लगे थे, एकाएक फिर आत्मनिर्वासन में चले गए। और उनके होने का अहसास सिर्फ घर में इधर से उधर जाती छाया या सितार के रियाज से ही लगाया जा सकता था।

उसके बाद तो हालत यह हुई कि हर हफ्ते-पंद्रह दिन बाद सुप्रिया लौटती और चार-छह रोज यहीं गुजारकर जाती। उन दिनों मिसेज मजूमदार का चेहरा कुछ और काला हो जाता और वे कहीं अधिक कठिन, फौलादी चेहरा पहन लेतीं। बाद में सुप्रिया कभी-कभी महीने, दो-दो महीने के लिए भी उन्हीं के पास नजर आती। और मिसेज मजूमदार लोहे का चेहरा पहने, लोगों को समझाती फिरतीं कि ''ऐसा है बहन जी, इसके पति की ड्यूटी सेल्स में है। कभी-कभी दो-दो, चार-चार हफ्ते के लिए बाहर जाना पड़ता है। इसलिए लड़की अकेली रहे, इससे तो ज्यादा अच्छा है, यहाँ चली आए। वहाँ बहुत बड़ा घर है इनका। पाँच सौ गज की कोठी है। आठ-दस कमरे हैं। अकेली लड़की का जी घबरा जाता है तो बेचारी दौड़कर यहाँ आ जाती है। माँ के पास न आए तो कहाँ जाए बेचारी?''

और मिसेज मजूमदार ने जैसा कहा था, वैसा ही सबने मान लिया था। हालाँकि एक शक लोगों के मन में कभी-कभी उभरता था कि मिसेज मजूमदार ने ही पहले कभी बताया था कि लड़की संयुक्त परिवार में है। लेकिन संयुक्त परिवार में है तो पति के बाहर जाने पर इतना अकेलापन कैसे?

लेकिन साल बीतते न बीतते बातें साफ होती चली गईं। इसलिए कि सुप्रिया अब स्थायी रूप से माँ के पास ही रहने लगी थी। और यहीं उसकी संतान भी हुई थी, एक नन्हा-सा बेटा। फिर घर में आने-जाने वाले लोगों के ऊँचे स्वर में झगड़ों से रही-सही बात भी साफ हुई।

मालूम पड़ा कि वे लोग तो सुप्रिया को ले जाना चाहते हैं, मगर सुप्रिया जाना नहीं चाहती और अपने नन्हे बेटे के साथ अब एक नई जिंदगी शुरू करना चाहती है। मिस्टर और मिसेज मजूमदार का भी यही ख्याल है और उसका भाई सुशांत तो यह चाहता ही

है। कई बार उसका यह स्वर साझी दीवार को फलाँगकर हमारे घर तक ला आया था कि क्या हम इतने असमर्थ हैं कि एक बहन का खर्चा नहीं उठा सकते! फिर यह जॉब कर लेगी तो इसे चाहिए भी क्या? किसी से कम थोड़ी है हमारी बहन। क्यों जाए वहाँ उस मनहूस के पास?

फिर पता चला कि सुप्रिया का घरवाला पियक्कड़ है, ड्रग-एडिक्ट है। सुप्रिया को बुरी तरह मारता है और एक बार तो उसका सिर फोड़ देने के लिए वह कुल्हाड़ी भी उठा लाया था। बस, उसके माँ-बाप ने किसी तरह पकड़कर बचा लिया। तब से सुप्रिया ने फैसला कर लिया कि वह ससुराल में कदम नहीं रखेगी।

फिर पता चला, मिसेज मजूमदार ने बेटी के लिए पड़ोस में एक कमरा ले लिया, ताकि अड़ोस-पड़ोस की 'बे-फालतू' चर्चाओं पर विराम लगाया जा सके। कुछ रोज बाद सुप्रिया को विवेकानंद मॉडल स्कूल में संगीत अध्यापिका की नौकरी मिल गई। वह सुबह जाती तो नन्हे अभि को माँ के पास छोड़ जाती और लौटती तो उसे यहाँ से लेती हुई फिर अपने कमरे पर जाती।

पता चला कि सुप्रिया को विवेकानंद मॉडल स्कूल से जो तनख्वाह मिलती है, उससे घर का खर्च नहीं चलता। इसलिए मिसेज मजूमदार बेटी को हर महीने घर-गृहस्थी और खाने-पीने की ढेरों चीजें खरीदकर देती हैं। यहाँ तक कि दूध और सब्जी भी खुद मिसेज मजूमदार उसके लिए खरीदकर अलग से रखती हैं। शाम को सुप्रिया रिक्शे पर आती है तो थोड़ी देर ठहरकर, सब कुछ समेटकर वापस चली जाती है।

मिसेज मजूमदार मोहल्ले के लोगों से बेटी का चेहरा ही नहीं, बेटी के दांपत्य की अंतर्कथा भी छिपाना चाहती थीं। लिहाजा उन्होंने खुद यह लोहे का चेहरा पहन लिया।

बेटे सुशांत की शादी की बातें वे पहले खूब जोर-शोर और उल्लास से करती थीं कि उसके लिए ऐसी लड़की देख रही हैं, वैसा घर देखा है, पर इधर यह चर्चा उन्होंने बिल्कुल बंद कर दी थी।

हाँ, सुशांत ने कोई साल-डेढ़ साल से स्कूल में साइंस टीचर की नौकरी छोड़कर म्यूजिकल हॉर्न बनाने का काम शुरू कर दिया था। और यह काम अच्छा चल निकला था।

9

इन्हीं दिनों मिसेज मजूमदार के चेहरे में नए-नए चेहरे और उन चेहरों की कुछ खास तरह की जटिलताएँ जुड़ी। यह वह समय था, जब एक ओर वे बेटी के दुख से लदी हुई थीं तो दूसरी ओर घर में पैसे और सुविधाओं की आमद बढ़ी। इस बढ़ी हुई आमद का श्रेय सीधे-सीधे मिसेज मजूमदार को जाता था।

इसलिए कि सुशांत बिजनेस शुरू करे, यह फैसला मिस्टर मजूमदार का नहीं, मिसेज मजूमदार का था। मिस्टर मजूमदार तो यही चाहते थे कि सुशांत उन्हीं की तरह

कोई अच्छी सरकारी नौकरी हासिल कर ले, जीवन आराम और शांति से गुजारे। लेकिन मिसेज मजूमदार की महत्वाकांक्षाएँ ऊँची थीं। ईमानदारी की नौकरी करने वाले पति से वे असंतुष्ट थीं तो बेटे को उन्होंने अपने रंग में ढाल लिया था।

जो भी हो, इससे मिसेज मजूमदार के व्यक्तित्व में अजब-सी ठसक आ गई थी। वे कर्कशा तो पहले ही थीं, अब अबूझ और अव्याख्येय भी हो गईं। अंदर ही अंदर किसी चीज से वे बुरी तरह लड़ती और किसी हिंसक द्वंद्व में फँसी नजर आती थीं। हालाँकि ऊपर से वह कम, बहुत कम नजर आए, इसका जुगाड़ भी उन्होंने कर लिया था। और जैसा कि श्यामला ने एक दफे कहा, सच्ची-मुच्ची लोहे का चेहरा पहन लिया था उन्होंने!

लेकिन आँखें? भला अपनी आँखों का क्या करें वे, जो सब कुछ सही-सही कह देती थीं। और सच तो यह था कि अब वे अक्सर भन्नाए हुए चेहरे और तन्नाई हुई आँखों से यहाँ-वहाँ देखती पाई जाती थीं।

जाने कौन शत्रु था, जिसके लिए गुस्सा अंदर ही अंदर उनके भीतर भरता जा रहा था और वे किसी पहलवान की तरह अंदर ही अंदर उससे गुत्थमगुत्था नजर आती थीं।

उन्हीं दिनों का यह प्रसंग है कि उन्होंने हमारी बेटी अंजू को बुरी तरह पीट डाला था। एक के बाद एक पाँच-सात चाँटे! और उनकी लोहे की उँगलियाँ अंजू के कोमल गालों पर छप गई थीं।...

अंजू रोती-रोती घर आई। उसकी हालत देखकर श्यामला गुस्से से काँप उठी थी। थरथराकर बोली, "इस राक्षसी की यह हिम्मत! मैं छोड़ूँगी नहीं इसे। देखो, किस बुरी तरह मारा है मेरी फूल जैसी बच्ची को।...गाल सूज गए!"

"हुआ क्या था?" मैंने अंजू से पूछा, पर अंजू लगातार रोए जा रही थी। बहुत देर तक वह कुछ भी कहने को तैयार नहीं हुई और 'मोटी ताड़का माई, मोटी ताड़का माई' कह-कहकर रोती रही।

गुस्सा तो मुझे भी बेहद आ रहा था, पर इसी बात पर पड़ोस से झगड़ा बढ़ा लेना मुझे ठीक नहीं लगा।

फिर पता चली पूरी कहानी। हुआ यह कि अंजू विक्की और दूसरे बच्चों के साथ सामने के मैदान में खेल रही थी। पूरी सावधानी से वे खेल रहे थे कि गेंद इधर न आए। फिर भी अंजू की गेंद किसी तरह मिसेज मजूमदार की क्यारी में चली गई थी। उसने दो-तीन बार घंटी बजाई, 'आंटी-आंटी' कहकर गेट खटखटाया। लेकिन जब कोई बाहर नहीं निकला तो खुद क्यारी को गेट खोलकर गेंद लेने अंदर घुसी। तभी न जाने किस चमत्कार से मिसेज मजूमदार वहाँ नमूदार हुईं और बोलीं, 'ठहर, तेरी यह मजाल!' और तड़ातड़ एक के बाद एक कई चाँटे मार-मारकर अंजू के गाल लाल कर दिए।

"पूरी राक्षसी है यह तो। मैं तो शक्ल देखकर ही कहा करती थी, पर यह तो अक्ल से भी वही है। पूरी, पक्की ताड़का!" श्यामला गुस्से से उफन रही थी। फिर थोड़ा सम

पर आकर बोली, "तुम मिस्टर मजूमदार से कहो, जाकर सँभाले अपनी घरवाली को! वह फिर भी भला आदमी है।"

"रहने दो, बात बढ़ेगी। किसी दिन दिखाई पड़ गए तो कहूँगा।"

इससे श्यामला का गुस्सा फिर भड़क गया। बोली, "तुम्हारे बस का नहीं है तो मैं जाती हूँ अभी। सीधा करके आती हूँ उस चंडी को। पैसे वाले हैं तो क्या जान ले लेंगे हमारी!"

"तुम जरा शांति से सोचो, श्यामला।" मैंने समझाने की कोशिश की, "आखिर गलती तो अंजू की है ना! अगर वह पूछकर जाती तो...?"

"अरे, बच्चे खेलते हैं तो गेंद उछलकर चली ही जाती है किसी के घर। ये तो घर में नहीं, बाहर क्यारी में ही गई थी। तो क्या बड़ों का यह फर्ज है कि बच्चों को धुन डालें? इतनी भी अक्ल नहीं है इस औरत में?" थोड़ी देर बाद उसका गुस्सा एक अव्यक्त सी करुणा और खीज में बदला, "अरे, इसे तो खुश होना चाहिए। बच्चे आसपास खेलते-चहचहाते हैं तो उनके साथ-साथ पूरा घर भी हँसता-खिलखिलाता है। बच्चों से ही तो रौनक है इस दुनिया की, और इसे बच्चे ही नहीं सुहाते! तभी तो देखते नहीं, कैसी मनहूसियत बिखरी पड़ी है इनके घर में! नहीं तो अब तक घर बच्चों से गुलजार होता। पर शाप लगा है इन पर। देखाना तरसेंगे एक दिन, बुरी तरह-बुरी तरह...!"

श्यामला भुनभुनाती रही. देर तक और मैं बिना उसकी तरफ देखे भी, उसकी बातों में छिपे मर्म को देख पा रहे था।

10

उन्हीं दिनों-कोई महीने, पंद्रह दिन बाद ही-विक्की के साथ भी यही चक्कर पड़ा। विक्की की पतंग कटकर मिसेज मजूमदार की छत पर जा पहुँची। वह बाउंड्री फलाँगकर पतंग लेने गया तो आवाज शायद नीचे बैठी मिसेज मजूमदार के पतले, बहुत कानों में भी जा पहुँची। विक्की पतंग हाथ में लेकर लौट रहा था। तभी हाथ में डंडा लिए गरजती हुई मिसेज मजूमदार दिखाई दीं। इतनी तेजी से वे लपकीं कि छत की बाउंड्री पार करते विक्की लड़खड़ाया और संतुलन खोकर ऐन सिर के बल जा गिरा। उसका माथा लहूलुहान हो गया।...मैं और श्यामला दौड़कर पड़ोस की डॉक्टर शोभा के पास गए। दो-तीन टाँके लगे थे। पट्टी बँधवाकर लौटे तो अंजू एकाकी घर में उदास इधर-उधर टहल रही थी, बुरी तरह परेशान।

श्यामला और मैं दुखी होकर पूरी रात जागते रहे। विक्की को बहुत देर में नींद आई। हम अंदर-अंदर रो रहे थे और बाहर मीठी-मीठी बातों से उसे हँस-हँसकर बहला रहे थे।

विक्की के सो जाने के बाद भी नींद हमारी आँखें से कोसों दूर थी। और हैरानी की बात यह कि नींद अंजू को भी नहीं रही थी। वह अपनी चारपाई से उठकर मम्मी के पास

आकर बैठ गई। बोली, "मम्मी, जब आप लोग भैया की पट्टी कराने गए तो पीछे से मुझे बहुत गुस्सा आ रहा था। मैंने भगवान जी से प्रार्थना की कि इस ताड़का माई को इतने कष्ट देना, इतने कष्ट कि जिंदगी भर याद रखे। मम्मी, मैंने ठीक किया ना!"

श्यामला ने अंजू को गोद में लिया और फफककर रो पड़ी।

बहुत मुश्किल से अंजू उस दिन सोई और हम देर रात तक जागते, बातें करते रहे।

"हम बच्चों को समझा सकते हैं, श्यामला, कि तुम यह सोचो, कोई नहीं है हमारे पड़ोस में! इनसे जितना हो सके, दूर रहो!" मैं निराश स्वर में कह रहा था।

"कैसे सोचें? आखिर ये आदमी हैं कि हैवान, जो बच्चों से इतनी नफरत करते हैं। जैसे खुद कभी बच्चे रहे नहीं होंगे!" अंजू कड़वाहट से भरकर कह रही थी।

"पता नहीं, अपने बच्चे कैसे पाले होंगे इस चंडी ने! वे भी छोटे होंगे कभी न कभी। कुछ तो शरारतें करते होंगे।" श्यामला कह रही थी।

"ऐसे ही पीटते होंगे बेरहमी से, और क्या!" अंजू ने चिढ़कर मुँह बनाया। देखकर मुझे हँसी भी आई, गुस्सा भी।

माहौल कुछ हल्का हुआ तो अंजू सोई। मेरी और श्यामला की आँख तो बस सुबह ही कुछ देर के लिए लगी।

अगले दिन हम सोच रहे थे कि मिस्टर मजूमदार को बुलाकर सारी बात कहें, पर वे खुद ही चले आए। आते ही बोले, "माफी माँगने आया हूँ। मेरी मिसेज थोड़ी ज्यादा गुस्से वाली हैं। मुझे ही वो कुछ नहीं मानतीं तो औरों को क्या समझेंगी! पर इतनी जिंदगी काट दी तो अब कुछ कह भी नहीं सकता। हाँ, उसकी ओर से मैं माफी माँग लेता हूँ दोनों हाथ जोड़कर!"

अब आगे और बात क्या हो सकती है? हम यह सोचकर संतुष्ट थे कि चलो, इतना बड़ा आदमी आकर खुद माफी माँग गया। यही क्या कम है!

पर श्यामला के मन में संदेह था-कहीं यह इन लोगों का बना-बनाया तरीका तो नहीं कि एक नरम रहे, एक गरम, ताकि कोई कुछ कह ना पाए। ऐसा शायद इसलिए उसने सोचा कि उसके बाद भी मिसेज मजूमदार की हरकतों में कमी नहीं आई। उनकी यह स्थायी टेक थी कि 'आपके पेड़ों के पत्ते हमारी तरफ गिरते है। इन्हें कटवाइए, नहीं तो मैं खुद काट दूँगी।' और फिर बड़बड़ाहट की तरह ये शब्द इधर से उधर गिरते-पड़ते सुनाई देने लगे।

फिर कुछ रोज बाद यह बड़बड़ाहट कार्य-रूप में भी परिणत हो गई। वे नौकर को बुलाकर हमारे पेड़-पौधों को बुरी तरह कटवा देतीं और बहाना यह रहता कि पत्ते हमारी तरफ गिरते हैं। और कुछ रोज बाद तो उनके आँगन का सारा कूड़ा हमारे आँगन में आ गिरता। उसके पीछे भी तर्क यही है कि 'आपके पेड़ों के पत्ते हमारी तरफ गिरते हैं, लिहाजा...!' इधर हम पौधों में पानी डालें और दो-चार बूँदें भी उधर चली लाएँ तो प्रलय

हो.जाती कि अरे रे बाबा, सारा फर्श गीला हो गया! अब हमें फिर झाड़ू लगानी पड़ेगी। और इसके पीछे भी असली तर्क यही था कि उनके आँगन का फर्श कीमती मार्बल का था और हमारा फर्श कच्चा! लिहाजा हमारे यहाँ कूड़ा भी डालो तो जायज और उनके यहाँ पानी की दो-चार बूँदें भी चली जाएँ तो यह हमारी घोर असभ्यता थी।

और एक दिन तो श्यामला ने मिसेज मजूमदार को सुबह-सुबह हमारे आँगन में कूड़ा फेंकते हुए साफ पकड़ लिया। जोर से चिल्लाई, ''क्या कर रही हैं आप? बताइए!''

इस पर एक क्षण के लिए तो उनका चेहरा भय के कारण सफेद पड़ गया, पर फिर अगले ही क्षण वे तेज कदमों से घर के अंदर घुस गईं।

मिस्टर मजूमदार को अंदर से बुलाकर वह कूड़ा दिखाया गया। पर वे अंदर से ही हाथ जोड़े हुए निकले थे और माफी पर माफी माँग रहे थे।, बोले, ''मैंने तो आपको पहले ही बताया कि ज्यादा गुस्से वाली है यह औरत। अब मेरा जीवन तो हैल किया सो किया, मैं कहता हूँ, पड़ोसियों का तो न करो।''

''ज्यादा गुस्से वाली है तो क्या दूसरों का सिर फोड़ देगी?'' श्यामला ने गुस्से में कहा, ''ज्यादा गुस्सा है तो अपने घर में दिखाए, दीवारों से सिर मारे।''

''असल में बेटी की बात...बेटी की बात! वह आप नहीं समझेंगे। बहुत बड़ा सदमा लगा है इस लेडी को। बेटी से ज्यादा प्यार वह किसी को नहीं करती। पर आप जानते ही हैं, इसी बात पर वो गुस्सा है, कलपती रहती है और घर में यही गुस्सा हम सब पर! आप प्लीज, उसे माफ कर दीजिए।'' मिस्टर मजूमदार ने एक बार फिर हाथ जोड़े।

लेकिन मिसेज मजूमदार का गुस्सा वही। उनकी हरकतें भी उसी तरह की ओछी, घटिया। उनको लगता था, हमारे पेड़ के दो-चार पत्ते अगर उधर गिर जाएँ तो इसमें क्या गलत है कि वे अपने आँगन का सारा कूड़ा हमारे आँगन में डाल देती हैं। और बच्चों के लिए तो वे हर वक्त दाँत किटकिटाती नजर आतीं।

'यहाँ का बाच्चा लोग बहुत बदमाश है।' यह उनकी बातचीत या भुनभुनाहट की स्थायी टेक थी। और दो-एक दिन छोड़कर कोई न कोई बच्चा उनकी गिरफ्त में आ जाता। बुरी तरह पिटता था। और फिर लड़ाइयाँ, झगड़े। मिस्टर मजूमदार का माफीनामा! दो-एक लोगों ने तो पुलिस में जाने की धमकी भी दे दी थी। लेकिन मिसेज मजूमदार का व्यवहार वही और चेहरा पहले से अधिक क्रूर और चटियल।

''क्या होता जा रहा है इस औरत को? कहीं यह मानसिक रोगी तो नहीं?'' श्यामला का गुस्सा कई बार अबूझ करुणा में बदल जाता।

''यह है ही ऐसी, श्यामला। मैंने ऐसी घटिया औरत अपनी पूरी जिंदगी में कोई और नहीं देखी।'' चिढ़कर मैं कहता।

''घटिया नहीं, अजीब! जरूर इसकी दिमागी हालत ठीक नहीं है, अक्षय। मुझे अब पूरा यकीन हो चला है।'' कहकर श्यामला बातचीत को एक अलग संदर्भ दे देती। लगता था, मिसेज मजूमदार का उसने कोई गहरा-गहरा-सा साइकोएनालिसिस किया है।

11

फिर मिसेज मजूमदार का वह रूप भी दिखाई दिया, जिसकी किसी को खबर नहीं थी।

हुआ यह कि उनके दामाद के सीरियसली बीमार होने की खबर लोगों को मिली और फिर एकाएक गुजर जाने की। सबसे पहले वेलफेयर कमेटी के मिस्टर सोनी को यह खबर मिली। फिर मिसेज सोनी ने अड़ोस-पड़ोस की औरतों तक इसे पहुँचाया। वे सब मिलकर श्यामला के पास आईं। बोलीं, ''देखो बहन, इस दुख की घड़ी में तो हमें मिसेज मजूमदार को सांत्वना देने जाना ही चाहिए। फिर चाहे वे जैसी भी हों, घमंडी, लड़ाका या और कुछ भी।...''

श्यामला क्या कहती! वह चुपचाप उनके साथ चल पड़ी। इतनी औरतों को दरवाज़े पर आया देख, मिसेज मजूमदार बाहर निकलकर आईं। बगैर फाटक खोले सवालिया नजरों से उनकी तरफ देखा और पूछा, ''कहिए?''

अब क्या कहा जाए, किसी की समझ में नहीं आया। वे दुख में सांत्वना प्रकट करने आई थीं, पर यहाँ जो औरत थी, वह दुख में दुखी कम, रणचंडी अधिक लगती थी।

''सुना है, मिसेज मजूमदार, आपके दामाद...!'' मिसेज सोनी ने किसी तरह हिम्मत की।

''हमारा उससे कोई मतलब नहीं। आप लोग जाइए।'' मिसेज मजूमदार हाथ फटकारकर बोलीं, तो औरतें और अधिक हक्की-बक्की रह गईं।

सारी औरतें उलटे पैर लौट आईं और आपस में खुस-फुस करने लगीं।

''हे राम! ऐसी भी हो सकती है कोई औरत!'' शीला हैरानी से कह रही थी।

''हमें अच्छी तरह पता है,'' मिसेज सोनी बता रही थीं, ''इसके मरद के एक दोस्त ने खुद बताया हमारे हस्बेंड को कि ये लोग सबके सब गए थे जीवन नर्सिंग होम में। पूरे तीन दिन रहे हैं वहाँ। लड़की भी साथ गई थी। कल देर रात लौटे हैं और अब ड्रामा कर रहे हैं कि हमारा कुछ मतलब नहीं। कैसी दुचाली हौरत है!''

''मौत पर भी ड्रामा! हे राम, ऐसी कोई औरत तो देखी नहीं हमने अपनी पूरी जिंदगी में!''

और श्यामला सोच रही थी, मुझे क्या जरूरत थी खामखा अपनी इंसल्ट कराने की? इतने दिनों से अबोला वैसे ही था। अब यह ऊपर से डंडे की मार और!

''कैसी अजीब औरत है!'' उस दिन लौटकर श्यामला ने मुझे बताया था, ''जब मोहल्ले की इतनी औरतें आकर दरवाजे पर खड़ी हैं तो कम से कम इतनी सभ्यता तो होनी ही चाहिए कि दरवाजा खोलकर अंदर बिठा लें। वरना फालतू टाइम किसके पास है? हम खुद ही दो मिनट बाद उठकर चले आते।''

उससे श्यामला को वह प्रसंग एक बार फिर याद आ गया, जब पहली बार वह पड़ोस होने के नाते मिसेज मजूमदार से मिलने गई थी कि उन्हें किसी चीज की जरूरत

तो नहीं! और उन्होंने उलटा चेहरे पर सवालिया निशान बनाकर पूछा था, क्या काम है? ''यह औरत तो बात करने लायक ही नहीं है। यह नहीं कि इसमें ऐटीकेट्स नहीं हैं, बल्कि यह भीतर से जानवर है, जानवर!''

श्यामला धीरे-धीरे बुदबुदा रही थी। फिर एकाएक जोर से बोली, ''नहीं, अब कभी नहीं जाना इसके घर। बेटी की शादी में चले गए, यही भारी गलती की। मगर अब खत्म, हमेशा-हमेशा के लिए खत्म!''

लौटकर उसने निश्चयात्मक स्वर में, लेकिन हल्के विषाद के साथ बताया, ''लो, छुटकारा मिल गया! अब हमेशा-हमेशा के लिए संबंध खत्म। न कभी शक्ल दिखाई पड़ेगी और न अच्छा-बुरा कुछ सोचने की...!''

पर मामले क्या उस तरह खत्म होते हैं, जैसे हम चाहते हैं?

12

जिस दिन सुबह उठते ही श्यामला ने साझी दीवार पर गमले रखे थे, उसी दिन से फेंस के दूसरी ओर मिसेज मजूमदार की बड़बड़ाहट शुरू हो गई।

''पहले हवा तो आती थी, अब हवा भी बंद कर दी। कैसे लोग हैं! हवा क्यों बंद कर दी? देखना, मैं उठवा दूँगी इनको, जरूर उठवा दूँगी।''

शाम को मिसेज मजूमदार और उनके घरेलू नौकर श्यामू का संवाद भी सुनाई दिया।

''श्यामू, कल सुबह-सुबह उतार के रख देना इनको। याद रहेगा ना?''

''उतारकर रखूँगा कहाँ, बीबी जी?''

''अरे, इनकी तरफ ही पटक देना कहीं!''

''रहने दो, बीबी जी!''

''रहने क्यों दूँ?...हवा नहीं आती। मेरी हवा क्यों रोक ली?''

श्यामला ने सुना, पर निश्चिंत रही। बोली, ''देखना, बड़बड़ा तो रही है, पर हिम्मत इसकी नहीं पड़ेगी गमलों को हाथ लगाने की! अब जान गई है मुझे भी कि मैं दबने वाली नहीं!''

दो-तीन दिन गुजरे। फिर एक दिन गमला जरा सा सरकाकर मिसेज मजूमदार का चेहरा नमूदार हुआ। सामने अंजू दिखाई पड़ी तो उसी को इशारा करके बोली ''बेटा, अपनी मम्मी को तो बुला।''

श्यामला के आते ही वह चालू हो गई, ''देखिए, मैं आपसे कह रही हूँ, ये गमले हटा लीजिए, वरना मैं श्यामू से कहूँगी। हटवा दूँगी किसी दिन रात को। मुझे नहीं अच्छे लगते, हवा रोक दी है मेरी सारी।''

इधर श्यामला भी भरी बैठी थी। एकाएक आगबबूला होकर बोली, ''अगर इन गमलों को किसी ने हाथ भी लगाया तो देखना, उठा-उठाकर आपके सारे गमले जमीन पर पटक दूँगी। समझा क्या है! हम बर्दाश्त करते जा रहे हैं इसीलिए?''

फिर थोड़ी तंज के साथ बोली, ''जब हम एक-दूसरे की शक्ल ही नहीं देखना चाहते, दो बात भी नहीं करना चाहते तो क्या जरूरी है कि दिखाई दें एक-दूसरे को? ये गमले मैंने इसीलिए रखे हैं। न एक-दूसरे की शक्ल देखेंगे और न मन में कोई बात आएगी।''

श्यामला इतने जोर से बिफर पड़ी थी कि मिसेज मजूमदार हक्की-बक्की रह गईं। बल्कि उनके हाथ-पैर काँपने लगे और यह कंपन उनके चेहरे को देखकर भी लक्षित किया जा सकता था। वे दौड़कर भीतर चली गईं। और श्यामला ने गमले को फिर हिलाकर पहले वाली जगह पर रख दिया।

13

उसके दो दिन बाद फिर मिसेज मजूमदार की बड़बड़ाहट शुरू हो गई। पहले थोड़ी धीमी, फिर थोड़ी तेज। और आश्चर्य, हमारी तरफ आकर थोड़ी हल्की पड़ जाने पर भी उसका मतलब साफ-साफ समझ में आ जाता था।

''हाँ-हाँ, मैं काली हूँ ना! जानती हूँ, मेरी शक्ल अच्छी नहीं है। इसलिए मेरी शक्ल नहीं देखना चाहती। मुझसे नफरत करती है।...जानती नहीं हूँ क्या मैं, सब जानती हूँ।''

दो-तीन दफा जब यही डायलॉग सुन लिया श्यामला ने तो अपनी तरफ से चिल्लाकर कहा, ''शक्ल कौन देखता है, मिसेज मजूमदार? आदमी की इंसानियत देखी जाती है, इंसानियत! शक्ल न अच्छी हो, पर किसी से दो मीठे बोल बोलने में तो कुछ नहीं जाता। कड़वा बोलो तो अपना भी जी दुखता है, सामने वाले का भी।''

न श्यामला मिसेज मजूमदार को देख पा रही थी और न मिसेज मजूमदार श्यामला को। मगर बगैर शक्ल देखे भी डायलॉग बदस्तूर जारी था। और ईंट पर पत्थर की तरह जवाब पर जवाब दिए जा रहे थे।

इसका नतीजा यह हुआ कि मिसेज मजूमदार की बड़बड़ाहट बंद हो गई। मगर कड़वेपन का दंश उनके भीतर से नहीं गया। इसका सबूत भी जल्दी ही मिल गया।

मिसेज मजूमदार की कोई परिचित भद्र महिला आई हुई थीं। शायद कोलकाता के दिनों की पुरानी पहचान थी। उनके आगे वे बखान कर रही थीं, ''अब देखो ना, हम बंगाली लोगों का कल्चर कितना अच्छा है। यहाँ का कल्चर तो बस एग्रीकल्चर है! बाकी कुछ नहीं जानता यहाँ हरियाणा का लोग। यहाँ का लोग तो भैंस का दूध पीता है और भैंस वाली अक्कल...!''

श्यामला ने मुझे बुलाया और कहा, ''देखो, कैसी भद्दी बातें कर रही है और वह भी हमें सुना-सुनाकर!''

हमने सोचा, कुछ देर बाद यह प्रसंग खुद-ब-खुद थम जाएगा। पर मिसेज मजूमदार तो आज अपनी कल्चर की महिमा बखानने में पूरी तरह लीन थीं। इस पर श्यामला के लिए खुद को जज्ब करना मुश्किल हो गया। चिल्लाकर बोली, ''यहाँ के लोगों का कल्चर

अगर एग्रीकल्चर है तो क्या बुरी बात है! कम से कम इतनी तमीज तो लोगों में है कि कोई मिलने आए तो दरवाजा खोलकर भीतर बिठा लें। चाय-पानी पूछते हैं, दो बातें करते हैं, जबकि कल्चर वाले को तो इतनी भी तमीज नहीं कि कोई मिलने आए तो जरा गेट ही खोल दें। ऐसे कल्चर से तो एग्रीकल्चर ही भला!''

इस पर दूसरी ओर ऐसा सन्नाटा छा गया, जैसे पूरी की पूरी फौज धराशायी हो गई हो। और बात करना तो छोड़, कोई हिल-डुल भी न रहा हो।

''देख लिया ना! अब क्यों साँप सूँघ गया? असलियत सामने आ गई, इसलिए...?'' कहकर श्यामला विजय-गर्व के साथ दनदनाती हुई अंदर चली आई।

उसके बाद महीनों युद्धभूमि में शांति का पसारा रहा।

14

''जो भी हो, लेकिन बेटा अच्छा है इनका।'' एक दिन सुशांत मोटर साइकिल पर घर से निकला तो उसे लक्ष्य कर, श्यामला ने कहा। फिर कुछ सोचती हुई सी बोली, ''हर वक्त काम में लगा रहता है। बस, अपने काम से काम। डेढ़-दो साल से फैक्टरी खोली है, तब से तो और भी ज्यादा बिजी हो गया है। न दिन को दिन समझता है, न रात को रात। बस दौड़ता ही रहता है। इस उम्र में लड़कों में सौ ऐब होते हैं, मगर यह एकदम अलग है। पहले भी मैं देखा करती थी, जब ट्यूशन पढ़ाया करता था बच्चों को, लड़के-लड़कियाँ रात-दिन पढ़ने आते थे। कई-कई बैच...! कई बार देखा, बाहर खड़ा उनसे बातें कर रहा है। हँसी-मजाक भी कर लेगा, पर मजाल है, किसी लड़की तरफ आँख उठाकर भी देख ले।''

कुछ देर बाद हँसकर बोली, ''पता नहीं, इस लड़ाका औरत के घर पैदा कैसे हो गया? जैसा प्यारा नाम, वैसा ही प्यारा लड़का है।''

फिर मुझे चुप और गंभीर देखकर थोड़ी पास आई और बोली, ''बेटी से बिल्कुल ही उम्मीद टूट गई मिसेज मजूमदार की। पर हाँ, अब यह बेटा है जिस पर जान निसार करती हैं।'' कुछ देर बाद बोली, ''हालाँकि यह औरत ऐसी महाचंडी है, अक्षय, कि मुझे लगता है, इसके अभिशाप की छाया इसके बेटे को भी ले डूबेगी। देखना, देख लेना तुम!''

फिर एक उसी तरह गेट पर से दो बंगाली रसगुल्ले एक प्लेट पर सवार होकर अंदर सरके। अंजू को अंदर से बुलाकर वह प्लेट थमाई गई। और जब श्यामला अंदर से निकलकर बाहर आई तो देखा, सकपकाई हुई मिसेज मजूमदार चेहरे को कोमल-कोमल-सा बनाकर कह रही थीं, ''लड़की देख ली है अपने सुशू के लिए। अगले महीने शादी है-15 दिसंबर! आना है आप सभी को।''

और रात में श्यामला ने मुझे बताया, ''मैं तो मना करने वाली थी, अक्षय, पर वह लड़का सुशांत कितना अच्छा है, कितना प्यारा है कि मन से आशीर्वाद निकलता है।

कभी-कभार मुस्कराकर 'विश' भी कर लेता है। बात भी करता है तो खूब समझदारी की। उस पर असर नहीं है इस रणचंडी का।''

बहरहाल सुशांत की शादी हुई तो थोड़ी अनिच्छा से ही सही, हम सभी शामिल हुए। सबसे ज्यादा उत्साहित थी श्यामला। मानो मिसेज मजूमदार के साथ हुए पिछले सारे झगड़ों का कड़वा इतिहास भूल चुकी हो। उत्साह उनके भीतर से फूट-फूटकर बह रहा था। अंजू और विक्की भी खुश थे, पर इतना उत्साहित तो शायद हममें से कोई नहीं था जितनी श्यामला।

फिर नई बहू के आने पर उसके स्वभाव और मुँह दिखाई की चर्चा हुई।

''नई बहू पतली-सी, सुंदर, सुसंस्कारित लगती है।'' श्यामला ने ही बताया।

कुछ रोज बाद उसी से समाचार मिला, ''नई बहू एकदम सीधी-सादी है। कोई छल-कपट, कोई आडंबर नहीं। हे भगवान, कैसे बच पाएगी इस ताड़का से?'' श्यामला ने कुछ चिंतित होकर कहा।

''अरे, उसे इस ताड़का माई से निभाना है कि अपने आदमी से? तुम भी खामखा चक्कर में पड़ जाती हो।'' मैंने छेड़छाड़ की।

पर श्यामला वाकई चिंतित थी। बोली, ''तुम नहीं जानते, इस घर में ताड़का माई के सिवा किसी और की नहीं चलती। लड़का भी ऐसा मातृभक्त है कि माँ कहे, धूप में एक टाँग पर खड़े रहो दिन भर तो खड़ा रहेगा।''

और सचमुच जो आशंका श्यामला ने जताई थी, उसके प्रमाण भी मिलने शुरू हो गए थे।

अभी तक नौकरों और माइयों पर धौंस जमाती आई थी मिसेज मजूमदार। तमाम माइयाँ छोड़-छोड़कर चली गई थीं। उनके यहाँ कोई माई टिकती ही नहीं थी। लेकिन अब जो घर में एक स्थायी नौकर आ गई थी, उसे वे भला कैसे छोड़तीं? बात-बात में उसकी गलतियाँ निकाली जातीं कि 'रंजना को खाना पकाना नहीं आता। रंजना गाना नहीं गा सकती। हमारी बेटी सुप्रिया देखो, रवींद्र-संगीत में कैसी पारंगत है। और एक यह है, हूँ!'

दीवाली से शायद दो-एक रोज पहले की बात है, बहू सुबह-सुबह घर के द्वार पर अल्पना बना रही थी और सास किसी डिक्टेटर की तरह पास में तनकर खड़ी थी। मुँह चढ़ाए नुक्स निकाल रही थी। ऐसे नहीं वैसे, यह बिगाड़ दिया, वह बिगाड़ दिया।...

हम सुबह-सुबह घूमने निकले थे और इस दृश्य को चाहकर भी अनदेखा नहीं कर सके। हमारा ध्यान उधर जाते ही बहू के चेहरे पर जो सकपकाहट और रुकी हुई रुलाई आ गई, उसी से हम समझ गए कि कहीं कुछ गलत है। यानी इसकी भाग्य-लिपि के अक्षर सीधे नहीं। फिर सास के डपटने और बहू के रोने की आवाजें दूर तक और देर तक हमारा पीछा करती रहीं।

लगता है, अशुभ घट चुका था।

...दीवाली के अगले रोज बहू गई, तो बहुत दिनों तक लौटकर नहीं आई।

एक-दो नहीं, पूरे छह महीने बीत गए। फिर आई कुछ रोज के लिए और फिर रोते-फफकते हुए विदा हुई। शायद उसके अपने माँ-बाप ही आकर ले गए। बड़ी गरमागरमी हुई, बड़ा शोर, जिसमें कुछ भी साफ समझ में नहीं आ रहा था। मगर इतना जरूर समझ में आ रहा था कि कहीं कुछ गड़बड़ है। कहीं कुछ भारी गड़बड़!

फिर साल भर होते न होते मिसेज मजूमदार के अमृत-वाक्य हवा में इधर-उधर तैरते पाए गए कि 'हमें तो लड़की शुरू से ही पसंद नहीं थी। हम तो फँस गए, धोखा खा गए। लड़की को कैरेक्टर ठीक नहीं था और वैसे भी, माँ-बाप ने कुछ नहीं सिखाया। किसी काम की नहीं, कोई अक्कल नहीं।'

फिर कुछ रोज बाद मिसेज मजूमदार ने किसी गली-मोहल्ले की परिचित महिला से बात चलने पर साफ-साफ घोषणा ही कर दी, ''अब वो नहीं आएगी। हमने तो तलाक की तैयारी कर ली है। हमारा तो सोने जैसा बेटा है, फँस गया। लड़की न शक्ल की, न अक्ल की। जाने कैसे इसके पल्ले बँध गई!''

फिर मालूम पड़ा कि तलाक नहीं, आपसी सहमति से मामला बन गया है। पूरे सात लाख देने पड़े। कागजों पर दस्तखत हुए और मामला खत्म! लड़का खुद गया था, साथ में माँ-बाप और बहन भी। किसी मध्यस्थ के घर में जाकर सारी कागजी कार्रवाई हुई। लड़की और उसके माँ-बाप वहीं आ गए थे और सब कुछ बगैर तनाव के शांतिपूर्वक निबट गया।

फिर सुना, सुशांत की दूसरी शादी की तैयारियाँ हो रही हैं। लड़की देखी जा रही है। नहीं, देख ली गई है!

फिर सुना कि यह मकान ही मनहूस है। यहाँ बेटी का भी काम बिंगड़ा, बेटे का भी। अब यहाँ और नहीं रहना। शादी नए मकान में जाकर होगी।

फिर सुना कि ये लोग और भी बड़ा मकान ढूँढ़ रहे हैं, तीन मंजिल वाला। बेटे की शादी होगी तो एक फ्लोर पर सास-ससुर, दूसरे पर बेटा-बहू, तीसरे पर बिजनेस का सामान और स्टोर वगैरह।

और फिर एक दिन सभी चर्चाओं पर विराम लगाकर पति और बेटे सहित ट्रक पर सामान लादकर मिसेज मजमूदार चली गईं।

हाँ, जाने से पहले वे अनपेक्षित रूप से श्यामला से मिलने आईं और उनके मुख पर बोल थे, ''जो गलती हुई, वो तुमसे हुई या हमसे हुई, उसे भूल जाओ!''

जाने से पहले वे अपना पता दे गईं, ''जरूर आना! गेट खोलकर अंदर बैठाऊँगी, चाय भी पिलाऊँगी।'' एक फीकी-सी हँसी।

भले ही बीते दिनों के झगड़े को उन्होंने मजाक का रूप दे दिया हो, पर पहली बार उनके चेहरे पर एक अजब-सी लाचारी नजर आई। एक लाचार, टूटी हुई औरत। आश्चर्य! इससे पहले वे कभी ऐसी नहीं लगी थीं।

15

मिसेज मजूमदार ने चलने से पहले जब श्यामला का हाथ थामकर कहा था, "आना, जरूर आना!" तब शायद वे भी जानती रही होंगी और श्यामला भी कि आना-जाना किसने है?

पर बहुत-सी चीजें, जो हम सोच नहीं पा रहे होते, वे भी होती हैं।

हुआ यह कि एक दिन रास्ते में श्यामला को मिसेज मजूमदार दिखाई दे गईं तो उन्होंने हाथ पकड़कर कहा, "एक अच्छा समाचार है। चलो, घर चलो।"

श्यामला सब्जी खरीदकर आ रही थी, हाथ में झोला था। बोली, "फिर आऊँगी।" पर मिसेज मजूमदार का प्यार आज उफान पर था। बोलीं, "नहीं, चलो, चलना है।"

श्यामला मिसेज मजूमदार के साथ उनके घर गई तो यहाँ सुशांत की नई बहू वर्तिका से मिलना हुआ। एकदम अनपेक्षित, आह्लादक।

वही चाय बनाकर लाई थी। खूब सलीकेदार, सुसंस्कारित लड़की! श्यामला कोई घंटे भर वहाँ बैठी और इस घंटे भर में बहुत-सी बातें हुईं, खूब जी भरकर। तभी पता चला कि वर्तिका की साहित्य और संगीत में रुचि है और वह सितार बहुत अच्छा बजाती है। श्यामला ने भी साहित्य और संगीत की बात छेड़ी तो दोनों देर तक एक ही सुर-लय में बहती रहीं और मिसेज मजूमदार देख-देखकर गद्‌गद।

ये मिसेज मजूमदार पुरानी मिसेज मजूमदार से भला कितनी अलग थीं।

लौटकर श्यामला ने वर्तिका के बारे में अपनी भली-भली सी राय के इजहार के साथ एक लंबी साँस लेकर कहा था, "हे ईश्वर, इस पर बुरी छाया न डालना। ये दोनों प्राणी सुखी रहें, खुशी मनाएँ।"

इसके कुछ रोज बाद मिसेज मजूमदार आईं तो वे पहले से अधिक थकी हुई और हताश लगीं। श्यामला ने उनका मन बढ़ाने के लिए कहा, "अब तो सबको खुश होना चाहिए, मिसेज मजूमदार! बहू आ गई है और इतनी अच्छी बहू कि क्या कहा जाए!"

इस पर मिसेज मजूमदार के चेहरे पर सुख की एक अव्यक्त-सी लौ कँपकँपाई और बुझ गई। बोली, "हाँ, बहू तो अच्छी है, पर क्या कहूँ श्यामला, अपने में बंद-बंद-सी है। तुम आईं उस रोज तो तुमसे कितनी सारी बातें कर ली, पर हमसे कोई बात नहीं होती। पूरा-पूरा दिन गुजर जाता है, पर एक भी बात नहीं होती। कोई काम बताओ तो चुपचाप कर देगी, पर बात नहीं। मैं टोकती हूँ तो कहती है, 'मम्मी, क्या बात करूँ?' बताओ, ऐसी भी होती है कोई बहू!" कहते-कहते उनके चेहरे पर एक लंबी थकान तारी हो गई थी।

फिर उन्होंने बताया, "अब तो बहू ऊपर ही रहती है, नीचे नहीं आती। सारा दिन अकेलेपन में काटना पड़ता है!"

"मिस्टर मजूमदार सुबह-सुबह फैक्टरी चले जाते हैं। बेटा भी दिन भर फील्ड में रहता है। अब रह गईं हम दो जानीं। दोनों अलग-अलग फ्लोर पर पड़ी रहती हैं, दो भटकती आत्माओं की तरह। मैं कभी-कभी आवाज देकर बुला लेती हूँ कि 'आओ वर्तिका, नीचे आ जाओ। दो बात कर लो!' पर वह चुप लगा जाती है। एक बार चुप लगा ले तो उसके मुँह से कोई एक शब्द नहीं सुन सकता। ऐसा पक्का अलीगढ़ी ताला लग जाता है।"

कहते-कहते पता नहीं, मिसेज मजूमदार हँस रही थीं या रो रही थीं।

"कोई बात नहीं मिसेज मजूमदार, बेटा-बहू तो खुश हैं ना। और आपको चाहिए भी क्या!"

"हाँ!" मिसेज मजूमदार की खोई-खोई-सी आवाज आसपास जाने कहाँ-कहाँ चक्कर काटती हुई सी मँडराती है। पंखकटे परिंदे जैसी।

सब कुछ पाकर भी क्या है जो खो गया है, वे जान नहीं पातीं। और श्यामला के भरपूर तसल्ली देने के बाद भी वे अंदर से खाली-खाली हैं। लौटकर गईं तो श्यामला के भीतर अपनी उन्हीं दो खाली-खाली आँखों के अक्स छोड़ गईं।

उस रात देर तक श्यामला मिसेज मजूमदार की ही बातें करती रही थी। उनके घर का जो चित्र उसने मेरी आँखों के आगे खींचा था, वह विचित्र और हैरान कर देने वाला था। खूब बड़ा सा, कई कमरों वाला तिमंजिला मकान। एक फ्लोर पर अकेली स्त्री नीचे, दूसरे फ्लोर पर अकेली स्त्री ऊपर। तीसरा फ्लोर खाली-खाली, भूत महल-सा, जिसमें थोड़ा-सा कूड़ा-कबाड़ भरा है। इतने बड़े घर में दो स्त्रियाँ अलग-अलग हवा में साँस लेती हुई और उनमें कोई संवाद नहीं! एक शब्द का भी परस्पर विनियम नहीं! यह कैसी जिंदगी है? कैसा रिश्ता?

सुनकर मैंने कहा, "चिंता न करो, श्यामला। जब तक यह संवादहीनता है, तभी तक नई बहू बची हुई है। संवाद शुरू होते ही यह नुक्ताचीनी शुरू हो जाएगी कि बहू को यह नहीं आता, वह नहीं आता! फिर दाँत किटकिटाए जाएँगे। तब फिर पहले जैसी हालत होते क्या देर लगेगी? तो यह संवादहीनता तो नई बहू की सुरक्षा कवच है-आयरन कर्टेन! मुझे तो बहुत समझदार लगी यह।"

पर श्यामला चुप है। एकदम चुप। थोड़ी देर बाद किसी कराह की तरह उसके भीतर से निकलता है, "पर मिसेज मजूमदार का दर्द भी तो समझो, अक्षय। वह जो इतनी दबंग औरत है, लेकिन आज...!"

"पता नहीं क्यों, मुझे वह नहीं व्यापता, श्यामला।" मैंने कहा और बात झटके से खत्म कर दी।

असल में, झूठ क्यों बोलूँ, श्यामला का मिसेज मजूमदार के लिए द्रवित होना मुझे जरा भी नहीं सुहाता। बार-बार मेरे भीतर से ये शब्द निकलते हैं, 'यह जघन्य अपराधी के प्रति द्रवित होना है। जिसका कोई मतलब नहीं-कुछ मतलब नहीं!'

16

मिसेज मजूमदार का हमारे घर आना-जाना इधर बढ़ा है। मुझे यह खतरे की घंटी लगती है और यह भय भीतर सनसनाता-सा रहता है कि कहीं फिर इनमें आपस में किसी बात पर ठन ना जाए।

पर श्यामला अक्सर बड़ी संजीदगी से मिसेज मजूमदार का जिक्र करती है कि वे आई थीं, बेचारी परेशान हैं।

''परेशान?'' मैं भौंहों में हँसता हूँ, ''मिसेज मजूमदार और परेशान?''

''हाँ, वही चक्कर!'' श्यामला सीरियस होकर बताती है, ''बहू जब से ऊपर गई है, तब से उसने समझ लिया है कि मेरा घर तो ऊपर है। इधर मिसेज मजूमदार सारे दिन घर में ऐसे चक्कर काटती हैं जैसे काल-कोठरी में हों। कह रही थीं, ऐसे तो मैं पागल ही हो जाऊँगी, श्यामला! फिर बोलीं, 'तुम भी कभी-कभी आ जाया करो ना! तुमसे तो उस दिन कितनी अच्छी बातें की थीं वर्तिका ने। बाद में भी बड़ी तारीफ करती रही कि ये मुझे पढ़ी-लिखी, संभ्रांत महिला लगती हैं। खुद भी आजकल रिसर्च कर रही हैं न बँगला पोएट्री पर! रात-दिन बस, किताबें...पढ़ाई! मैं कहती हूँ, पढ़ाई से क्या होगा वर्तिका? पर उसकी समझ में आता ही नहीं। आप आइए, आकर समझाइए कभी!' मुझसे कम से कम तीन-चार बार कहकर गई हैं मिसेज मजूमदार। अब मैंने ऊपर-ऊपर से कह तो दिया कि आऊँगी, पर अंदर से हिम्मत नहीं पड़ती उस विशाल किले के अंदर दाखिल होने की!'' श्यामला बता रही थी।

''मैंने तो यह भी कहा कि वैसे तो मिसेज मजूमदार, बस थोड़े दिन की ही बात है। एक बच्चा आ जाए आपके घर में, तो उस नन्हे-मुन्ने मेहमान के आने से आपका पूरा घर ठुमकने लगेगा। नीचे-ऊपर का सारा अलगाव खत्म! इस पर मिसेज मजूमदार के चेहरे पर बड़ा कोमल-कोमल-सा भाव आ गया था। बोलीं-हाँ, बात तो ठीक कह रही हो श्यामला, पर मुझे तो नजर नहीं आ रहा। अभी तो कोई लक्षण नहीं! मैंने पूछा-कहीं ऐसा तो नहीं कि वर्तिका अभी चाहती न हो? पढ़ाई-लिखाई के लिए उसे ज्यादा समय की दरकार हो! इस पर बोलीं-नहीं, कितनी जगह तो दिखा चुकी! कहते-कहते उनका चेहरा दरक-सा गया।

''मैंने तसल्ली देते हुए कहा कि चिंता न कीजिए मिसेज मजूमदार, कभी-कभी देर हो जाती है। पर ऐसा कुछ नहीं है, आपका घर तो गुलजार होगा ही! ऐसा अच्छा बेटा, ऐसी प्यारी बहू है तो! इस पर जवाब में 'हाँ, वह तो है, पर...' कहती मिसेज मजूमदार

की आँखें छलछला आई थीं। फिर मानो रोते-रोते ही उन्होंने बात कहीं थी कि सुख नहीं है हमारे घर में श्यामला, सुख नहीं है। यों ईश्वर का दिया सब कुछ है, पर बेकार!''

श्यामला मिसेज मजूमदार से हुई बातचीत को पूरे भाव-प्रदर्शन के साथ बता रही है। नाटक के भीतर का एक नाटक उसकी आँखों में साफ दिखता है।

बीच-बीच में उसे टोकने की इच्छा होती है, ''श्यामला, बचो! इस खामखा की भावुकता से बचो!'' पर जाने क्यों, मेरी हिम्मत नहीं होती।

17

आज इतवार है। चाय पीकर अखबार देखने में जुटा हूँ। पर मिसेज मजूमदार अखबारों को परे सरकाकर फिर ऐन आँख के आगे आकर बैठ गई हैं। उसी तरह पालथी मारकर जैसे कभी अपने घर के दरवाजे पर बैठा करती थीं। मकान नंबर 72 की भारी-भरकम मालकिन।

श्यामला के खजाने से आजकल सारी बातें खत्म हो गई हैं! बस, एक मिसेज मजूमदार, वही दिन में...वही रात। उनके जिक्र के बगैर उसकी कोई बात पूरी नहीं होती।

मैं अभी सोच ही रहा हूँ कि अखबार पढ़ने के बाद कौन सा काम हाथ में लिया जाए कि श्यामला ने फिर गंभीरता, अतिशय गंभीरता से वही सुर-ताल छेड़ दिया है–मिसेज मजूमदार!

''मैंने हर तरह, हर कोण से विचार किया है, अक्षय! और मुझे लगता है मिसेज मजूमदार के घर में यह सुख कहीं और से नहीं आएगा। इस घर में ही जन्म लेगा, एक बच्चे की शक्ल में। वह पूरा घर मानो उसी बच्चे की प्रतीक्षा कर रहा है।''

श्यामला के विचार मानो सारे-रे-गा-मा के संगीत पर बहे जा रहे हैं–जल में कमल की तरह।

मुझे चुप देखकर वह अपने ख्यालों की डोर को कुछ और आगे बढ़ाती है, ''मुझे तो यह एक अद्‌भुत फेंटेसी की तरह लगता है, अक्षय! एक अनोखी परीकथा कि एक पूरा घर, वहाँ के सभी लोगों और सामान के साथ-साथ मूर्च्छित पड़ा है।...बेहोश या निर्जीव कह लो। वह बस बच्चे की प्रतीक्षा में है। उस बच्चे के पैर के अँगूठे का स्पर्श होते ही मानो हर चीज में जान पड़ जाती है और घर के लोग आपस में बोलने-बतियाने, चलने और हँसने लगते हैं। है न अद्‌भुत! कितना अद्‌भुत है!!''

श्यामला अपनी भावना में बहती हुई बता रही है, पर जाने क्यों, मुझे यह सब नहीं व्यापता।

मुझे इसी समय याद आता है कि अंजू और विक्की की किस बुरी तरह धुनाई की थी उस रणचंडिका ने। सामने मैदान में खेलते छोटे-छोटे मासूम बच्चों को देखकर कैसे दाँत किटकिटाती थी। बच्चों की शक्ल देखते ही इसकी आँखें में काँटे उग आते थे,

क्योंकि वे दूसरों के बच्चे थे और आज...?

मैं उत्तेजना में यही सब श्यामला के आगे उगल देता हूँ। गुस्सैल शब्दों का एक बेतरतीब ढेर। कहता हूँ, ''यह तो इतनी क्रूर महिला है, श्यामला, कि इसको यही समझ नहीं कि बच्चे दूसरों के हों या अपने, वे तो बच्चे ही हैं। और बच्चे तो सभी के प्यारे होते हैं! और तो और, यह तो हमारे पेड़ों तक से ईर्ष्या करती थी और बार-बार बड़बड़ाती थी कि हमारे आँगन में आपके पेड़ों के पत्ते गिरते हैं। उसके एवज में अपने आँगन का सारा कूड़ा हमारे आँगन में फेंकती थी। याद है?

''और आज एक बच्चा...सिर्फ एक बच्चा हो जाता तो इनके घर में प्राण पड़ जाते। यही कह रही हो न तुम? मगर यह सजा क्या इन्हें नहीं झेलनी चाहिए? सोचो, ईश्वर ने कितने नायाब ढंग से इसे दंडित किया है कि...इतने बड़े घर में सिर्फ दो औरतें हैं, जिनकी आपस में बिल्कुल बात नहीं होती। वह सीढ़ियाँ नहीं उतरती, यह सीढ़ियाँ नहीं चढ़ती और देखो, ये सास-बहू हैं। जाने किसने कहा है कि खुदा की लाठी में मार होती है, आवाज नहीं होती! बस, वही किस्सा समझो।''

श्यामला एक क्षण के लिए एकदम चुप। फिर सूचना देने वाले अंदाज में कहती है, ''मिसेज मजूमदार ने तो दो-एक बार सुशांत से कहा कि बेटा, अपनी बीवी को समझाओ। पर उसने पलटकर जवाब दिया, 'क्या कहूँ मम्मी! वह कहती है, तुम्हारी माँ से डर लगता है।' मुझे बता रही थीं मिसेज मजूमदार तो रो रही थीं। कह रही थीं, 'अब तुम्हीं बताओ श्यामला, मैं काली हूँ...काले रंग की हूँ तो क्या किसी को खा जाऊँगी? क्या अपने बेटे-बहू से मुझे प्यार नहीं? बाप-बेटा दोनों इस तरह उस पराई लड़की के बॉडीगार्ड बन गए हैं जैसे मैं उसकी दुश्मन हूँ। वो तीनों मिलकर एक हो गए हैं और मुझे अलग कर दिया है-एकदम।'

''पिछले हफ्ते फिर शायद मिसेज मजूमदार ने बेटे के आगे यह प्रसंग छेड़ा होगा।'' श्यामला बता रही थी, ''इस पर बेटे ने बहू की बात सीधे-सीधे माँ के आगे रख दी कि मम्मी, वो कहती है, 'मेरा तो इसी तरह ठीक है। मुझे नीचे जाने के लिए बार-बार कहोगे तो देखना, मैं कुछ कर लूँगी। फिर मत कहना! तुम्हारी पहली पत्नी पर तो इनकी नजर लग ही गई, अब मैं नया शिकार नहीं बनूँगी!'

''अक्षय, इस औरत की हालत अब तो बहुत बुरी है, एकदम टूट चुकी है। बोलती है तो रोती है! 'एक बच्चा हो जाता तो हमारा तो वही खिलौना हो जाता। हम तो उसी से ज़ी बहला लेते। न कोई बोले, क्या फर्क पड़ता है!' कहते-कहते उनकी आँखें छलछला आई थीं। और मैंने बड़ी मुश्किल से उन्हें सँभाला था, अक्षय, बड़ी मुश्किल से!'' श्यामला का स्वर सीझ गया था। और न जाने कब क्यों, मैं उसके साथ-साथ बह चला था।

''मैं इतनी अभागी क्यों हूँ? मैंने कितने पाप किए हैं-कहते-कहते मिसेज मजूमदार

एकाएक फूट-फूटकर रो पड़ी थीं। और मैंने दिलासा दिया था कि नहीं मिसेज मजूमदार, ईश्वर सबको देखता है, सबकी जरूरतें समझता है। देता भी है, पर अपने समय से, आदमी की इच्छा से नहीं, ताकि किसी आदमी को अपने सर्वशक्तिमान् होने का घमंड न हो जाए। इसलिए आपका काम प्रतीक्षा करना है। विशुद्ध मन से और कृतज्ञ भाव से प्रतीक्षा कीजिए, प्रतीक्षा!''

श्यामला की आवाज में एक अजब-सी दृढ़ता है, जो किसी बड़ी आध्यात्मिक ताकत से आती है।

''इस पर मिसेज मजूमदार हैरानी से मेरा मुँह देखती रह गई थीं। बोलीं-कितनी अच्छी बातें करती हो तुम, श्यामला! मेरी बहू भी शुरू-शुरू में कभी मूड में होती थी तो ऐसी ही बातें किया करती थी। ज्यादा दुनियादारी की बातें उसे अच्छी नहीं लगतीं!

''फिर एकाएक जैसे प्रार्थना-सी करती हुई बोली थीं-तुम कभी-कभार आ जाया करो ना, श्यामला! बच्चों को भी साथ लाना, अक्षय को भी! थोड़ा चेंज होगा, थोड़ा जी बहलेगा। मेरी बहू दो-तीन बार ही मिली है तुमसे, पर हर घड़ी तुम्हारी प्रशंसा करती है कि बड़ी सभ्य, सलीकेदार महिला हैं! फिर तुमसे दो बातें होंगी तो मेरा भी जी जुड़ेगा। दो बातें तुमसे भी जो जाएँगी। कहते-कहते आँसू पोंछती हुई उठकर अपने घर चली गई थीं।''

मैं हैरानी से श्यामला की ओर देखता हूँ। उसकी आँखों में आँसू हैं-क्या उन्हीं मिसेज मजूमदार के लिए, जिन्होंने कभी उसे इतना सताया था। इतना कि गुस्से और झल्लाहट के मारे वह पूरी-पूरी रात सो नहीं पाती थी।

ओह ईश्वर, स्त्री को समझना कितना मुश्किल है! शायद दुनिया के सबसे मुश्किल कामों में से एक।

और मैं श्यामला के आँसुओं के जरिए मिसेज मजूमदार के दर्द का 'भाष्य' समझने में जुट जाता हूँ।

18

लगता है, रास्ता यहीं से जाता है।...

पता नहीं, श्यामला की बातों में ऐसा क्या है कि रात देर तक मुझे नींद से लड़ना पड़ा। बहुत देर बाद नींद आई, लेकिन तब तक सिर पत्थर की तरह हो गया था।

और फिर नींद में सपना। एक अजीब सपना!...मिसेज मजूमदार मुहल्ले के जितने बच्चे हैं, उनको पास बुला-बुलाकर छाती से चिपका रही हैं। सबके सिर पर हाथ फेरकर कह रही हैं-'बेटा, आंटी को माफी दे दो! माफी दे दो और ईश्वर से प्रार्थना करो, वह तुम्हारे जैसा एक गोल-मटोल, प्यारा-सा बच्चा हमारे घर भी दे!'

अचानक दृश्य बदलता है। और अब एक महल है, जहाँ सोने के पलंग हैं, सोने के दरवाजे। सोने-चाँदी के बरतन। दूधिया दीवारें। लकदक-लकदक फर्श। मद्धिम रोशनी

में झलमलाते झाड़-फानूस और भव्यता का साम्राज्य। लेकिन घर के जितने प्राणी हैं, वे सब अपनी-अपनी जगह पर मूर्च्छित पड़े हैं। यहाँ तक कि कुत्ते, बिल्लियाँ और छिपकलियाँ तक। सब इंतजार कर रहे हैं किसी नटखट फूल जैसे बच्चे का, जिसके छोटे गुलाबी पैरों की छुअन से मानो हर चीज से फिर से प्राण लौट आएँगे। खाली-खाली सुनसान महल में जीवन का गुंजार सुनाई देने लगेगा।

सपना फिर रंग बदलता है...अब एक खाली-खाली पथरीला उजाड़ है और तेज काली आँधियाँ चल रही हैं। उसमें एक अधेड़ बदहवास औरत हाथ में लाठी लिए डगमग-डगमग करती धीरे-धीरे बुदबुदाती हुई आगे बढ़ रही है–'नहीं-नहीं, मुझे कुछ नहीं चाहिए, सिर्फ एक बूँद प्यार, एक मुट्ठी भर हरियाली!'

अचानक उस औरत का हताश चेहरा 'क्लोज अप' में पूरे स्क्रीन पर फैल जाता है। और में जोरों से चिल्लाता हूँ–'अरे! अरे! मिसेज मजूमदार। सुनिए, मिसेज मजूमदार...!!'

न जाने कब मेरे हाथ खुद-ब-खुद प्रार्थना की लय में जुड़ जाते हैं।

●

20

अंजलीना का नाटक

प्रिंसिपल गोवर्धन बाबू अपने दफ्तर में बैठे थे। कुछ जरूरी काम निबटाने के बाद सोच रहे थे, 'अब जरा स्कूल का एक राउंड ले लिया जाए।'

वे उठने की सोच ही रहे थे कि अचानक दरवाजे का परदा हटा और एक हँसती हुई सुंदर, लंबी-सी युवती अंदर आई। बोली, ''नमस्कार...पहचाना आपने?''

गोवर्धन बाबू चकराए। बोले, ''कुछ ठीक-ठीक याद नहीं आता। आइए, बैठिए तो!''

इस पर थोड़ी चंचल मुस्कान वाली वह हँसमुख युवती बोली, ''अंजलीना मेरा नाम है। अब शायद आप पहचान जाएँगे।''

''अरे हाँ भई, पहचान गया। अब क्यों न पहचानूँगा?'' प्रिंसिपल गोवर्धन बाबू जैसे एक सुखद आवेग में बह निकले। बोले, ''अंजलीना नाम औरों से इतना अलग है और खास कि उसे तो भूलना ही मुश्किल है। फिर जिसने तुम्हारा नाटक देखा हो, वो तो उसे भूल सकता ही नहीं! वह नाटक भी तुम्हारा अंजलीना, गजब का ही था...एकदम गजब!''

गोवर्धन बाबू शुरू में थोड़ा ठिठके थे, मगर अब बहे तो बहते ही चले गए। बोले, ''सचमुच अंजलीना, उसके बाद बहुत से नाटक किए, पर मुझे आज भी लगता है, उसमें तुमने जो अभिनय किया था, उसका जवाब नहीं। तब तो तुम बहुत छोटी-सी थीं न। अब तो बड़ी हो गई हो। हो गए कोई पंद्रह-सोलह साल!...क्यों, ठीक कह रहा हूँ न?''

हँसकर बोली अंजलीना, ''हाँ, इतने तो हो ही गए। पर वह नाटक! वह नाटक, नाटक कहाँ रहा? असल में आपने वह नाटक कराके मेरी तो जिंदगी ही बदल दी। मुझे क्या पता था कि कोई नाटक ऐसा भी हो सकता है जो किसी की सारी जिंदगी बदल दे। पता नहीं, ऐसा कब...कैसे होता है? पर होता तो है न सर, जरूर होता है!''

कहते-कहते अंजलीना के भीतर जाने क्या कुछ उपजा-थोड़ा दिव्य, अनिर्वचनीय और कुछ-कुछ रूहानी-सा, कि प्रिंसिपल गोर्वधन बाबू को वह एकदम बदली-बदली-सी लगी। आषाढ़ की पहली किशोर बदली, जिसके चारों ओर एक स्वर्णिम आभा खेल रही थी।

"मगर कैसे भला! यह तो तुमने नहीं बताया। उस नाटक का तुम्हारी जिंदगी से मतलब...?" गोवर्धन बाबू ने हैरान होकर पूछा।

"है, बहुत कुछ है सर!" अंजलीना थोड़ा गंभीर हो गई। फिर कुछ अजीब-सी हँसी हँसते हुए बोली, "क्योंकि अब नाटक ही मेरी जिंदगी है। जगह-जगह जाती हूँ, नाटक करती हूँ। खासकर छोटे-बड़े बच्चों के बीच नाटक करवाती हूँ, तो बड़ा अच्छा लगता है। लगता है, बच्चे नहीं, ये छोटे-छोटे ऊर्जा-पिंड है । इतने ताजे, मासूम, प्रसन्न... कि उनके बीच जाकर मैं खुद ताजगी से भर जाती हूँ।"

"अच्छा, यह तो...एक नेक काम कर रही हो तुम। वाकई!" गोवर्धन बाबू की आँखों में अंजलीना के लिए प्यार और आशीर्वाद का भाव उमड़ आया।

"पर सर, वह नाटक यहीं खत्म नहीं होता। वह थोड़ा और भी आगे चलता है।" अंजलीना हँस रही थी। मगर यह हँसी कुछ खुली-खुली तो कुछ बंद पहेलियों जैसी। जैसे तिलिस्मी डिब्बियों के बीच डिब्बियाँ।...जादू!

"यानी...?" गोवर्धन बाबू के माथे पर पसीना छलछला आया।

"वही बताने तो आई हूँ सर!" अंजलीना अब एकदम बच्चों की तरह हँसी। खिल...खिल, खुदर-खुदर-खुदर। बोली, "तब आपने जो नाटक करवाया था, उसे मैं तो खैर जीवन भर भूल ही नहीं सकती। और आप भी नहीं भूले होंगे। वह नाटक था ही ऐसा-एक भूत का नाटक। भूत क्या, महाभूत कहिए! वह विशालकाय काला-काला डरावना भूत एक बस्ती और उसके लोगों को खूब डराता, खूब परेशान करता। लोग बेहाल हैं। रो रहे हैं, परेशान हैं। कभी किसी के यहाँ वह चीजें तोड़ जाता है, बिखरा जाता है। कभी कहीं आग लगा जाता है। कभी किसी घर में इस तरह तोड़फोड़ और कुहराम मचा देता है, जैसे भीषण भूचाल आया हो। कभी बिना बात झगड़ा करवा देता है।

"और जब सुबह होती है, तो उस घर के सभी लोगों के सिर लहूलुहान मिलते हैं। कपड़े कीचड़ और कालोंच से भरे हुए। आधी-आधी रात को बच्चे 'भूत-भूत' चीखते उठते हैं। मगर वह भूत नजर नहीं आता। हमारे उठते ही भाग जाता है। जैसे ही जगार होती है-गायब! एकदम गायब। मगर उसके हाथ-पैरों और उसकी दुष्ट शरारतों के निशान आसपास हर कहीं नजर आ जाते हैं!"

2

गोवर्धन बाबू चुप, अपने आपमें लीन! जैसे किसी ने उन्हें वर्तमान से उठाकर किसी और देश-काल में पहुँचा दिया हो। बरसों पुराना वह नाटक जैसे फिर से आँखों के आगे खेला जा रहा हो और वे उसकी रंग-छायाओं और संगीत के सुर-ताल में खो-से गए हों।

फिर अपने इस दिवास्वप्न से उबरे तो अंजलीना की ओर उनका ध्यान गया। उन्हें लग रहा था कि इस बीच अंजलीना कितनी बदल गई है! उन दिनों की उस छोटी-सी लड़की में भी गजब की हिम्मत और दिलेरी थी, पर उम्र बढ़ने के साथ उसका

आत्मविश्वास भी जैसे आदमकद हो गया हो।

उधर अंजलीना! मानो वह कोई लड़की नहीं, हवा का झोंका थी जो तेजी से कमरे में इधर से उधर, उधर से इधर बह रही थी।

और उस नाटक की व्याख्या करते-करते वह शायद भूल ही गई कि उसके सामने कोई अनाड़ी श्रोता नहीं, गोवर्धन बाबू बैठे हैं, जिन्होंने खुद वह नाटक लिखा और निर्देशित किया था।

''सर...सर, आपको याद आ गया न! आ गया सर?'' अंजलीना नाटक के बारे में बताते-बताते जैसे खुद नाटक में दाखिल हो चली है-''और फिर...इस तमाम मारा-मारी और रोने-धोने के बीच आखिर एक छोटी-सी लड़की निकलकर सामने आती है। वह छोटी-सी है, मगर हिम्मत वाली है। वह छोटी-सी है, मगर सोचना जानती है और वह सोचती है कि इस भूत को भगाया जाए, जिसने सारी बस्ती को परेशान कर रखा है। उसके हिंदी के मास्टर साहब आशीर्वादीलाल जी ने एक दफा उसे बताया था कि बेटी, भूत-वूत कुछ नहीं होता है। ये सब मन के वहम हैं...एक किस्म का पागलपन! झूठ-मूठ की बात। तो...तो फिर जिस भूत की सब बात करते हैं, वह क्या है? वह छोटी-सी लड़की तो एकदम चकरा ही गई थी। उसे बहुत हैरान-परेशान देखकर हिंदी के मास्टर आशीर्वादीलाल जी ने उसे समझाया था कि बेटी, यह भूत असल में अशिक्षा और दरिद्रता का भूत है। यह अँधेरे में आता है, उजाले से भागता है। यह शब्दों की रोशनी से भागता है। हिम्मत से भागता और आपस में सच्चा प्रेम हो, तो भागता है...

''आप सुन रहे हैं सर!...तो उस बच्ची को यह बात समझ में आ गई। और समझ में आते ही, जैसे एक लौ-सी लग गई। अब वह बच्ची रात-रात भर जागकर किताबें पढ़ती है, ताकि भूत भागे। घर के आसपास दीए जलाती है। दूसरों के सुख-दुख में मदद करती हैं। आपस के झगड़े शांत करती हैं। लोगों के ईर्ष्या-द्वेष मिटाती है और एक दिन भूत सच्ची-मुच्ची खत्म, भूत खत्म!...सब कहने लगे कि वाह, भई वाह! यह बच्ची तो बड़ी हिम्मती है, इसने भूत को भगा दिया। पर वह बच्ची जानती थी कि भूत कोई नहीं था, कहीं नहीं था। लोग ही एक-दूसरे को डराते थे, लोग ही एक-दूसरे का नुकसान करते थे। लोग ही एक-दूसरे के घरों में आग लगाते थे। और जब यह इर्ष्या-द्वेष और नफरत खत्म हुई, तो भूत खुद-ब-खुद चला गया।...मैं ठीक कह रही हूँ न सर? आपके नाटक का मूल आइडिया मेरे ख्याल से यही है।''

गोवर्धन बाबू ने जो चुपचाप अंजलीना के चेहरे को पढ़ने की कोशिश कर रहे थे, धीरे से सिर हिलाया। कहा कुछ नहीं। मानो कुछ कहकर अंजलीना के तीव्र भावावेग में बाधा न पहुँचाना चाह रहे हो ।

वैसे भी उस पल अंजलीना को रोकना न तो उनके बस की बात थी और न खुद उसके बस की बात! कोई आँधी थी जो उसे और उसके शब्दों को तीव्रता से उड़ाए लिए जा रही थी-

"और सर, अब आगे की कहानी...? आपको क्या बताना, पर मुझे खुद ही दोहराना अच्छा लग रहा है। आप देखिएगा सर, कितना मैं समझ पाई?...तो हुआ यह कि एक दिन बस्ती के लोग शांत बैठे हुए उस भूत की चर्चा कर रहे थे तो वह भूत आया। सचमुच आया। और वह भूत क्या था, एक काला-सा विशालकाय साया। आते ही बोला, 'आओ लोगो, मुझे हाथ लगाओ, मुझे छुओ। मैं असल आदमी नहीं, सिर्फ एक साया हूँ, एक भ्रम! और मैं सिर्फ उन्हें सताता हूँ, जो आपस में झगड़ते हैं और एक-दूसरे से नफरत करते हैं। अगर तुम प्रेम से रहोगे, तो मैं फिर तुम्हारे पास कभी नहीं आऊँगा। और आपस में लड़ना-झगड़ना शुरू कर दोगे, तो मैं एक दिन फिर तुम्हारे पास लौट आऊँगा। याद रखना मेरी बात!'

"इस पर बस्ती के सब लोग हैरान। मगर वह छोटी-सी बच्ची-नाम भी उसका अंजलीना आपने ही रखा था, उठी और बोली, 'नहीं अब हम नहीं लड़ेंगे। इसके बजाए हम पढ़ेंगे, हम आगे बढ़ेंगे।' और उस लड़की ने आखिर बस्ती के सारे बच्चों को पढ़ाने का निश्चय कर लिया।"

इतना कहने के बाद अंजलीना एक क्षण के लिए रुकी, जैसे अपने ही शब्दों की गरमी और उत्तेजना के मारे हाँफने-सी लगी हो और कुछ भी कह न पा रहा हो। फिर उससे उबरकर बोली, "सर, तब तो आपने नहीं बताया था, और इतना भर कहा था कि बरसों पहले मेरा एक बचपन का दोस्त इस नाटक की पांडुलिपि मेरे पास छोड़ गया था। पर अब मैं कह सकती हूँ-शर्तिया कह सकती हूँ कि वह नाटक आपका ही लिखा हुआ था-आपका!"

सुनकर गोवर्धन बाबू एक क्षण के लिए चुप। न हूँ, न हाँ। जैसे जो कहा जा रहा है, उससे उनका कोई वास्ता ही न हो।

लेकिन फिर वे उस आविष्ट मुद्रा से बाहर आए। उन्हें आना ही था।

"हाँ-हाँ, कैसे भूल सकता हूँ?...कैसे भूल सकता हूँ अंजलीना!" गोवर्धन बाबू धीरे से मुस्कराए और बीता हुआ जमाना मानो झप-झप करता हुआ उनकी आँखों के आगे एक फिल्म की तरह साकार हो गया।

3

गोवर्धन बाबू को याद आया, आज से कोई पंद्रह वर्ष पहले का समय। तब वे प्रिंसिपल नहीं थे। इस स्कूल में आए हुए उन्हें पाँच-सात साल ही हुए थे और इन पाँच-सात सालों में ही उन्होंने स्कूल के सभी विद्यार्थियों से कुछ अजब ढंग की दोस्ती कर ली थी, जिसे कुछ भी नाम देना मुश्किल है। बच्चे उन्हें अपना दोस्त भी मानते थे, गाइड भी और यहाँ तक कि अभिभावक भी। तब वे हिंदी पढ़ाते थे। साथ ही नाटक लिखते भी थे। मंच पर नाटक कराते भी थे।...तब इन सब कामों में कितना आनंद आता था! एक किस्म का

नशा-सा था उन्हें नाटकों का। बरसों नाटक...नाटक...और नाटक। यहाँ तक कि उन्हें सपने में भी नाट्क, उसके दृश्य और किरदार ही नजर आते। कभी-कभी तो पूरी-पूरी रात...! और ऐसा भी कई दफा हुआ कि रात जो दृश्य देखे, वे सुबह उठने पर इस कदर ताजे थे स्मृति में कि वे झट लिखने बैठ गए। और बड़े अजब-गजब नाटक लिखे गए इसी तरह। उनका बहुचर्चित 'भीमा' नाटक इसी तरह लिखा गया था, 'धरतीपुत्र' भी!...

अब प्रिंसिपल होने के बाद भी वे थोड़ा बहुत समय निकालकर नाटक लिखते हैं। नाटक कराते भी हैं। पर अब दूसरे जरूरी या गैर-जरूरी दफ्तरी काम इतने बढ़ गए हैं कि इतना समय ही नहीं मिल पाता कि पहले की तरह नाटकों की दुनिया में पूरी तरह खो जाएँ। उतनी फुर्सत ही नहीं। पर फिर भी कोई नाटक करने वाला हो या बढ़िया नाटक कहीं हो रहा हो तो गोवर्धन बाबू आज भी उसे देखने से अपने-आपको नहीं रोक पाते। भले ही इसके लिए उन्हें मीलों दूर गाड़ी ड्राइव करके जाना पड़े या कि रात-रात भर जागना पड़े।

और उन्हें याद आने लगे अपनी अलग-अलग दुनियाओं में खींच ले जाते वे तमाम नाटक जो उन्होंने कराए या फिर जिनसे किसी न किसी रूप में वे जुड़े रहे। और वे भी, जो एक दर्शक के रूप में देखे गए। वे तमाम-तमाम किरदार, दृश्यांकन और अभिनेता, अभिनेत्रियाँ और मित्र-मंडली। एक अजब-सा कोलाज सभी का-अद्भुत! उनकी याद ही रोमांचित कर देती है।

गोवर्धन बाबू की इस तंद्रा को फिर से अंजलीना ने तोड़ा। बोली, "सर, भूत का वह नाटक 'भूत हमारे दिल में है' जिसकी स्क्रिप्ट आपने शब्दों में लिखी थी, मैं गाँव-गाँव, गली-गली घूमकर उसे हकीकत में लिख रही हूँ। आपके शब्द अब महज शब्द नहीं, सच्चाई में बदल रहे हैं सर!"

"अरे वाह, वाह अंजलीना!" गोवर्धन बाबू सुनकर इतने खुश हुए कि एकाएक खड़े हो गए और अंजलीना के पास आकर प्यार से उसके सिर पर हाथ फेरा। बोले, "मेरी योग्य शिष्या, तुमने सचमुच वह किया है जो मैं चाहता था, मगर शायद कह नहीं पाता था। जो कह नहीं पाया, उसे भी तुमने समझा और अपनाया। यही...यही एक अच्छे शिष्य की पहचान है।"

थरथराते हुए भीगे-भीगे शब्द। जितने कहे गए, उससे कहीं ज्यादा अनकहे।

अंजलीना बोली, "पर अब सिर्फ मुझी को आशीर्वाद देने से नहीं चलेगा सर! अब मैं अकेली नहीं, बहुत-से लोग हैं। एक बहुत बड़ा दल है हमारा, जिसमें छोटे-बड़े हर उम्र के लोग हैं। सभी के सभी एक सपने को लेकर चल रहे हैं। जगह-जगह पढ़ाना, कक्षाएँ लगाना, बातचीत या संवाद। फिर कविताएँ, कहानियाँ, बहुत कुछ। यहाँ तक कि बच्चे ही नहीं, बड़े भी-बच्चों के माता-पिता भी हमारी क्लासों में आते हैं। हम लोग उन्हें कहानियाँ, कविताएँ सुनाते हैं। एक से एक दिलचस्प नाटक किए जाते हैं, जिन्हें सुनकर

पेट में बल पड़ जाएँ। मगर हँसी-हँसी में कोई ऐसी उम्दा बात भी कह दी जाती है जो लोगों के दिलो-दिमाग पर नक्श हो जाए।''

गोवर्धन बाबू इस तरह हैरान होकर अंजलीना की तरफ देख रहे थे कि जैसे अंजलीना नहीं, उन्हीं का कोई सपना देह धारे सामने बैठा हो। बोले, ''सच कहूँ अंजलीना, वो नाटक सिर्फ एक नाटक नहीं, एक सपना था और तुमने उसे वाकई साकार कर दिया।''

''किंतु सर...!'' अंजलीना धीरे से हँसी, ''आप अपनी आँखों से उस सपने को साकार होता देखें, इसीलिए मैं यहाँ आई हूँ-आपको निमंत्रण देने।''

और जब अंजलीना ने विरदीपुर गाँव में हो रहे अपने कार्यक्रम की सूचना दी, तो गोवर्धन बाबू खुश होकर बोले, ''ठीक है, मैं आऊँगा। कल सुबह ही तुम्हारा नाटक है न! मैं पहुँचूँगा, जरूर पहुँच जाऊँगा। यों भी विरदीपुर कितनी दूर है-कुल सत्रह किलोमीटर।''

4

अगले दिन गोवर्धन बाबू विरदीपुर पहुँचे, तो उनका वही नाटक मंच पर होने जा रहा था, जिसे उन्होंने कोई पंद्रह-सोलह वर्ष पहले लिखा और मंचित किया था। बस, फर्क यह था कि तब उस नाटक के निर्देशक वे थे और आज अंजलीना थी, जो बड़ी होकर सचमुच एक सच्ची कलाकार बन गई थी।...और उस नाटक में भाग लेने वाले पात्र? अंजलीना ने ही बताया, वे आसपास की झुग्गी-झोंपड़ी के लोग थे। सुनकर वे चौंके थे-क्या सचमुच?

गोवर्धन बाबू ने अपनी निगाहें वहीं जमा दीं, जहाँ नाटक के छोटे-छोटे डिटेल्स की चर्चा करते वे 'कलाकार' जमा थे। मैली जिंदगी के कालिदास! एकदम साधारण, मामूली लोग। साधारण और कुछ-कुछ बदरंग कपड़े। साधारण मेकअप। पर ये नन्हे-नन्हे कलाकार थे जिनके भीतर आत्मविश्वास कूट-कूटकर भरा था। उनके चेहरे पर इतनी खुशी थी, आँखों में इतनी चमक कि गोवर्धन बाबू बस खोए-खोए-से उन्हें देखते भर गए थे।

और फिर नाटक शुरू हुआ, लगभग उसी ढंग से जैसे उन्होंने कभी किया था। पर फिर काफी क्षिप्रता से आगे चल पड़ा। काफी तेज गति और भीतर उथल-पुथल मचाने वाले दृश्य।...एकदम जादुई! नाटक सचमुच उससे भी अच्छा था, जैसा गोवर्धन बाबू ने आज से वर्षों पहले करवाया था। खास बात यह कि नाटक एकदम बच्चों की चंचल, चुटीली भाषा में था। अंजलीना ने उसमें छोटे-छोटे बच्चों के लिए कुछ बड़े ही बढ़िया, छोटे-छोटे चंचल संवाद डाल दिए थे। इससे नाटक में एक नया ही नटखटिया रंग आ गया था।

छोटे-छोटे बच्चों के ये चुस्त संवाद सुनकर लोग खूब हँसे। मजे की बात यह कि नाटक खेलते हुए इन बच्चों के हाव-भाव बखूबी उभरकर आते थे। जैसे एकदम मँजे हुए

कलाकार हों। कपड़े साधारण, हैसियत मामूली। लेकिन आत्मविश्वास ऐसा कि उनकी आँखों की चमक देखकर विस्मय होता था।

नाटक देखते-देखते गोवर्धन बाबू कहाँ से कहाँ जा पहुँचे, खुद उन्हें अंदाजा नहीं था। नाटक जो सामने चल रहा था, वह तो कभी का छूट गया था और आँखों के आगे एक दूसरा ही नाटक चल पड़ा था। कल के भारत का चित्र उनकी आँखों के आगे जगमग-जगमग करने लगा था। जब हर कोई पढ़ेगा, हर बच्चा बस्ता लेकर पढ़ने जाएगा। सबकी आँखों में खुशी की चमक होगी और कोई आधा पेट खाकर नहीं रहेगा। हर ओर भरपूर खुशियाँ होंगी और सपने की एक जगमगाती हुई दुनिया।

शब्दों की एक जगमग...जगमग...जगमगाती दुनिया! यानी कि रोशनी...रोशनाई... रोशन अक्षर-अक्षर। जग...जगर-मगर।

पढ़ कबूतर अटर-बटर।

देख मत बिटर-बिटर...!

हवा में रोशनी की झालरों की तरह फड़फड़ाते टुकड़ा-टुक्ड़ा संवाद। हर संवाद जिंदगी की एक जिंदा दास्तान खुद में सहेजे हुए। गोवर्धन बाबू फड़क उठे।

नाटक खत्म होने पर तालियाँ...। खूब-खूब तालियाँ!

तालियों की उस तेज गड़गड़ाहट के बीच रंगों और काली, सुरमई छायाकृतियों का पूरा एक कोरस। तेजी से घूमता हुआ चक्र। हरा-नीला-पीला-लाल...! पर उसमें श्वेत और उस श्वेत के भीतर सुनहरा 'ग्लो' बार-बार डोमिनेट करता है।

पीला...सुनहरा रंग! उम्मीद का, आशा का...आने वाले कल का। आने वाले कल के नन्हे-नन्हे हँसते हुए सूरज!

और नाटक के चरम विश्रांति-बिंदु तक आते-आते यादों और यादों का बहुत बड़ा काफिला। जिंदगी में साथ चलने वाले इतने लोग, इतने ढेर सारे लोग, और इतने चेहरे, इतने कामकाजी वर्षों की थकान और उतार-चढ़ाव। जाने क्या कुछ याद आ रहा गोवर्धन बाबू को! और फिर एकाएक सब कुछ गु-ड़ु-प!

तालियाँ...! अब वे तालियाँ बजा रहे हैं, लोगों के तालियाँ बजाने के बहुत देर बाद। यह एक नया प्रभात है गोवर्धन बाबू के जीवन में और इस उषावेला की ऊषा है- अंजलीना।

उन्होंने अपने भीतर झाँककर देखा। बहुत कुछ...! बहुत कुछ अब जैसे ऊपर की काई हटाकर, एकदम नया-नया होकर चमकता हुआ सामने आ गया था। जैसे कालिख के पहाड़ को फाड़कर बाहर निकला तेजस्वी बाल सूर्य। कैसे होता है यह कायाकल्प? अचानक एक पल...और उस पल में बहुत...बहुत कुछ!

5

नाटक खत्म होने के बाद अंजलीना ने झोंपड़पट्टी के उन कलाकार बच्चों को प्रिंसिपल गोवर्धन बाबू से मिलवाया। उस वक्त अँधेरे और रोशनी की परछाइयों के बीच दिप-दिप करते उन बच्चों के चेहरे तो खिले-खिले थे ही, लेकिन उन बच्चों से भी ज्यादा खिले-खिले नजर आ रहे थे गोवर्धन बाबू। आँखों में अनोखा भाव झिलमिल-झिलमिल कर रहा था। बोले तो इतने भावविभोर होकर कि होंठ कँपकँपा रहे थे।

धीरे-धीरे खुद पर काबू पाकर उन्होंने कहा, "मुझे खुशी है, बहुत खुशी...बहुत-बहुत खुशी...कि जो काम मैं नहीं कर पाया, वह मेरी बहादुर शिष्या अंजलीना ने कर दिखाया। इसने लगता है कि मेरे ही सपने को पूरा किया है। मैं तो बस इतना ही कह सकता हूँ कि मैं हमेशा-हमेशा तुम्हारे साथ हूँ। हर सुख-दुख की घड़ी में...हर पल, हर घड़ी!"

प्रिंसिपल गोवर्धन बाबू अपने साथ बच्चों के लिए ढेर सारी रंग-बिरंगी किताबें लेकर गए थे। कहानी, कविताओं की, नाटकों की। उनमें डुगडुगी बजाने वाले भालू की कहानी थी, तो किताब पढ़ने वाले खरगोश की भी। बैंड बजाने वाला हँसमुख शेर था, तो सलामी देता हाथी और...और...!

उन्होंने वे किताबें उन बच्चों को बाँट दीं और सबके सिर पर प्यार से हाथ फेरते हुए कहा, "मैने बहुत सोचा, पर किताब से अच्छा उपहार शायद कोई ओर नहीं हो सकता। वे हर तरह के भूत को भगाती हैं क्योंकि उनके साथ ज्ञान का उजाला होता है। शब्दों का उजाला। और अज्ञान-अशिक्षा के भूत उजाले से भागते हैं। उन्हें सिर्फ अँधेरा ही रास आता है।"

कहते-कहते गोवर्धन बाबू एक क्षण के लिए रुके। फिर अपनी बड़ी-बड़ी मूँछों में मुस्कराते हुए बोले, "यों वह महाभूत कैसे भागा होगा, इसका कुछ-कुछ अंदाजा मुझे है। मुझे अभी थोड़ी देर पहले बताया था अंजलीना ने कि यह मैदान खुद बच्चों ने झाड़ू लगाकर साफ किया और अंजलीना भी आपके साथ थी। हाथ में झाड़ू लिए सफाई और भागदौड़ करती हुई। इतने बहादुर लोगों का मिलकर एक साथ झाड़ू लगाना! फिर तो वह भूत हो चाहे महाभूत, पूँछ दबाकर भागेगा ही एक मच्छर की तरह। भागना ही होगा उसे...!" गोवर्धन बाबू अपनी बात कहकर खुद ही खुदर-खुदर हँसने लगे और उनके साथ-साथ बच्चे भी।

गोवर्धन बाबू का भाषण खत्म हुआ तो बच्चों ने देर तक तालियाँ बजाकर अपनी खुशी प्रकट की।

लेकिन नाटक अभी खत्म कहाँ हुआ था। उसका अंतिम दृश्य भी अभी सामने आना था। और वह आया मिंटी के साथ! मिंटी एक नन्ही-मुन्नी बच्ची थी। कोई चार-पाँच बरस की। वह मंच पर आई और अपनी पतली, लेकिन चटख आवाज में बोली, "मेरा

नाम मिंटी है। सर...सर, लगता है, यह नाटक आपने मेरे लिए लिखा है। अंजलीना दीदी बता रही थीं, आप बहुत अच्छे लेखक हैं। तो एक नाटक मेरे लिए और भी लिखिए। उसका नाम मैं बताती हूँ–'मिंटी, कल के भारत की आशा'। मैं इतनी छोटी होकर भी उस भूत से लड़ने के लिए खुद आगे आ गई हूँ। पढ़ती भी हूँ और अंजलीना दीदी के कहने पर छोटे-छोटे बच्चों को पढ़ाती भी हूँ। तो वह भूत कहाँ ठहरेगा? मैं आपको यकीन दिलाती हूँ कि मैं खूब-खूब पढ़ूँगी और आपके काम को आगे बढ़ाऊँगी...और भूत कभी आया तो उस भूत के छक्के छुड़ा दूँगी!''

सुनकर गोवर्धन बाबू अवाक! उन्होंने प्यार से उस नन्ही नटखट बच्ची को गोद में उठाया और पुचकारा।

6

इस क्षण कोई उन्हें पास से देखे, तो उनकी आँखें एकदम गीली-गीली-सी हैं। बरसने को तैयार। खुद पर किसी तरह काबू पाकर बोले, ''हाँ, मेरी बच्ची, मैं लिखूँगा नाटक, मैं जरूर लिखूँगा। अभी पिछले कुछ दिनों से तो इतनी निराशा थी मेरे दिल में कि लगने लगा था, जैसे लिखने-पढ़ने से कुछ भी नहीं होता। पर होता है, बहुत कुछ होता है लिखने-पढ़ने से, अगर मेरा लिखा मिंटी जैसी प्यारी बच्ची के दिल को भी छू गया! मैं जल्दी ही नया नाटक लिखूँगा और उसका नाम होगा–'मिंटी, कल के भारत की आशा'। जरूर लिखूँगा–जरूर!''

इस पर इतनी तालियाँ बजीं–इतनी तालियाँ कि गोवर्धन बाबू जाने कहाँ से कहाँ पहुँच गए। उन्हें मानो कुछ नहीं सुनाई दे रहा था, कुछ भी नहीं।

बस, कोई भीतर कह रहा था–गोवर्धन बाबू, तुम्हें लिखना...जरूर लिखना है, अंजलीना जैसी बहादुर शिष्या के लिए। इस नन्ही बच्ची मिंटी के लिए, और बहुत-बहुत बच्चों के लिए, जिन्हें इनकी बेहद जरूरत है।

गोवर्धन बाबू चलने लगे, तो अंजलीना और ढेर-ढेर-से बच्चे उन्हें दूर तक विदा करने आए। गोवर्धन बाबू की कार आगे जा रही थी, पर उन्हें बराबर लग रहा था कि उनका मन तो पीछे अंजलीना और उसकी प्यारी नाटक-मंडली के साथ ही छूट गया है।

21

एक बूढ़े आदमी के खिलौने

आज उस बूढ़े को याद करने से फायदा? मैं सोचता हूँ। उसे गुजरे तो कोई साल भर होने को आया। पिछली सर्दियों की बात थी। जाड़ा उस बरस भी खासा पड़ा था और दिसंबर के महीने मे आते-आते तो उसका रंग इतना गाढ़ा हो गया था कि अच्छे-अच्छे खाँ चीं बोल गए थे।...तब वह बूढ़ा! सबसे त्याज्य, निरुद्‌देश्य जीवन जीता हुआ! उसे गुजरना था, वह गुजर गया। जीता रहता भी तो क्या लेता? उसकी जिंदगी में अब बचा ही क्या था!

दो बेटे थे, वे दूर-दूर थे। एक हैदराबाद में, दूसरा कलकत्ता! पत्नी पहले ही गुजर चुकी थी। बेटों का, बहुओं का क्या! फिर बेटों के बेटे-बेटियों, नाती, पोते-पोतियों का कोई खास लगाव था उस बूढ़े के साथ, ऐसा तो कभी कोई खास जिक्र उसने नहीं किया था! हाँ, छोटे बेटे का एक छोटा-सा अप्पू था, तीन बरस का उस बूढ़े का पोता, जो जरूर यहाँ आने पर उससे बातें करता था और उसे अपने खिलौने दे गया था, एकांत काटने के लिए! जी हाँ, खिलौने...! भालू, हाथी, हिरन, जोकर वगैरह-वगैरह। आपको यकीन नहीं आया?

अलबत्ता ऐसा अकेला!...बिल्कुल अकेला और अकारज-अकारथ आदमी! ठंड लगी, नहीं बर्दाश्त कर पाया और चल बसा तो इसमें कौन सी अनहोनी हो गई, भई राजेश्वर बाबू? दुनिया में इतने लोग रोजाना मरते हैं, उसे भी मरना था। तब भी, जब से वह गुजरा है, यह निरंतर जी को कलपाने वाला शोक कि वह बूढ़ा...वह बूढ़ा...वह बूढ़ा! क्यों भई, उस बूढ़े की माला अपने से तुम्हें क्या मिलने वाला है मि. राजेश्वर कौशिक?

मेरे भीतर जाने कौन है जो हँसा है और मैं थरथरा उठा हूँ!

उफ, हँसी ऐसी कातिल-क्रूर! क्या यह समय है? आज का समय, जिसमें मौत भी मजाक है, खिल-खिल, हँसने की चीज है!

जितना-जितना उसकी मौत को छोटा किया जा रहा है, उतना-उतना मेरे भीतर प्रचंड आँधी-सी उठती है, नहीं-नहीं-नहीं...! और मौत के खिलाफ उस बूढ़े का लंबा,

अनवरत संघर्ष मुझे याद आता है। उसकी जीने की अपरंपार ललक। उसकी गहरी, गहरी, बहुत-बहुत गहरी जिजीविषा! याद करता हूँ, तो आँखें बरसने लगती हैं, वह बूढ़ा... वह अकेला, एकाकी बूढ़ा, महाभारत के भीष्म पितामह-सा! आह, वह बूढ़ा!

यों मेरा उसका रिश्ता तो क्या था? सोचता हूँ। सोचता हूँ तो सोच की धारा रुकने का नाम ही नहीं लेती और यादों की वेगवान नदी के साथ बहुत कुछ अल्लम-गल्लम बहता चला आता है।

2

हाँ, पर मेरा उसे रिश्ता ही क्या था? कौन सा भावनात्मक तंतु...!

बस, यही न कि सुबह-सुबह मुँह अँधेरे जब हम दोनों पति-पत्नी घूमने जाते थे, तब वह कृशकाय, सौम्य बूढ़ा अक्सर हमें चौराहे के पास वाली पुलिया पर बैठा नजर आता था। और हमें देखते ही उसकी आँखों की चमक थोड़ी बढ़ जाती थी। झुर्रियों से भरे चेहरे पर जरा लुनाई आ जाती थी, या शायद ऐसा हमें ही लगता था। और फिर उसका दिल की मिठास से पगा सा सुर, 'राम-राम... बाबू जी राम-राम!' अचानक छलक पड़ता था।

''राम-राम, बाबा राम-राम!...ठीक तो हो न!'' रोज-रोज मेरा वही चिर-परिचत ढंग बात शुरू करने का। जवाब में रोज की उसकी वही चिर-परिचित हँसी। बड़ी सरल, निष्कलुष और अपनापे से भरी हुई।

''ठीक हूँ... बाबू! ठीक हूँ, एकदम फर्स्ट क्लास!''

'फर्स्ट क्लास' कहने में, लगता था...हमेशा लगता था कि उसे थोड़ा ज्यादा जोर लगाना पड़ रहा है, ताकि भीतर जो चोर था वह पकड़ में न आए। लिहाजा कुछ अतिरिक्त उत्साह से निकलता था-'फर्स्ट क्लास! एकदम फर्स्ट क्लास!'

यों बरसों की मुलाकातों के बाद भी परिचय उससे कुछ खास नहीं था। हाँ, उसके 'राम-राम बाबू जी!' अभिवादन के साथ बात कभी थोड़ी इधर, थोड़ी उधर बढ़ जाती थी कि यानी उसने हमारे घर का नंबर ले लिया, हमने उसके घर का। वह शहर की एक पुरानी 'अशर्फीलाल एंड संस' नाम की कंपनी में एकाउटेंट था और अब पिछले पाँच-सात बरसों से सेवामुक्त था। नाम रमाकांत सहाय।...यह भी भला कोई ऐसा परिचय हो सकता है जिसे उत्सुकता से याद रखा जाए?

और उसे भी हमारे बारे में सिर्फ इतना पता था कि हम दोनों पति-पत्नी सुबह-सुबह बिना नागा घूमने निकलते हैं। चाहे गरमी हो, घोर जाड़ा या बारिश। कोई भी मौसम हमारे कदमों को रोक नहीं पाता। घूमते हुए न जाने कब...शायद बरबस ही आसपास और दुनिया-जहान की बातें हमारी बातचीत में उतरने लगती हैं। पता नहीं कब उस बूढ़े के कानों में वे बातें पड़ी होंगी और उसे लगा होगा, ये लोग कुछ अलग-से हैं। तभी से वह

बस उत्सुकता से हमें बातें करते बगल से गुजरते देखता था। और फिर 'राम-राम...बाबू जी, राम-राम!' का यह सिलसिला।

कोई ढाई तीन बरस तो हो ही गए।

एकाध बार, याद पड़ता है, उसने बताया था कि हैदराबाद वाला यानी छोटा बेटा दिनेशकांत सहाय घर आ रहा है, पत्नी और बच्चों के साथ। कलकत्ते वाला यानी बड़ा बेटा सुमनकांत सहाय तो कभी आता-जाता नहीं। उसकी पत्नी नखरीली है, बड़े घर की है। उसका तो रंग-ढंग ही कुछ और है! पर हैदराबाद वाला जो छोटा बेटा है, उसमें अब भी थोड़ा दिल बचा है, अब भी बूढ़े बाप को कभी याद कर लेता है। फोन पर हाल-चाल तो लेता ही रहता है।

''शुरू से ही साहब, वह पढ़ाई में तेज है।'' कहते-कहते बूढ़े की गदरन हल्के-से तन गई। बोला, ''मैंने ये उससे कह दिया था बाबू जी, कि तुम्हें जितना पढ़ना है, पढ़ लो। मैं दफ्तर से लोन ले लूँगा। कोई कसर नहीं छोड़ी अपनी तरफ से तो बाबू जी! अब वह वहाँ कंप्यूटर सॉफ्टवेयर के काम में लगा है।...मियाँ-बीबी दोनों ही नौकरी करते हैं। पचास-साठ हजार से कम तो क्या कमाते होंगे! साल में एकाध बार छुट्टी लेकर कभी-कभार हवा पानी बदलने को इधर आ जाते हैं। तब मेरा घर भी गुलजार हो जाता है।...बच्चों का हँसी-मजाक, दौड़ने-कूदने, फलाँगने का ऐसा छनछनाता संगीत गूँजता है पूरे घर में कि जैसे घर भी जवान हो गया हो। और मुझे तो लगता है कि यह घर मुझसे भी ज्यादा उनका ही इंतजार करता है कि वे लोग आएँ, तो घर में फिर वही चहल-पहल हो, फिर वही सुर-संगीत! मुझे तो बाबू जी, अकेले घर में टीवी खोलकर बैठना भी अच्छा नहीं लगता। अकेले घर में टीवी खोलकर बैठो तो लगता है मनहूसियत टपक रही है। क्यों, मैं ठीक कह रहा हूँ न बाबू जी!''

ऐसे ही बातों-बातों में उसने अपने छोटे पोते अप्पू के बारे में बताया था कि वह किस कदर नटखट है। बिल्कुल आफत का परकाला।

''बाबू जी, बड़ा शैतान है वह।'' हँसते-हँसते उसने बताया था, ''इतनी बातें करता है, इतनी बातें कि मेरे तो कान खा जाता है। कहता है-दादा जी, चलो, हमारे साथ हैदराबाद चलो। यहाँ रहने से क्या फायदा? मैं पूछता हूँ कि वहाँ चलकर क्या करूँगा? तो कहता है-अरे वाह, आपको अपने साथ पूरा शहर घुमाऊँगा। हम दोनों दो दोस्तों की तरह सुबह-शाम साथ-साथ घूमा करेंगे और खूब बातें करेंगे, क्यों दादा जी? मम्मी-पापा दोनों को फुर्सत नहीं है, तो फिर हम दोनों क्यों न दोस्ती कर लें! इस पर बेटे ने कहा, बहू ने भी कि चलिए बाबू जी, वहीं चलकर रहिए हमारे पास। यहाँ अकेले क्यों पड़े हैं? मैंने पल भर सोचा भी, पर नहीं, बाबू जी, मेरा मन नहीं हुआ। जिस शहर में अपनी जड़ें हैं, उसे छोड़कर जाना? आप देखो, यहीं खेला-कूदा, बचपन गुजारा। शादी हुई, बच्चे हुए। उन्हें पढ़ाया-लिखाया, बड़ा किया। फिर यहीं घरवाली की यादें हैं साहब, घर के चप्पे-चप्पे में!...नहीं बाबू जी, नहीं! मैंने मना कर दिया।''

''जड़ें...?'' सुना तो मुझे कुछ अजीब-सा लगा।

यह बूढ़ा क्या कह रहा है? ऐसी भाषा तो बरसों से सुनी नहीं मैंने।

अरे, जड़ें-वड़ें क्या होती हैं! जहाँ फायदा देखा, पैसा देखा, उधर भाग निकले। मगर...मगर यह बूढ़ा तो जड़ों की बातें कर रहा है। इक्कीसवीं सदी में भी? अजीब बात है, बहुत अजीब बात!

3

उन दिनों जब शायद दीवाली के आसपास ज़ब उसके घर बेटा-बहू आए हुए थे, उसके बार-बार बुलाने पर भी हम नहीं जा सके। ऐसा नहीं कि मन न था। पर व्यस्तता कुछ ऐसी थी कि एक पैर भी इधर से उधर रखना मुश्किल! सुबह-सबह घूमकर आने के बाद बच्चों के स्कूल जाने की तैयारी। इसी बीच मेरा आध घंटा अखबार पढ़ना। फिर झटपट तैयार हो टिफिन हाथ में लिए दिल्ली के लिए बस पकड़ना। भागमभाग। और रात लौटने पर तो देह और मन में ऐसी थकान उतर आती थी कि फिर कुछ और करने या कहीं आने-जाने का मन ही नहीं होता था!

पर नहीं, हम गए उसके घर! तब नहीं, जब उसने बुलाया था, बल्कि तब, जब उसने नहीं बुलाया था। और हमारे भीतर उसकी दस्तकों पर दस्तकें इतनी तेज हो गई थीं कि हम जाए बगैर रह ही नहीं सके थे।

हुआ यह है कि सर्दी बढ़ रही थी, लगातार बढ़ रही थी और अब तो दो-एक दिन से हड्डियों तक को कँपाने लगी थी। और वह बूढ़ा अब कई दिनों से दिखाई नहीं देता था। तब तारा ने कहा कि राजेश्वर, हमें उसके घर जाकर उसका हाल-चाल लेना चाहिए।

मकान नंबर नौ सौ सत्ताईस...! ढूँढ़ना इतना मुश्किल तो नहीं था। पर वहाँ जाने पर उस बूढ़े को देखा, तो उसके भीतर उस बूढ़े को ढूँढ़ना वाकई थोड़ा मुश्किल लगा, जो रोज सुबह हमें चौराहे के पास वाली पुलिस पर मिलता था, और जिससे मीठी-मीठी 'राम-राम' होती थी।

कोई पंद्रह दिन से उससे मुलाकात नहीं हुई थी...बस, पंद्रह दिन! और इन पंद्रह दिनों में, हैरानी है, वह महज हड्डियाँ का ढाँचा रह गया था।

हालाँकि हमें देखकर उसने ठीक-ठीक पहचाना। उसी तरह मुस्कराकर स्वागत भी किया। बोला, ''आप आ गए बाबू जी, बड़ा अच्छा किया! आपको देखकर तबीयत खुश हो गई। मुझे उम्मीद थी, आप आएँगे, आप जरूर आएँगे। कोई और न आए पर आप...!''

कोई और? कुछ था जो मेरे भीतर गड़ गया। वह क्या था?

आखिर कौन ऐसा है, जिसकी यह बूढ़ा प्रतीक्षा कर रहा है, जबकि पूरे शहर में अपना कहने को अब इसका कोई नहीं, कोई भी नहीं। कुछ लोग दूर-दूर की जान-पहचान वाले हैं, पर आदमी अकेला होता है, तो सारे रिश्ते टूटने लगते हैं। ''बाबू जी,

राम-राम! भइया जी, राम-राम...बहन जी, राम-राम! माता जी, राम-राम!'' मानो जितना-जितना वह अकेला होता जा रहा था, उतना-उतना वह अपने को सीधा-सरल और अभिमानशून्य होकर फैलाता जा रहा था, हममें-तुममें...सबमें!

तो क्या यह इसीलिए था? इसी उम्मीद में कि जब कोई न रहेगा और वह अकेला होगा, एकदम निपट अकेला और असहाय, तो कोई न कोई तो उसकी परेशानी में साथ देने आएगा। कोई न कोई...! क्या वह इसी की याचना कर रहा था?

और क्या इसी को जड़ें कह रहा था यह बूढ़ा? जड़ें माने? धरती में जड़ें! लोगों के दिलों में जड़ें...मिलने वालों के दिलों में जड़ें।

पर उससे बात करने पर लगा कि बीमारी जितनी शरीर की है, उससे ज्यादा मन की है। बुखार आया तो कोई तीन-चार दिन तक उतरा ही नहीं। उसने हैदराबाद में बेटे को फोन किया, तो उसने दो-टूक लहजे में कहा, ''बाबू जी, अभी तो हम लोग महीने भर पहले वहाँ रहकर गए थे। अब बार-बार आना तो हमारे लिए मुश्किल है। यहाँ नौकरी की अपनी परेशानियाँ और झंझट हैं। फिर पैसा भी लगता है आने-जाने में। अब या तो आप यहाँ हमारे पास आकर रह लीजिए या फिर अकेले फेस कीजिए।...जो कुछ होना होगा, वह तो होगा ही! डॉक्टर बी.एन. शर्मा को मैं पंद्रह हजार रुपया दे आया हूँ। जब-जब आप फोन करेंगे, वे देखने आ जाएँगे। वैसे भी ठीक तो डॉक्टर ने ही करना है, हम ही वहाँ आकर क्या कर लेंगे?''

कहते-कहते बूढ़े की आवाज जैसे बिखर गई। पहले तार पतला हुआ और फिर पतला होते-होते जैसे टूट गया। अब उसके चेहरे पर निराशा ही नहीं, खौफ भी था और एक टूटन। बुरी तरह टूटन।

''आप चिंता न करें, हम बीच-बीच में मिलने के लिए आ जाया करेंगे।'' तारा ने मानो ढाढ़स बँधाया। फिर कहा, ''खाने की दिक्कत हो, तो मैं किसी को खाना पकाने के लिए भेज दूँगी।''

''नहीं, एक लड़की है पड़ोस में, जो आ जाती है। झाड़ू-पोंछा कर जाती है और खाना भी! बेटा सारा इंतजाम कर गया है। ऐसा नहीं कि वो मुझसे प्यार नहीं करता, पर मजबूरियाँ हैं उसकी भी। आजकल अच्छी नौकरी कहाँ मिलती है बाबू जी! हमारे जैसे लोगों को तो मरना ही है, आज नहीं तो कल। कब तक कोई उसकी चिंता...!'' कहते-कहते उसकी आवाज लड़खड़ा गई।

''अगर डॉक्टर शर्मा की दवा से ज्यादा फायदा न हो तो बताइए, किसी और को दिखा देते हैं। हमारे पड़ोस में भी एक अच्छे डॉक्टर हैं बी.के. दत्त। हमें जानते हैं अच्छी तरह।'' मैंने सुझाया।

''नहीं बाबू जी। डॉक्टर के बस की अब कोई बात नहीं रही। रोग शरीर में नहीं, भीतर है। उसका कोई क्या इलाज करेगा?'' अब उसके चेहरे पर लाचारी साफ झलक आई थी।

"तो भी हमारे लायक जो भी काम हो तो आप बेशक बताइए। यों भी हम कभी-कभार तो मिलने आते ही रहेंगे।" मैंने अपनी ओर से दिलासा दिया।

इस पर वह हँसा। बड़ी अजीब-सी रोती हुई हँसी। बोला, "आप क्यों करेंगे? आप लोग काम करने वाले लोग हैं। एक बीमार, मरते हुए बूढ़े के लिए इतना कुछ...?"

पर फिर हम दोनों पति-पत्नी ने तय कर लिया कि सुबह घूमने के बजाए हम घंटा, आध घंटा उस बूढ़े के पास ही बिताया करेंगे। मानो यही हमारा रोज का घूमना हो गया। ...और फिर सचमुच यह सिलसिला शुरू हो गया। हम वहाँ जाते तो वह बूढ़ा जाग रहा होता और एक तरह से हमारे इंतजार में ही होता। वहाँ जाकर तारा चाय बनाती और मैं उससे बातों में मशगूल हो जाता।

4

एक दिन गया तो चकरा गया। देखा, उस बूढ़े की रजाई के नीचे से कपड़े के कुछ खिलौने झाँक रहे हैं। भालू, हाथी, हिरन और न जाने क्या-क्या! बाप रे,, इतने सारे खिलौने!

"आप...आप इन खिलौनों का क्या करते है?" मुझे ताज्जुब हो रहा था, "क्या खेलते हैं इनसे?"

"असल में अप्पू...बाबू जी, अप्पू छोड़ गया था इन्हें! तो इनमें अप्पू की याद..." कहते-कहते बूढ़े की आवाज में एक अलग-सा रोमांच, एक अलग-सा कंपन उभर आया।

तब तक तारा भी चाय लेकर आ गई थी। हम दोनों की उत्सुकता देखकर बूढ़े ने बड़े चंचल भाव से वे खिलौने हमें दिखाए। वे कपड़े के बने रंग-बिरंगे खिलौने थे। उनमें फूले गालों वाला एक गोल-मटोल गुड्डा था, एक प्यारी-सी सजीली-सी गुड़िया। हो रहा था, एक ढोलक बजाता हुआ मोटे पेट वाला भालू। एक चालाक-सा ललमुँहा बंदर। एक भागता हुआ चंचल सुंदर हिरन। दो-तीन मोती जड़ी, सफेद बतखें। एक खूब बड़ा सा हाथी...और एक तोंद फुलाए हुए ही-ही-ही हँसता जोकर!

"अरे, अप्पू को याद नहीं रहे अपने ये खिलौने?" तारा ने अचरज से भरकर पूछा।

"हाँ, बच्चे अक्सर भूलते तो नहीं हैं अपने खिलौने!" मेरे मुँह से भी निकला।

सुनकर बूढ़ा एक क्षण के लिए चुप रह गया, जैसे सोच न पा रहा हो कि बताए न बताए। फिर शरमाकर उसने कह दिया, "बाबू जी, सच्ची कहूँ, अप्पू जान-बूझकर मेरे लिए छोड़ गया है ये खिलौने। पूछता था-तुम क्या करते हो दादा जी, सारे सारे दिन? फिर यह जानकार कि मैं अकेला हूँ, उसने कहा-दादा जी, दादा जी, आप तो बहुत बोर होते होंगे। सो पिटी ऑफ यू...! तो मैं ये करता हूँ दादा जी, कि अपने खिलौने छोड़ जाता हूँ। आप इनसे खेलना। फिर टाइम आसानी से कटेगा। मैं भी तो यही करता हूँ। मेरे पास वहाँ बहुत खिलौने हैं। कुछ पापा से कहकर और मँगवा लूँगा। आप मेरे खिलौने ले लो दादा जी!..."

''फिर बाबू जी, मैंने हँसकर कहा–ठीक है, लाओ। तो बोला कि मेरे बड़े प्यारे खिलौने हैं, इनको सँभालकर रखना दादा जी। इनको खराब नहीं करना। खोना भी मत...प्रॉमिस?''

''प्रॉमिस–मैंने कहा। इस पर 'याद रखना दादा जी। नहीं तो कुट्टी हो जाएगी।' अप्पू बोला। और फिर अपना खजाना...अपना सबसे बड़ा और प्यारा खजाना मेरे लिए छोड़कर चला गया। और अब तुम यकीन मानो या न मानो, बाबू जी, मैं तो अक्सर इन्हीं के साथ खेलता और समय बिताता हूँ।

''इनके साथ खेलते-खेलते समय का कुछ पता ही नहीं चलता। जैसे तेज घोड़े पर बैठकर बरसों बरस इधर से उधर और उधर से इधर चले आते हैं। बड़े मजे की बात है, है न!'' कहते-कहते बूढ़ा हँसा तो साथ-साथ हमारी भी हँसी छूट गई।

लेकिन बूढ़ा जल्दी ही फिर उसी सुर में आ गया। बोला, ''कभी-कभी इनसे खेलता हूँ बाबू जी, तो लगता है, मेरा पोता अप्पू एकदम मेरे सामने है और खेल में मेरा साथ दे रहा है। कभी-कभी अप्पू की जगह उसका बाप आ जाता है। यानी हैदराबाद वाला मेरा छोटा बेटा दिनेश। देखते ही देखते वह इतना छोटा हो जाता है, जैसे कि अप्पू।...कभी कलकत्ते वाला बेटा सुमन आ जाता है और वह भी बिल्कुल वैसा नजर आता है। गोलमटोल, गदबदा सा, जैसे बचपन में था। मै उनके साथ बातें करता हूँ, खेलता हूँ और समय का कुछ पता ही नहीं चलता!... कभी-कभी तो बाबू जी, पूरी रात नींद नहीं आती। तब पूरी-पूरी रात यही खेल चलता है बाबू जी! तब ये भालू, ये हाथी, ये हिरन, ये जोकर...ये सबके सब जिंदा हो जाते हैं! और यह जोकर–सच्ची कहूँ कोई और नहीं, मैं हूँ बाबू जी, मैं! और क्या, बूढ़ा होकर आदमी जोकर ही तो हो जाता है...क्यों बाबू जी!

कहते-कहते वह बड़े ज़ोर से हँसा। बोला, ''मेरे एक बुजुर्ग दोस्त, जब मैं जवान था, तब कहा करते थे कि बुढ़ापा इज ए फनी थिंग। पर इसका आदमी को पता तब चलता है, जब वह खुद बूढ़ा होता है!...हा-हा-हा!''

बूढ़ा इतने जोर से हँसा कि देर तक हमारी निगाहें उसके चेहरे से नहीं हटीं। फिर खुद पर काबू पाकर बोला, ''आपको बताऊँ बाबू जी, ये खिलौने बड़े शातिर हैं! अभी तीन दिन्न पहले की ही तो बात है। मैं इन खिलौनों से खेल रहा था कि पता नहीं कैसे, इस हिरन की नाक में एकाएक झट से पार्वती की-सी नाक चमकी और माथा भी! और फिर आप यकीन नहीं करेंगे, हिरन नहीं, हिरन की जगह पार्वती आकर शामिल हो गई खेल में। मेरे दिनेश और सुमन की माँ, जिसे गुजरे आज चार साल होने को आए! पर वह इतनी छोटी हो गई थी, इतनी छोटी कि एकदम बच्ची समझो!

''बाबू जी, हैरान न होना, पिछले तीन दिनों से तो अजीब हालत है। जब मैं इन खिलौनों से घर-घर खेलता हूँ, तो मैं भी बच्चा बन जाता हूँ और पार्वती भी बच्ची बनकर सामने आकर बैठ जाती है। और हम खेलते हैं, खेलते रहते हैं देर तक। फिर यों ही

खेलते-खेलते पूरी रात गुजर जाती है। आप यकीन नहीं करेंगे बाबू जी, पिछले तीन दिनों से तो जब-जब आँख लगती हैं, बस पार्वती के ही सपने आते हैं... कि वह छोटी बच्ची बन गई है, मैं भी। और वह मेरा हाथ पकड़कर दौड़ रही है। बस, दौड़ती जा रही है–आसमान तक!''

कहते-कहते बूढ़ा चुप हुआ, तो मैंने देखा, उसकी एक आँख हँस रही थी, एक रो रही थी।...

5

इसके बाद भी, याद पड़ता है, उस बूढ़े को दो-तीन और मुलाकातें हुईं। और हर बार उन खिलौनों की बात छिड़ने पर बूढ़े की वही सनक भरी, लेकिन प्यारी-प्यारी बातें।

और फिर एक दिन....

'ट्रीं...ट्रीं...!'

फोन की घंटी। फिर फोन पर एक अपरिचित रोबदार आवाज। कोई चालीस-पैंतालीस की उम्र का युवक रहा होगा। बोला, ''अंकल, हमारे पिता जी को लकवा मार गया है। आपसे मिलने के लिए बहुत बेचैन है । आप शायद जानते है उन्हें... मकान नंबर नौ सौ सत्ताईस!''

–नौ सौ सत्ताईस?

–हाँ-हाँ, मकान नंबर नौ सौ सत्ताईस...

– क्या हुआ, क्या!

–याद किया है...आपको।

6

हम वहाँ गए तो मौन। जबान जैसे छिन गई हो, फिर भी बोले बगैर चैन न हो। मौन संभाषण! दीर्घ आलाप। लगातार।

...आँखें लगातार बरस रहीं थीं।

हम बैठे रहे। बैठे रहे और एक मूक वेदना को पिघलते हुए महसूस करते रहे। धीरे-धीरे, शांत पिघलता हुआ हिमालय।

हिमगिरि गल रहा था। हमने देखा।...हमने देखा, फिर चले आए।

उसके तीसरे रोज वह बूढ़ा गुजर गया।

उस मकान का नाम बूढ़े ने न जाने क्या सोचकर 'आशीर्वाद' रखा था।...सुना आपने–आशीर्वाद!

कोई हफ्ते भर के अंदर आशीर्वाद बिक गया। जैसे यह भी कोई नाटक हो। नाटक का कोई दृश्य। पहले से सब कुछ तय। मकान से पहले मकान का सारा सामान बिका और कई बड़े-बड़े नोटों में समा गया।

...नोट पर्स में!

पर्स...तिजोरी में! तिजोरी...?

और पूरा का पूरा जिंदा और हँसता-बोलता, बतियाता मकान-सिर्फ एक मुट्ठी में! सिर्फ एक मुट्ठी भर नोट...कि गहने...कि...!

जादू नहीं, हकीकत!

7

फिर कुछ रोज बाद देखा, मकान को गिराया जा रहा है। जिस नए आदमी ने मकान को खरीदा था, वह उसे तोड़कर एक नया 'स्मार्ट' लुक देना चाहता था।

'आशीर्वाद' की पत्थर की पट्टिका टूट गई थी और तीन या चार टुकड़ों में एक किनारे पटक दी गई थी।

बूढ़े का जवानी वाला एक फोटो भी। पुराना, मगर खासा शानदार। दो-एक रोज बाद गली के जमादार ने उसे उठाया और बिजली के खंभे पर लटका दिया।

आशीर्वाद का मर चुका बूढ़ा अब 'सड़क का बादशाह' हो चुका था।

खंडित इतिहास। खंड-खंड इतिहास...! और एक जिंदा शख्स मुझे लगा-कि तब नहीं, आज खत्म हुआ है।

मगर...उस बूढ़े का जो आशीर्वाद हमें जो मिला था, वह भी क्या भूलने की चीज है?

अब भी कभी-कभी सन्नाटे में 'राम-राम...बाबू जी, राम-राम!' उस बूढ़े की शहद-सी मीठी गुनगुनी आवाज सुनाई दती है। तब जाने क्यों लगता है, वह बूढ़ा जहाँ भी है, वहाँ से हमारे लिए आशीर्वाद बरस रहा है।

www.ingramcontent.com/pod-product-compliance
Lightning Source LLC
LaVergne TN
LVHW060437051026
849518LV00002B/503
* 9 7 8 8 1 2 8 8 2 4 7 9 1 *